■ 서덕현 교수가 문화기술지로 풀어내는 한민족의 민족정서 ■

일송정의 꿈

해란강의 노래

서덕현 徐德鉉

제이앤씨
Publishing Corporation

일송정의 꿈을 해란강아 노래하라
해란강아 일송정의 꿈을 노래하라

서문 일송정의 꿈 해란강의 노래

　자신의 삶을 이야기한다는 것이 좀 쑥스럽기도 하다. 그것이 많든 적든. 다만 누구도 보고 느끼고 생각할 수 있는 대상에 대해, 내 나름대로 풀어본 것이라고 하면, 사람마다 느낌과 생각이 다를 수도 있다는 점에서 다소 위안이 된다.

　젊은 날에 그려보던, 아니 젊은 날부터 그리며 살아온 그곳을 탐방하게 될 때, 저변에서 솟아오르는 감정은 이루 형언할 수 없는 기쁨이었다. 일송정, 해란강, 선구자 등과 같은 단어들이 만들어내는 이미지는 젊은 날부터 오랜 세월 내 뇌리에서 사라지지 않고 꿈틀대어 왔다.

　다행히 90년대 초, 한·중 수교가 이루어진 이후에, 많은 사람들이 비교적 쉽게 그곳을 왕래하고 매스컴에서 그곳의 소식을 전하여 주었어도, 내게는 여전히 멀고먼 마음속의 북간도, 꿈에서나 그려보는 그곳이었다.

　돌이켜보면, 우리는 60·70년대 격동의 젊은 날을 살아오면서, 우리의 마음속에서 그곳을 얼마나 그리워하고 또한 그곳의 정신을 체화하며 원대한 포부를 이루려 했던가. 어떻게 보면, 그 정신은 우리나 우리 민족의 발전에 견인차 역할을 했다고 볼 수 있다.

2년 전, 연구 년을 맞게 될 다음해(2007년)를 보낼 곳으로 그곳을 택하게
된 데는, 서울대 우한용 교수님과 함께 중국 연변대 김영수 원장님과
자리를 같이하게 된 인연이 있었기 때문이었다. 지금 생각해보면, 그
인연은 나에게 참 소중하고 값진 것으로 하늘의 은총이다. 또한 내 젊은
날의 꿈을 실현시켜 준 것이기에 더욱 그러하다.

　　한 학기라고 하는 짧은 기간이었지만, 내가 그곳을 어느 정도 경험할
수 있는 시간은 되었다. 그런 내용들을 일기 형식으로 여기에 담아보았다.
이것은 어디까지나 '나'라고 하는 사람의 한 경험 이야기이다. 그런데
그 주인공이 한 사람 더 있다. 바로 나와 평생을 함께 걷고 있는 세실리아
이진숙이다. 아내가 곁에 있어서 이 이야기를 쓸 수가 있었다.

　　세실리아에게 이 지면을 빌려 고맙다는 말을 전한다. 그리고 늘 뒤에서
배려하여 주시고, 이 책이 나올 때까지 조언을 아끼지 않으신 소설가
우한용 교수님께 고맙다는 말씀을 드린다. 또한 중국 연변대 김영수 원장
님과 맺은 인연을 고이 간직하겠다는 말씀으로 그분께 감사를 대신한다.

　　끝으로 출판계의 어려운 사정에도 불구하고, 이 책을 발간하여 주신
도서출판 제이앤씨의 윤석원 사장님을 비롯하여 조성희 대리 및 편집진에
게 심심한 감사의 뜻을 표한다.

2008. 4.　서덕현 씀.

차 례 일송정의 꿈 해란강의 노래

일송정의 꿈 해란강의 노래

북극에는 삼월에도 눈이 내린다

1장

흐림 **2007년 3월 4일**　　드디어 연변에 가는 날이 왔다. 전날 밤에 아내 세실리아 천주교 세례명 가 짐은 꾸렸지만, 그래도 점검할 것들이 많다. 3월 1일부터는 기내에 액체 반입을 허용하지 않아서 검열로 공항이 복잡할 것이기에 평소보다 일찍 이륙 세 시간 앞서 나오라는 것이다.

인천공항 아침 9:40발 아시아나 항공기를 타기 위해 새벽 4시에 일어나야 했다. 말이 기상이지 사실 연변에 갈 생각에 잠을 제대로 잘 수가 없었다. 아침 공항버스 안은 후덥지근했다. 영상 10도 가까운 기온에도 불구하고, 아내는 한반도에서는 중강진이 가장 춥다지만 연변은 그보다 훨씬 위쪽이고 북간도라며 옷을 두툼하게 입고 가라는 말에, 어쩔 수 없이 입고 오긴 했지만 몹시 짜증스러웠다.

　비행기가 운무 사이로 불안정하게 북상을 한다. 안전벨트를 계속해서 매고 있으라는 안내 방송이 연잇는다. TV화면에 대련을 지나가고 있음을 보여준다. 창밖으로 운해를 보며 그 꿈에서나 그리던, 민족시인 윤동주가 살았던 이국적인 곳, 젊은 시절엔 큰 이상을 품게 했고 해란강에서 말달리던 선구자들이 살던 그곳, 그러나 말로만 듣고 살아야 했던 머나먼 그곳을 지금 내가 간다니, 이 나이에도 설레는 가슴을 어쩔 수 없다. 요새는 왕래가 잦고, 매스컴이 발달하여 연변이 그렇고 그런 지역으로 말들 하지만 그것은 나와는 아무 상관이 없다. 나는 지금 내가 그렇게도 그리던 민족의 고향, 민족의 수난기에는 부모님처럼 따뜻하게 강을 건너온 반도의 동포들을 포근히 감싸주던 그곳을 가고 있는 것이다. 나에게는 연변에 가는 것이 현실적인 이유가 있기도 하지만, 기저에는 그런 정감이 깊게 자리하고 있어서 처녀지를 탐험하는 것처럼 신비롭고 경건하기까지 하다고 하면 지나친 표현일까. 오죽하면 대학에 다닐 때 함경북도 회령이 고향이시라는 L 선생님민속학자께 두만강 건너 용정의 해란강에 대해 호기심 어리고 호의적인 질문을 한 적이 있었는데, 생각처럼 그렇게 아름다운 강이 아니라는 응답을 듣기

6

도 했던 것이다. 아무러면 어떠랴. 비록 내가 그 강에 대한 환상적인 아름다움이 깨져 좀 서운하기는 했어도 거기에는 일송정이 있고 조국을 찾겠노라 백마를 타고 달리던 선구자가 있지 않았던가. 나는 지금 청년 시절부터 그리고 그리던 바로 그곳 북간도를 가고 있는 것이다. 두 시간 반을 날아 구름 아래로 기체가 하강을 하니, 저 아래로 논과 밭이 보이고 일자로 된 집들의 일단이 보인다. 그 주변의 황량한 벌판에 조그마한 비행장이 눈발에 아스라이 시야에 들어온다.

　여행 가방을 끌고 세관을 통과하여 나오니 마중 나온 사람들이 출구 양옆에 늘어서 있다. 그들 사이로 나오자 원장님이 알아보시고 나를 반갑게 맞아 주신다. 원장님의 소개로 K 교수와 인사를 나눈 후에 그의 승용차를 타고 시내로 향했다. 얼마 가지 않아 연서교라는 다리를 건넜다. 그 밑으로 흐르는 강의 명칭은 만주어로 부르하통하버들숲라고 하는데, 강바닥이 말라 있었다. 이 강이 도문 쪽으로 흘러가다가 해란강 과 합류하여 두만강으로 유입된다고 한다. 강을 따라 연변 대학교로 가는 도중에 그 다리 외에도 이어서 연신교, 하남교가 있고 더 동쪽으로 가면 연동교가 있단다. 서울의 한강처럼 강의 남쪽을 하남이라 하고 강의 북쪽을 하북이라 했다. 공항에서 십여 분 남짓 지척에 연변대학교 가 자리하고 있었다. 그러니까 연길시의 서쪽 공항 쪽에 연변 대학이 있다. 인터넷을 검색하여 익히 연변 대학을 본 터라 정문이 낯설지는 않았다. 학내 국제교류합작처의 전문가 기숙사에 여장을 풀고 K 교수의 승용차로 대학교 내 학원을 둘러보고 나서, 곧바로 시내 중심가로 향했 다. 도중에 공원교를 지나 연길의 다운타운이라고 하는 광명으로 들어

왔다. 공원교를 사이에 두고 동쪽에 중심가가 있고 그 반대편인 서쪽에 연변대가 있다. 서쪽의 시가지는 연길시의 변두리에 속하는데 좀 허름하다. 그러나 공항 주변은 신시가지가 건설되고 있다고 한다. 그래서 그 곳은 연변 사람들의 관심이 대단한 모양이다. 아무튼 광명의 매화라고 하는 보신탕집으로 갔는데, 제법 큰 음식점이었다. 거기서 마신 고려촌은 고량주치고는 고품질의 것으로 한국의 그것에 비할 바가 아니었다. 술맛을 안다고 말하기에는 뭐하지만, 입안이 찡하고 감칠맛나는 것으로 보아 소주 마시듯 순식간에 한 병을 다 비울 것 같다. 그러나 만만히 볼 일이 아니다. 어디까지나 고량주인 것을. 이곳에서는 보신탕 국물에 내장을 갈아 만든 소스를 넣어 간을 맞추었다. 그 맛이 독특했다. 자제한다고 다짐을 했지만, 국물 좋고 술맛 좋아, 김 교수는 운전을 핑계로 한 잔만 마시고 나머지는 원장님과 서로 과하다고 하면서, 한 병을 다 비우고서야 일어났다. 이렇게 점심 대접을 받는 것으로 연변의 생활이 시작되었다. 저녁의 기숙사 식당은 조용하고 몇 사람만이 앉아서 식사를 하고 있었다. 음식 차림은 뷔페식이었다. 음식 맛이 비교적 한국 음식 맛에서 크게 벗어나지 않았다. 역시 우리 동포가 사는 곳이었다. 밤이 깊어가면서 사방에서 폭죽을 터뜨리는 소리가 요란하다. 잠이 쉬 올 것 같지가 않다. TV를 켜니 한국의 KBS와 SBS가 방송되고 있다. 멀게만 느껴졌던 연변이 중국이 아니라 한국이었다.

⛅흐림 **3월 5일**　어제가 중국의 사대 명절의 하나인 원소절 또는

상원절이라고 하는데, 연길에 도착한 날이 마침 정월 대보름으로 춘절 설날부터 시작되는 명절의 끝 날이었다. 밤 자정이 지나서까지 사방에서 폭죽을 터뜨리는 소리가 대포를 쏘는 것 같고 따발총 쏘는 것 같아 전쟁을 방불케 하였다. 잠을 설침은 물론이다. 중국에서는 명절을 위해 폭죽을 준비하였다가 마지막 날 모두 소모하느라고 더욱 요란하단다. 새벽녘이 되어서야 잠잠해졌는데, 이후로는 당국에서 폭죽 터뜨리는 것을 금한단다.

아침 6시에 기상하여 창밖을 보니 눈이 계속해서 내리고 있다. 거기에다 강풍까지 동반하여 그야말로 시베리아의 눈나라 같다. 휴대폰이 울리며 서울의 세실리아한테서 전화가 왔다. 마일리지를 사용하여 별돈 들이지 않고 연변에 올 수 있게 되었다며, 오는 11일 일요일에 연길 공항에 도착할 거란다. 마중을 신신 당부하며 좋아한다. 내가 연길에 도착한 뒤 일주일 후에 오라고 했는데, 정확히 일주일 후다. 남편이 좋기는 좋은가 보다. 게다가 스트레스에 시달리는 시어머니와 아들이 있는 가정, 복잡한 서울을 하루라도 탈출하고픈 심정일 게다.

아침 7시경에 전문가 기숙사 식당으로 내려가니 아직 식사 준비가 덜 된 모양이다. 잠시 기다리려니 대학생으로 보이는 두 여학생이 들어와 식판 앞에서 시식을 기다란다. 그러다가 식사 개시를 알리자, 앉아있는 나를 보고 머뭇거리며 먼저 식판을 들란다. 어른인 나를 의식해서 순서를 지키겠다는 것이다. 사양을 한두 번 하였으나 예절을 갖추겠다는 데서야, 그 마음이 어찌나 가상한지 그래서 "고마워요, 연변 처녀들!" 하고 제일 먼저 밥이며 반찬을 챙겼다. 나중에 안 일이지만 그들은

9

한국에서 어학연수를 하러 온 여대생들이었다.

식사 후 9시경에 K 교수가 오기로 했는데 일이 있는가 보다. 그래서 학원으로 올라가기로 했다. 걸어서 십분 거리인데, 강풍으로 눈보라가 캠퍼스를 온통 휩싸서 앞을 분간하기가 쉽지 않다. 북극에서 몰아치는 강풍은 손을 꽁꽁 얼게 만든다. 그런데 헛걸음질을 했다. K 교수가 기숙사 외사과에서 서류 절차를 밟기로 했단다. 어제 말을 잘못 이해했던 것이다. 돌아와 잠시 기다리니 그가 왔다. 눈이 너무 많이 오는 바람에 승용차를 이용하지 못했단다. 외사과에 가서 서류에 사인을 했다. 다행히 외사과에서 601호에 전화기를 설치하여 준다기에 김 교수와 함께 숙소로 올라왔다. 인부들이 전화기를 설치하는 동안 나는 K 교수와 창밖 길 건너 학생 기숙사 굴뚝 옆으로 저 멀리 모자처럼 볼록한 산을 보고 있었다. 그 산이 모아 산인데, 그 산 너머가 바로 용정이란다. 그는 용정 중학교를 나왔다고 했다. 그러면서 그곳에는 해란강이 있고 일송정도 있단다. 물어보지는 않았지만, 아마도 K 교수는 독립군의 후손이리라. 옛 간도 지방 지금의 연변 지역의 조선족들은 대부분 조국 해방을 위해 목숨을 버린 선구자의 후손들이라고 한다. 그래서 민족적 자긍심이 남다르단다. 그러자 나도 한마디 거들었다. "이곳은 잃어버린 조국을 찾겠다고 말을 달리던 곳이 아니던가요. 그분들을 생각하면 가슴이 뭉클합니다." 그는 중국의 동북공정에 대해 몇 마디 말을 하였다. 우리 민족의 영산이라고 하는 백두산 소위 창바이산長白山 은 중국으로 넘어갔단다. 전에는 연변 자치주의 관할이었는데, 지금은 길림성 소관이란다. 내가 연변이 중국 동북부의 중심지로 그 역할이 크겠다고 하자, 그는 짙은 눈썹 밑 우묵한 눈망울에 근심어린 표정을 지으며 저기 짓다만 고층 건물을 보란다. 유령처럼 덩그러니 서있는 모습이 지금 연변의 실상이란다. 더 이상의 개발이 이루어지지 않아 발전이 정지되어 있는 듯한 상태에 있다고 한다. 개인이 이루기에는 그 한계가 너무도 분명하단다. 우리 대학인의 눈에서는 그것을 읽을 수 있다는 것이다.

오후에도 강풍은 가라앉지를 않는다. 저녁 식사 시간에 알아보니 지금 연변의 기온이 영하 십오 도는 될 거란다. 밤이 깊어지자 눈보라는 개고, 달이 휘영청 밝다. 북간도의 밤은 그렇게 깊어만 간다.

☀ 맑음 **3월 6일**　아침 6시경 기상. 청명한 날씨다. 여기저기 크고 작은 굴뚝에서 연기가 수직으로 피어오르다 이내 서풍에 동쪽으로 꺾이어 퍼진다. 거기에 지붕의 눈가루까지 날리니 시야가 뿌옇다. 기숙사 바로 아래 주택 골목에서 주민 한 사람이 눈을 치고 있다. 아침 식사 후 한 병에 1위안 하는 식수 5병을 샀다. 식수는 연변도 예외가 아니어서 서울과 마찬가지로 끓이거나 사서 음용한다. 역시 환경오염이 주범이다. 이곳은 중국 남부처럼 석회암 지대는 아닌 것으로 안다. 오후에는 시내를 구경 갈까 하는데 밖이 너무 추워 엄두가 나지 않는다. TV에서 서울도 영하 8도란다. 오늘이 경칩인데도 꽃샘추위가 대단한가 보다. 연변도 근래에 보기 드문 강추위요 폭설이란다.

침대에 누워 비몽사몽간에 대학원 강의에 대한 생각에 잠겼었나 보다. 중국 한족학생과 조선족학생으로 구성된 대학원생들이라고 주임

K교수이 그제 한 말이 떠오른다. 그들 간의 수준 차이가 있을 것이다. 금요일에 우선 대면을 하고 예진을 해봐야 알 것 같다.

점심을 든 후 광명연길시 중심가까지는 15분 거리밖에 안 된다(?)는 식당 아줌마의 말에 용기를 내어 산책하기로 작정했다. 그러나 만만치가 않았다. 오리털잠바에 붙은 모자를 떼어버리고 온 것이 후회 막급하다. 연변대 정문을 나서기도 전 칼바람에 눈가루까지 날리니 귀때기가 시려 이를 악물었다. 장갑도 가지고 오지 않아 손이 금세 시려 호주머니에 넣으면, 이번에는 귀가 아프다고 한다. 그래도 며칠 동안, 운동이 부족하니 이쯤에서 포기할 수는 없다. 연변대 앞 공원로는 양쪽 보도가 눈 더미로 쌓여 사람들이 그 사이로 살얼음판을 걷듯 걷는다. 차도도 눈으로 다져져 빙판길이라 차들이 거북이 걸음이다. 교통 대란이다. 상점마다 앞도로 변의 눈 더미를 치우느라 난리다. 상가 간판들의 상호는 대체로 한글을 우선하고, 그 밑에 한자로 표기했다. 중국에서는 이 지역에서만 볼 수 있는 특징이란다. 역시 연변 조선족의 민족의식을 상징적으로 보여주는 예라 할 것이다. 왠지 가슴이 뭉클하고 조선 동포에 대한 뜨겁고도 좀 서러운 듯한 감정이 가슴 저변에서 솟아올라오는 것을 느낄 수 있었다. 대학 정문에서 조금 지나니 한국 식품점이 있었다. 들어가서 한 갑에 6위안 하는 장백산창바이산 담배를 4갑을 샀다. 그리고 조금 더 가자 연길 공원이 나오고 그 입구 옆에 피자나라라는, 음료와 피자 및 간단한 음식을 파는 점포가 있어 추위도 녹이고 커피도 마실 겸 들어갔다. 그런데 서울에서 60년대에 유행하여 귀에 익었던 노래, 레이 찰스가 불렀던가 하는 'I can't stop loving you'가 흘러나오는

12

1장 북쪽에는 산골에도 눈이 내린다

것이 아닌가. 십 위안짜리 맥심 커피 한 잔을 마시며 잠시 낭만에 잠기는 시간을 가졌다. 여주인은 세련되어 보였는데, 그런 노래를 틀어 주는 것으로 보아 적어도 사십대 중반 이상은 될 것으로 생각되었다. 반가운 나머지 말이라도 나누고 싶었지만, 안으로 들어가 버린 후에는 내내 나오지를 않았다. 지금이 21세기인데 철지난 노래를 연변에서 듣다니 요새 젊은이들이 알기나 하겠는가. 다시 오리라고 생각하면서 나와 공원교까지 진출했으나 더 이상은 무리일 것 같았다. 십자로가 눈 더미로 엉망진창이고 보도가 보이질 않아 도저히 광명으로 가기는 지난했다. 이쯤에서 가는 길을 접는 것이 좋을 것 같고 또한 되돌아 갈 길도 그렇게 만만치는 않을 것 같았다. 왜냐하면 서풍을 안고 가야 하기 때문이다. 오는 길에 모 은행에서 BC카드 이용 가능 여부를 확인 하니, 건너편 중국은행에 가보란다. 다시 한국 상점에 들려 20개들이 인스턴트 맥심 커피 한 갑을 17위안에 사 가지고 급히 돌아왔다.

대학 정문을 들어서며 나오는 두 여학생에게 중국어로 떠듬떠듬 서툴게 정면에 있는 건물을 손으로 가리키며 저 건물 이름이 무엇인지 를 물어보았다.

"웨이, 나 빌딩 짜오 선머 밍쯔?"

그녀들 중 하나가 빠른 소리로 뭐라고 말하는데 알아들을 수가 없다. 그래서 혹시나 조선족 학생이 아닐까 하여 한국어로 물어보니 '종합청 사'란다. 서로가 반가웠다.

저녁을 든 후 현관의 경비 린林 아저씨에게 정식으로 입소 인사를 하고, 숙소로 올라와 YB연변 TV를 보았다. 이번 폭설로 연변 지역

13

곳곳이 도로가 막히고 비닐하우가 가라앉아 피해가 극심함을 보여준다. 이어서 외지에서 돈을 벌어온 사람의 창업 성공 사례를 방영하며 캠페인으로 "창업은 개인의 운명을 개변시킨다."라고 하는 구호와 함께 자막을 띄운다. 이는 침체 일로에 있는 연변 자치주의 안타까운 몸부림이기도 하다. 부디 조선족의 소망이 이루어지기를 빌어본다.

☀️ 맑음 **3월 7일**   새벽 3시경에 커튼을 젖히니 달이 맑게 창을 통해 나를 비춘다. 조국을 떠나 조국을 찾겠노라 말달리던 선열들도 저 달을 보며 고향 생각에 시름을 달랬으리라. 좀 이른 듯하여 다시 잠자리에 든다.

아침 기도를 잊을 뻔하였다. 몸이 찌뿌듯하니 좀 무겁다. 아마도 이국 생활의 긴장 탓도 있고, 화장실에 온수가 나오지 않아 샤워를 하지 못한 탓도 있으리라.

아침 식사를 하러 가는 중에 경비실 신 아저씨와 인사를 나누었다. 연변은 약 40만의 인구가 사는데, 이제는 한족이 조선족보다 그 숫자가 더 많다고 한다. 그 이유는 조선족이 경제적 이유로 자식을 하나만 낳기 때문이란다. 신 씨도 딸을 하나만 두었다고 했다. 그러면서 나를 의식해서 자기도 한국 서울 구로동에 있은 적이 있다고 했다. 내가 조선족에 대한 형편에 대해 좀 측은한 듯한 표정을 짓자, 이내 중국이 전자 쪽에서도 이젠 한국을 거의 따라잡는다고 하며 은근히 자존을 드러낸다. 그래서 한국도 잘 사는 사람은 잘살기 때문에 자식을 덜

낳으려고 하고, 없는 사람은 없어서 자식을 하나만 낳으려고 한다고 했다. 그리고 그 이유 중의 하나로 교육비 부담이 너무 크기 때문이라는 말로 그의 자존심을 누그러뜨리었다. 연변 자치주 조선족 사람들은 정말 자존심이 강한 사람들이란 생각이 뇌리에 스쳤다.

오던 날 공항에서 로밍한 휴대폰은 요금이 비싸니 국제 전화 카드를 사서 쓰는 것이 좋을 거라고 한 말이 생각났다. 이미 출국 전에 모 은행 지점장을 지낸 동창으로부터 정보는 들었지만, 현지 사정을 몰라 인천공항에서 로밍을 하여 가지고 왔던 것이다. 아까 신 아저씨로부터 연변대 정문 앞 학생기숙사 입구 쪽에 이동통신이 있다는 말을 들은 터라, 미끄러운 길을 건너 기숙사 입구에 들어서니 검은 코트를 입고 깜찍하니 예쁘장하게 생긴 여대생이 서있다. 그래서 전화 카드를 어디에서 사느냐고 서툴게 중국어로 말하려 하니까, 나를 한국인으로 생각한 듯 "천천히 말하세요."하지 않는가. 그 태도가 여유 있고 충고어린 말투다. 일순간 부끄러웠다. 중국어를 배우겠다는 욕심이 앞서 한 말인데, 제대로 중국어 문장이 구사되지 못한 것이다. 말투로 보아 조선족은 아니다. 그래서 "한국인이오?"하니 "아뇨, 한족이에요." 한다. 그래서 깜짝 놀라 "그런데 그렇게 한국말을 잘해요? 무슨 과예요."하니 중국문학과란다. 그러면서 바로 옆 상가의 이동통신점China Mobile으로 친절히 안내를 한다. 연변 자치 족 학생들은 발음이 어눌하고 더듬으며 연변 특유의 사투리를 사용하는데, 오히려 그 여대생은 서울에서 유학 온 학생으로 오해할 정도로 한국의 서울말을 유창하게 구사한다. 점원과 대화를 하는 중에 그 중국 여학생이 상냥하게 한국어로 자기 일은

15

여기까지라는 것을 확인하며 인사를 하고 나간다. 이동통신 점원인 조선족 아주머니가 의아하게 보며 왠지 거리를 두는 표정을 짓기에, 우연히 만난 학생이라는 것을 말하자 안심이 되는 모양이다. 그 아주머니 말로는, 중국 학생들이 한국어를 배우기 위해 연변대학에 많이 오는데, 그 이유는 공작工作 공주어 즉 일을 구하는데 용이하기 때문이란다.

돌아오는 길에 문방구에 들렸는데, 그 조선족 여자 점원이 하는 말은 충격적이었다. 한족 학생들이 학원그녀의 손가락질로 보아 아마도 대학이 아니라 대학 정문 건너 사설학원을 말하는 듯함에서 한국말을 열심히 배워 조선족 학생들보다 더 한국어를 잘 한다는 것이다. 이런 현상이 취업에도 영향을 주어, 연변 지역 밖의 통역은 조선족을 쓰지 않고 한국어를 잘하는 한족을 채용한다고 한다. 이는 근본적으로 연변 자치족의 조선 – 한국어 교육의 문제가 아닐 수 없다는 생각이 번뜩 들었다.

선열들이 조국을 떠나 광복을 이루기 위해 어쩔 수 없이 중국 땅에 정착을 하게 되어 그 설움이 어떠했었겠냐마는, 그 후손들이라고 크게 다르지 않을 것이다. 그렇다고 하더라도 자긍심이 강한 민족으로서 계속해서 발전을 추구하지 않을 수는 없는 것이다. 어쨌거나 한족 학생이 하도 명랑하고 활발해서 마치 서울에서 유학 온 학생으로 착각할 정도이니, 조선족의 분발과 각성이 요구되는 것이다. 이러다가 한족한테 눌림을 당하지나 않을까 염려스럽다.

오후 3시에 교수 회의가 5층 회의실에서 열렸다. 나는 한 10분 전쯤 일찍 주임실학과장실에 들려 잠시 기다리다 회의실에 들어갔다. 약 30명쯤 되는 교수들이 앉아 있는데, 담배를 독하게 품어댄다. 여자 교수들이 십여 명은 되어 보인다. 좌석 배치는, 중앙에 놓인 긴 사각 탁자 둘레에 원장과 당 서기가 마주 앉아 있고, 원장 옆에 교무담당 부원장이 자리하고 한쪽에 원로 교수인 듯한 분이 두어 분 앉아서 담배를 피우고 있다. 그리고 탁자를 중심으로 교실 창과 벽 쪽에 의자가 역시 사각으로 놓여 평교수와 젊은 교수들은 거기에 앉는다. 원장의 소개로 간단히 인사를 하였다.

그 교수회의 조직은 2원 체제로 되어 있다. 원장학장을 중심으로 제1부원장에 중국 공산당 서기가 있고, 제2부원장으로 교무를 담당하는 교수가 있다. 그 밑에 처장, 주임, 전공 강좌장 등이 있다. 물론 당원이 있다.

학사 일정과 관련한 일체의 것을 원장이 직접 설명하며 지시하고, 그 다음으로 당서기가 교육 사상과 관련된 것을 전달한다. 이때 전 학기의 불합리한 교육과정 등에 대해서 교수들의 불만이 자유롭게 표출될 수 있음은 물론이다. 비교적 자유로운 분위기이나 때론 좀 무거운 침묵이 흐르기도 한다. 당 서기는 교육 사상과 관련된 논문을 각 교수들에게 쓰도록 지시하고 논문의 수준에 따라 장려금을 지급한다고 발표한다. 교수들이 약소한 장려금의 내용을 듣고 웃는다. 아마도 당 차원에서 지시하는 것으로 제도화된 것 같다. 한국 국립국어원에서 세종 학당을 세워주겠다고 한다는 것도 원장의 공지 중의 하나이다. 모 교수는 학술대회를 유치할 정도로 외부에서 재정적 지원을 받게 됐다는 보고도 한다. 어쨌든 교수들에게 맡겨지는 업무가 막중하다. 연변이 지정학적으로 볼 때에 중국 동북부의 중심지요 유일한 조선족 자치주이기도 해서 각 나라마다 관심을 갖고 관계하고 있기 때문에, 연변대 교수들의 업무가 늘어나고 피곤이 가중되리라는 짐작이 간다.

그런데 회의 중에 교수들은 중국어와 소위 조선어를 섞어서 말을 하는 경향이 있다. 물론 의사소통 시 전달 효과를 위해서 그럴 수 있으리라는 생각이 들기는 하나, 중국 내에서의 소수 민족으로 명맥을 유지하고 발전을 기하기 위해서는 이중 언어 사용 문제는 정리를 하여 공식화하는 것이 좋겠다는 생각이 들기도 했다. 중국 공산당과의 관계가 어떠한지는 아직 모르지만, 공식적인 자리에서 두 언어를 스스럼없이 사용하는 것으로 보아서는 꼭 중국어를 써야한다는 것은 아닌 것 같다. 오히려 조선자치족의 말을 주로 사용하는 것으로 보면, 그것이 중국에서 조선족이 살아남을 몇 가지 수단 중의 하나가 아닐까 한다. 연변 조선족은 한반도가 있으니까 만주족과는 다르긴 해도, 먼 미래를 내다보면 만주족처럼 되지 않는다는 보장이 없다. 그들은 만주어를 잃고 결국 중국 문화에 동화되고 말지 않았던가. 조만간 연변 자치족의 조선어 교과서와 교육과정을 살펴봐야 할 것 같다. 조선어 교육을 집에서나 학교에서 철저히 받은 청소년들이라면, 중국어 권설음의 어눌한 조선어 구사는 하지 않을 것이다. 물론 이중 언어를 사용하지 않을 수 없는 처지는 이해가 가지만, 사정은 사정이고 교육만이라도 철저했다면, 저 중국 한족 여자 대학생처럼 유창한 한국어를 구사하지 않겠는가. 무엇이 문제인지 초등·중등 교사들을 만나든지 그들에게 설문을 하든지 하여 이 문제를 한번 파헤쳐 보고 싶다. 유대인과 히브리어의 이야기는 너무도 유명한 이야기인지라 더 이상 거론하지 않기로 한다.

다만 그들의 모국어 사랑을 타산지석으로 삼아야 할 것이다.

회의를 마친 후 전문가기숙사에 돌아와 있는데 원장의 전화다. 지금 정문으로 나오란다. 그래서 저녁에는 시내 중심가에 위치한 고려 호텔 3층에서 3·8 국제 부녀절중국 사회주의의 남녀평등 사상에서 비롯되어 제정된 것으로 3월 8일 전야는 명절과 같은 분위기로 오히려 남성들이 부녀들을 축하한다고 하며 기분을 낸다고 함.을 축하하고 더불어 보직 이동자와 한 학기 강의로 잠시나마 교수회의 일원이 된 나를 축하하는 자리가 마련되었다. 그 자리에는 원장, 당 서기, 부원장, 학과 주임, 사무 주임, 당원 등과 여자 교수 5명 그리고 나 이렇게 원형식탁에 둘러앉아 나오는 음식을 먹으며 차례로 일어나 부녀절을 축하하며 덕담을 나누었다. 첫 잔은 교무 부원장이 先喝爲敬 선갈위경이라며 일배를 하고 난 후, 좌중의 모두에게 고량주 잔을 채우고 서 모두가 부녀절 축배를 들어 단숨에 비우게 했다. 그리고는 차례로 나에게 첫 잔의 세례를 주는 바람에 고량주 잔을 거의 사람 수만큼은 받아 마신 것 같다. 원장님의 인품이 낮의 회의 분위기나 이 자리를 부드럽고 화기애애하게 만들어서 퍽 인상적이었다. 자리가 무르익어가 면서 어린 시절 소위 문화 혁명 시절의 어려움을 얘기하는 옆 자리 여자 교수의 말로써 짐작컨대, 지금은 조선족이 전보다는 많이 자유로 운 생활을 하고 있음을 알 수 있었다. 사실 그 자리는 당 서기도 있고 공산 당원도 있는 자리인데도 아무 거리낌 없이 말들을 했다. 조선어를 하는 것으로 보아 그들도 아마 조선족인 것으로 보였다. 성이 강 씨인 여자 교수 한 분은 고향이 전라남도로 지금도 친척이 거기에 산다고 한다. 그녀의 부모는 1930년대에 북간도로 넘어왔단다. 그리고 키가

19

작고 얼굴과 몸이 똥똥하게 생겼으며 큰 눈망울에 쌍꺼풀 주위가 거무스름한 것이 꼭 나폴레옹 같기도 하고, 어떻게 보면 중국인 같기도 한 사무 주임은 7남매의 막내 사위인데 장모님을 모시다가 이틀 전 그 혹한과 폭설에 어렵게 맏사위 아닌 맏사위 역할을 하며 장례를 치른 얘기를 하였다. 그 이야기가 그저 고마웠다. 모두가 우리 동포요 더불어 살아가야 할 따뜻한 사람들이었다.

그런데 그 회식 자리에서도 반도의 한국인으로서는 알아듣기 어려운 중국어를 섞어 말을 할 뿐만 아니라 연변 특유의 사투리로 말을 하니, 그들의 말을 이해하기가 무척 힘들었다. 거기에다 말은 왜 그리 빠른지. 행동은 느린 것 같은데 말은 따라잡기 어려울 정도다. 공적인 자리가 아니니, 편의적으로 하는 말일 것이다. 부원장이 웃으며, 이곳의 평소 생활이 이렇다는 것을 자연스럽게 보여주는 자리이니만치, 나쁘게 보고 전언하지 말아주었으면 좋겠다는 경계의 말씀(?)을 하는 것 같다. 그렇더라도 그들의 웃음에 따라 억지웃음을 지을 때도 있었다. 그래서 더더욱 긴장이 되기도 했다. 물론 그렇게 이중 언어를 구사하는 것이, 소수민족으로서 어쩔 수 없이 살아가야 하는 조선족에게는 일상화되어서 편하고 표현력이 더 클 것으로 이해는 되지만, 이동통신 판매점을 안내한 한족 중국문학과 여대생이 자꾸 떠오르는 것은 왜일까.

회식이 끝나고 원장님의 지시에 따라, 못이기는 척 여자 교수들 틈에 끼어 택시를 타고, 연변대 정문 앞에서 내려 교내 숙소로 향했다. 달과 별이 높고 차게 빛났다.

☀️ 맑음 **3월 8일**   어제 오후 긴장과 독주 탓으로 오전 내내 침대에서 누워 지냈다. 술이 좋아서 머리는 아프지 않았다. 오후에 운동도 하고 당분간 사용할 휴대폰도 알아볼 겸 신화서점 사거리, 서울로 치면 명동이라 할 광명 거리로 향했다. 가는 길에 피자나라에 안 들릴 수 없다. 아침부터 커피 한 잔도 먹지 못했으니 우선 머리부터 진정시켜야 한다. 카운터의 연변 처녀는 역시 어눌한 연변 조선어 말씨를 구사하며 나를 알아본다. 나올 때는 제법 세련된 한국어로 "안녕히 가세요."하지 않는가. 그 처녀의 사람을 보는 눈치가 대단하다. 소수민족으로 살면서 눈치껏 때로는 중국어로 때로는 오늘과 같이 한국어로 말을 하는 표현력을 은연중에 삶의 처세로서 익혀왔을 터였다. 이런 생각이 미치자, 왜 연변의 조선족 사람들이 조심하는 눈치고 비교적 말을 아껴하려는지 그래서 좀 침체된 분위기를 만드는지를 조금은 알 것 같기도 했다.

이동통신 아줌마가 가르쳐준 대로 중관촌을 먼저 찾기로 했다. 신화 사거리에 오니 저 건너에 연변 백화상점이 보이고 뒤로 연변 국제무역 청사가 있다. 길 건너 사거리 모서리에 新和書店신화서점이란 간판이 보인다. 그 서점에서 북쪽 길로 올라가다 보면 중관촌이 나온다. 중고 휴대폰을 파는 그곳에 들어갔다. 넓은 공간에 남대문 시장을 방불케 하는 소규모 휴대폰 점포들이 건물 안에 가득하다. 나처럼 단말기를 사려는 사람 또는 중고 단말기를 팔러 온 사람 등 온갖 사람들로 북적댔다.

휴대폰을 진열 해놓은 한 여자 판매원 앞에서 휴대폰 값과 분당 이용료 등을 알아보았다. 잠시 사용하는 것으로 3백 위안에다 카드 값을 더해 350위안 정도면 흥정이 될 수 있었다. 혹시나 해서 오기 전에 연변대 앞 이동통신 아줌마한테 물었더니 200원조선족들은 중국 화폐 단위인 元을 중국어 '왠'(yuan)이라고 하지 않고 한자음 '원'이라고 말함. 한국어 사전에는 '위안'으로 표기됨. 이면 될 거라고 하고, 신화 사거리 IC 카드 조선족 청년 판매원은 약 300원 정도는 줘야 할 거라고 했다. 그런 정보를 알고는 왔지만, 막상 200위안짜리 단말기는 너무 구형이고 속된 표현으로 후졌다.

그래서 300원 정도면 될 것 같아 그 여자 판매원이 추천한 삼성 중고 휴대폰을 3백 위안이면 사리라 내심 정하고 흥정을 하려 했으나 그렇게는 안 된단다. 그러면서 속으로 통화료가 분당 1위안 5마오 밖에 안 되어 3분을 통화 한다고 해도 6위안이 안 되는데 그리고 다 쓰고 나면 되팔 수 있다는데, 그게 그렇게도 많은 돈이냐고 말하며 남자치고는 너무 쩨쩨하다는 눈치를 하는 것 같다. 그러면서 4시가 넘어 전을 거둬야 한다고 휴대폰을 상자에 주워 담았다. 그래서 믿거나 말거나 다음날 오마고 말하고 중관촌을 나왔다. 다른 점포의 판매원들이 중국어로 말을 하여 의사소통의 어려움이 있었는데, 머리 모양이며 옷이며 그 색깔이 비교적 세련되어 보이는 중년의 그 점포 아줌마는 조선말을 유창하게 하는 것으로 보아 조선족 동포임에 틀림없다. 그래서 마음속으로 '아줌마 내일 꼭 올 거요. 기다리소.'하니 그녀에 대한 안된 마음이 풀렸다.

서점으로 가는 중에 길 건너편을 보니 첫날 점심을 먹었던 梅花狗肉館매화구육관 TEL : 2528421 이 있다. 이제 지리를 좀 알 것 같다.

사거리 신화서점은 서울 대형 서점에 비하면 그리 큰 편은 못되었다.

그러나 여기서는 유명한 서점이었다. 그 3층에서 조선어 교과서를 대충 살펴보았다. 저녁 식사 시간이 가까워 더는 머무르지 못하고 급히 서둘러 연변대 정문을 들어서는데, 어제 저녁 고려호텔에서 회식할 때 초밥을 먹으라고 친절하게 대해주었던, 미모의 젊은 여자 J교수가 나에게 인사를 하였다. 퇴근길이라고 했다. 낯선 타국에서 나를 알아주는 사람이 있다니 반가웠다.

☀ 맑음 **3월 9일**　아침 5:30에 일어나 커튼을 여니 바람이 자고 공장 굴뚝과 같은 크고 작은 굴뚝이 처처히 하늘로 연기를 내뿜고 있지 않은가. 시야가 안개 낀 듯이 자욱하고 창문을 열면 매캐한 냄새로 창문을 열 수가 없다. 저 멀리 모아산이 보이지 않을 정도로 공기오염이 심하다. 낮에나 환기가 가능하다. 새벽녘에는 춥기 때문에 집집마다 연탄보일러를 가동하기 때문이란다.

　오늘은 첫 강의가 시작되는 날이다. 학생들을 예진하기 위해 몇 가지 설문을 준비하였다. 점심 식사 한 시간 전에 연변대 인근에서 설문지를 한 장당 0·5위안씩 30장을 복사하고 난 후, 피자나라에 들려 커피 한 잔을 마셨다. 여주인은 40대쯤 보이는데 한국에서 학교를 다녔다고 했다. 그녀는 손님의 연령에 맞게 60─70년대 팝송을 틀어준다는 것이었다. 그러니까 나를 생각해서 틀어준 것이다. 그 시간에 나밖에는 손님이 없었다. 그러고 보니 지난번에도 낯선 손님인 나를 의식해서 60년대 한국에서 유행했던 노래를 틀어준 것이었다. 참 고마왔다. 남자주인인 듯한 사람은 갈 때마다 마주치는데, 늘 의심의 눈초리로 나를 보곤 한다. 그런 태도는 기숙사 경비 아저씨나 기숙사 식당의 남자주인도 비슷한 면이 있다. 이민족으로서의 삶이 그렇게 만들지 않았나 생각한다. 연변대 체육과에 다닌다는 아르바이트 남학생은 복장이며 말씨며 태도가 서울 학생들과 같다. 그리고 그 표정이 밝고 명랑하다. 이곳의 젊은 세대는 기성세대와 퍽 대조적이다. 그에게 중국 학생들이 대개 한국어를 어디서 배운지를 물었다. 시내 한국어 전문학원이나 대학에서 배운단다.

오는 길에 '한국 상점'상호에 들려 화장지와 과자 한 봉지를 샀다. 과자는 밤늦게 입이 심심하고 뱃속이 출출할 때 요긴하다. 오늘도 그 상점의 여인은 카운터에서 미소로 손님을 맞이한다. 그녀는 키가 작고 깜찍하며 예쁘장하다. 한 삼십대 중반쯤 되어 보인다. 연변에서 그녀가 요새 나의 유일한 중국어 선생님이다. 물건을 사며 하루 동안 의문나는 중국어 단어나 문장의 발음을 물어보면 계산만큼이나 분명하고 야무지게 답을 준다. 지금까지 느낀 바로는 연변 사람들이 우물우물하고 잘 대답하기 꺼리는 경향이 있어 보이는데, 그녀는 비교적 친절하고 고분고분하다. 오늘은 어제보다 좀더 밝고 생기가 돌아 보인다. 몇 번 들를 때마다 바싹 탄 입술에 힘없이 앉아 있곤 하였는데, 착각은 자유랬다고 아마 제자가 생겨서 그런가 보다.

참, 아까 교문으로 향하는데 부원장을 만났다. 그는 친절하게 자신의 휴대폰의 카드 칩을 꺼내 보이며 단말기 구입에 대한 설명을 하여 주었다. 고마운 분이다.

　점심 식사 후에는 강의하러 오후 1:35까지는 5층 강의동으로 가야 한다. 오늘은 영상 4도쯤 되어 길에 눈이 녹아내린다. 포근한 오후다. 첫 강의에 학생들에게 화두로 知彼知己를 제시했다. 예진용 설문을 받아보니 연령이 고르지 못하다. 20대를 중심으로 30대와 40대 남녀로 편성되어 있다. 그리고 조선족이 한족보다 배 이상 많은데 총 29명이다. 그들은 대부분 연변대학 아니면 다른 대학의 한국어과에서 한국어 공부를 한 학생들이다. 그들 중에는 한국어 강사나 교원도 있다. 설문 분석을 잘하여 그들 전공에 부합되도록 언어 연구 방법에 대해 지도를 해야 할 것이다. 특히 한족 학생들은 대조에 의한 방식으로 언어 연구를 하도록 유도해야 할 것 같다. 장래의 희망이 대학 교수라는 학생이 여럿 있는 것으로 보아 기대 수준은 비교적 높은 학생들이라는 것을 알 수 있다. 비록 그들이 장래 희망대로 되든 안 되든 그런 것은 다음 문제이고, 일단은 언어 과목에 대한 연구 방법을 익히어 실제로 논문을 쓰게 하는 일이 중요한 것이다.

　저녁에 옆방의 L 교수가 자기 방에서 차 한 잔 하자고 인사 겸 초대를 한다. 한국의 지방 모 대학에 재직하는 그는 지난 가을부터 연변대 객좌 교수로 왔다며 명함을 주었다. 지난 학기 용정 농대에서 강의를 하였단다. 지금은 어학원에서 중국어 연수를 받으며 연변대 한족 학생한테 잠간씩 배우고 있는 중이란다. 그는 중국 정치 제도며 연변 지역의 사정—경제, 민심, 학교 교육, 지리, 관광 등—에 대해 해박한 정보를 주어 연변에 온 지 4일밖에 되지 않은 나에게 큰 도움을 주었다. 중국에서는 유일한 연변 조선족 자치주의 위상에 대해 그와 논의를 했는데, 공감되는 바가 많았다. 또한 연변의 언어 정책에 대한 질문을 하였는데, 역시 조선족이 사용하는 조선어에 대한 전망에 대해서도 공감되는 바가 컸다. 우리 동포가 사는 연변이 발전하기 위해서는 연변 자치족의 분발과 아울러 한반도의 지속적인 관심과 배려 및 한족과 조선족에 대한 동등한 대우 등이 요구되었다. 그리고 그의 전공과 관련된 중국과 한국의 농업 정책에 대해서도 얘기를 나누었다. 꽤 긴 시간 그것에 대해 논의를 하였는데, 한국의 농업 분야에 대한 현황과 장래에 대해 염려를 함께 했다. 이제 한국의 농민도 중국과 일본의 사이에 낀 한국의 농업 현실을 직시하고, 그 활로를 농민 스스로 개척하지 않으면 안 되는 시대가 되었다. 무조건 FTA를 반대만 해서는 안 된다는 L 교수의 말에 느끼는 바가 많았다. 그는, 연변 조선족 동포들이 KBS나 SBS의 뉴스에서 한국 위정자들의 정치 활동 모습이 연변 TV에 방영되는 것을 보고, 얼마나 식상해 있는지를 알기나 하는지 모르겠다는 것이다.

잠자리에서 설문지를 읽고 있는데, 서울에서 전화가 왔다. 세실리아가 일요일에 연변에 가니, 공항에 제시간에 나오라는 것이다. 며칠밖에 되지 않았지만, 반가운 목소리다. 안심이 된다. 눈이 자꾸 감겨 더이상 설문지를 볼 수가 없다.

☃ 눈 **3월 10일** 아침 6시경 커튼을 여니 또 함박눈이 소리 없이 내린다. 며칠 전처럼 그렇게 춥지도 않고 바람기도 없다. 그 정경은

26

좋은데, 눈을 치우는 수고가 가중되게 생겼다. 어제 저녁까지도 트럭을 동원하거나 양은그릇, 함지박 등 담을 수 있는 큰 그릇은 다 동원하여 길가의 눈을 치는 모습이 한국에서는 보기 어려운 풍경이었다. 눈은 속절없이 계속 내린다. 건물 사이로 보이는 공원로_{연변대 앞길} 차로 차도를 완전히 덮어버려 차가 거북이처럼 달린다. 연길시가 또다시 온통 눈 속에 묻히고 있다.

이번 눈은 예년에 없던 폭설이란다. 동북부에서 40년 이상을 살았다는 한 대학원생은 이 번 눈이 평생에 두어 번 겪는 눈이라고 설문지_{설문 마지막 항에 이번의 폭설에 대한 감상을 쓰도록 했음.}에 적었다. 어떤 학생의 설문지에는 이번 눈을 "瑞雪造兆豊年_{서설조풍년}"이라는 중국인들의 눈에 대한 덕담을 쓰기도 했다.

점심 후 바람이 불고 쌓인 눈이 휘날리며 기온이 뚝 떨어진다. 그래도 오늘은 中關村_{중관촌}에 가서 휴대폰_{소지}을 구입하리라 작정을 하고 대학 정문 쪽을 향하여 내려가다가 그렇게 조심한다고 하며 내려가는 데도 어이없게 학생들의 발길로 반드르르하게 길이 난 눈길 위로 좀 심하게 표현하면 "쿵!"하고 소리를 내며 털썩 주저앉는 것이 아닌가. 그래 엉덩방아를 찧은 것이다. 갑자기 머리가 띵하니 울리고 엉덩이뼈가 뻐근하다. 이거 골반 뼈라도 부서진 것은 아닌가 하는 우려가 순간 엄습한다. 기억하기로는 지금까지 십여 년 동안 한 번도 그런 일이 없었다. 동네 할머니들이 더러 넘어져서 뼈가 상해 더 이상 나다니지 못하고 누워 지내다 세상을 뜨는 경우를 보았기 때문에, 노파심이 작동했나 보다. 하기야 내 나이도 젊은 나이는 아니다. 한참을 앉아 있다

27

일어나니, 다행히 엉덩이만 얼얼하지 큰 이상은 없는 것 같아 다행이라고 생각했다. 제대로 된 신고식을 연변대에 한 셈이다.

운동이 필요해서 조심을 하며 걸어 신화서점이 있는 광명 사거리를 좌회전하여 중관촌에 갔다. 그저께 흥정을 하다 만, 조선어를 할 줄 아는 그 아줌마한테 가서 여러 개의 중고 휴대폰을 점검한 끝에 성능이 제법 괜찮다 싶은 일제 휴대폰을 350위안에 구입했다.

그녀는 화룡시에서 태어나 초등·중등 교육을 거기서 받았다고 했다. 연변 사람들은 한족이냐 조선족이냐를 구분하는 경향이 있는데, 그녀는 토종 조선족이었다. 좀 비싼 것 같기는 한데 지난번처럼 깎자는 말을 할 수가 없었다. "고장 나면 오시오."하고 말하는 그녀의 정색한 얼굴을 보며 나도 한 마디 했다. "그저께 온다고 말했지요. 이렇게 왔습니다" 믿음이 가는 우리 동포였다. 그런데 그 여인도 역시 시종 무표정이었다. 밝은 웃음이 없다. 그녀가 적어도 상인이라면 그럴 수는 없는 일이다. 겉으로 내색은 않더라도 한 대를 팔았으면 조금이라도 흐뭇한 감정은 표출되는 법이다. 팔았을 때나 안 팔았을 때나 항상 그 표정이다. 그런 표정은 지금까지의 경험만으로도 연변에서 여럿을 목도했다.

서점에 들러 교과서와 안내 책자관광를 구입했다. 저녁 시간이 되기에는 조금 이른 시각이지만, 근처 梅花狗肉館에 들어섰다. 카운터의 연변 아가씨가 나를 보며 "혼자까?"한다. 그래서 자리에 앉으며 '혼자까'가 무슨 말이냐고 물으니 "혼잡니까?"란다. 식사를 하고 나오는데, 카운터에 앉아 있는 70대로 보이는 할머니가 "가십시오." 한다. 하도

28

반가워서 "할머니께서는 '가시오'라고 하지 않으시고 '가십시오'라고 하십니다. 연변에서는 '가시오'라고 하지요?"하고 말하니 할머니께서 연변말이 중국말과 섞여 쓰이다 보니까 말이 많이 달라져서 알아듣기가 어렵게 되었다는 말씀을 하신다. 그렇다. 요새 연변 사람들의 말이 중국말처럼 빨라지고 발음이 정확치 않게 된 것이다. 매화 할머니의 올바른 지적이다. 아마도 그 연변 처녀 종업원과 나 사이의 대화를 할머니가 들은 모양이다.

아까 공원교를 건너오면서, 중년이 넘어 보이는 한 아주머니에게 성당이 어디에 있는지 물었다. 잘은 모르나 어떤 차를 타고 가는 게 좋을지를 천천히 진지하게 말하였다. 조선족이었다. 그러나 '얼얼싼' 병원 가는 차를 타고 가라고 하는 그녀의 말에서 연변 사람들의 편의적인 이중 언어 사용을 알 수 있었다. 사실 매화 집 그 처녀도 중국어처럼 말하다 보니까 줄인 말이 습관이 된 게 아닌가 한다. 현실을 살자니 편의적인 것이 알게 모르게 몸에 밴 것이라고 생각한다. 그러나 오늘의 조선어 현상을 그런 상태로 놓아 둘 수는 없지 않은가.

기온이 나올 때보다 더 내려가고 바람이 세차게 분다. 도저히 책꾸러미를 들고 숙소까지 오기가 매우 어렵다. 그래서 택시를 탔다. 택시비는 5위안이다. 그런데 개장국집에서 먹은 보신탕 값은 10위안이다. 서울에서는 7천 원 내지 8천 원이니 서울의 보신탕보다 여섯 배는 싸다. 보신탕 맛도 서울의 그것에 비교가 되지 않는다. 이미 밝힌 바지만, 붉은 양념을 넣으면 보신탕 고유의 맛, 옛날 시골 장터에서 맛보던 그 맛이 난다. 한국 충청도 지역의 붉은 개장국 맛에 좀 가깝다고나 할까.

대학 정문 옆, 한국식품 점 앞에서 내려 과자 한 봉지를 사려고 들어갔다. 내 중국어 선생님이 식사 중이다. 그래서 별다른 공부는 못하고 과자만 사서 들고 나왔다. 그녀가 그것을 아는지.

저녁 7:30경 K 교수한테서 내일 안사람 공항 도착 시간 확인하는 전화가 왔다. 공항까지 자가용으로 마중을 나가겠다며 내일 11시까지 기숙사에 도착하겠단다. 연변대에서 공항까지는 차로 10분 거리이다. 사양해서 될 일이 아니고 해서 고마울 뿐이었다. 중관촌에서 휴대폰을 구입했다고 하니, 자기한테 부탁했으면 좋았을 걸 그랬다고 한다. 그래서 큰 바가지야 썼겠느냐고 하며, 그 여자 상인이 화룡 태생의 우리 동포였다는 말을 했다. 그러자 여분이 하나 있었는데 미처 말씀을 못 드렸단다. K 교수의 배려가 또한 고맙기만 하다.

참, 잊을 뻔했다. 오전에 이○○ 대학원 학생한테서 전화가 왔다. 안부 전화였다. 반가웠다. 이국땅에서 나를 알아주는 사람이 생겼다는 게 참 흐뭇했다. 그녀는 대학생 아들도 있고 막내가 11살로 소학교 4학년생이란다. 나이가 40대 중반이다. 남편이 연변과기대 교수로 있어 근 10년째 연변에서 살고 있는데, 앞으로 계속 중국 땅에서 살 거란다. 그녀 역시 고려대연변에서는 과기대를 고려인(한국인)이 설립한 대학이라 하여 시민들이 고려대라고도 함.에서 한국어 강사로 일을 한다고 했다. 내 첫 강의가 마음에 든다는 듯이 말을 하며, 도와드릴 일이 있으면 말씀하란다.

이써여,
사철 백벙은 이써여

2장

☀ 맑음 **3월 11일**   새벽에 조선어 사용 문제와 관련된 학생용, 교사용 설문지를 각각 작성하였다. 과연 내용상, 절차상 문제가 없을지 염려가 되긴 하나, 일단 초안 작성은 되었다. 창밖은 청명하다. 다행스럽다. 오늘은 서울에서 세실리아가 온다. 일기가 어제처럼 나쁘면 공황 상황

이 악화나 되지 않을까 걱정이 된다. 오늘 아침 반찬 차림에는 가지김치가 놓였다. 연변에 와서 처음 맛을 보는 것이다. 특별히 맛이 있다거나 향기가 있는 것은 아니고 그저 덤덤하고 조금은 담백한 맛, 간이 든 무미의 맛, 그것이 가지김치의 맛이라면 맛이겠다. 매일 반찬이 식사 때마다 다양하게 제공되어 입맛이 떨어져 밥을 먹지 못하는 일은 없다. 그리고 국이, 중국전통 음식처럼 기름지지 않고, 김치콩나물국처럼 칼칼하고 비교적 맛깔스럽다. 나같이 나이 든 사람에겐 남쪽나라_{한국}에서 늘 그렇게 다양하게 차려 먹기가 쉽지 않은 음식이다. 물론 볶은 반찬이 자주 나오기는 해도 기름기가 덜하기 때문에 건강에 좋고 간이 비교적 심심하여 혈압에도 좋다. 아마도 한국의 병원에서 그렇게 매일 다양하게 차릴 수는 없을 것이다. 나로서는 전문가 기숙사 식당이 고마울 뿐이다. 아마도 세실리아가 오면 기뻐할 식단이다. 그 음식 종류는 대충 이렇다. 흰쌀밥, 콩나물 무침, 부로콜리, 호박무침, 계란·토마토 요리, 콩조림, 두부파기름에 튀겨 삶은 것, 가지김치, 배추김치, 무말랭이무침, 고추장아치, 콩나물국, 김치콩나물국, 된장국, 미역국 등 기억나는 것만 꼽아도 이렇다. 여기에다 두세 가지 더 추가되기도 한다. 이런 다양한 반찬의 식단이 매식마다 다르게 짜이는데, 김치라든가 기본 반찬 외에 일정한 숫자의 반찬이 식사 때마다 번갈아가며 제공된다.

  11시 5분 전에 현관으로 내려가 K 교수를 기다리니, 11시 정각에 검은 승용차를 몰고 왔다. 공항으로 가는 동안 그에게 생각하고 있던 것들에 대해 이것저것 물었다. 도서관 열람증을 만드는 일은 전문가기숙사의 외사과 소관이란다. 전문서적은 연길시 서점에서 구입하는 것이 사실상 불가능하고, 대학이나 대학 교수의 소장 책을 빌려보는 것이 전부라고 했다. 북한 서적도 북한의 세관 통과가 쉽지 않단다. 북한 교과서는 국내용은 국외 반출이 거의 불가능하고, 다만 해외용 교과서가 있다는 것이다. 실제로 북한의 교과서는 지질도 나쁠 뿐더러 1년 배우고 나면 회수한다고 한다. 그래도 전공 서적은 교과서에 비해 비교적 구입이 가능할 것으로 말한다. 그의 심기가 좀 불편스러울 거라는 직감이 들었다. 연변에 오는 사람마다 연변을 제대로 보려고 하지 않고, 연구 자료나 챙겨가려고 오는 사람들뿐이라는 생각을 하는 것 같다. 그래서 참새가 방앗간을 그냥 못 지나가듯이 나의 직업이 그런 직업이니 언어에 관심을 갖게 된다는 말을 했다. 그러자 그의 마음이 좀 가라앉는 것 같았다. 사실 요 며칠 동안의 경험이지만, 연변에서 조선족이 쓰는 말이 충격적이었다는 것을 그에게 말했다. 그러자 K 교수는 연변의 전문가들이 소장본을 잘 내놓지 않는다고 했다. 그것은 그럴 수 있을 거라는 생각이 들었다. 그래서 김 교수에게 한 마디 말했다. 어떤 사물이 있다고 할 때에 그 사물을 바라보는 관점은 다양할 수 있는 거 아니냐고. 그도 쾌히 그렇다고 응대했다. 사실 연변 자치족이 진정으로 발전하려면 개방만이 살길이라는 생각이 들었다. 답답한 마음이 들었다.

계속해서 이번에는 설문에 대해 김 교수에게 물어보았다. 다른 기관에서는 설문의 응답이 쉽지 않겠지만, 학교에서는 비교적 나을 거라는 얘기를 했다. 그래서 다음에 설문할 때에 협력을 부탁했다. 그는 한국의 국립국어원이 조사하러 왔을 때 안내를 맡았다고 했다. 그러면서 중국에서 하는 일은, 되는 일도 없고 안 되는 일도 없다는 의미심장한 말을 했다. 그리고 중국에서는 관계가 중요하다는 말을 덧붙였다.

공항 가는 길은 날씨 탓인지 좀 막혔다. K 교수의 운전 솜씨로 가까스로 도착 시간에 공항 주차장에 대었다. 서풍이 심하게 불어 쌓인 눈이 휘날려 공항 주변이 온통 눈보라 속에 휩싸였다. 아직 출구로 탑승객이 나오지 않았다. 마침 K 교수 은사님 한 분이 딸 마중을 나오셨다 하여 인사를 나누었다. 연세가 70대 중반은 넘은 것으로 보였는데, 깨끗하고 곱게 늙으신 학자셨다. 그들 사제지간의 정이 나의 가슴에 찡하니 와 닿았다. 우리도 늙으면 결국 저렇게 될 것이다. 그 은사님께서 날보고 나오는 쪽으로 가서 마중하라고 손짓을 하신다. 목례를 하고 출구 가까이로 갔다. 잠시 후, 세실리아가 모습을 드러냈다. 좀 초췌한 모습이다. 성격으로 보아 어제부터 긴장하고 새벽 일찍 집에서 나왔으니 피곤도 할 터였다. K 교수와 인사를 하고 짐을 끌고 나오다가 그가 은사가 걸리는지 은사님과 함께 동승하면 어떻겠냐고 양해를 구한다. 그 마음씨가 갸륵했다. 아직도 이곳은 우리의 전통이 살아있었다. 참 고마운 일이었다. 은사님께 갔다 그냥 돌아왔다. 은사님께서 차를 가지고 왔다고 하면서 극구 사양하시더란다. 오면서 보니 공항 인근, 황량하고 사람도 살지 않는 곳에 건축물이 두어 곳 올라가고 있었다. 무엇을 위한 거냐고 묻자, K 교수는 관리들이 시내 주민들에게서 멀리 떨어진 곳에 모임 내지는 접대 혹은 사교장으로 짓는 거란다. 관리들이 어떠한지 짐작이 간다. 그는 중국 조선족의 성격에 대하여도 말을 했다. 연변의 조선족은 북방의 거친 성격을 지녔으나 속은 깊다고

34

했다. 반면에 남쪽한국의 사람들은 겉은 상냥하나 속은 얕게 보인다는 것이다. 그래서 한국의 유학생들이 적응이 안 되는 경우가 많단다. 어쩌면 K 교수 자신이 연변 대학교에 있으면서 국제적으로 잦은 관계를 통해 겪은 경험을 말하는 것 같았다. 사실 각 나라가 관심을 보이고 국제적인 회의 같은 것을 열면서 연변대학교를 한 번씩은 스쳐갔을 것이다. 그럴 때마다 느끼게 되는 허탈감이 어디 한두 번이었겠는가. 또 관광객들이 연변에 한 번 왔다 갈 때마다 그 후유증이 크다는 말들이 들리는데, 어제오늘의 새삼스러운 얘기는 아닌 것 같다. 그가 그렇게 말하는 것은 일리가 있다고 생각했다.

저녁 식사는 세실리아의 식성에 맞는가 보다. 안심이다. 밤늦게 서울로 연변에 잘 도착했다는 전화를 했다. 세실리아는 초저녁인데도 침대에 눕자마자 잠에 빠졌다. 몹시 피곤했던 모양이다.

☀ 맑음 **3월 12일**　　오늘 아침은 하늘이 맑고 바람이 잔잔하다. 새벽에 남쪽 하늘에 떠 있는 조각달이 장대로 딸 수 있듯이 가까이에 있고, 그 모양이 비단에 무늬를 놓은 듯이 선명하다. 세실리아가 피곤이 풀린 모양이다. 오늘은 외사과에 내려가 입소 신고와 서류 작성을 한 후, 시내 백화점 구경도 하고 생활 도구를 몇 가지 사기로 했다. 아내는 여전히 경제에 신경을 쓴다. 마일리지 적립으로 항공료 35만원 벌었다고 거듭 말하며 기뻐한다. 며칠 동안 돈에 대해 별 신경을 안 쓰고 지냈는데, 이제는 그 자유가 제한이 될 것 같다. 이것은 비싸니 안

되고 저것은 싸니 된다는 식의 재정 관리 시어머니가 왔으니 말이다. 10 : 30에 외사과에 가서 아내를 소개했다. 굳이 비자 연장을 위한 거류민증을 발급받지 않아도 6월 초까지는 거류가 가능하니 그 때 가서 보잔다. 사실은 세실리아가 5월 초쯤 한국에 들어갔다가 오기로 했으니까 그때에 다시 3개월 단기 관광 비자를 중국영사부에 가서 발급 받아 건너오면, 8월 초까지는 중국 거류가 가능하게 되어 나와 출국 시기를 맞출 수 있을 것이다. 기왕에 간 김에 전날 K 교수가 한 말도 있고 해서 외사과 담당 직원에게 여분이 있으면 601호에 의자를 보내달라고 부탁했다. 대학원생들이 논문을 쓰기 위해 상의하러 올 경우에, 기본 의자 하나로는 서서 대화를 할 수 뿐인 없다는 말을 하였다. 여분이 있으면 보내주겠단다. 그리고 도사관열람증이 필요하다고 하니까, 거류민증이 나오면 그것으로 도서관에 가서 신청을 할 수가 있다는 것이다. 그러나 세실리아는 안 된다는 것이다. 그래서 내가 책을 빌려다 주기로 했다.

공원로를 따라 광명거리로 가던 중에 중국남방항공에 들려 비행기표 예약에 관해 물었다. 탑승일 보름 전에는 예약을 해야 한단다. 인천공항까지 세금을 포함해서 1982위안 한국 돈으로 약 26만 원 정도 됨.이라니 아시아나 항공료보다 싸다. 아시아나는 편도 세금 포함해서 연변에 오는데 35만원이 넘었다.

신연변백화상점 新延吉百貨商店 신옌지바이훠상디엔에 가서 74위안을 주고 탁구 세트를 구입했다. 세실리아는 운동화를 168위안 환율이 올라 1위안 당 130원이 조금 넘는다고 하니 대충 2만2천 원은 넘음.을 주고 샀다. 그리고 꼭대기 8층에 올라가 점심을 먹었다. 개장국 6위안, 우동 종류 5위안, 생채 1접시 4위안이었다. 간판은 한국 식당이라고 하지만 중국인이 경영하는 음식점이었다. 종업원이 모두 중국 한족이었다. 그래서 그런지 개장국이 멀거니 맛이 별로 없었다. 조선족이 경영하는 매화집과는 천양지차였다. 조금 걸어가서 거기서 먹을 걸 후회가 되었다. 1층 슈퍼에서 칭따오清島 맥주 2캔에 7위안, 그밖의 공산품을 샀는데, 공산품이 음식값보다는 비싼 편이다. 북방이다 보니까 남방 과일이 그렇게 싼 편이 아니다. 람부탄 500그람이 10위안이다. 백화점 과일 값이 비쌀 수도 있겠다 싶었다. 다음에는 거리에서 사먹어 봐야겠다. 그러나 과일 상점이 거리에서는 눈에 띄지 않는다. 한국과는 많이 다르다.

그런데 신발을 흥정할 때에 중국 여자 점원들이랑 대화하는 데 어려움이 많았다. 다른 동료 점원을 끌고 와서야 의사가 좀 통했는데, 그녀는 제법 조선어를 구사했다. "연변이가 눈이 와서 칩다 말입니다.", "이개미이것이 얼맙니까?", "신발이 맞슴까?" 등등의 말을 하는 것으로 보아 틀림없는 조선족으로 알았다. 그러나 알고 보니 한족이었다. 아마도 입사하기 위해 조선어를 열심히 배운 것이 아닐까 한다. 신연변백화점의 점원들은 거의가 한족 여성을 고용한 것으로 보였다. 이토록 조선족의 입지가 점점 좁아지고 있는 게 아닌가 생각되어 좀 심하게 표현하자면 가슴이 왠지 쓰라렸다. 그 백화점은 아마도 중국 한족이 경영하는 것 같았다. 그 규모나 내부의 진열 상품이 서울의 백화점 못지않게 세련되고 상품도 다양했다. 이런 정도의 도시인구 약 40만에 상하이에서도 흔치 않은 백화점이 광명 사거리 부근에 우뚝 솟아 있는 것이다.

백화점을 나와 광명거리 옆 골목길을 걸어가는데, 더 이상 걷기가 어려울 정도로 힘이 든다. 근처에 명주백화점을 들어갔다. 연변에서는 문마다 가리개를 하여 그걸 걷고 들어가야 한다. 추운 지역이다 보니까 보온을 위해서 그렇게 한다. 이 백화점은 연변백화점에 비해 진열 상품도 세련되지 못하고 다양하지도 않았다. 주로 조선족들이 점포를 운영하는 것 같았다. 그 두 백화점이 너무도 대조적이다.

명주백화점에서 나왔다. 길가에 미처 치우지 못한 눈이 모래흙과 범벅이 되어 언 것이 골목으로 휘몰아치는 세찬 바람에 날려 얼굴을 때린다. 얼굴이 따갑고 몸을 가누기가 어렵다. 아, 북간도의 한파가 이런 것이로구나. 실감이 난다. 베개를 하나 살까 하고 생각했으나 골목길을 더 이상 누비기가 어려워 택시를 타고 돌아왔다.

저녁을 먹기 전 한 40분간 숙소 방 맞은편에 탁구실이 있어서 세실리아와 탁구를 쳤다. 세실리아는 주님의 은총으로 생각하며 환한 미소로 마음의 기도를 하는 것 같다. 결혼해서 시할머니, 시어머니 두 분을 모시고 살면서 어디 한번 마음 놓고 나들이를 제대로 한 적이 없었다. 이렇게 이국땅에나 와서야 그 쌓였던 응어리가 풀리려나. 제발 그렇게 되기를 바라는 이 마음을 하느님께서는 알아주실까.

내일은 오전 11:30에 전문가 기숙사에 들어있는 전문가, 교수 등 외국인 모두가 204호실에서 회의를 갖는다는 통지를 받았다.

휴대폰을 열어보니 낮에 N 교수께서 전화를 주셨는데, 미처 벨소리를 듣지 못했었나보다. 그래서 전화를 드렸다. 지금 북간도 연변에 있다고 하니 떠날 때 자리를 함께 하지 못했다고 하면서 섭섭함을 전하신다. 출국 직전에 P 교수로부터 N 교수께서 부친상을 당했다는 소식을 듣고 인편으로 조위는 표했으나, 출국 직전이라 병원 영안실에는 미처 가지 못한 것이 못내 미안한 마음이다. 이국땅에서 전화를 받으니 그렇게 고마울 수가 없다. N 교수께서는 함께 있는 아내에게 안부 전해 달라는 말씀을 잊지 않으셨다.

☀ 맑음 **3월 13일**   모처럼 날씨가 맑고 바람이 잔잔하다. 굴뚝의 연기가 곧게 올라간다. 세실리아는 일찍 일어나 수건과 화장지로 베개를 만들어놓고 베어보란다. 그러면서 100위안을 벌었다고 기뻐한다. 어제 백화점에서 베개 가격을 알아보았는데 생각보다 비쌌다. 역시 세실리아는 경제적인 사람이다. 나라면 어제 비싸더라도 그냥 샀을 것이다.

아침 식사 후 세실리아는, 내가 커피 대접도 받고 했으니까 람부탄 5개와 사과 2개를 접시에 담아 옆방 L 교수께 갖다 드리란다. 마침 중국어 강의를 받으러 나가려는 참이었다. 접시는 플라스틱이니 그냥 써도 된다고 하며 건네자, 안사람과 함께 저녁식사라도 하잔다.

11 : 30에 외사과 204호 실로 내려갔다. 외국전문가와 교원들을 소집하여 회의를 한단다. 국제교류협력처 처장의 인사말에 이어 온수공급이 원활하지 못한 저간의 사정을 설명하였다. 길림성에서 제일 좋다는 태양열 시설을 했으나, 건설대행사가 장춘으로 철수하는 바람에 고장난 것을 수리하지 못하고 있다는 것이다. 하얼빈에서 우수한 대행업체를 불러올 거라는 내용의 양해를 구하면서, 급한 대로 온수 공급 대책을

세워 불편이 없도록 하겠다는 인사를 끝으로 부처장에게 나머지 일을
일임하고 자리를 떴다.

부처장 주도하에 여러 가지 문제점 내지 개선책 등에 대하여 듣고
논의를 하였다. 그 회의에 참석한 사람은 일본인 남자 둘 그리고 여자
하나, 미국인 둘, 그리고 한국인 여섯 이렇게 11명의 전문가 내지 교원
들이었다. 회의가 끝난 후 이어서 맥주를 곁들인 좀 나은 식사가 제공되
었다. 아무튼 연변대 국제교류협력처의 외국인들에 대한 배려에 감사
했다.

오후에 산책을 나왔다. 우선 외국인 전문가 모임에서 연변대예술학
원에 강의하려고 온 한국의 K 교수에게서 열쇄 복제하는 장소를 들은
터라, 연변대 정문 건너 쪽 노상 열쇄 상인한테 가서 방문 열쇄를
복제하였다. 그리고 걸어서 공원교를 건너 신세기백화점신스지바이훠디엔
에 갔다. 상품 진열이 신연변백화점과는 달랐다. 거기보다 세련되지는
않았으나 이곳만의 특성을 살린 대형 백화점이었다. 연변대학생들을
의식해서인지 젊은이 취향의 상품들이 전시되었다. 지하 1층 우리마트
한국식품점에서 둥굴레차길림성산 한 갑을 7위안에 샀다. 세실리아가 그것은
참 싸다고 했다. 그와 같이 물건 값이 싼 것은 무척 싸다. 그 상점의
점원은 우리 조선족 동포였다. 어제 신연변백화점 식당에서 나올 때
"만쩌우"라고 한 말이 생각나 그 말이 '짜이찌엔'이란 말과 같은 뜻인지
물으니, 중국 사람들은 "안녕히 가세요."라는 표현을 그렇게도 많이
한단다.

이 백화점도 거의가 점원들이 중국 한족이었다. 아, 연변 조선족

자치주라고는 하지만, 조선족의 입지가 많이 좁아지는 것을 오늘 또 절감했다.

기숙사 식당에서 저녁 식사를 하면서 생수 3병에 3위안을 주자, 세실리아가 당장 내일 정수기를 들여 놓아야겠단다. 실은 식사 때마다 한 병씩 하루 3위안이면 한 달에 90위안이 물 값으로 든다. 적은 돈이 아니다.

저녁을 먹은 후 돌아올 때 공원교 부근에서 사온 사과배를 깎아 먹었다. 돌배처럼 크기가 작고 맛이 시큼하며 시원하고 달작지근하다. 기름진 중국 음식에는 어울리는 과일이라는 생각이 들었다.

오늘 백화점을 오고가면서 거리의 간판 중에 하나가 유독 눈에 띄었다. '삼일에살까기' 세련되지 못하고 좀 거친 표현이다. 혹 북한의 조선어 영향이 아닐까 한다.

그런데 연변 조선어의 줄임말에 대해 생각을 해 볼 게 있다. 왜 현재와 같이 그런 현상이 일어난 것일까. 과거 연변 조선어는 어떠했는지 연구가 필요하다고 본다. 이런 연구는 언어 정책에 중요한 영향을 줄 것이다. 연변 조선어의 원형을 찾아 표준어 설정이 시급하다고 본다. 현재와 같이 계속해서 조선말이 변하도록 방치하다 보면, 본토의 말과 너무 거리가 있는 언어로 되지 않을까 우려가 된다. 지금은 방언적 차이를 크게 넘어서지 않은 듯하나 사실은 위험 수준에 왔다고 해도 과언이 아닐 성싶다. 언어적 차이로까지 변하게 되면, 그때는 동포으로서의 관계가 언어적으로는 끊기게 된다. 비단 구어만이 아니라 문어의 표기 문제도 연구가 되어야 할 것들이 많다고 보인다. 특히 정서법 문제는 옆방의 L 교수도

41

지적을 하는 바다.

☀ 맑음 **3월 14일**   아침 식사를 하러 식당에 내려갔다. 옆방 L 교수가
벌써 내려와 있다. 세실리아에게 과일을 잘 먹었노라고 인사를 한다.
아내와는 공식적으로 하는 첫인사다. 식사 준비가 좀 늦어져 기다리는
중에 그가 먼저 세실리아에게 어학 교육을 받는 게 어떠냐고 묻는다.
모 대학 한국인 부인도 어학연수를 한단다. 세실리아가 그렇게 했으
면 좋겠으나 잠시 귀국했다 와야 한다며, 뜻은 있으나 사정이 여의치
않음을 내비친다. 그는 주 5일 어학원에서 중국어 교육을 받고 또
방에 와서 가정교사로 중국학생을 불러다 회화 공부를 계속한다. 사실
외국어는 그렇게 집중적으로 경험을 하며 교육을 받아야 어느 정도
말을 할 수 있다. L 교수는 동경에서 공부를 해 일본어는 수준급인
것 같고, 미국에서도 생활한 적이 있었다 한다. 그의 어학 실력이 대단
했다.
  식사 후 올라오면서 아내가 6층 관리 아줌마 방에 들려 정수기를
설치할 것을 말하고, 의자도 있으면 좀 주십사 부탁을 했다. 저번에
정수기 얘기를 한 분이 주무 관리 아줌마였다. 그 여성은 나이가 50대
중반은 되어 보이는데, 키가 시원하게 크고 성격이 직선적이며 좀 화끈
했다. K 교수가 말한 연변 조선족 성격의 대표적인 여인이었다. 그녀의
주선으로 중국인이 정수기를 가져왔다. 정수기 본체와 물통은 대여
보증금으로 130위안이고, 물 값은 8통에 40위안으로 물표 8장을 구입

했다. 물통의 물이 빌 때마다 1통의 물 값을 5위안짜리 물표로 대신했다. 그리고 정수기를 대여한 보증금의 영수증을 받았다. 그것을 받아놓아야 나중에 보증금을 돌려받을 수 있다는 것이다.

세실리아가, 지금까지 먹은 생수 병들을 가리키며 저렇게 많이 사먹었다는 말을 하자, 주무 관리 아줌마가 "물 값을 절약하셔야지요." 하며 왜 진작 알려주었을 때 들여놓지 않았느냐는 듯한 표정을 짓는다. 연변 조선족 아주머니들은 그렇게 절약하며 살아온 거라는 생각이 들었다. 참 검소한 생활 태도를 그 말 한 마디에서 느낄 수가 있었다. 그녀도 공무의 생활을 하고 퇴직하여 지금은 이런 생활을 한다고 하며 신분상 자존을 들어낸다. 그래서 한국에서도 정년이 되면 다 재취업을 한다는 말로 위로 했다. 자식들 중에는 상해에 있는 대학에 다니는 녀석도 있단다.

점심 때 식판을 들고 반찬을 한 가지 한 가지 집어 담으며 식당 아주머니의 솜씨가 대단하다는 말을 혼잣말로 하였다. 물론 그 앞에서 그녀가 듣고 있었다. 음식 맛이 중국 음식처럼 느끼하지 않으면서도 조선족 음식의 칼칼하고 감칠맛 나는 고유성을 유지하면서 간도 적당히 알맞아 그렇게 먹기가 좋을 수 없다. 식당 주인은 부인복도 많다는 생각이 들었다. 여러 나라 사람들의 입맛이 다르고 까다로울 터인데, 그녀의 솜씨에 식당이 유지되고 있는 것 같았다. 이국에서 잠시나마 생활하는 우리로서는 그저 한없이 고마울 뿐이다.

어떻게 하다가 마음만 있지 연변에 온 지 벌써 열흘이 되는데도 목욕탕엘 가지 못했다. 그래서 몸이 덥고 뜨끔대며 개운칠 않다. 어제부

터 오늘은 무슨 일이 있어도 꼭 가리라고 작정을 하고 있는데, 세실리아
가 빨리 갔다 오란다. 초등학생처럼 "예." 하고 나왔는데, 생각해보니
아내가 오기를 기다리다 지금까지 못 간 것 같다.

기숙사 방에 온수 공급이 안 됨으로 해서 연변대 인근에 있는 목욕탕
이나 사우나탕을 이용들 한다는데, 연변대 정문 앞 골목에 있는 해금강
목욕탕은 5위안이고 시내 고급스런 곳은 20위안이란다. 물론 중급의
사우나탕도 있다고 한다. 고려호텔에서 K 원장이 하신 말씀이 생각난
다. "이곳은 연변대가 먹여 살리고 있어. 연변대에 오는 외국인이 얼마
나 많아." 연길시가 관광객이며 연변대 방문객들로 경제적인 혜택을
보는 것은 사실일 거라는 생각이 들었다. 그렇지 않으면 지리적으로
상당히 폐쇄된 곳이라 경제에 미치는 타격이 크리라. 거기에다 동북공
정으로 조선족의 삶이 전과 같지 않을 수도 있으리라는 점에서 더욱
그럴 거라는 생각이 든다.

연변대 앞에 있다는 해금강을 가려고 나오는데, 저만치서 여학생
셋이 말죽거리가 어떻고 한국말로 서로 웃고 얘기하며 오고 있다. 그래
서 "학생들 서울에서 왔어요?"하니 지방에서 왔단다. '말죽거리' 얘기
를 하기에 그런 줄 알았다고 하니까, 영화 얘기를 하는 거란다. 교환학생
들인데, 반 년 어학연수를 온 학생도 있고, 일 년 어학연수를 온 학생들
도 있단다. 그 학생들은 두 주 전에 와 국제교육원기숙사에 머물며
초급 한어중국어를 교육받고 있다고 했다. 연변생활이 어떠냐고 묻자,
그들 중 하나가 웃으며 "좋아요." 한다.

해금강 목욕탕은 서울의 일반 대중탕과 거의 비슷하다. 수건을 5위

44

안에 사가지고 들어갔다. 어디가나 직업은 못 속이는가 보다. 목욕탕 종업원들에게서 "환인쾅린에서 오세요."과 "쭈이시저우去洗澡 목욕하러 간다."去는 '취'가 바른 발음임.를 배웠다. 그들은 조선족으로 친절하게 중국어를 가르쳐 주었다. 현관의 카운터에 앉아있는 처녀도 용정에서 소학교를 다녔다며 "안녕히 가세요."하고 인사를 한다. 이들 조선족 앞에서 중국어를 배우겠다는 나의 태도가 왠지 좀 쑥스럽게 느껴졌다. '나이도 먹을 만큼 먹은 사람이' 하는 소리가 들리는 듯했다. 그러면서도 배움의 욕구는 자제가 안 되는가 보다. 세실리아의 부탁도 있고 해서 목욕가방을 하나 살 겸, 책에서 익힌 중국어 훈련도 할 겸, 골목길을 나와 바로 옆 큰길가의 슈퍼마켓에 들어갔다. 점원에게 목욕 가방 하나를 가리키며 떠듬떠듬 "쩌거뚜어샤오치엔"하니까, '리우콰이' 뭐라고 하는데 잘 알아듣지 못하자, 진열대에 붙인 가격표를 지적한다. 6.2元이다. 조선족 사람들이 사용하는 화폐단위로 '6원 20전'이다. 카운터에 가지고 가서 계산을 하고자 하니, 0.2元의 '얼마오=毛'가 생각이 잘 나지 않는 것이다. 책에서 배워 며칠 전에도 사용한 단위인데 오늘은 잘 떠오르지 않는다. 계산대 한족 처녀도 의사소통이 안 되니까, 수줍어 얼굴을 붉히며 조선어 종업원을 부른다. 한국 서울 말씨로 분명하게 "2원 20전이에요."한다. 그래서 "서울에서 왔어요?" 하니 한족이란다. 그래서 어떻게 그렇게 한국말을 잘 하느냐고 묻자, 어려서 부모가 조선족 학교에 보냈다고 했다. 그러면 한족만 다니는 학교도 있느냐고 묻자 그렇다고 했다. 그 종업원의 말로는 연변에 두 민족의 학교가 있는데, 학교 선택권은 부모에게 있다는 것이다. 그러면 조선족 학교에 몇 학년까지 다녔느냐고 묻자, 고등까지 즉 12학년까지 다녔다는 것이다. 그런데 그렇게도 조선어가 아닌 한국어를 잘 구사하는 것이다. 그렇다면 조선족 학생의 말씨와 한족 학생의 말씨가 왜 그리도 다르단 말인가. 여기까지 생각이 미치게 되자, 답이 나오지 않아 좀더 연변 생활을 하면서 그 해답을 찾아보자고 마음속으로 다짐했다. 그 중국 처녀는 소학교초등학교부터 조선족 학교에서 한어와 조선어를 똑같이 배웠다고 했다. 그렇다면 조선족 학생들과 똑같이 배웠을 텐데, 연변식 조선어의 표현을 빌리자면, "그 한족 처녀는 한국어를 제대로 구사한단 말임다."

저녁에 세실리아와 탁구를 치기로 하였으나 탁구실이 만원이다. 저녁 9시쯤 돼서야 우리 차지가 되었다. 근 한 시간을 똑딱 탁구를 쳤다.

연변에 오는 날부터 가계부를 한번 써서 중국 생활이 경제적으로 어떤지를 알고자 했다. 경제통 여인에게 칭찬도 받을 겸 보여주니까, 왜 안하던 짓을 하냔다. 아니 이건 무슨 뚱딴지 같은 소리인가. 역시 나는 돈을 쓰는 사람이어야 분수에 맞는단 말인가.

☀ 맑음 **3월 15일** 　 새벽에 창밖을 보니 동남쪽 하늘에 희미한 눈썹달이 낮게 떠 있다.

옆방 L 교수는 벌써 어언학원에 나가는가 보다. 가정교사한테 발음이 그게 아니라고 혼나며 여러 번 반복하고 반복한다. 출국 전 초급 중국어를 보고 발음을 어느 정도 익혀왔지만, 사실 경험을 해야 알아들

46

을 수 있고 사성 발음도 훈련이 되어야 하기 때문에 자기 발음이 정확한
지 안 한지는 중국인들과 대화를 통해서만 가능한 일이다. 어제 슈퍼에
서 중국인 점원이 빠르게 하는 말 중에 "떵이샤等一下"와 "피엔이便易"를
알아들을 수 있었다. 그 뜻은 '기다리시오', '싸다'의 의미로 해석된다.
틈틈이 독학으로 익힌 것들의 결실이다. 기분이 좋았다. 대화가 통하지
않는 곳에 가면 얼마나 답답하고 짜증스럽고 긴장되며 두려울까. 연변
은 그래도 동포가 있어서 의사소통에 큰 문제는 없다. 이리 오기를
참 잘했다는 생각이 든다.

나는 거리에 나가면 가능한 한 익힌 것을 확인하고 싶은 충동에
휩싸인다. 내가 한 발음을 중국인이 알아듣는지 확인도 해보고, 익힌
것으로 중국인들의 말을 얼마나 이해하는지 확인하는 일에도 몰두하곤
한다. 그럴라치면 옆의 세실리아가 하는 말을 놓치기 일쑤다. 그래서
정신 나간 사람이라는 핀잔을 듣기도 한다. 어려운 것은 조선족 동포의
힘을 빌려 교정을 받기도 한다. 이런 점에서는 연변만큼 중국어를 경험
하기가 쉽고 좋은 곳은 없으리라고 생각한다.

세실리아는 아침 식사 후 의자에 앉아 깊은 잠에 빠진 듯하다. 어제
저녁 탁구를 친 탓이리라. 먼 북간도 이 추운 곳까지 남편을 찾아
온 그녀다. 비록 비행기로 두어 시간 남짓 날아왔지만, 내게는 이곳
연변은 여전히 머나먼 곳, 우리 선구자들이 말을 달리던 곳이다. 아마도
왜정시대 독립운동을 하던 선조들이 이런 상황에서 나와 같은 감정을
가졌으리라고 생각하니 왠지 숙연해진다. 그분들의 희생이 있었기에
우리 동족이 전 세계에서 그 명맥을 유지하고 발전하고 있는 것이

아닌가.

오후에 옆방 L 교수가 값이 싸고 편리한 전화 카드를 사용해 보란다. 100콰이_{위안}에 3시간 이용이라니, 지금 설치하는 것이 불편이 덜할 것 같다.

국제전화카드 설치 직원은 길림시에 산다고 했다. 거기서 태어나 소학교를 다닌 조선족이었다. 참 반가웠다. 그는 우리 동포였다. 100위안의 카드를 내 방의 전화와 내 연변 휴대폰에 입력하여 쓸 수 있게 설치를 하여 주었다.

오후에 연변대 국제교류협력처에서 회의 때 약속했던 순간 온수기를 설치하여 주었다. 그때 경비아저씨, 설비아저씨, 관리아줌마 등이 내 방에 왔는데, 그들 모두가 조선족 동포. 정화수도 설치 했겠다 해서 맥심봉지인스턴트 커피를 정수기 온수에 타 대접을 하였다. 차를 마시는 중에 온수 공사 얘기를 꺼냈더니, 중국에서는 한두 개 건수로는 공사를 하러 오지 않고, 여러 개의 건수를 만들어야 일하러 온단다. 좋다고 하여 태양열 온수기를 대행업체에 부탁해 설치를 했으나, 그 업체가 산둥성인가 어디로 달아나 버리는 바람에 연락도 안 되고 찾을 길도 없어 고장 난 것을 수리하지 못하고 있다는 것이다. 중국이라는 나라가 참 재미있는 나라라는 생각이 들었다. 그러면서 한국의 50년대 전쟁 후에 흔히 한 건 하고 종적을 감추면 그것으로 끝인 시절이 생각났다. 대륙의 조급함이 없는 너그러움을 느끼면서 다 같이 껄껄 웃을 수 있는 시간을 잠시 가졌다. 지금 통신이 발달한 한국에서 서비스 업체나 건설 업체가 감히 사기를 치고 도망가 숨을 곳이 어디 있으며 그것을 넉넉한 마음으로 보아줄 사람이 과연 얼마나 있겠는가 싶었다. 그런 사람이나 업체는 더 이상 한국 땅에 발붙이고 살 수 없다. 그런데 그런 일이 중국에서는 흔히 있는 일인가 보다.

그리고 관리 아주머니한테 들은 얘긴데, 중국에서는 관료주의가 뿌리박혀 신분의 차이가 몹시 심하단다. 그 아주머니도 전에 직장을 30년이나 다니다 퇴임한 지 한 3년이 되었단다. 집에 있기 무료하고 또 돈도 벌기 위해 재취업을 하였는데, 중국 교수님들이 대하는 것과 한국교수님들이 대하는 것이 다르단다. 그만두고 싶은 생각도 했었단다. 그래서 한국에서도 정년이 지나면 아저씨니 아주머니들이 재취업을 많이 한다고 했다. 아내도 퇴직한 지 몇 년이 되었다는 얘기로 자존심 강한 조선족 아주머니의 마음을 눅여주었다. 그러자 동류의식이 들게 되는지 좀더 친절하게 대화가 되었다.

아까 카드사 직원에게서 들은 얘기인데, 나의 조선족에 대한 기우 하나를 풀어주었다. 조선족 자치주인 연변에서는 관리직이며 회사 직원 등 소위 상류 계층은 조선족이 주로 담당하고 판매직 같은 직종은 한족이 담당한다고 했다. 그만큼 조선족의 지역 활동이 활발하고 해외 활동 내지 교류도 주로 조선족에 의해 이루어진다고 했다. 그 말을 들으니 다소 안심이 되는 말이라 싶으나 멀리 내다보는 K 교수의 안목과는 다소 차이가 있음을 알게 되었다. 카드사 직원의 견해대로만 연변 자치족이 발전한다면야 연변 조선족의 장래는 밝겠다고 생각했다. 그렇게 되기를 빌었다.

저녁 식사 한 시간 전 세실리아와 함께 탁구를 쳤다. 겨우 두 번째인데 그녀의 실력이 대단하다.

저녁에는 세실리아와 함께 산책을 하고 연변대정문 길 건너 슈퍼마켓超市 초우스에서 실내용 대걸레를 샀다. 입소한 지 열흘이 지났다. 그동안 한 번도 방 청소를 못 했다. 하기야 제 몸 닦은 지도 하루밖에 되지 않으니 그럴 만도 하다. 숙소의 방은 두 칸으로 되었는데, 소위 거실이라고 볼 수 있는 방은 한국의 대학 연구실보다 크면 컸지 적지 않고 안으로 그보다 더 큰 방이 있는데 화장실이 그 일부 공간을 차지한다. 화장실은 거실에서 들어가게 되어 있고 샤워를 하게 되어 있다. 방에는 침대가 놓여 있고 옷장이 하나 있다. 거실에는 책상과 의자 그리고 TV가 한 대 있다. 그리고 중국 호텔飯店 판디엔에서 일반적으로 제공하는 보온병과 컵이 놓여 있다. 그러니까 기본은 갖춰져 있는 셈이다. 연변에 와서 처음 방에 들어왔을 때에 그 크기에 좀 놀랐다. 휑하니 넓고 환하여 마음이 확 트이었다. 방의 크기에 비해 책상이 작아 오히려 초라해보였다. 역시 중국이라는 나라는 대국이라는 느낌을 받았다. 그런데 좀 의아한 것은 그렇게 넓은 방인데도 온도가 알맞고 아늑하였다. 알고 보니 방방마다 창 밑에 라지에타실내보온장치가 설치되어 뜨거운 물이 계속 흐르고 있었다. 화장실도 그러했다. 관리 아주머니 말로는 중국의 북부 특히 동북부가 난방만은 강남에 비할 바가 아니라는 것이다. 상해에 있는 아들이 오라고 해도 거기는 강남인데도 추워서 안 간다는 것이다. 그래서 그런지 아침에는 창문을 열어놓지 못한다. 연탄가스로 연길 시내가 자욱하다. 사방의 굴뚝에서 옛날 석탄열차를 방불케 하는 연기가 솟아오른다.

☀ 맑음 **3월 16일**　　오늘은 어제보다도 날이 좀 더 포근한 편이다. 오전에 지난 시간에 학생들에게서 받은 설문을 정리하고 강의 준비를 하였다.

오늘 점심 식당의 메뉴 중에는 뚜어저조선어로 '당콩'이라고 하는데 여물지 않은 콩을 푸른 콩깍지 채 요리한 것. 그 맛이 좀 다다분하다.와 멸치에 말린 고추를 섞어 볶은 요리, 어묵 같이 얇게 만든 두부 요리, 짜차토란 같이 생긴 것인데 껍질을 벗겨 절여서 생채처럼 썬 요리로 그 맛이 무맛은 아니고 약간 오독오독 하고 담백한 맛이 남. 등이 있었다.

점심을 먹고 있는데, L 교수가 가방을 들고 들어온다. 언어연수가 끝난 모양이다. 식사를 끝내고 나오는데, 앞줄에 앉아 있던 여학생들이 "안녕하세요."하고 인사를 한다. 며칠 전에 만났던 한국 교환 학생 일행인 것 같다. "언어공부 했어요?"하니 "네." 한다. 직업의식이 발동해 "잘들 해야지."하고 한마디 덧붙였다.

방에 들어가자, 세실리아가 '아로나민골드' 한 알을 먹으란다. 전에는 종종 귀찮아서 무시하기도 했는데, 가만히 생각해보니까 때로는 여자의 생활 감각이 삶에 실失만 주는 것은 아니라고 생각되었다. 내가 미처 알지 못하고 지나치기 쉬운 부분을 잘도 지적해 준다. 따르기만 하면 별탈이 없이 지내는데, 무시하는 경우 사단이 났던 일들이 생각난다. 다만 시시콜콜히 따르다보면 좀 답답할 때가 많은 것이다. 그래서 결국 한 알을 먹었다. 그러고 보니 연변에 온 후의 생활이 늘 의식적인 생활의 연속이다. 이국 생활에서 무엇 하나 관심을 소홀히 할 수 없기 때문에 더욱 그렇다. 잠잘 때를 제외하고는. 세실리아가 또 비티민C를

51

입에 쏘옥 넣어 준다. 고마운 사람이다.

점심시간AM 11:30 - AP 1:30이 끝나는 시간까지는 5층 과사무실에 가야 한다. 한 십분 거리이다. 강의 동을 향해 기숙사 앞에 있는 도서관 옆을 돌아 산 쪽으로 비스듬히 난 길을 오르면서 보니까, 주변 정원과 길가에 눈이 쌓여 아직도 한참은 지나야 다 녹을 것 같다. 그리고 좀 거리가 있는 북쪽 연변대 뒷동산 서편으로는 넓은 과수원이 자리하고 있다. 아직 잔설이 곳곳에 남아 있으나, 머지않아 모아산 너머 용정에서 남풍이 불면, 무슨 과목인지는 모르지만 꽃망울이 맺겠지. 기다림은 우리에게 희망을 준다. 나에게 이런 기다림이 있고 가슴 부풀게 하는 봄이 있다니! 그것도 우리 선열들이 살아 숨 쉬었던 이곳에서 말이다. 이런 것이 다 주님의 은총이라 생각하니 그저 감사할 뿐이다.

사무실에서 출석 명단을 받아 보았다. 대학원 수강생이 총 29명이나 된다. 오늘 강의는 언어 연구 방법에 대한 것이다. 거기에서 진도를 조금 더 나아가 언어이론에 관한 것도 일부분 강의를 했다. 학생들이 문법이론이 약해 어려움이 따를 것으로 판단되어 개괄적인 설명을 하면서 한국의 언어학계 이론 현황을 소개하는 정도로 하였다. 그리고 논문 세 편을 과제로 주고, 언어 연구 방법론과 관련하여 읽고 보고서를 작성토록 하였다.

비교적 기대한 만큼은 학생들이 따라와 줄 것으로 생각되어 다소 희망적이다. 사실 설문분석을 하여 보니 조선족과 한족 모두 장래 희망이 대학 교수가 되겠다는 학생들이 대부분이었다. 기대 수준이 높은 학생들이다.

강의가 끝난 후 한족 학생 세 명이 남아 지난 시간에 결석한 사유를 말하면서 양해를 구한다. 그 중 두 여학생은 집이 산동인데, 한 학생은 산동대조선어학과를 나왔고, 다른 한 학생은 산동사범대학에서 법학을 전공했다고 한다. 이번 폭설에 산동에서 대련으로 오는 뱃길이 막혀 늦어졌다는 것이다. 그리고 대련에서 연길로 열차를 타고 와야 하는데, 평상시에 산동에서 연길까지는 3일이 소요된다고 한다. 나머지 한 남학생은 흑룡강성에 사는데 연길까지 30시간이 걸린단다. 광활한 나라의 공간과 시간 개념은 한반도의 그것과 비교가 안 되었다. 이렇게 넓은 땅에서 사는 중국인들이기에 그 마음도 그렇게 넓고 조급함이 없을 거라는 생각이 들었다. 그들은 거리에 대해 불평이나 불만이 없었다. 그저 주어진 환경에서 자기가 하고자 하는 일에 최선을 다하겠다는 태도를 보이는 것 같았다. 생각해 보자. 대학에 오는데 3일을 배와 기차에서 보내고도 늦은 것에 대해 웃어넘기는 그 학생들, 50시간이나 30시간은 다반사로 예사롭다는 듯이 말하는 그들이 아닌가. 그들의 생각은 일 백리, 이 백리 개념이 아니다. 천 리, 만 리 개념이다. 그 개 중국이다. 여기가 중국 대륙인 것이다. 우리 독립군 투사들도 이 광활한 땅을 말로, 역마차로, 기차로 여기 저기 누비며 투쟁을 하지 않았겠는가.

오늘은 탁구실에서 누군가 꽤 오랜 시간 탁구를 친다. 피곤도 하고 밤도 깊어 그냥 자기로 했다. 내일은 공원교 건너 시내 시장西市場 시스창에 가겠단다. 그런데 택시를 탈 경우 기사가 한족이라면 중국어로 뭐라고 해야 할까. 책에서 배운 대로라면 사성을 무시하고 대충 '칭따오

53

시스창'請到西市場하면 될 것 같다. 그러면 '여기 세워 주세요.'는 '짜이쩔 팅이샤'하면 될까. 연길에 오기 전에 외워둔 것이다.

☀ 맑음 **3월 17일**   세실리아는 아침 식사 후 해금강 목욕탕에 갔다. 문표 門票 : 1일 입장권 는 7위안 元 이고 월표 月票 : 한 달 동안 다닐 10장의 입장권 는 1일 5元이니 월표를 끊기로 했다. 전문가 기숙사 외사처에서는, 온수샤 워기를 설치하고도 전기코드 줄이 짧아 잇대야 하는데, 설치회사에서 그것을 거부한단다. 그래서 다음날로 어떤 조치를 취할 것처럼 하더니 아무 소식이 없이 세월만 간다. 중국은 뭐든지 급할 게 없는 모양이다. 속된 표현으로 만만디다. 한 주일을 더 기다려 보기로 했다. 그 때도 소식이 없으면 직접 연결 코드를 시장에서 사올 생각이다.

가계부를 들고 침실에 들어가 오늘 사용 금액이 얼마인지 확인하자 니까, 아내가 그런다. "집에 가서나 잘 하세요." 왠지 좀 계면쩍기도 하다. 그래도 이번 연변 생활 동안만은 보고서를 작성한다는 마음으로 1元 1장도 빠뜨리지 않고 기록하려 한다.

점심시간에 부로콜리 밑동을 얇게 저며 식초로 절인 새콤한 김치를 먹었다. 그런데 은근히 걱정이 되는 게 있다. 방에 설치한 정수기 물이 바닥나면 또 물 한통을 가져오라고 해야 한다 그런데 그 물통 배달원이 한족이라 중국어로 주문을 해야 될 것 같다. 그렇다면 '여기 연변대 전문가기숙사 601호이다. 물 한통 필요하다. 물 한통 보내 달라'고 하는 말을 전화로 해야 할 것이다. 전문가 식당 주인에게 이 전문가

기숙사를 중국어로 무엇이라고 하느냐고 묻자, '수서'란다. 아마 한자로 '宿舍'를 말하는가 보다. 확인을 해야 할 것 같다. 그렇다면 이렇게 말하면 될 것 같다. "쩔 스 옌벤따쉬에수서 리우바이이하오리우링이하오, 워야오수이이통, 게이워수이이통"木의 바른 발음은 '쉬이'임. 문법에 맞는지는 모르겠으나 대충 이렇게 말하리라고 생각을 한다. 그런데 하나 걸리는 게 있다. 연변대 내에는 유학생 기숙사리우쉬에성수서가 있어 혼동이 있을 것 같다. 전가專家 혹은 전문가專門家라는 말을 '수서' 앞에 붙여야 될 것 같다. 그렇다면 '專'이 문제다. 중국어로 어떻게 발음하는지 확인을 해야 한다. 나머지는 익히 아는 것들이다. '家'는 '지아자'고 '門'은 '먼'이다.

점심 후 침대에서 중국어를 공부하기 위해 가지고온 초급 중국어책을 보았다. 처음 볼 때보다 한층 더 쉽게 느껴진다. 역시 언어 공부는 현지에서 해야 한다. 공부하는 중에 [zuo]쭈어 : O에 사성 중 하나인 전강조 ' '가 찍혀 있음.라는 소리의 뜻이 여러 개임을 확인하였다. '做'·'하다'의 뜻, '坐' '앉다, 타다'의 뜻, '作業'(쭈어이에 : 숙제)의 '作' 등, 그밖에도 또 있을 것이다. 이렇게 중국어는 소리와 성조가 같아도 뜻이 다양하여 중국인들도 의미 변별에 어려움이 있다고 대학원생들이 말했다. 그러니까 동일한 소리에 사성四聲의 차이로 의미가 변별이 되기도 하지만, 성조까지 같을 경우에는 상황이나 문맥에 따라 그 의미를 해석해야 한다.

오후에 서시장西市場 시스창에 갔다. 가는 도중에 공원교 입구 부근에 애득백화점愛得百貨店 아이더바이훠디엔에 들렀다. 주로 옷을 파는 백화점이었는데, 한국에서 수입한 봄여름 블라우스 하나가 98元 이라고 세실리아가 말한다. 나는 여전히 중국어에 관심을 갖고 한자 발음을 점원이나 학생들에게 눈치봐가며 묻곤 했다. 매장의 점포에 무슨 전구專區라고 쓰여 있어 그 '專'의 음이 '좐'이라는 것을 알았고, '區'는 후에 책에서 고평조의 'qu'취라는 것을 확인 했다. 그리고 방의 1호, 2호 할 때의 '호号'는 '하오'라고 했다 그렇다면 전화번호는 '띠엔화하오'가 될 것이다. 그러면 책에서 본 '찐텐티엔 지위에지하오'의 '하오'는 무엇이란 말인가. '오늘이 몇 월 몇 일이냐'로 해석을 했었는데, 역시 확인을 해 보아야겠다. 그런데 전에 연대여기서는 서울의 연대와 똑 같이 줄여서 연변대를 '연대'라고 함. 또 연변과기대를 고려인(한국의 모 종교계)이 세웠다 해서 '고대'라고도 한다함. 그러니까 연길에도 연고대가 있다. 앞 길 건너 슈퍼에서 빵을 살 때에 생산 일을 확인하는 중에 3月15日期이라고 포장에 찍혀 있어서 그 '日期' 해석이 안 돼 애를 먹은 적이 있었다. 오늘 이 백화점에서 그것이 생산 시기를 뜻한다는 것을 알 게 되었다. 중학생으로 보이는 조선족 소녀는 그 한자의 음을 전강조의[ri]日와 고평조의[qi]期의 발음기호에 성조까지 표시하여 적어주는 것이다. 중학교 몇 학년이냐니까 고등학교 3학년이란다. 12학년 학생이다. 참 똑똑했다. 학년에 비해 어리게 보이는, 깜직하게 생긴 연변 소녀. 그녀의 말씨가 서울 표준말로 들린 것으로 보아 조선어 학교 교육을 철저히 받았거나 매스컴의 영향일 거라는 생각이 들었다. 그런 딸이 나에게도 있었으면 싶었다.

언어습득 욕심이 이런 기쁨을 주기도 하는구나 생각했다. 승강기를 타고 내려오면서 동승한 한 점원에게 '내려 간다'를 중국어로 뭐라고 하느냐고 묻자, '샤로우'下樓라고 한단다. 다행히 한국어를 알아듣고

2장 에세이, 시적 발언은 에세이

대답을 해 주었다. 그렇다면 올라간다는 '샹로우'上樓냐고 묻자 그렇단다. 후에 '로우'에 대한 한자를 확인하니, 층이나 건물의 뜻인 樓이었다.

백화점 문 쪽으로 나오면서 보니 문 위에 '歡迎您 您은 '닌'이라 발음하고 '니'(你)보다 상대를 더 정중히 존경할 때 쓰는 말. 再來'가 붙어 있다. 중국어 발음으로는 '환잉닌짜이라이' 쯤으로 읽을 것 같다. 그 뜻을 직역하면 '당신이 다시 오기를 환영합니다'로 해석된다. 문을 나와서 문 위쪽을 보았다. 거기에는 '歡迎光臨'이라고 쓰여 있다. 이 문장은 연대앞 해금강 목욕탕에서 안내원이 일러준 대로다. '환잉꽝린'인 것이다. '어서오십시오'의 뜻이다.

다리를 건너 서시장에 들어갔다. 옛날 70년대 서울의 동대문시장이나 남대문시장과 같다. 어느 대형 쇼핑 점에 들어가서 세실리아는 나에게 꼭 맞는 베개를 하나 골라낸다. 18元이다. 얼마 전에 연길 백화점에서는 100元을 달라고 했었다. 물론 품질이 다르긴 하겠지만, 그 베개는 좀 크고 높아서 사실은 썩 마음에 들지 않았었다. 백화점보다는 시장이 물건이 다양하고 값이 비교적 쌌다. 조선족 처녀들이 지나가기에 역시 중국어에 대한 나의 호기심이 발동했다. 나는 버릇이 나쁜지 한번 인식한 것도 두 번 세 번 확인하는 습성이 있다. 그래서 '이층'二樓을 중국어로 무어라고 하느냐고 그 처녀들에게 물었다. '얼러우'라고 했다. 그래서 내가 "얼러우" 하니까, "알"하더니 "예, 얼" 한다. 문득 연대 앞 슈퍼마켓의 한족 점원이 "스알 스알"하여 값을 잘 알아듣지 못했던 생각이 났다. 아, 그러고 보니 여기에서는 사투리로 '얼'二를 '알'로도 말하는구나 하는 생각이 들었다. 이어서 점포에 붙인 한자 服裝의

57

'장'을 무어라고 발음 하느냐고 물었다. '쫭 짱'이란다. 그러니까 복장을 '푸쫭'이라고 말하는 것이다. 이렇게 정신없이 묻고 다니니까, 세실리아가 빨리 가자고 채근한다.

세실리아의 말로는 서시장에서 플라스틱 제품은 비교적 비싼 편이란다. 서시장 한쪽 편 잡화 상가를 둘러보고 나오면서, 아내는 연변에 오니 연변 물가에 익숙해져 택시비 5元도 이제는 크다는 생각이 든단다. 그리고 연변 사람이 점점 되어가는 것 같단다. 버스 값이 1元이니 그럴 만도 하다. 10元이면 한국 돈으로 환산하면 천이삼백 원정도 하지만, 그 돈이면 여기서는 5元짜리 밥이 두 끼요 특식으로 매화집에서 보신탕 한 그릇을 잘 먹을 수 있는 것이다.

저녁 식사에는 가끔 먹곤 한 '간두포'라고 하는 두부어묵을 먹었다. 간두포라는 말이 조선어인지 중국어인지는 다시 확인을 해야 하겠다. '두부'를 중국어로는 '디비'라고 식당 주인은 말한다. 후에 알게 됐는데, '디비'는 연변의 중국어 사투리란다.

☀ 맑음 **3월 18일**   오늘은 주일이다. 지난주에는 세실리아가 와서 그렇고, 연길에 적응 기간을 갖다 보니까 성당의 위치를 아직 확인하지 못했다. 연변대에서 성당이 좀 먼 곳에 있는가 보다. 이곳에서는 종교에 대해 관심이 적은 것 같다. 연변에 왔던 첫날 학생들에게는 종교 얘기는 않는 게 좋겠다는 말은 들었었다. 여기는 사회주의 국가다. 그래도 공원교에서 보면 북쪽으로 십자가가 있는 교회가 보였다. 천주교회도

어딘가 있다고 말들은 한다. 이번 주 중으로 확인을 하여 오는 주일에는 미사를 드리리라.

아침에 세실리아가 다리가 좀 아프단다. 어제 목욕도 하고 시내 쇼핑도 하고 장시간 탁구도 친 탓이리라. 기숙사에 있겠으니 나가서 보신탕도 먹고 한 바퀴 하고 들어오란다. 모처럼 해방인가. 들어올 때 서시장에 들려 자디잔 망고 10元 어치만 사오란다.

오늘 처음으로 공공버스꿍꿍처처를 타고 1元을 차장에게 주었다. 이곳은 한국의 60년대처럼 버스차장이 문에서 승객을 태우며 돈을 받는다. 신화서점의 '신화'라는 말에 급히 내리는데 버스가 만원이라 좀 힘이 들었다. 그런데 차장이 쏼라쏼라 하는 말 중에 "라이샤."라고 하는 말이 분명하게 귀에 들어 왔다. 익숙한 소리였다.

매화집에는 점심시간이라 손님들이 많이 앉아 있다. 다행이 어떤 청년이 혼자 앉아 먹는 맞은 편 자리로 안내를 한다. 실례한다고 하자 그 청년이 쾌히 승낙을 한다. 그는 조선족이었다. 식사하는 곳이기는 하지만, 그는 그 누구보다도 나에게는 좋은 언어 선생님이 될 것 같다. 그래서 그 '라이샤'에 대해 물으니까 아마도 내가 잘못 들었을 거라며 바르게 가르쳐준다. '샤라이'란다. '내리세요'의 뜻이다. 그러면 '타세요'는 '샹라이'냐고 묻자, 그렇단다. 그러면서 '샤처'下車, '샹처'上車 라고도 한단다. 그러자 어저께 애득백화점의 점원생각이 났다. 그래서 에스컬레이터를 오르내릴 때 '샹로우, 샤로우'라고 하던데, 그 '로우'가 뭐냐고 묻자, '로우'가 아니고 '러우'樓란다. 기숙사 엘리베이터의 승강구에 쓰인 띠엔티電梯의 러우樓가 생각난다. 이 '러우'는 건물의 동도 되고 층도 되는가 보다. 그런데 층은 따로 중승조의 層ceng이 있다.

점심 식사를 하고 나오면서 매화 할머니께 물을 먹을 수 없느냐고 말했다. 뜨거운 물은 주겠단다. 찬 물은 사서 먹어야 한다. 한 병에 1콰이元 혹은 2콰이씩 받는다. 지난번 종업원이 뜨거운 차를 갖다 준 기억이 나서 요구한 것이다. 잔에 3분의 1 정도로 조금 든 물을 주며 앉아서 들란다. 아마 한 잔을 다 먹을 것 같지 않다고 판단한 할머니의 절약정신에서 그렇게 한 것일 게다. 서울에서는 먹을 수 없는 보신탕을 먹게 돼서 좋다는 말과 함께 할머님께서 직접 경영하시느냐고 묻자, 며느리가 하고 있단다.

거리로 나와 신화 서점을 들어가자 또 언어에 대한 호기심이 발동한다. 이층 조선족 안내원에게 '뜨거운 물'을 중국어로 무엇이라고 하느냐니까 '러우 쉐이'라고 하며 한자 熱의 간체자를 메모지에 써준다. '찬 물'은 하니까 '렁 수이'란다. '렁'은 冷이다. 이어서 내일은 기숙사 물통이 바닥이 날 것 같은데, 그 중국 한족 배달원에게 중국어로 주문을 해야 할 것 같다. 그래서 내친김에 '물 한통'이라고 할 때 '통'을 무엇이라고 하느냐고 묻자, 그냥 '이통 쉐이'란다. 그러면 '물 한잔'은 하니까, '이베이쉐이'란다. 이때 '베이'는 杯를 말한단다. 그래서 '칭게이워이통 수이'하면 말이 되냐니까 웃으며 된단다. 고마운 조선족 처녀 안내원이었다. 이층에서 '한국인을 위한 중국어 실용회화上, 한종률 외 편저, 북경어언대학출판사'와 '한어문소설번역탐구, 류원무 저, 흑룡강조선민족출판사, 2006'을 각각 30콰이와 16콰이를 주고 샀다. 한어문소설번역탐구를 펴보니 번역에서의 어휘 처리에 대한 부분이 눈에 확 들어

왔다. 연변대학 한족 대학원생들에게 무언가 이번 강의와 관련해서 한조대비의 과제가 발견될 수 있을 것 같다. 그 책의 한 부분에 한문소설 번역에서 어휘처리의 어려움을 설명했는데, 가령 '爺爺親了一下小孫兒, 多甛呀' 간체자인 것을 번체자로 바꾼 것임. 다만 甛자는 원문에는 舌이 甘의 왼쪽에 있음. 의 번역을 '할아버지는 손자의 볼에 입을 맞추었다. 얼마나 달콤한가!' 라고 하였을 경우에 甛이 제대로 번역되었는가에 문제를 제기한다. 甛의 기본뜻은 '달다, 달콤하다'인데, 한어는 그 사용에서 물맛이 좋은 것도 '甛'이라 하고 애들이 귀여워서 입맞춰주고도 '甛'이라 하고 잠을 잘 자고나서도 '睡得甛'이라고 한단다. 그러니까 한어의 '甛'은 그 기본의미에서 의미의 확대가 일어나 의미영역이 커진 경우인데, 번역할 때에 그 크기 상황이나 문맥에서 사용되는 다양한 의미 즉 甛의 多義를 바로 알지 않으면 '달콤하다'와 같은 어색한 번역이 된다. 그것의 다양한 쓰임을 아는 사람이 번역을 하였다면 '귀엽다'로 번역하였을 것이다. 이렇게 언어라는 것은 關語的 機能이 있어서 번역이 되는데, 양 언어 간의 어휘의 의미영역에 대한 연구를 하면 번역하는 사람들에게 많은 도움을 줄 수 있을 것이다. 이런 면에서 한족 대학원생들의 언어 연구 과제가 발견 될 수 있으리라고 생각되어, 강의 시간에 소개하면 좋을 것이다. 특이 적지 않은 한자들이 동사나 형용사로 쓰일 경우에 원래의 기본적인 뜻이 여러 가지 의미로 전이되고 있다는 것에 주목할 필요가 있다고 본다. 실제로 서점에서 이 책을 보며 '甛'자의 음과 뜻을, 옆에서 책을 고르고 있는 연변대 체육과1년 조선족 김향란 학생과 한국어과 한족 장 형 학생에게 물어보니, 음은 '티엔' 'a'에 중승조가 있는 tian 이란다. 그래서

61

그 의미를 아는 대로 말해보라고 하자, '맛이 달콤하다, 말이 곱다, 기분이 좋다' 등이라고 했다. 조선족 대학생의 말이 서울말과 비슷해서 중고등학교에서 한국어를 배웠느냐고 하니까 배운 적은 없단다. 조선어는 북한 쪽의 말에 가깝다고 하며 한국어는 학생들이 TV를 통해서 간접적으로 배운단다. 그 여대생과 좀더 말을 하다 보니까, 한국어를 사용하는 것 같으면서도 역시 연변 조선족 특유의 어조가 나타났다. 그러면 학교에서 표준어를 조선어로 배웠느냐니까 그렇단다. 그 대학생들에게 내가 혹 모르고 지나가더라도 대학 내에서 나를 보면 인사 좀 해 달라고 부탁을 하니 반갑게 그러겠단다.

교과서에 관심이 있어서 3층으로 갔다. 한 칸에는 사전들이 많다. 주로 한국어 사전들이다. 편저자들의 이름이 낯익다. 사실 연변 조선어 사전은 소사전 하나뿐이고 조한朝漢 사전류가 일부 있고, 韓漢 사전류가 많다. 이게 오늘의 연변 자치주의 언어 사용 현실이다. TV는 말할 것도 없고 사전으로만 볼 때도 한국어가 연변에 깊숙이 들어와 있는 것이다. '한조실용자전漢朝實用字典, 서인숙 오동숙 주편, 료녕민족출판사, 1998'을 26.80元 에 샀다. 이 사전은 조한대비 중국어와 한국어의 어휘를 습득하기에는 그 내용이 아주 편하고 실용적이었다. 그밖에 소학교와 중학교 지난 겨울 방학 책과 사상품성이라는 중학교 교과서를 하나씩 구입했다. 연변 자치주의 어문정책을 살펴보기 위한 자료가 될 것 같았다. 마침 용정에서 온 두 여고생이 옆에 있어서 용정 어느 학교에 다니느냐니까 용정학교에 다닌단다. 그래서 그 학교 대선배인 '서시'를 쓴 분을 아느냐니까 잘 모르는 것 같아서, 왜 윤동주 시인이

62

있지 않느냐 하니까, 그때서야 아는 체 했다. 별로 관심이 없는 듯했다. 참 세월이 많이 흘렀다. 민족교육관이 연대에 있는 것을 보았는데 소수민족으로서 좀더 민족교육에 대한 관심을 기울어야 할 것 같다고 생각했다. 사실 한국에서도 여기와 퍽 다르지 않다. 역사 교육을 소홀히 하고 있는 것도 그렇고, 요새 청소년들의 민족관이 얼마나 투철할 것인지 생각하면, 많이 희석되는 감이 없지 않다고 본다. 이제는 국제화 세계화 시대가 아니냐면서 외연이 확대되는 쪽에만 신경을 쓰는 게 아닌가 싶다.

신화 서점을 나오는데 그 용정 처녀들을 또 만났다. 용정이 연길에서 버스로 30분 내지 40분 거리란다. 책을 사러 왔다 가는 길이다. 근동에서는 신화서점이 제일 크니까. 인사하기 전에 나의 언어 호기심이 나의 선생님들을 그냥 놓아 줄 리 없다. 그래서 '뜨거운 물을 중국어로 무엇이라고 하느냐고 묻자, '러 쉐이'라고 말한다. 熱이 '러', 아까 서점의 안내양하고 다르다. "모아산 너머 용정에서 남풍이 불면 용정에 갈 거예요. 봄에 만나요."하니 웃으며 인사하고 종종걸음으로 어디론가 차를 타려고 간다. 그리고 나서 바로 '한조실용자전'을 펴보니 그 학생들의 발음이 맞다. 전강조의 [re]이다. 그렇다 '러 쉐이'다.

신화서점 사거리를 건너니 鑫鑫服裝店 흠흠복장점, 중국어로 '흠흠푸쌍디엔'임. 에서 녹음 스피커로 쐴라쐴라 주변을 시끄럽게 한다. 가만히 들어보니까, '비파시푸이바이콰이'라고 계속 반복한다. 아마도 써 붙인 글자로 보아 '批發西服100元'을 말하는 것 같다. 마침 옷을 잘 차려 입은 한 30대 후반쯤으로 보이는 단정한 아주머니 한 분을 만나서 한국어로

63

말을 걸었다. 그녀는 조선족이다. 참 반갑다. 다름이 아니라 이 복장점에 쓰인 金자 셋을 쓴 저 글자 '鑫鑫'이 무슨 뜻이냐고 묻자, 잘은 모르지만 아마 금이 여러 개니 복이 많은 복장점이라는 뜻으로 쓰인 게 아니냐면서 중국어 음으로도 '흠'이란다. 그리고 중국에는 그런 성을 가진 사람도 있고 이름에도 그런 자가 쓰인다고 한다. 아닌게 아니라 '흠흠'으로 시작하는 간판을 공원로에서 본 기억이 났다.

서시장에 들려 한 근에 10元하는 망고 작은 것 다섯 개를 사가지고 걸어오면서 흑룡강 신문을 2.5元에 샀다.

대학 정문을 들어서서 기숙사로 돌아들어오는 코너에 휴지통이 있다. 그 이름이 果皮箱이다. 왜 '과피상'이라고 썼을까 궁금해서 서 있는데, 저 만치서 키가 제법 크고 시원스럽게 생긴 여대생이 온다. 그래서 조선족이냐고 선뜻 묻기가 그렇다. 여기는 중국이다. 그래서 이것이 무엇이냐고 물어봐야 하는데, 중국어로 얼른 문장이 만들어지질 않는다. 그래서 영어를 동원하고 한국의 한자음으로 말하기도 하고 일부는 중국어로 말하기도 하니까, 입가에 웃음을 띠우며 그 때서야 '궈피샹'이란다. 그래서 조선족인 줄 알았다고 하자, 알아들었는지 한족이라는 말을 하는 것 같다. 방향이 같은지 함께 오면서 '궈피샹'이 '휴지통'이냐 하니까 그렇단다. 아니 한국말을 알아듣나 하는 의구심이 들기는 하였는데, 그녀는 이내 '라지통'이라고 정정했다. 그래서 메모지를 주며 써보라고 하니 拉圾桶랍급통으로 발음은 '라지통'이란다. 그래서 의미가 궈피샹하고 同一 한자로 써서하냐고 묻자, 웃으며 고개를 끄덕인다. 그녀가 전문가기숙사 맞은편에 있는 도서관 문으로 들어가려 한다.

이때를 놓칠 수 없다. 나의 언어 호기심이 발동한다. 그래서 '샤라이, 샹라이'에서 '샤라이'와 '샤취'가 같은 의미인지를 물었다. '라이'의 來와 '취'의 去와 同一인가를 한자로 차례로 메모지에 써 보였다. '샤라이'나 '샤취'나 같단다. 그리고는 내가 고맙다는 표현으로 "셰셰니"하니까, "안녕히 가세요."하고 한국의 표준어로 분명하게 말하며 돌아서지 않는가. "아니, 한국어를 아세요?"하니, 부인은 않고 알고 있다는 표정이다. 그래 내가 "한국어를 알면 한국어로 얘기해 줄 것이지, ……"하니, 환한 웃음을 띠며 목례를 하고 도서관으로 들어간다. 멍 하니 그 뒷모습을 보며 아름다운 중국 처녀한테 한방 맞았구나 하는 생각이 들었으나, 그 아가씨가 밉지는 않았다. 그녀는 내가 중국어를 하기 위해 쩔쩔매는 모습을 빤히 보며 속으로 재미있었을 것이다. 그렇지 않으면 중국어를 배우도록 기회를 주며 도서관 앞까지 침착하게 참으면서 이쪽의 질문을 성실하게 답변한 것일 수 있다. 한국어로 몇 마디 하면 대화가 끝나고 서로 비껴갈 상황이 아니었던가. 그녀도 틀림없이 한국어를 그 정도로 할 정도면, 나와 같은 실수를 수없이 반복했으리라. 이렇게 생각하니 그녀가 어느 중국어 선생님보다도 훌륭하다는 생각이 든다. 세월이 흘러도 그 순간의 상황이 오래도록 남을 것 같다. 키가 시원스럽고 밝고 복스럽고 예쁘게 생긴 그 중국 여대생. 오래오래 기억에 남을 것 같다.

몹시 피곤하다. 아마 거리를 다니면서도 그 중국어 때문에 신경을 쓴 탓이 더 크리라고 생각한다.

저녁 식사에는 전에 얼핏 알았던 두부 재료 요리의 이름을 식당 아주머니에게 다시 물어보았다. 중국어로 '간도어푸'라는 것으로 두부를 말린 것이란다. 그 모양이 얇은 어묵 같다. 전에 식당 아저씨가 가르쳐준 것하고 좀 다르다. '도어푸'는 '두부'고 '간'은 '마르다'의 뜻으로 '건포도'의 '乾'을 의미한단다. 그러고 보니까 '간'과 '건'은 음이 좀 비슷하다. 중국의 한자음은 우리의 한자음과 비슷한 것이 많다. 가령 '新'이라든가 '桶'은 그것에 비하면 더욱 비슷하다.

저녁에 컴퓨터 앞에 앉아 오늘 일을 정리하려 하는데, 탁구를 치자고 세실리아가 조른다. 낮 내 쉬니 몸이 좋아졌나보다. 누구의 명령이냐. 아내의 탁구를 치는 솜씨가 일취월장하는 것 같다. 기동성도 훨씬 좋아졌다. 고마운 일이다.

한국인
중국어로 살아가기

3장

☀ 맑음 **3월 19일**　　아침 식사 후 물 배달 전화를 했다. 그동안 갈고
닦은 중국어 실력을 시험하는 날이다. 그래서 문장을 만들어 몇 번을
반복하여 발음했다. "웨이, 니하오. 칭원 시엔짜이워야오이통쉐이. 쩌
스엔비엔따쉬에콴지아수서리우바이이이하오. 워더디엔화하오마스얼치

싼ー산쓰싼지우." 喂, 你好. 請問 現在我要一桶水. 這是延邊大學專家宿舍601号. 我的電
話号碼是273-3439.라고 했다. 이것을 한국어로 해석하면 이렇다. '여보세
요. 안녕하세요. 실례합니다만원하건대, 지금 나는 물 한통이 필요합니다.
여기는 연변대학전문가기숙사 601호입니다. 나의 전화번호는 273-
3439입니다.' 이런 뜻이다. 그랬더니 "러우? 러우?"몇 층, 몇 층한다. 육백
일호라니까 층을 잘 이해 못했는가 보다. 그래서 숫자 하나하나를 읽었
다. "쫜지아수서리우링이하오. 리우6, 링0, 이1, 하오ㅎ"하니 "음ー,
리우러우.6樓"한다. 신청한 지 30분은 족히 자났다고 생각되어 다시
전화를 했다. "웨이, 엔비엔따쉬에쫜지아수서 리우러우 이하오. 시엔짜
이, 시엔짜이 워야오, 워야오 쉐이" 하니까, 뭐라고 쌀라쌀라한다. 아마
도 지금 갔다는 표현이리라. 기다려 보기로 했다. 한 10분쯤 지나서
처음 정수기 설치한 그 배달원이 물 한통을 가지고 왔다. 이래서 나의
중국어 실험은 성공적으로 끝났다. 그 한족 배달원이 문을 나설 때에
"셰셰닌"하고 '니你'가 아닌 '닌您'을 감사하다는 '謝' 뒤에 붙여 말했
다. 책에서 본 것인데, 중국에서는 이인칭 대명사 '닌'이 '니'보다 상대
를 더 존중하는 정중한 말이란다. 한국어에 '너'가 있고 '당신'이 있듯이
말이다. 세실리아가 식수 공급을 받자 나에게 흐뭇한 감정을 갖는 것
같다. 내가 중국에서 굶진 않겠단다.

　세실리아가 오후에 시장을 가자더니 잠잠하다. 아마도 침대에서
낮잠을 자는가 보다. 서울에서 어디 잠 한번 편케 잤겠는가. 시할머니는
몇 년 전에 돌아가셨지만, 위로 시어머니가 있어 내내 그 족쇄는 풀리지
않고 계속되고 있고, 애들 뒷바라지에 남편 대접까지 하자니 마음 편할

날이 없었을 것이다. 그냥 자게 두었다. 생각하면 할수록 참 고마운 사람이다.

오후에는 아내 덕에 내내 컴퓨터 앞에 앉아 있다가 저녁을 먹고 교정을 산책했다. 산 밑 남향으로 비스듬히 자리한 대학 건물은 중앙에 웅장한 종합청사 건물이 연변대학의 상징처럼 서 있고 그 건물을 중심으로 옆에 본부가 있으며 대형의 동이 여기 저기 있다. 초저녁인데도 학생들이 정문에서 계속 강의 동으로 올라가고 있다. 조용한 캠퍼스 오솔길을 세실리아와 산책하는 일이 참 정겨웠다. 서쪽 하늘에 금성이 유난히 낮게 떠서 반짝인다. 그동안 언어의 장벽과 물정을 모르는 환경에서 긴장하며 보름 이상을 보내다 보니 피곤이 몰려온다. 폭설에 묻혔던 교정도 봄눈 녹듯 녹아 잔설만 조금씩 곳곳에 남아 있다. 서풍이 아까보다 좀 차갑게 불어온다. 이곳은 하루에도 기후 변화가 심하다. 아침에 포근하다 싶어도 금세 찬바람이 불고 손발이 시린 경우를 여러 번 경험했다. 오늘 저녁은 그런 정도는 아니지만 밤바람이 좀 차갑다. 대학 정문 건너 초우스超市 슈퍼마켓에 들려 먹을 것을 사가지고 들어가기로 했다. 한국산 즉석 신라면이 개당 3.5콰이 이고, 중국산 즉석 라면이 2콰이였다. 중국산 해산물 즉석 신라면을 좀 사고, 빵과 음료 서너 병을 사가지고 숙소로 돌아 왔다.

☀ 맑음 **3월 20일**   오늘은 좀 늦게 자리에서 일어났다. 아내는 아침을 거른다며 간식으로 때우곤 하나, 나는 아침을 먹어야 한다며 깨워도

몸이 무거워 말을 듣지 않는다. 아침식사는 간단히 라면으로 하고 점심을 먹기로 했다. 중국 라면은 면발이 한국 것에 비해 좀 뜩뜩했다. 그러나 맛은 순하고 비위에 맞았다.

식후에 저번에 사온 흑룡강 신문週刊을 처음으로 읽는 시간을 가졌다. 중국 각 지역베이징·화남·천진·상하이·연해·동북의 뉴스를 전하는 한글신문이다. 한국과의 관계 기사가 많이 실려 있다. 읽고 기억에 남는 것 한두 가지만 제시하면, 중국의 60세 이상 고령인구가 1억 명이 넘어 전체 인구의 11%를 넘는다고 하며 2045년에는 전체 인구의 30%는 될 거라는 우려의 기사가 있다. 고령화 속도가 한국과 사정이 별반 다르지 않다. 그리고 한국인이 동북 삼성길림성, 흑룡강성, 요녕성에서 사업을 한다고 하며 사기를 치는 일이 있어 조선족 동포의 실망이 크다는 기사는 부끄러움을 느끼게 한다. 이번 폭설로 중국 동북부의 인민들 430만 명이 피해를 입었다는 기사를 읽고, 내가 연변에 온 날부터 온 눈이 그 정도나 되나 하고 놀랐다. 산동에서 연길 연변대까지 3일이 걸렸다는 대학원생의 말이 믿기지 않더니 이 기사가 입증한다.

그리고 연길 인구에 대한 기사가 있다. 최근 연길시통계국이 공포한 2006년 '국민경제 사회발전 및 통계 공보'에 따르면 지난해 연길시의 호적인구는 42.91만 명, 그중 조선족 인구는 24.77만 명으로 전 시 인구의 57.7%를 차지했고 한족인구는 17.12만 명으로 39.8%를 점했다.

이 지역의 지리를 조금 소개한다. "연길시는 길림성동부에 위치하고, 동, 남, 북쪽으로 산에 쌓여있고 서쪽이 틔어있는 말발굽 모양의 분지이다. 평균 해발고는 150미터이며 지세는 북쪽이 높고 남쪽이 낮으며

70

지형은 구릉형으로 기복을 이룬다. 경내의 하천은 두만강지류인 부르하통하, 연집하, 해란강이 있다. 동북아경제권의 두만강류역 금 삼각중의 하나인 연길시는 지금 다국개발중의 중점지구이다."연변관광레저지남, 연변인민출판사, 2002

그런데 연변 길림성에는 현재 중국의 56개 민족이 거주한단다. 이 지역은 만주족의 발상지이자 조선족 집단 거주 지역으로서 요녕성, 흑룡강성과 함께 만주족과 조선족의 민족성 및 민속 문화가 특히 두드러지게 나타나는 곳이라는 것이다.

그리고 동북뉴스에서 주목할 만한 기사가 있기에 여기 소개한다. 용정종합고중 이상현 교장은 '서전서숙 개국 100주년 기념문집 역사의 종소리'에서 다음과 같이 적어 내려갔다. "용정은 지난 100년 동안 수많은 인물을 배출했고 민족의 지도자들이 이곳에서 뜻을 펼쳤던 역사의 고장이다. 그 중 대표적인 분이 서전서숙을 설립한 민족교육의 선각자 이상설 선생이다. 그는 1906년 용정에 와서 일제에 빼앗긴 나라와 민족을 구하는 길은 오직 교육에 있다는 교육구국, 항일구국의 일념으로 22명의 학생을 모집하여 사립학교형태의 교육기관인 서전서숙을 설립하고 초대교장을 맡았다. 선생은 '산술신서' 상, 하권을 직접 저술하여 가르치는 등 반일사상으로 무장한 도립군양성소나 다름없는 학교를 만들었다. 그러나 일제통감부의 감시와 방해로 첫 졸업생을 배출할 무렵 70여명의 재학생이 공부하던 학교가 1년 만에 문을 닫게 되지만 만주에서의 항일민족교육의 효시가 되었고 그 정신을 이어받은 명동학교 등의 설립으로 1910년대 이후 독립운동에 대한 지대한 영향을 미쳤다. 그런 의미에서 서전서숙은 조선족근대교육사에 기념비적 학교로 자리매김하게 되는 것이다."

날이 따뜻해지면 빨리 용정에 가고 싶다.

오후에 시내 쇼핑을 하러 나갔다. 아직은 낯설어 광명 거리 주변 백화점이나 상가를 주로 다녔다. 세실리아는 지난번 봐뒀던 옷이 있던 지, 신연길백화대루新延吉百貨大樓 신옌지바이훠따러우에 다시 가서 윗옷을 하나 샀다. 80元이란다. 나는 부지런히 언어 공부에 매달렸다. 옷의 사이즈를 책에서 大小따샤오로 본 것 같은데, 여점원이 잘 이해를 못한다. 마침 조선족 아주머니가 옆에 있어서 대화가 되었다. 그녀의 말로는 옷의 규격 및 크기는 '싱하오'型号라고 하는데 '하오마'号碼라고도 한단다. 그래서 그것은 전화번호, '띠엔화하오마'電話号碼를 말할 때 쓰는 것이 아니냐니까 그렇단다. 신발의 치수도 '쒸에靴 'e'에 고평조가 있는 'xue'하오마' 란다.

아까 그 조선족 아줌마를 같은 매장에서 또 만났다. 이런 저런 얘기 중에 조선어에 대한 것이 이야기의 초점이 되었다. 이곳은 조선족이 조선어만 해서는 살 수 없는 환경이란다. 중국이라는 나라에서 한족과 함께 살아야 하고 또 자녀가 크면 대학을 가든가 직장을 잡든가 하기 위해 연변을 벗어나 대처로 나가게 되는데, 그때는 중국어를 사용해야 한다는 것이다. 가정에서 부모가 조선어로 말하는 집도 있지만, 편의상 꼭 조선어로만 말하는 것은 아닌 것 같았다 .심지어는 어떤 조선족 부모는 아예 자식을 어려서부터 한족 학교에 보내기도 한단다. 그러다 보니까 조선어가 어눌할 수뿐인 없게 된단다. 그 아줌마 말로는 민족을 생각해서 가정에서 조선어를 말해야 하고 학교 교육에서도 조선어를 소중히 해야 한다고 빼놓지 않고 강조해서 말하지만, 그 뒷맛이 못내 씁쓸함은 어쩔 수 없었다.

일층으로 내려와 화장품 점을 둘러보는데, 조선족 처녀인 점원이 이것저것 안내를 하는 중에 '이것'을 '이기'라고 한다. 그래서 '이기'라는 말이 '이것'의 조선어냐고 묻자, 얼굴을 붉히며 이내 정정하여 '이것'이란다. 그러면서 하는 말이 중국어를 사용하다가 갑자기 조선어를 말하려면 말하기가 거북스럽단다. 잘 발음이 안 된다는 뜻일 게다. 이어서 그녀가 하는 말이 한국에서도 영어를 말하다가 한국어를 말하려면 말이 잘 안 되지 않느냐고 반문 아닌 반문을 한다.

다음은 길 건너 명주백화점을 다시 들렀다. 가전제품 매장을 찾는 중이었다. 아내가 심심한지 카세트 녹음기를 하나 사고 싶다는 것이다. 그 백화점에는 녹음기가 없었다. 그래서 차나 한 잔 하자고 앉았는데, 기둥에 "請您注意扒手!"칭닌주이파서우라고 붙어 있다. '扒'를 뭐라고 발음하고 '扒手'가 무슨 뜻인지 모르겠다. 커피를 마시고 내려오면서 옷 점포에서 아내가 옷을 보는 중에 조선족 여인에게 물어보니 '파서우'로 소매치기란다. 그러니까 그 한문은 "청컨대, 당신은 소매치기를 주의하시오!"란 뜻이다.

그런데 그 백화점에서 좀 불미스런 사건이 있었다. 뭐 사건이라고까지 할 것도 못되었다. 세실리아가 어떤 점포에서 상의 하나를 놓고 값을 물으니 한족 점원이 뭐라고 하는 데 잘 알아듣기가 어려웠다. 옷에 부착된 가격표를 보니 52.0元으로 메겨져 있다. 그리고 特價라고

써 붙여 놓아서 할인이 되면 싸다 싶었던 모양이다. 그때 한국말을
꽤 잘하는 조선족으로 보이는 여자가 주인인 듯한데, 와서는 50%
할인해서 260元에 준단다. 어이가 없는 가격이다. 그래서 아니 가격표
를 보라고 하니 그것은 잘못 붙인 거란다. 이건 잘못돼도 한참 잘못
됐다. 그래 아내가 돌아서서 가자, 내가 그 여인더러 말했다. "우리
보고 '뚜어부치'라고 해야 하는 거 아니오?" 하니, 잘못됐다며 가격표를
정정하겠단다. 우리 동포라지만 이런 상인도 있구나 싶었다. 아내가
하는 말이 한국 사람인 줄 알고 그렇게 부른 게 아니겠느냐고 했다.
그 옷이 오래되고 낡아서 여기 사람에게는 가격표대로 할인해서 팔지
않았겠느냔다. 다 살기 위해 그럴 거라는 생각에 더 이상 괘념치 않기로
했다.

이어서 그 옆의 전자 상가를 들렀다. 살만한 녹음기가 있어 "쩌거,
뚜어샤오치엔?"하니, 중국인 점원이 "메이여우"한다. 없다는 뜻이다.
그 말만은 아내도 알아 듣는가보다. 거리의 경찰관에게 전자제품 파는
곳을 물어보니 손가락으로 길 건너 건물을 가리키며 "궈모"에 가보란
다. '연길국제무역센타'였다. 그러니까 '궈모'는 아마도 '國貿'인 것
같았다.

그 건물의 이층으로 올라가니 또 옷을 본단다. 어느 점포 앞에 예닐곱
개의 옷가지를 쌓아 놓고 싸게 판다. 거기에서 아내가 물건을 흥정하는
중에 사이즈가 맞지 않자, 조선족 여자 점원이 안으로 들어오라고 말한
다. 그 말을 내가 놓칠 리 없다. 내가 연변에 와서 언어에 푹 빠져
있다 보니까 세실리아도 이젠 그러려니 한다. 아까 연길백화점 점원의

74

'이기'가 여기서도 쓰이고 있지 않는가. "이기 와서 이기 보시오" 그래서 그 점원에게 "'여기'도 '이기', '이것'도 '이기' 다 '이기'라고 하면 됩니까?" 하니까 미안한 듯한 웃음을 지며 과거에 그렇게 배우고 말해왔단다. 그래서 연세가 한 이십대 후반쯤 돼 보인다고 하니까 37세란다. 연변 조선어의 특성을 인정한다 해도 이건 아니다 싶었다. 모든 말을 편케 쉽게만 하려는 데서 오는 소치라고 생각되었다. 그런 것이 비단 이 점원만일까. 우리 조선족 모두에게 만연한 현상이 아닐까.

지난 3월 9일 세계 각지에서 모여든 100여명의 언어 전문가와 학자들이 베이징에서 열린 2007년 국제 모국어 행사에 참가해서 자국 언어와 소멸 위기에 놓인 언어에 관한 사회적인 관심을 호소했다. 그 중 중국은 다민족의 다양한 언어들이 함께 숨 쉬는 국가임에도 불구하고 현재 언어 및 문화 자원 소실이 심각한 상태인 것으로 나타났다. 이에 중국 교육부 언어정보관리처 처장 리위밍李宇明은 글로벌화로 인한 언어 교육으로 인해 중국어와 소수민족어의 교육이 심한 타격을 받고 있는 상태라며 중국이 세계로 뻗어 나가기 위해 외국어 공부를 열심히 해야 하는 것은 사실이지만, 모국어를 떠날 수 없으며 모국어 사랑이 곧 국가를 사랑하는 첫걸음이라고 강조했다. 현재 세계인구의 4%를 차지하고 있는 소수인구가 소멸위기에 부딪친 언어의 96%를 사용하고 있으며 세계 6000종 언어의 과반수가 멀지 않아 소멸될 것이라고 한다.

중국 당국이 그처럼 소수민족의 언에 대해서도 소중하게 생각하는 만큼 우리 연변의 조선족도 자기 모어를 아끼고 소중하게 생각하며 발전시켜 나가야 할 것으로 생각한다. 역시 조선어 정책에 대한 깊은 연구가 요구된다. 비록 조선족이 중국에서는 소수민족이라고는 하지만 100명 정도밖에 남지 않았다는 만족이나 그 밖의 다른 소수민족에 비하면 근본에 있어서 같은 말을 사용하는 한반도가 있기 때문에 그런 면에서도 연변 조선어에 대한 다양한 연구가 필요하다고 본다.

밤이 깊었다. 아내는 녹음기에 聖歌 테이프를 넣고 들은 후에, 눈이 먼 아들을 위해 희생한 어머니로 해서 훌륭한 가수가 되었다는 이태리의 가수 보첼리의 노래를 듣다가 잠이 든 모양이다. 이태리를 여행하던 중 저녁놀이 지고 어둑어둑할 무렵 버스 안에서 들었던 미성의 고음 가수 보첼리의 잔잔한 노래가 지금도 귓가에 맴돈다.

저녁에 대학 동창들, L과 J 교수의 전화가 고맙고 반가웠다. 모임 중 한 친구가 퇴임 후 얻은 직장을 그만두었단다. 아직도 우리 나이가 그렇게 많다고 생각은 안하는데 사회는 그렇지 않은가보다. 서울에 있었다면 위로의 잔이라도 함께 했으련만.

☀ 맑음 **3월 21일**　아침에 아저씨들이 온수 샤워기 전기 줄 연결 공사를 했다. 얼마 전에 사다놓았던 장바이산 담배 세 갑이 있어서 경비 아저씨, 시설 아저씨에게 주었다. 커피도 한 잔씩 대접했다. 이젠 운동을 하고 나서 간단한 샤워는 할 수 있게 되었다. 지난 3·8 부녀절 전날 원장이 내게 불편하지는 않은지 온수 공급은 어떤지를 물었던 기억이 났다.

오늘은 목욕탕에 가는 날이다. 연대 앞 건너 건물에 网吧라고 쓰인

간판이 있다. 인터넷이라고 한글로 그 위에 써놓아서 그와 관련된 표현으로 생각하고, 욕탕 안내원에게 물으니 '왕바'라고 하는데, 인터넷을 말한단다.

점심을 든 후 서시장에 나갔다. 세실리아는 다른 것은 눈에 들어오지 않고 오직 옷과 가방에만 관심이 가는 모양이다. 오늘도 봄에 입는 조끼와 바지를 사고, 서울의 시어머니를 생각한다. 나는 옷 가게들이 즐비한 이층 광장을 누비며 닥치는 대로 언어 공부에 몰두했다. 우선 매장에 붙어 있는 '甩賣'솔매, 賣는 간체자로 쓰였음.는 '솨이마이'로 세일 즉 싸게 판다는 것을 뜻한단다. '批發'發은 간체자로 쓰였음.의 음은 '바파'로 흔히 중국, 연변에서는 '中心'이라는 말이 어떤 말 뒤에 붙는데, '비파중신'도 도매중심으로 싸게 판다는 뜻이란다. 전에 신화서점 사거리 '흠흠복장점'의 '비파시푸…'하고 떠들어 대던 그 '비파'도 서양 옷을 도매로 판다는 뜻으로 이제야 해석이 된다. 서시장 조선족이 경영한다는 한백 백화점의 입구에도 '批發中心'이란 한자가 쓰여 있었다. 그런데 전에 아내가 산 옷의 가격표에 零售價價는 간체자로 쓰였음. 링서우자라고 쓰이고 옷값이 메겨져 있었다. 그 '링서우'零售가 무엇인지 몰랐는데, 오늘에야 알게 됐다. '零售'라고 써 붙인 점포에서 물어보니 도매에 대해 '소매'를 표시한 거란다. 그러니까 '링서우쟈'는 소매가인 것이다. 그리고 화장실을 표현했는데, '公厠'라고 표시하고 '꿍처'라고 발음하여 공중변소를 뜻하고 '厠所'라고 표시하고 '처수어'라고 발음하여 변소를 뜻하기도 했다. 그러니까 중국에서는 '웨이성지엔衛生間', '시서우지엔洗手間', '처수어', '꿍처'공공변소 등등의 화장실 이름이 쓰인다.

'커텐'이라고 쓴 밑에 '窗帘'창렴이라고 쓰였다. 그래서 조선어를 조금
할 줄 아는 한족 옷 점포 아가씨에게 물었더니, 그 앞 자는 '창'이라고
읽는데 다음 자를 잘 못 읽는다. 한족이라고 한자를 다 잘 아는 것은
아니리라. 그러면 '커텐'이라고 쓰였는데 그것을 중국어로 무어라고
하느냐고 묻자 '창리알'이란다. 후에 숙소에 와서 자전을 펴보니 帘이
a에 중승조가 놓인 [lian]이었다. 그러니까 '리엔'인 것이다. 그 발음이
나에게 '리앙'으로 들렸는지는 모른다. 아니라면 그녀가 중국어사투리
로 한 말일 것이다.

거기서 조선족 여자상인 한 분과 얘기를 나누게 되었다. 그 아주머니
는 30대 후반쯤 돼 보이는데, 자식을 학교에 보내고 있는 것 같았다.
소학교 학비가 학기당 얼마나 드느냐니까, 다른 점포상 여자와 얘기를
나누더니 한 2천 위안, 일 년이면 4천 위안 정도 든단다. 만만치 않은
돈이다. 학비는 내지 않으니까 그 비용은 책값이며 학교에 드는 부대비
용이란다. 그래서 한국도 교육비가 많이 든다며 자식을 많이 낳지 않으
려는 경향이 있다 하자, 연변에서도 한국과 별반 차이가 없다고 한다.
이어서 조선어에 대해 묻자, 그 여인도 백화점에서 만난 조선족 아주머
니와 별반 다르지 않은 말을 했다. 조선어 발음이 분명치 않은 이유에
대해 중국어를 함께 사용하다 보니 그렇게 된다는 것이다. 사실 오늘도
이 옷 광장에서 그런 일을 직접 경험했다. 어떤 조선족 여자는 "그거
이십오워요.", "저거 이십파워요."한다. '원, 팔원'이 제대로 발음이
안 되는 것이다. 그저 알아듣기만 하면 되는 것이다. 중국어를 함께
사용하다보니, 편하고 쉽게 말하려는 습관이 붙은 것이다. 그 밖의

것을 몇 개 더 들면, "그거도 좋습다. 예.", "그렇다 말임다. 예.", "이게 낫습다. 고거 가지쇼. 예", "요런 거 낫습다. 예.", "비바값이오.", "그건 아니 되오." 등등. 그 여인은 이런 말도 했다. 사실 중국에서 살자면 중국어를 잘하지 못하고는 살 수 없단다. 집에서도 대체로 중국어와 조선어를 섞어 사용한 경향이 있다는 것이다. 심지어 어떤 조선족 가정에서는 자식을 한족 소학교에 보내기도 한다는 것이다. 이것이 오늘 중국 조선어 사용의 현실인 것이다.

이삼일 전인가 연대 앞 슈퍼에 들렀을 때, 입구에서 만난 너댓 명의 중학교 1학년7학년 여학생들을 만났었다. 그녀들에게 물어 본 바로는 학교에서 주당 조선어가 4시간 중국어와 영어가 각각 5시간씩이라고 했다. 교육과정이라는 것이 수시로 바뀌는 것이기는 하지만, 연변 조선족 자치주 교육 담당자들의 조선어에 대해 관심을 좀더 갖고 언어정책을 펴주었으면 하는 생각이 들었다. 조선어에 대한 교육과정과 정책이 허술하면 허술할수록 중국에서의 조선어의 입지는 점점 좁아지는 것이 아닐까 하는 우려를 갖게 했다.

오늘은 부부가 연길에 와서 모처럼 저녁 외식을 하였다. 신화서점 건너편 연길랭면부에서 특으로 한 그릇에 15元하는 비빔냉면을 먹었다. 세실리아가 10元짜리를 먹자는 걸 내가 우겼다. 사실 15위안이면 중국에서는 큰 돈이다. 보신탕이 10원, 보통 쌀밥 한 상 즉 중국어로 '미판'米飯 한 상이 5위안이고 보면 적지 않은 가격이다. 그 집 주인 말로는 양념에서 가격 차이가 난단다. 먹어보니 다양한 고니가 들어가고 특유의 향료와 잣이 들어가 맛이 다르긴 달랐으나 좀 매웠다. 나는 음성 체질이라 뜨끈한 보신탕이 더 좋다고 생각하며 먹었으나, 아내는 만족하는 눈치다.

밤늦게 둘째 용원이가 전화를 했다. 공부를 잘 하고 있다며 할머니가 궁금해 하셔서 전화를 했단다. 어머니께서는 악을 쓰고 밥을 먹고 지내신단다. 감사한 일이다. 며느리가 연길에서 봄옷을 사가지고 5월 초순경 일시 귀국한다고 하니까, 옷은 절대로 사오지 말라신단다. 그렇다고 안 사가지고 갈 며느리가 아니다. 또한 그걸 모를 시어머니가 아니다. 늘 그렇게 살아왔다. 제주도에서 군 복무하는 명원이가 3월 말경 외출을 나온다고 한단다. 늠름한 모습이 눈에 선하다. 3월 초에 상경 진급을 하였단다. 논산 훈련소에 입소하던 때가 엊그제 같다. 자랑스럽고 씩씩한 대한 남아다. 현충일만 되면 동작동 국립묘지에 가서 참배하곤 한 명원이가 할아버지의 나라 사랑을 깊이 새겼을 줄로 안다. 작년에는 현충일에 국립묘지에 가족과 함께 가지 못하게 됐다고 전화를 했던 녀석이다.

☀ 맑음 **3월 22일**　아침 식사에 세실리아는 먹기 거북스럽다며 혼자 내려가 먹으란다. 식사 중에 옆방 L 교수가 식판을 들고 와서 맞은편에 앉는다. 나이는 못 속이는 가보다. 젊은이들과 함께 언어 공부를 하기가 그렇게 쉽지만은 않은 듯하다. 특히 'ch, sh, zh, r' 등의 발음과 'f'발음의 어려움을 말한다. 권설음과 순치음 발음이 젊은이들에 비해 잘 안 되는 것이다. 그래도 그는 미국생활에서 익힌 영어 실력이 있으니, 나보다는

발음하는데 덜 곤란을 겪을 것으로 보였다. 성조야 하루아침에 되는 것이 아니니까 그렇다 치고.

식사 후 세실리아와 함께 탁구실에서 탁구를 쳤다. 창밖으로 연대 뒷산 서편에 길게 뻗은 과수원이 아침 안개에 아스라이 보인다. 곳곳에 잔설이 희끗희끗 보인다. 어제부터는 예년 기온을 되찾았는지 날이 포근한 편이다. 봄이 멀지 않다. 보통 4월 말이면 이곳 북간도에도 꽃이 핀다 하니, 중간고사가 끝날 무렵이면 저 언덕의 과수원에도 사과 배꽃이 피기 시작할 것이다. 왠지 소녀처럼 가슴에 흐뭇한 기분을 잠시 느낀다. 이런 기분을 아는지 모르는지 세실리아는 공을 자기 쪽으로 안전하게 주지 않는다고 불만이다. 소위 똑딱 탁구라도 좋으니 편하게 공을 서브하란다.

오후에 시어머니 옷을 산다고 서시장에 가잔다. 비씨카드 현금 서비스가 되는지 확인도 할 겸 길을 나섰다. 서시장 광장에서 옷을 흥정하는 사이 나는 점포주인 여자의 말씨를 기록했다. 그 여자는 30대 후반쯤 돼 보인다. "일 원 벌임다. 일 원 벌이오.", "아니 되오. 아니 됌다.", "질이 다르오.", "그것도 큰 거요. 고거 큰 거요.", "일없어요."^{뚱뚱해서} 안 될 것 같다는 말에 대한 응답, "요거 큰 거. 요거 큰 거. 예.(╱) 큰 거요.", "다 곱슴다.", "35워 하는 김다.", "안 되오. 그거 일 원 벌이오.", "못 벌었단 말이오. 예.(╱)", "또 오쇼. 또 오서요" 손님에게 점포 상인은 대체로 하오체를 가장 높이는 말로 사용하는 것이다. 한국에서라면 하세요체를 사용할 것이다.

은행에 들리기 전에 신세기백화점 지하 한국점에서 둥굴레차를 두통을 샀다. 연길에서는 외국의 신용카드는 현금 서비스만 가능한데 그것도 일부 은행에서만 가능하다. 지금 가려고 하는 광명 사거리 신화서점 옆 중국 건설은행에서 비씨카드 사용이 가능하다. 그밖의 다른 한 은행에서 가능하단다. 물건을 산다든가 음식을 먹는다든가 해도 비씨카드를 이용할 수가 없다. 업소에서 카드 사용 비용이 들기 때문에 아예 받지를 않아 비씨카드를 사용할 수 없다.

한국 화폐도 일반적으로 사용이 불가능하다. 특별히 한국 상품만 취급한 상점을 제외하고는 한국 돈으로 물건을 살 수 없다. 그러므로 위안화를 충분히 준비해 오든가 비씨카드를 이용해 현금인출기에서 빼낸 위안화를 사용할 수밖에 없다.

건설은행 조선족 직원의 안내로 비씨 스티커가 부착된 현금인출기에서 중국 돈 300元을 뺄 수가 있었다. 앞으로는 비상으로 비씨카드를 이용할 수가 있는 것이다. 은행 주변의 달러 상들이 달러나 한국 돈을 바꿔주겠다고 한다. 이것을 이용할 수도 있을 것이다. 달러는 은행에서 元으로 환전이 가능하다.

세실리아가 오면서 오늘은 저녁으로 거우러우탕狗肉湯을 들고 오란다. 사실 기숙사밥만 먹다보니 실증이 날 때도 있다. 연대 앞까지 데려다주고 다시 꿍꿍치처를 타고 매화집으로 향했다. 버스에서 내릴 때 "신화수디엔 시야"하는 차장의 말소리를 들었다. 후에 확인한 일이지만, '내린다'고 할 때 '시야'下라고 해도, 또 '오른다'라고 할 때 '샹'上이라고 해도 의사가 통한다는 것을 알게 되었다.

매화집에서 오늘은 술 한 잔 생각이 났다. 그래서 지난번에 마셨던 고려촌을 한 병을 샀다. 뜯어보니 경품으로 라이터가 아닌 1달러의 돈이 들어 있지 않은가. 매화집 할머니는 라이터보다는 돈이 났다고 하며 함께 좋아한다. 그 술이 과연 좋기는 좋았다. 한국의 고량주처럼 역한 냄새도 없고 감칠맛이 있다. 그리고 뒤끝이 좋다. 별이 4개가 그려진 술이다. 그보다 조금 못한 고량주는 고려촌의 반액 정도면 먹을 수 있다. 고려촌은 중국에선 제법 큰 돈인 일금 45위안이다.

음식을 먹고 나오면서, 지난번에 '혼자가'한 조선족 종업원 아기씨 생각이 나서 불러달라고 했다. 그녀가 이층에서 내려온다. 경품으로 1달러를 탄 것이라며 우리 동족에게 준다고 하니까 안 받는단다. 그래서 다시 불러 경어법 교육을 했다. 한국 손님이 오실 때에는 "혼자세요?"하든가 "혼자십니까?" 하고 말하라고 일러주었다. 그리고 기쁨을 동족과 나눈다는 심정으로 주니 마지못해 받았다. 옆에는 할머니가, 계산대에는 며느리가 있었다. 며느리는 정색을 하고 계산만하고 있고, 할머니는 인정어린 눈빛으로 쳐다본다. 할머니에게 왜 '매화'라는 이름을 붙였느냐니까, '매화'가 꽃이 많이 피지 않느냔다. 그래 나도 한마디 덧붙였다. 매화는 겨울에 피고 또한 지조가 있지 않느냐고 했다. 아마도 할머니는 이민족으로서 그런 저런 의미를 붙였으리라고 짐작이 갔다.

보신탕에 고려촌이 배합이 맞았는지, 돌아오는 길에 속이 편하고 기분이 아주 좋았다.

☀ 맑음 **3월 23일** 몸이 좀 무거운 듯하여 오전에는 좀 쉬면서 오후

강의를 구상하였다. 지난주에 받은 학생들의 리포트를 보았다. 학생들의 관심 영역은 다양하나 어떤 학생들의 것은 현실성이 떨어진다. 연구 영역으로 설정하기에는 학생들의 능력이나 주변 연구 여건 등에 비추어 좀 벗어난 것 같다. 아직은 강의가 시작 단계이고 학생들이 연구 분야에 대한 관심을 모색하는 단계이므로 강의가 진전되면서 학생 각자에게 맞는 연구 영역을 발견하리라고 생각한다.

오후 강의를 하기 위해 강의동으로 향했다. 날씨가 포근하다. 제법 봄기운이 도는 듯하다. 하늘과 시야가 안개가 낀 듯 뿌옇다. 바람이 없고 저기압인 날은 굴뚝에서 나온 매연이 빠지지 못하고 도시에 가라앉는다. 오늘이 바로 그런 날이다. 그래서 창문을 열어 환기를 하지 못했다.

오늘따라 감기에 걸려 나오지 않은 학생들이 둘이나 되었다. 그밖에 이런저런 일로 나오지 않은 학생도 몇 되었다. 학생수가 29명이나 되어 다행이지, 대학원에서 그만한 인원이 빠지면 강의가 제대로 될 리 없다. 지난 시간에 언어 이론에 관한 부분을 설명했다. 오늘은 연구 방법과 관련하여 주제 즉 논제 설정에 관한 것이 강의의 중심 내용이다. 그러면서 한족 학생들에게 소홀한 듯하여 언어의 기능 중 關語的機能과 관련된 漢朝語 대조 연구에서 번역에 관한 것을 설명하였다.

강의가 끝나고 나오는데, 반대쪽 복도에서 K 교수가 걸어온다. 마침 원장실로 회의를 하러들어가려는 참이었다. 마침 원장과 C 대학원장이 나오신다. 인사를 나누자 원장님이 나의 얘기를 한마디 하신다. 강의에 논문을 학생들에게 읽게 시킨다는 정보를 듣고 하시는 말씀이다. 열심

84

히 하고 있다는 관심의 표명으로 받아들인다. 이어서 기숙사의 생활에 불편은 없는지를 물으신다. 훌륭하다고 말하며 아울러 기숙사 음식도 아주 좋다는 말을 덧붙였다. 이참에 지난번 3·8국제부녀절 전날 회식도 있었고, 교내에서는 인사는 치렀지만 교외에서는 신고식을 아직 하지 않았기에 시간이 어떠하냐니까 학기초라 바쁘시단다. 그래서 시간이 되면 알려달라는 부탁을 K 교수에게 하고 기숙사로 내려왔다. 참 고마운 분들이다. 기숙사로 오면서 성당의 위치 생각이 나서, 지나가는 여학생들에게 천주교당이 어디에 있는지를 물었다. 아마 한족학생들인가 보다. 그녀들 중 하나가 "워뿌즈다오"我不知道 하고 말하고, 웃으면서 "아이돈노"I don't know 한다. 그래서 "셰셰니먼" 하니 그 발음이 그들에게는 그렇게도 우스운가 보다.

☁ 흐림 **3월 24일** 날은 포근한데 하늘이 구름으로 잿빛이다. 새벽에 가랑비小雨 샤오위가 내렸는지 길바닥이 젖어 있다. 아침 후 정수기의 물통이 일 주일도 채 되지 않아 바닥났다. 이젠 제법 어렵지 않게 중국어로 물 한통을 주문하고, 어제 받은 대학원 리포트를 읽었다. 대체로 성실하게 논문을 읽고 분석들을 하였다. 이렇게만 따라와 준다면 태반의 학생들이 어느 정도 기대한 목표에 도달 할 것 같다.

오늘은 토요일이지만 혹시나 해서 서울 P 교수의 연구실로 전화를 하니 받는다. 반갑다. 서울에는 봄비가 내리고 있단다. 연길 광명 사거리 매화집에서 '거러탕'을 같이 들고 싶다는 얘기를 하며 소식 겸 안부를

전했다. 7월 6일부터 일주일 동안 강남 장가계에서 한중문학회가 열린
다는데 합류하여 발표를 하란다. 가고는 싶지만, 연변 생활의 적응도
쉽지 않고 학생들 학사 일정에도 빠듯할 것 같고 해서, 발표는 여유를
가지고 한국에서 하기로 했다.

중국인 물장수가 물통을 가져왔다. 지난번보다는 빨리 왔다. 내가
전화로 주문 끝말에다 '시엔짜이워야오, 시엔짜이워야오'지금 원한다. 하고
반복했다. 그 말이 효과가 있었던 모양이다.

옆방 L 교수는 중국인 여학생 가정교사의 발음에 따라 반복해 중국말
익히기 훈련에 열중이다.

점심 후 탁구를 친 후에 연대 뒷동산에 산책을 가기로 했다. 세실리아
는 감기 증상이 있어서 동행할 수 없단다. 연대 동쪽 건물 우편으로
해서 산 밑 후문 쪽으로 방향을 잡아 오르다가 여학생들이 지나가기에
"웨이, 허우먼짜이날?"여보세요, 후문이 어디에 있습니까? 하니까 손으로 우측을
가리킨다. 후문을 나와 고개로 올라갔다. 그 너머에 연길시예술문화중
심이 있다. '中心'은 '센터'를 말한다. 중국에서는 그 한자가 간판에
많이 쓰여 있다. 거기에서 다시 되짚어 돌아와 연대 뒷산 밑 산책로로
접어들었다. 가는 도중에 '鄭判龍文學碑정판룡문학비'가 있다. '前途전도
가 있음에도 동포의 부름을 뿌리칠 수 없어 연변대를 가꾸기 위하여
1960년 5월 연변에 살구꽃, 배꽃이 필 무렵에 북경에서 렬차에 몸을
실었다'고 쓰여 있다. '동포의 불음이라' 생각하니 나의 가슴이 뭉클했
다. 그런 분이 있기에 오늘의 연변대학이 이 만큼이나 발전한 것이리라.

서쪽 후문으로 나와 연대교직원 아파트 옆길을 따라 내려왔다. 길

입구에 아주머니 고구마 장수가 고구마와 감자를 구워 판다. 다른 한 아줌마는 감자가 익기를 기다리는 중이었다. 고구마를 하나 사서 세실리아한테 줄 양으로 대충 "쩌거이진뚜어샤오치엔?"^{이거 한 근에 얼마냐?} 하니까, 웃으며 손가락으로 V자를 나타낸다. 내가 한국 사람이라는 것을 아는 것 같다. 문장도 그렇고 발음도 어색한 것으로 보아 한국인인 것이다. 한족 사람들도 생활 수단으로 조선족과 더불어 살기 위해 조선어를 조금씩은 알고 있다는 말을 들은 터라 "이 고구마 얼맙니까?"하고 다시 물었다. 옆에 있던 여인이 거든다. 40대 초쯤으로 보이는 조선족 아줌마다. 반가웠다. 그래서 고구마는 중국어로 뭐라고 하느냐니까 '리과'란다. 그리고 감자는 '뚜돌'이란다. 그 조선족 여인과 대화하는 중에 조선어의 실상에 대한 얘기가 자연스럽게 나왔다. 그녀와 대화한 내용을 간단히 추려 말하면 다음과 같다.

　그녀는 한국에서 오면 조선족 말이 듣기가 싫단다. 조선어는 사투리라는 것이다. 그녀의 또 다른 깊은 속은 내색을 하지 않고 한국사람 앞이니까 그러는지는 모르겠지만. 집에서는 대부분의 조선족이 조선어와 중국어를 섞어 쓴다고 했다. 그게 편하단다. 그리고 조선어보다 중국어는 짧게 말할 수 있기 때문에 편하단다. 사실 조선족도 중국인이다. 현실적으로 조선어만 쓸 수는 없다. 그래서 내가 전에 경험했던 매화집 조선족 처녀의 말을 꺼냈다. 음식점에서 "혼자가?"하더라고 하니, 조선어도 중국어처럼 짧게 말하는 게 편해서 그렇단다. 조선어도 중국어처럼 되어간단다.

　고구마를 사가지고 연대 정문 쪽으로 오면서 이런 생각을 해 보았다.

그렇다. 그 여인의 말 대로 조선어는 지금 급속히 변모하고 있다. 가령 "혼자가?"만 가지고 생각을 해 보아도 그것을 확연히 알 수 있는 일이다. 원래 '혼자가'는 조선족 자치주가 새길 당시 전후하여, 아니 그 이전으로 거슬러 올라가서도 그렇게 사용했을까. 강의 중에 대학원생들에게 그 말을 제시하니까 그렇게 말한 것이 아니고 "혼잠까?"가 아니었겠느냐고 반문했다. 사실 그 여대생은 학교문법의 영향이 크기 때문에 그렇게 생각할 수 있다고 본다. 언어 현상은 사실대로 봐야지 선입견이 개입되어서는 안 되는 것이다. 그렇다면 '혼잠까'가 줄어서 '혼자가'가 되었다고 볼 수 있다. 이것은 고구마 장수 옆 조선족 아줌마도 인정한 부분이다. 한국어와 관련해서 생각을 해보면, 한국에서는 매화집 상황에서라면 "혼자이십니까?" 그게 너무 경직된 말이라면 "혼자세요?" 할 것이다. 그러니까 '혼자가'는 '혼자십니까 > 혼잠니까 > 혼잠까 > 혼자가' 처럼 말의 축약이 진행되어 생겨난 것이라고 볼 수 있다. 여기까지 생각이 미치자 조선어가 정말 이래도 되는가 하는 생각이 들었다. 이것은 우리 민족어의 본질적인 문제인 것이다.

아내의 부탁으로 빵을 사기 위해 슈퍼에 들어가려는데, 여대생 두 명이 뒤따라온다. 그래 '网吧'라고 쓰인 간판을 보고 "왕바, 인터넷?" 하니까 벌써 내 말의 억양을 듣고는 한국어로 "예, 맞습니다." 한다. 서울에서 왔느냐고 물으니 한족이라고 한국어로 똑똑하고 분명하게 말한다. 그래서 나는 한국에서 유학을 온 학생으로 알았다고 하며 어디에서 한국어를 배웠느냐고 하니까, 연대 조선어과에서 배웠단다. 또한 번 놀랐다. 그녀들에게 칭찬을 해 주었다. 빵을 들고 계산대로 나오니, 앞서 돈을 지불하고 있는 그 여대생들 중 한명이 웃으며 아는 체를 한다. 그래서 이름은 뭐냐고 묻자, "진소정입니다."라고 서울말씨로 정중하게 대답을 한다. 그녀는 4년급으로 올 7월에 졸업을 한단다.

세실리아는 감기 때문에 간식을 한다기에 혼자 식당에 내려가 마침 식사 중인 L 교수와 마주앉아 식사를 하였다. 그와 신앙에 관해 얘기를 하게 되었다. 그는 기독교인으로 산 너머 허가나지 않은 교회에서 150여 명의 신도와 예배를 본다고 했다. 그래서 혹시 천주교회, 성당이 어디 있는지 아느냐고 물었다. 그도 듣기는 했는데 어딘지는 잘 모르겠다는 것이다. 시내에서 연세 많으신 조선족 아주머니에 물어 봐도 모른다고 하고, 기숙사 경비아저씨에게 물어봐도 자신은 무교라면서 잘 모른다고 말하더라고 했다. 그랬더니 식당 아줌마가 천주교당이 어디에 있는지를 가르쳐 주었다.

저녁 후 잠간 교내 산책을 하면서 내일 버스 탈 때 차장에게 할 말을 생각했다. "이 버스 천주교당으로 갑니까?"라는 말은 해야 할 것 같은데, 문제는 '가다'의 표현을 무엇으로 하느냐이다. 行싱, 去취 등등 어느 것이 쓰이는지 모르겠다. 저 아래 쪽에서 도서관으로 두 남녀학생이 오고 있다. 조선족이면 좋겠다. 지나치는 사람마다 중국어로 말을 하니, 물어볼 엄두가 나지 않는다. 다행이 분명하진 않지만 조선어 비슷한 말을 하는 것 같다. 발음이 중국식 발음이라 선명하지 않으나, 가까이 다가가니 귀에 익은 조선어 단어가 들린다. "저 조선족이세요?" 하니까 그렇단다. 참 반갑다. 그래서 차를 타려 할 때 "이 차 신화서점에 갑니까?" 하려면 중국어로 뭐라고 말해야 하느냐니까

"쩌거처취신화수디엔마?"하면 된단다. 그래 '간다'를 싱行이 아니고 취去로 하느냐고 확인하자 그렇단다. 내일 버스차장에게 할 말을 중국어로 이렇게 연습을 했다. "쩌거꿍꿍치처취톈주쟈오탕마?" 너무 길다 싶으면 "취톈주쟈오탕마?"라고 할 것이다. 하늘은 맑은데도 공기가 차갑고 연탄가스 냄새가 매캐하게 콧속으로 들어온다. 그만 들어가야겠다. 산책 나온 어떤 분은 마스크를 하고 지나간다.

방문을 열고 들어가니, 아내가 KBS TV드라마 '대조영'을 보겠다고 거실로 나온다.

☀ 맑음 **3월 25일**   오늘은 일요일 중국어로 星期日쌍치르 혹은 星期天 쌍치티엔이다. 연대 정문 옆 출입구 전광판에 그 문자가 연신 흐른다. 그러니까 월요일부터 토요일까지는 星期 다음에 차례로 一에서 六까지만 붙이면 요일 명칭이 된다. 월요일은 '쌍치이'가 되고 토요일은 '쌍치리우'가 된다.

정문에서 시내 쪽으로 삼사 분쯤 걸어가다 공원소학교 앞에서 26路를 탔다. 자신 있게 "취톈주쟈오탕마?"를 사용하였음은 물론이다. 그 발음이 듣기에 이국적으로 들렸는지 고개를 끄덕인다. 타고가면서 다시 한 번 주의를 환기시키기 위해 "톈주자오탕?" 하니 "스"라고 하는 것 같다. 약 15분쯤 후에 연길시 중심가를 지나 동북쪽 연변대예술학원 부근 천주교당 근처에서 내렸다. 꿍꿍치처가 만원이라 여차장은 연신 중앙에 서 있는 승객들에게 "허우저우, 허우저우"하고 손짓을 하며 뒤쪽으로 가란다. "허우저우"后走의 발음이 익숙하게 들리고 그 의미가 이해되니 반가운 마음이 들었다.

성당 근처의 길은 동네 길처럼 협소하고 주변은 한참 개발이 이루어 지는 좀 열악한 환경이었다. 차장이 내리기 전 가리킨 방향으로 정거장 에서 150미터쯤 마을 버스길을 들어가 연대예술대학 후문까지 오게 되었다. 그래도 성당은 보이질 않는다. 다행이 지나가는 여자 노인이 있어서 천주교당을 물어봐도 모른단다. 그래서 몇 발자국을 떼어 놓으 려는데, 길 건너 허름한 건물 옆으로 도로에서 좀 들어간 자리에 성당 십자가 첨탑이 보이며 회색의 조그마한 성당이 그 모습을 드러낸다. 성당이 콘크리트 구조물이었다. 43만 명의 시민이 살고 있는 곳의 성당치고는 그 규모가 좀 작고, 공원교 근처 북쪽 강변 옆에 우뚝 선 기독교 교회에 비해서 너무 허름했다. 그래도 한국의 시골 성당처럼 금세 정이 붙는 그런 성당이었다. 번드르르한 도시 교회가 아니고 오래 입어서 좀 낡은 헌옷 같은 교회였다. 아무려면 어떠랴. 그 성전에 모이는 신자들이 중요하지. 그렇지만 경제적 사정이 허락한다면 붉은 벽돌로 지어 이끼가 낄 수 있는 튼튼하고 고색창연한 그런 건물이었으면 하는 아쉬움이 들었다.

사무실에서 나오는 여자 신자 한분이 안내를 해 주었다. 주일에는 새벽 6시와 아침 8시 두 번 조선족을 위한 미사가 있고, 10시에는 한족을 위한 미사가 있는데, 지금 지하에서 미사가 진행 중이란다. 그래 사무실에 들어가 간단한 신분을 얘기하고, 주보를 받아 한족 미사 에 참여하기로 했다. 겨울에는 난방이 안 돼 지하에서 보고, 다음 주부터

지상의 본전에서 미사를 보게 된단다. 지하에는 전례가 중간쯤 진행되고 있었다. 한족 신자가 남녀노소 합쳐서 약 칠팔십 명 정도는 되어 보였다. 제대 앞에서 집전을 하시는 신부님은 비교적 젊은 신부님으로 중국어로 강론을 하시었다. 그 옆 좌측 공간에 좀 뚱뚱하고 키가 작은 수녀가 피아노를 쳤다. 검은 옷을 입은 수녀는 안경을 쓴 얼굴이 유난히 희었다.

전례는 서울 명동 성당과 거의 같았다. 여자들은 흰 미사포를 썼다. 봉헌금을 내고 성체를 영하고 성가를 부르는 것으로 미사가 끝났다. 비교적 절차가 간단간단했다. 끝나고 나올 때 문 앞에 신부님이 서 계실 줄 알았는데, 바로 성직자실로 가신 모양이다. 성당 뒤쪽으로 돌아가니 허름한 화장실이 있었다. 60년대 한국 재래식 화장실처럼 앉아 일을 보게 되어 있어서 그 냄새가 진동했다.

성당을 나오려는데, 본당 문이 열려 있어서 들어가 보았다. 사오십 대로 보이는 여자 봉사원들이 방석을 손질하고 있다. 조선족이었다. 반가웠다. 그래서 간단히 신분을 소개하고 실내를 둘러보았다. 약 육칠백 명 정도의 규모로 된 공간에 나무의자가 제대를 바라보고 중앙과 좌우로 놓여 있다. 이층에도 소규모로 된 좌석이 있다고 하나 올라가 보진 않았다. 겉에서 본 성당의 규모에 비해 안은 비교적 넓은 공간이었다. 그 봉사원들에게 연길에서는 성당이 잘 알려져 있지 않은가 보다고 하자, 그들은 그렇지 않다고 말했다. 그러면서 연길 말고도 용정이라든가 그 밖의 여러 시에 성당이 많단다. 그래서 이곳은 사회주의 국가인데 혹시 믿는데 제한이 있느냐고 묻자, 20년 전부터 자유란다. 다음 주부터 나오겠다고 말하고 문을 나서는데, 수녀 한 분이 사무실에서 나온다. 인사를 하고 간단히 연대에 강의를 하러 왔다는 정도의 신분을 소개한 다음 몇 가지 의문 나는 것을 물었다. 그 수녀는 한국어를 사용했다. 여기 신부님은 오후에는 도문과 팔도로 순회하며 집전을 하신단다. 그리고 이 수녀원에는 한국에서 온 수녀도 있단다. 갑자기 기온이 내려가고 바람이 불어 더 이상 얘기하기가 어렵다. 다음 주에 뵙겠다고 하고 성당을 나왔다.

정류장으로 오면서 연길 주보를 보니 2007.3.25에 발행된 제586호다. 오늘의 복음은 "너희 가운데 죄 없는 자가 먼저 저 여자에게 돌을 던져라."였다. 오늘이 사순 제5주일이다. 본당 소식란을 보니 지난주일 미사헌금이 2,048.60위안이다. 1위안 당 한국 화폐 1백 30원으로 계산했을 때에 한국 돈 26만원이 조금 넘는 액수다. 주보의 표기는 한국의 표준어와 맞춤법을 사용한다.

정류장에서 조선족 여인을 만났다. 한국에서 며칠 전에 왔단다. 비교적 한국어를 잘하는 여인이었다. 조선족의 말은 빨리하거나 어려운 단어나 연변사투리를 구사하면 알아듣기가 어렵다. 지난주 대학원생 중 한 명이 아들의 학교 문제로 출석이 어렵겠다는 말을 하는데, 그 말의 뜻을 제대로 이해할 수 없었다. 대충 알아듣는 정도였다. 버스를 타고 시내로 나오면서 어디 가느냐고 물었다. 시골에 있는 친정어머니한테 가는 중이란다. 잘 다녀오라고 하면서 나는 신화서점 앞에서 내렸다.

서점 일 층 우편에 조선어 노래책, 소설, 시집, 수필집, 예절 책,

조선어 연구서 등이 꽂혀 있다. 그래서 '어린이의 기본예절, 중화인민공화국헌법, 윤동주시집하늘과 바람과 시, 한국은 없다韓國-無所有, 비속에서 나란히, 조선어 연구 5, 중국조선족 신문출판학술논문집, 우리말과 글을 바르게, 유서 깊은 해란강반, 유서 깊은 명동촌, 유서 깊은 두만강반' 등을 구입했다. 책을 고르는 중에 조선족 아주머니가 소학교 학생을 데리고 책을 선택하면서 무슨 말을 조선어로 주고받는다. 그 말 가운데 딸의 말씨가 내 귓가를 울렸다. "……학교에서 갔습다……."라고 말하는 것이다. 학교에서 그렇게 '……습다.'라고 배울 리는 없을 것이다.

이층에 올라가서 사전류를 살펴보았다. 북한 발행 조선말 대사전 1, 2사회과학출판사, 1992 조선 평양가 꽂혀 있고, 그 옆에 연변 자치주의 조선말 사전 상, 하연변인민출판사출판 신화서점연변발행소발행, 2002 연길가 꽂혀 있어서 어말어미 '-습니다'계열의 어형을 각각 확인하고 비교하여 보았다. 그랬더니 두 사전이 동일하게 '습니다, 습니까, 습디다, 습디까, 습닌다, 습네다습니다의 뜻으로 쓰임., 습네까습니까의 뜻으로 쓰임., 습넨다습닌다의 뜻으로 쓰임.' 등으로 등재되어 있다. 연변 사전에서 연변의 사투리인 '-습다'는 찾을 수가 없다. 점점 연변 조선어의 정체성에 의문이 들었다. 연변 조선어의 위상을 어떻게 자리매김을 해야 할지 의문이 계속 든다. 연변 조선어가 실제 언어생활에서는 수면 아래로 가라앉아 있고, 거리나 시장, 상점에서는 대체로 중국어가 쓰이고 있다. 조선어는 동족끼리 주로 사용하나 그것도 의식 있는 사람들이 주로 사용하고 일반적으로는 중국어와 섞어 쓰려는 경향이 있는 것이다. 그렇게 말하는 것이 그들에게는 편한 것이다. 또한 조선어가 민족어로서 보호를 받고는 있다고 하나, 조선족

도 엄연한 중국인이므로 국어는 중국어인 것이다. 연변 자치주의 조선
어 문제는 언어 정책적인 면에서 지금 시급하고 심각한 연구 과제가
아닐 수 없다.

　전문가기숙사 電梯디엔티, 곧 엘리베이터를 타는데, 승강기 안벽에
"通知, 各位專家, 爲各位專家的人身安全, 請不要모气点燃時離
開廚房"퉁즈, 거웨이촨쟈, 웨이거웨이촨쟈더런선안취안, 칭뿌야오메이치디엔란스리카이취팡 이라
고 붙여 놓았다.이 한문의 한자 중 '모'는 火변에 某자로 석탄 모이다. 그것을 해석하면
"알립니다. 전문가 여러분, 전문가 여러분의 몸 안전을 위하여, 청컨대
석탄가스 불을 켜놓은 때에 주방을 나가는 것을 원하지 않습니다."라는
뜻이다.

　저녁에 서울에 전화를 하려는데 수화기에서 "……부스……"하는
중국어가 흘러나오고 통화가 안 된다. 세실리아가 신문에서 국제카드가
신용을 잃고 있다는 기사를 읽었다는 것이다. 그래서 국제카드배달전문
점 K 동포에게 전화를 했더니 확인하고 전화를 준단다. 좀 시간이
지난 후, 전화로 4분밖에 남지 않았단다. 무슨 소리냐, 그동안 대략
30분 정도 썼는데 다 쓰다니. 100元에 3시간 40분 정도를 준다고
하지 않았느냐고 하니까, 연대에서 다른 사람들이 동일 전화를 사용할
수 있다는 것이다. 그래서 아니다. 이 전화는 내 방에 설치된 전화라고
하니까, 회사에 조회해서 사용 내역을 봐야 알 수 있다는 것이다. 전화기
에 카드 고유번호를 입력하게 되었는데, 그 번호가 남발되면 여러 사람
이 사용할 수 있지 않나 싶은 생각이 들었다. 어쨌든 결과를 기다려
보기로 했다.

별이 스치우는
밤에

4장

☀ 맑음 **3월 26일**   오늘은 성당에 갔다 오면서 보아둔 '延吉商品綜合
交易市場' 옌지상핀쭝허쟈오이스창 에 가 보기로 했다. 역시 목적지를 차장에
게 확인 시켜줘야겠기에 "취옌지상핀쭝허스창마?"하고 몇 번을 연습하
고 26번을 타면서 그에게 물었다. 40대 초쯤 되어 보이는 남자 차장이

97

내 말을 잘 이해 못하는 것이다. 다행히 옆에 예쁘게 생긴 조선족 처녀가 앉아 있다가 내게 어디를 가느냐고 물어 통역을 해 주었다. 내 말에 무엇이 문제인가. 그 처녀에게 글자 하나하나를 발음하니 '쫑'이 '쭝'이란다. 전반적으로 억양이 중국식이 아니다 보니까, 그 눈치 없는 노차장이 신경을 덜 쓴 탓에 내가 곤욕 아닌 곤욕을 치른 것이리라. 중국에서는 가령 東의 발음을 고평조의 [dong]으로 표기하고 '뚱둥'이라고 발음한다. 그래서 東北을 '뚱베이' 한다.

어제 성당에 갔다 올 때에 조선족 여인에게 차 안에서 그 시장에 대해 물었는데, 중고품 내지는 비교적 싼 상품을 파는 시장이라고 들었다. 시장 안은 한산하고 분위기는 옛날 남대문 중고품 시장과 같다. 대충 둘러보고 한편에 있는 이층 건물로 올라갔다. 이곳은 연길 화훼시장이었다. 화분에 심은 매화가 갓 피어나고 있었다. 사고 싶었지만, 들고 다니기가 쉽지 않아 마음에 담아 올 수 뿐인 없었다.

중고품 시장을 나와 26번을 타고 연길시 변두리 종점까지 가보기로 했다. 시내 밖은 어떤지 아직 보질 못했다. 정류장의 푯말을 보니 명칭을 '旧貨'지우훠라고 쓴 위에 '낡은 상품'이라고 한글로 표시를 해 놓았다. 한 10분쯤 가니 찻길이 좁고 험악하다. 천주교당 옆 정류장을 지나 버스는 계속 뒤뚱거리며 언덕을 오른다. 가는 중에 연길 외국어학교와 연길시 직업 고급 중학교가 있다. 산언덕위에 오르자 연변과학기술대학 정문에 다다른다. 좀 황량한 언덕이요, 아직은 썰렁한 분위기다. 정문 맞은 편 서쪽 능선으로 사과배 과수원이 아스라이 길게 뻗어나가 있다. 5월초쯤 지나면 만개한다니 장관이겠다. 서풍이 좀 차갑게 불어와 사진 두어 장을 찍고 버스에 올랐다. 하교 길이라 언덕을 내려가면서 중간 중간에서 학생들이 많이 탄다. 조선어를 하는 학생들은 별로 없는 듯하다. 다만 뒷좌석에 앉은 남학생 둘이 "개새끼…" 뭐라고 하며 어설픈 조선어로 간간 몇 마디씩 할 뿐이다.

세실리아가 서시장 정류장에서 내려 과일을 사겠다고 한다. 역시 옷 광장행이 먼저다. 공단누비조끼점포 앞에서 흥정을 하는 사이에 나는 조선어 사용 실태에 관심을 갖게 된다.

"……슴다.", "…이쇼.", "……단 말임다.", "본전이가 90원이오.", "올면 싸게스까?"…….

'올면 싸게스까'가 무슨 말이냐고 물었다. 그 여주인은 잘 말을 안 한다. 흥정하는 상황으로 판단하건데, "얼마면 사겠습니까?"이다.

다른 점포에서 흥정하는 것을 지켜보노라니, 한족 여인이 조선어를 잘하지 못하자, 한 한국인 여인을 부른다. 옷의 치수를 말하는데, "샤오다, 따다" 등의 말을 한다. '다'가 무슨 뜻이냐니까 손가락으로 손바닥에 '的'자를 쓴다. 아, 그렇구나. 책에서 본 '…의的 +명사'인 경우에 그 뒤의 명사를 생략할 수 있다는 문법 내용이 생각이 난다. 그래서 '샤오다' 하면 小的, 곧 작은 것, '따다' 하면 大的, 곧 큰 것으로 사용된다는 것을 알게 되었다. 그런데 그 발음이 책에서는 [de]이다. 그러면 '더'로 발음해야 하는데 '다'로 한다. 아마도 중국인들은 '스얼'인 12를 '스알'이라고 하듯이 그것도 운모 'ㅓ'를 'ㅏ'로도 발음하는 습성이 있는가 보다고 생각했다. 아마도 지방 사투리일 것 같기도 하다.

중년쯤 돼 보이는 그 한국인 여인은 서시장 광장에서 옷장사를 하고 있었다. 서울 난곡동에 산다고 했다. 이곳은 먹을 것이 많고 값도 싸서 서울처럼 걱정이 별로 없다는 것이다. 한마디로 한국처럼 스트레스를 받을 일이 별로 없다는 것이다. 그녀의 남편도 연길에 오고 싶어 한단다.

저녁을 들고 음료 좀 사러 超市, 슈퍼에 갔다. 가는 중에 연대학생기숙사에 들어가 보았다. 학생들이 나왔다 들어갔다 하여 입구의 길이 분주하다. 게시판에 한국 대학처럼 '풍물패 모임'에 대한 공지가 한글로 쓰여 있다. '…세요, ……입니다, …습니다' 등의 표준어를 제대로 잘 사용하여 썼다. 조선족 대학생들이 문어에서는 연변 사투리를 사용하지 않는다. 이것은 학기 초 대학원생들 설문조사에서 '폭설'에 대한 감상을 쓰라고 했을 때도 비교적 표준어를 사용했었다.

학생기숙사는 여러 개의 동으로 되어 있어 그 규모가 어마어마하다. 한 동을 들어가 지하의 슈퍼에 들어갔다. 잡지 판매, 문방구, 간단한 화장품, IP전화실 등 작은 규모의 실용적인 물품들을 팔고 있다. 나오다가 건장하고 믿음직한 청년 대학생을 만나 기숙사 비용에 대해 물어보았다. 내 중국어 실력으로 보아 한국 사람인 것을 알고 조선어로 바꾸어 말한다. 반가웠다. 그는 조선족으로 용정에 산다고 했다. 지금 이공대 기계과 3학년에 재학 중이란다. 그래 용정이면 한 40분 거리 아니냐니까, 그래도 어물거리면서 기숙사에 있는 것이 편하단다. 그래서 서울에서는 대학생들이 한두 시간은 예사로 집에서 통학한다는 말을 해주었다. 정색을 하고 들었다. 연대 학생들의 정원은 약 2만명 정도이고 그 중 조선족 학생이 한 30%정도 된단다. 연대학생들은 주로 연변 자치주 아니면 동북 삼성 중 요녕성이나 흑룡강성에서 온단다. 다른 지역에서도 오지 않느냐니까, 상하이나 베이징에서 여기까지 굳이 왜 오겠느냐며 거기에 대학들이 있지 않느냐고 한다. 기숙사비는 방학을 제외하고 일 년에 4백 위안을 낸다는데, 식사는 주로 외식들을 한단다. 하기야 5콰이면 사먹을 수 있고 군것질을 하니까 그럴 수 있을 거라는 생각이 들었다. 그는 졸업하면 취업을 할 거란다. 취업 상황이 어떠냐니까 기회는 있는 편이란다. 그러면 연봉은 어느 정도 예상하느냐니까 천이삼 백 위안 정도는 될 거란다. 좀 나은 곳 가령 청도 같은 곳에서는 천사백 정도는 되지 않겠느냐고 한다. 이름을 말해 줄 수 있겠느냐고 하니까 서슴없이 '최영학'이란다. 그래서 나도 연변대에서 연구생들을 지도한다고 간단한 소개를 했다. 그런데 밤이 되어 어두우니까 그랬는지는 모르겠지만, 그 학생이 문장의 주어에 '저'를 사용하지 않고 "난……." 하고 '나'를 사용하는 것은 한국의 학생들이나 마찬가지였다.

啤酒피지우, 맥주를 8元에 3깡통2.2元×2, 3元×1을 사가지고 어둑어둑한 대학로를 따라 오는데, 여학생들 셋이서 도서관 쪽으로 가고 있다. 나는 연대에 와서 그사이 지나가는 학생들의 말씨에 대해 유심히 듣는 습관이 붙었다. 그 이유 중 하나는 내가 알고 싶어 하는 중국어를 물어보거나 나의 중국어를 확인하고 싶을 때이다. 다른 하나는 그 학생들이 조선족 학생이 아닐까 해서다. 조선족 학생이라면 그들이 조선어 말을 어떻게 하고 있는지 확인하고, 또 내가 모르는 중국어를 묻기 위해서이거나 역시 알고 있는 중국어를 확인하기 위해서이다. 비교적 학생들은 잘 응대해 주고 바르게 가르쳐준다.

그런데 그 학생들의 말 중에 얼핏 한국어가 한마디 끼어 발음되는 듯하다. 귀를 의심하며 혹시 하는 마음에서 바싹 따라붙어 "혹 조선족 학생들 아니오?" 하니까, 이구동성으로 "아녜요. 한족입니다." 하는 것이 아닌가. 오히려 내가 무안하고 놀라워 "아니 어떻게 그렇게 한국어를 잘 해요?"하고 감탄하는데, 마침 옆방 L 교수가 지나간다. 감기 때문에 약방에 간단다. 그 사이 학생들은 웃으며 저만치 도서관 계단을 오르고 있다. 칭찬을 해줄 겨를도 없다. 전문가기숙사 문으로 들어오면서 오늘의 연변 자치주 조선어의 실상을 다시 한 번 생각해 보았다.

오늘까지도 국제전화사용내역을 알려준다고 해놓고 아무 소식이 없다. 그래서 오늘은 국제전화카드상에게 전화를 해서 확인을 하고 매듭을 지어야겠다 싶어 K 동포에게 전화를 했다. 그가 전화를 받는다. 지금 회사에 내역신청을 했단다. 그러니 기다리란다. 그래서 당신은 우리 동포이니 우리 서로 신뢰를 가지고 살자고 말했다. 그리고 3시간은 그만두고라도 공중전화로 하는 국제카드 요금만큼은 사용해야 되지 않겠느냐고 하면서 서운치 않게 처리를 해 달라고 했다. 이후로 다시는 전화를 하지 않을 테니 잘 부탁한다고 하고 껐다. 한편 생각하니 동포인 그 사람도 처자식을 길림시에 두고 먹고 살자고 천리 길이나 되는 연길에 와 사업을 하는 것이다. 본의든 본의가 아니든 왠지 동정이 가고 서글픈 생각이 들었다. 그러면서 한국에서라면 이런 감정이 들었을까 싶었다.

☀ 맑음 **3월 27일**   아침 식사를 하고 방에 들어와서 중국어 책을 보고 있는데, 로밍을 한 휴대폰에서 전화가 왔다. 화면에 표시된 전화번호를 보니 '0004 ? 7000'이런 이상한 번호가 떠 있다. 의아해 하면서 받아보니 한국어인지 조선어인지 모를 어설픈 말로 154만원인가를 썼으니 어쩌고저쩌고 하면서 이름과 주민등록번호를 말하라는 것이다. 그래서 깜짝 놀라 이 전화번호를 어떻게 알았느냐고 묻자, 무슨 말인지 알아들을 수 없게 말한다. 그래서 내가 카드를 사용한 적이 없는데 무슨 돈을 썼다고 그러는 거냐고 하면서 거기가 어디냐고 하니까, 알아듣기 어려운 한국어인지 조선어인지 모를 멍멍한 소리를 하더니 1588 어쩌고 하면서 그리로 알아보라며 전화를 끈다. 이것이 소위 국제금융신용카드 사기범들의 소행이구나 하는 생각이 번쩍 들었다. 세실리아가 화장실에서 그 소리를 들었는지 빨래를 하다 말고 화급히 뛰어나온다. 한국 신문에서 그런 사기행각이 있다는 기사를 읽었다며 이름과 주민등록번호, 비밀번호 등과 같은 신분에 관한 것을 절대 말하면 안 된다는 것이다. 내가 BC VISA 카드를 사용한 것은 신화서점 옆 중국건설은행 현금인출기에서 현금 서비스로 인출한 것뿐이 없다. 사실은 오늘 로밍한 휴대폰으로 이 사건에 앞서 한국에서 신한비씨 결재일 27일전화1588-4000에서이라고 메시지가 왔었다.

   오늘은 전문가기숙사 내 연대국제교류협력처의 외사처에 가서 중국거류증을 받아야 한다. 우선 거류증이 있어야 도서관 증을 만들어 입실할 수 있고 연구 도서를 볼 수가 있다. 담당자가 자리에 없어 잠시 소파에 앉아 기다리다가 옆에 있는 신문대의 신문을 보니 '연변일보'가 있다. 2007년 3월 23일 금요일자 신문이다. 연길에 와서 일간신문을 처음으로 대하는 것이다. 반은 한문으로 반은 한글로 되어있다. 한글판 1면 머리기사의 표제가 '9 차당대회정신 깊이있게 학습성전 관찰시달할데 관한 주당위 의견'이라고 되어 있다. 맞춤법과 띄어쓰기를 신문에 쓰인 대로 그대로 적는다. 그 표제의 일부가 이해가 잘 안 되어 그 기사를 읽어보니 역시 그 부분이 똑같다. 그것을 원문대로 옮기면 다음과 같다. '……문명, 조화로운 연변을 힘써 건설하기 위해 지금 주제 9 차당대회정신을 관철시달할데 관한 의견을 아래와 같이 제기한다…….'

어렴풋이 짐작은 가지만, 눈으로 보고 바로 그 의미를 깨닫기는 쉽지 않을 것 같다. 그래서 외사처 여자 직원에게 기사 제목을 보여주자 한참을 보더니 '관철시달데'를 풀어서 '관철하는데에'로 바로잡는 것이다. 그래서 그 조선족 여직원에게 물었다. 왜 그렇게 쓰느냐고. 대답은 간단했다. '편하게'라는 것이다. 소위 연변을 대표한다는 신문이다. 그저께 신화서점에서 산 '중국 조선족 신문출판학술논문집'을 읽어봐야겠다. 그 날 대충 보니까 신문기사와 관련해서 조선어 표기에 관한 말을 한 글이 있던 걸로 기억된다.

여직원이 전화를 받더니 담당자가 일이 있어 오후 두시에 만나자고 한단다. 그래서 점심을 먹고 세실리아와 서시장으로 향했다. 도중에 도로변에 정차해 있는 봉고차에 양로원 광고가 눈에 띈다. '샘물촌양로원 泉水村養老院 一个月550元 抵押六万一切費用全免 電話0433－2165859' 이것을 해석하면 '1개월에 550위안, 육만을 담보로 하고

104

일체 비용 완전 면제'이다.

공원소학 앞을 지나자니 학생들이 운동장에서 뛰논다. 학생들의 말을 들으려고 울타리 가까이 가나, 소음이 많아서 잘 알아들을 수 없다. 그래서 교문에 있는 학생 두어 명에게 저 운동장에서 뛰어노는 학생들이 조선어를 사용하고 있는지 아니면 중국어를 사용하고 있는지 물어보았다. 조선어를 쓰고 있단다. 다행이다. 이 학교는 조선족 학교다.

서시장에서 세실리아는 윗도리 하나를 50元에 싸게 샀다고 좋아한다. 오는 길에 서시장에서 부르하통하 쪽의 길을 건너 好利來하오리라이 빵집에 들려 조그마한 케이크를 하나 샀다. 외사처에 들려 고맙다는 인사를 하고 거류증인 전문가증을 받았다. 내년 3월초까지 사용할 수 있도록 배려하여 주어서 고마웠다. 외사처에 보관하겠다는 거류증은 도서관증을 만들기 위해 필요하다고 해서 달라고 했다. 사실 대학원생들을 가르치기 위해서는 도서관에 가서 도서를 봐야 할 일이 많다. 도서관증이 생기면 나도 연변대 도서관에서 학생들처럼 책을 빌려 볼 수 있는 것이다. 가슴이 흐뭇하다.

여기도 바퀴벌레가 있어서 청소 관리 아줌마가 약을 가져왔다. 미물이긴 하지만 참 생명력이 강한 벌레다.

옆방의 L 교수는 오늘도 중국인 여학생 가정교사와 중국어 회화 연습에 열중이다.

저녁 식사 후 탁구를 좀 쳤다. 건강을 위해 서울에서는 헬스를 하다 과격하다 싶고 몸에 부쳐 걷기를 주로 했는데, 여기 와서도 거의 매일 40분 정도는 걷는다. 가령 물건을 사러 시장을 가도 걸어서 간다. 올 때도 가능하면 걸어서 온다. 그리고 오늘같이 운이 좋은 날이면 제때에 탁구를 칠 수도 있다. 나이를 먹어감에 따라 건강에 신경을 쓰지 않을 수 없다.

☀ 맑음 3월 28일   아침 식사를 하기 위해 식판을 들고 음식을 담는데, 식당 주인 딸이 아빠의 말에 "싫슴다."하며 새침한 표정을 짓는다. 유치원을 다니는 것으로 보이는 나이의 깜찍하게 생긴 꼬마 여자아이다. 이 '－슴다'가 연변을 대표하는 말씨라고 해도 과언은 아닌 것 같다. 지난해에 한국 KBS TV에서 방영한 드라마 '열아홉 순정'에서 여자 주인공이 연변처녀라고 할 수 있는 말씨는 '－슴다'가 대표적이 아니었나 한다. 연변 사투리를 사용하는 여자 주인공은 좀 어리숙하고 순진한 듯하면서도 상황에 적절히 대처하는 기민성이 있고 의지가 강하며 심지가 있는 여성으로 묘사되었다. 한마디로 연변처녀 잘못 봤다가는 큰코다친다. 이 드라마는 특히 연령대가 높은 여성층에서 큰 인기를 누렸다고 한다. 나도 가끔 보곤 했다. 그 말씨를 연변의 이 꼬마 아가씨한테서도 듣게 된 것이다.

아침 식사 중에 L 교수가 용정 가는 차편을 얘기해 줬다. 연대 앞에서 4번 버스를 타고 하남의 동북터미널로 가면 용정에 가는 시외버스를 탈 수 있단다. 연대 농대에 자주 가니 동행할 수도 있다는 것을 쾌히 수락하지 못한 것은, 시간상 불편을 끼칠 것 같기도 하고 또 물어물어 가는 것도 여행이 될 거라는 생각에서였다. 앞으로 시간이

나는 대로 가 볼 생각이다.

오전에 도서열람증을 만들 생각으로 도서관 판공실, 사무실에 갔다. 연구생 이상 전문가, 교원은 보증금 200元에 도서관증 발급비 10元 그리고 사진 한 장이 필요하다는 것이다. 그래서 학교 인근의 照相館자오샹구안, 사진관에 갔다. 증명에 쓰이는 사진으로 속성 사진快照 콰이자오은 20元, 더딘 사진慢照 만자오은 10元이었다. 시엔쟈오치엔先交錢미리 받는 돈이란다. 그러면서 북한北韓 베이한의 우표郵票 여우파오를 보여준다. 김정일의 사진이 있는 우표도 있다. 그래서 "워스난한런."이라고 말하자, 웃으며 "난한." 한다. 사진의 배경막이 청색, 빨강색, 하얀색이 있어 원하는 배경으로 할 수 있다. 그래서 푸른 배경으로 사진을 찍었다. 찍을 때 처녀 사진사가 "어 쟈오"한다. 그래서 "어"는 뭐냐고 묻자, 옆에 조선족 남자가 찍을 때 그냥 "아, 어, 음"하고 내는 소리란다. 그래서 한번 웃었다. 외국어 배운다는 것이 이런 것인가 싶었다.

기숙사와 도서관이 있는 쪽으로 오는 중에 한 남자 대학생이 책을 들고 같은 방향으로 지나간다. 그래서 지난번 버스 타면서 그 차가 천주교당으로 가느냐고 물었을 때 차장의 응댓말이 궁금했었다. 그에게 혹시 조선어를 아느냐니까 한국어를 좀 안단다. 그러면 한족이냐니까 그렇다고 하며 나의 질문에 대해 답변이 어려운지 휴대폰을 꺼내어 동료에게 전화를 한다. 그러더니 휴대폰을 주며 대화를 하란다. 상대는 조선족인지 한국어를 잘 했다. 그래서 차장에게 어디 가느냐고 물었을 때 차장이 긍정으로 간다는 대답을 '스'라고 하느냐고 질문했다. 그는 '스'라고 말한다는 것이다. 부정이면 '뿌스'가 될 것이다. 도서관 앞에 이르자 그에게 고맙다는 인사를 했다. 그의 책표지로 보아 경제학을 공부하는 한족 학생이었다. 참 친절하고 고마웠다. 경제 분야에 나가 그런 친절로 관계를 맺으면 그 학생은 틀림없이 성공하리라는 확신이 들었다. 어디 그런 간단한 질문에 휴대폰 통화까지 하면서 친절을 베풀기가 쉬운 일인가. 웬만하면 그냥 지나치거나 모른다고 얼버무리고 마는 정도의 작은 일이지 않은가. 사람이 살아가면서 관계를 소중히 할 줄 아는 사람은 그렇지 않은 삶에 비해 수월한 삶을 살게 마련이다. 모든 일이 관계로 이루어지지 않는가. 언어도 결국은 관계를 만들기 위해 필요한 것 아닌가. 사람이 관계를 맺어야 협동이 되고 그래서 일이 이루어지는 것이다. 아침에 일찍 일어나 기도문을 말하는 것도 하느님과의 관계를 맺기 위한 행위이다. 그래야 우리는 살아갈 수 있는 것이다.

점심 후 예정된 시간이 조금 지나 사진관에 갔다. 세실리아가 값이 싸면 명함판 사진을 함께 찍자고 해서 夫婦相同照푸푸상동자오2張多少錢얼장뚜오사오치엔이라고 하니까, 더딘 사진, 만쟈오慢照로 10元이란다. 오전에 찍은 사진을 받아보니 푸른 배경에 너무 늙은 표정이다. 나는 중국에 온 뒤로 한자음에 대해 기회만 주어지면 묻는 습관이 생겼는데, 벽에 붙인 '攝간체자로 쓰였음影……'을 보고 그 한자의 발음을 메모하여 물었더니 '써영'이란다. 그래서 "써써써…"했더니 혀를 구부려서 발음을 하란다. 그러니까 [she]의 음인 것이다. 그런데 '영'이라니 책에서는 영화는 '電影'[dianying]으로 발음했다. 무엇이 문제인가. 그래서 影을 다시 발음해 달라고 "잉 짜이, 잉 짜이"하니까, 다시 하는 발음이 '이엉'

하는 소리로 들린다. 그렇구나. 이것은 성조 때문이라고 생각했다. 影의
발음이 제삼성인 강승조라면 그렇게 들릴 것 같았다. 사진을 받아
가지고 나오며 "셰셰닌" 하니까 "부커치"괜찮습니다. 연변조선어로는 '일 없습다'임.
한다. 사진관을 나오다 보니까 메모할 때 사용한 펜을 가지고 왔다.
되돌아가서 주며 "뚜어부치"죄송합니다. 하니까 "메이구완시"천만에요, 괜찮습
니다. 한다.

  도서관 중을 만들기 위해 이층 계단을 오르는데, 여대생 하나가
올라온다. 그래서 혹시 조선족이냐고 물으니 그렇단다. 참 반갑다. 그래
서 하나 부탁 좀 하자고 하면서 내가 하는 중국어가 바른지 한번 들어봐
달라고 했다. "짜이중구어런먼쩌우요우비엔마?" 하니까, 시원치 않은
발음에 어려운 듯하여 한국어로 설명을 하자, 이해를 하고 순서에 문제
가 있음을 지적했다. "짜이중구어런먼짜이요우비엔쩌우마?"在中國人們在
右邊走嗎?라고 고쳐 주었다.

  그 여대생과 창가에서 연변 조선어의 실상에 대한 이야기를 잠시
나눴다. 그 학생은 漢語科한어과 4학년 한준매라고 했다. 도문에 사는데
기숙사에서 생활한단다. 한국어를 잘 하지는 못하는 편이지만, 어느
정도 한국어에 관심을 갖게 된 것은 대학에 들어와서부터란다. 주변의
친구들 영향과 매스컴이나 TV 등을 통해 한국어를 익히게 된다고
했다. 어릴 때는 북한어를 표준어처럼 사용했다고 한다. 북한은 지리적
으로도 가깝고 조선 사람, 함경도 사람들이 많이 넘어와 살기 때문에
그 영향이 컸단다. 그러나 북한은 폐쇄적이고 관계가 옛날 같지 않은
것 같다는 것이다. 한국과 중국이 교류가 되면서 오히려 한국에 대해

관심을 더 갖게 되고, 한국이 경제적으로 발전하여 세계적인 나라가 되고 있다는 것이다. 그러니 한국어에 대한 관심을 자연 갖게 된다는 의미로 말하는 듯했다. 중국 한족 학생들의 한국어에 대한 관심도 언급했다. 그런데 지금와서 연변말이 표준어라고 말하기는 어렵다는 것이다. 그녀는 연변 조선어는 사투리로 생각하고 있는 것 같았다. 연변말에 비해 한국 표준어, 서울말은 아름답고 듣기 좋고 표현이 자유롭다는 것이다. 그래서 한국어를 표준어로 생각하느냐는 나의 질문에 그렇다고 한국어가 표준어라고 말하기도 그렇다는 것이다. 한국어는 외래어가 많고 북한어는 순수한 말이 많이 남아 있다면서, 연변말이 많이 변하고 있어서 표준어에 대해서 혼란스럽다는 것이다. 공개적인 논의 과정을 거칠 필요를 느낀다고 했다. 대학생다운 말이었다. 그녀나 나나 대화를 통해 조선족 자치주의 언어에 대한 문제의식을 분명히 하는 시간이었다. 마지막으로 도문의 그 처녀에게 최근 연변 조선어 교과서를 보니까 대체로 한국어로 쓰였더라고 하니, 문자로 쓰인 글이야 한국이든 연변이든 크게 다르겠느냐고 말했다. 조선어 교사와 언어 교육의 관계가 그렇게 단순하지 않겠다는 생각이 들었다. 왜냐하면 학교에서 교과서로 배운 언어 교육이 현실 언어생활에 별로 영향을 주지 못한다고 했을 때, 그것은 교육상 큰 문제가 아닐 수 없기 때문이다.

도서관 사무실에서 열람중 발급 수속을 하고 영수증을 받았다.

지금은 밤 11시 20분 한국 시간으로는 12시 20분이니 29일 새벽이다. 세실리아는 내가 신화서점에서 산 윤동주의 '하늘과 바람과 별과 시'를 크게 읽으니까, 침실에서 나와 밤이 깊어 옆방에 방해가 되지

않겠느냐고 야단이다. 방금 읽은 윤동주의 시를 소개한다. 이 시는
쓴 날자가 1937년 8월 9일로 되어 있다.

소낙비

번개, 뇌성 와자지근 두다려
머언 도회지에 락뇌가 있어만싶다.

벼루장 엎어도 하늘로
살같은 비가 살처럼 쏟아진다.

손바닥만한 나의 정원이
마음같이 흐린 호수되기 일쑤다

바람이 팽이처럼 돈다
나무가 머리를 이루 잡지 못한다

내 경건한 마음을 모셔드려
노아 때 하늘을 한모금 마시다 (원문에 충실하여 마침표가 없음.)

노아의 하늘을 한 모금 마신다는 마지막 구절로 보아 그가 노아처럼
얼마나 하느님을 의지하고 살았는지를 알 수 있다. 그러니까 1941년
11월 20일 그 추운 날에 서시를 쓸 수 있지 않았겠는가.

111

서시

죽는 날까지 하늘을 우러러
한점 부끄럼 없기를
잎새에 이는 바람에도
나는 괴로워 했다.

별을 노래하는 마음으로
모든 죽어가는것을 사랑해야지
그리고 나한테 주어진 길을
걸어가야겠다

오늘밤에도 별이 바람에 스치운다.

백 번 천 번을 들어도 읽어도 싫증이 없는 시, 어려서부터 우리를
키워준 시가 아니던가. 그 시집 머리말에 "기실 이 세상의 시인들뿐만
아니라 모든 사람이 다 민족적이기에 흔히 어떤 문인에게 민족이라는
낱말을 덧붙이는 일은 부질없는 일로 된다. 하지만 윤동주시인에게
굳이 민족시인이라는 이름을 달아주어야……."라는 구절이 나온다.
그렇다. 평범한 나도 '민족'이라는 말에 동참할 수 있을 것 같다. 연변대
뒷산에서 읽고 기억한 문학비의 한 구절, "나의 전도가 있음에도 동포의
부름에 연변대를 가꾸기 위하여 1960년 5월 초 연변에 배꽃, 살구꽃이
필 무렵 북경에서 나는 렬차에 몸을 실었다."에서처럼 그 주인공인

'나'는 민족의 일원으로 동포의 부름을 받아 온 사람이나, 나는 해란강에 말 달리던 우리 선구자가 있었기에 그 숨결을 느끼고자 온 사람이라고 자랑스럽게 말하고 싶다.

우리는 젊었을 때에 가곡 '선구자'를 많이도 부르며 성장했다. 그 순수한 열정과 대망, 그것을 이끄는 원동력은 해란강의 우리 선구자가 아니었던가.

흐림 **3월 29일**　하늘이 낮고 회색빛이다. 어제보다 기온이 떨어져 제법 쌀쌀하다. 아침 해금강은 조용하다. 욕실에 한두 사람만 들어 있다. 날씨 탓인지 어제 저녁 두어 잔 먹은 고려촌 탓인지 머리가 띵하니 몸이 찌뿌드드하다. 탕 물이 따끈해서 좋다. 돌이켜보니 연변에 온 지도 벌써 25일이 되었다. 다음 주면 사월이다. 반도의 삼남 같으면 진달래꽃, 산수유, 매화꽃 등 꽃 소식이 남도로부터 올라오는 때이다. 그러나 여기는 5월 초쯤은 가야 꽃이 핀단다. 5월이 되면 연길시 외각으로 아스라이 뻗어 있는 배꽃이 장관을 이루리라. 이곳의 배는 사과배라고 하여 썩 달지는 않지만, 느끼한 음식을 먹고 난 후에 먹으면 새콤한 맛이 입안과 위를 개운하고 시원하게 해준다.

목욕탕浴湯 위탕을 나오는데, "열쇠 줬스가까?" 한다. 목욕탕 열쇠를 가지고 문밖으로 나오는 것이다. 반납을 하면서 그 처녀한테 조선족이냐고 묻자 그렇단다. 반가웠다. 오면서 그녀의 말씨에 대해 생각을 해봤다. 역시 '-스가까'다. '-습니까'가 '-습까'의 단계를 넘어 '-

113

스가까'가 된 것이다. 이 표현은 사실 '-으가까'로 조음소인 매개모음 '으'를 빼고나면 '-가까'만 남는다. 그렇다면 매화집 조선족 처녀가 말한 '혼자가'의 '-가'와 같은 의문형 종결어미인 것이다. 이렇게 되면, 연변 조선족의 조선어는 우리 민족어의 원형에서 한참 벗어난 것이 된다. 손님에 대한 예절의 요소가 그 말에는 전혀 들어 있지 않은 것이다. 글쎄, 사투리라는 특성으로 돌리기에는 뭔가 석연찮은 뒷맛을 갖게 한다. 거기에는 분명 문제가 있다.

오후에는 머리에 통증이 있어서 감기약을 먹고, 가볍게 윤동주 시집 과 중국어 회화 책을 보았다.

민족시인 윤동주의 묘소가 용정시 교외의 동산에서 발견된 것이 80년대의 일이라 한다. 그 전에는 역사적인 원인과 여러 가지 여건 때문에 고인이 된 시인에게까지 관심을 갖기가 어려웠던가 보다. 그러 니까 연변 땅에서 윤동주에 대한 인식을 갖게 된 게 그리 먼 과거가 아닌 20세기 후반인 것이다.

윤동주의 시들에는 밤하늘의 정경과 함께 별, 바람이라는 시어가 아주 많다. 그 멀고 먼 북간도, 연변 지역의 밤하늘, 특히 가을의 하늘에 서 뭇별들이 쏟아져 내리는 듯한 그 야경을 보지 못하고서는 윤동주 시인이 읊조린 하늘이요 별들에 대해 이해하기 힘들단다. 바람에 대해 서도 마찬가지이다. 겨울의 달밤은 그처럼 맑고 은은하며 동지섣달 휘몰아치는 삭풍의 매운 맛은 뼈를 에이는 듯한데, 이러한 것들을 경험 해 보아야 달과 바람이라는 참 뜻을 감지할 수 있다는 것이다.

"오늘밤에도 별이 바람에 스치운다."

초저녁잠을 잤나보다. 서울 같으면 자정이 넘어 거의 한 시가 될 시각이다. 연변의 밤은 고요한데, 오늘 겪은 일에 대해 컴퓨터 앞에 앉아 자판을 두드린다. 그리고 내일 강의에 대한 준비와 앞으로의 강의 일정에 대해 확인을 한다. 다음 주에는 논문 4편으로 그동안 강의한 연구 방법과 관련하여 학생들과 함께 분석을 한다. 그 후에 지필 중간고사를 치고 나면, 4월 중순 경쯤 학생들이 각자 전공분야와 관련해서 스스로 선정한 논문을 분석하여 발표하는 일이 가능할 것이다. 그렇게 되면 늦어도 오월 중순 안에 연구 논제로써 주제 발표를 할 수 있을 것이고, 그러고 나서 연구방법과 관련한 논문 개요 작성을 하고 나면 그것을 발표하는 것으로 기말 평가가 이루어 질 것이다. 그때가 아마 유월 하순쯤 되리라.

오늘은 강의 끝에 논문 분석 발표 조를 짜야한다. 3인 1조로 하고 한 주에 3조씩 발표하면 한 3주의 기간이 소요될 것이다. 가능하면 연구 편의나 전공을 고려해서 한족은 한족끼리 조선족은 조선족끼리 한조가 되게 하는 것이 더 좋을 것이다. 발표 한 주 전에 발표논문을 미리 복사하여 다른 조의 학생들에게 배부하여야 함은 물론이다.

벌써 새벽 3시가 넘어간다. 세실리아는 나와서 의자에 앉아 성경을 읽더니 가브리엘 천사의 아룀으로 아기가 잉태될 거라는 것을 안 마리아의 심정 그리고 처녀로서의 마리아의 임신 사실이 당시로서는 얼마나 살벌했었겠는지 등에 대해 말했다. 지난 일요일 연길 성당 주보의 복음

115

말씀과 관련하여 모세의 율법에 따라 간음한 여인은 돌로 쳐 죽임을 당하는 시대라는 얘기와 함께 성모 마리아님의 하느님에 대한 신앙심이 얼마나 깊었을 것인지에 대해서도 얘기를 나눴다. 그리고 세례자 요한이 어떻게 태어나게 되었는지에 대해서 얘기를 나누다가 졸린다며 들어갔다.

☀ 맑음 **3월 30일**   오늘은 강의가 있는 날이다.

오전에 그동안 받은 리포트를 정리했다. 오후 강의 시간에 맞춰 판공실, 사무실에 들려 출석부를 받았다. 출석부라고 해야 컴퓨터에서 복사한 종이 한 장이다.

조편성은 예상보다 쉽게 끝났다. 한국에서 같으면 좀 걸릴 시간을 오래 끌지 않았다. 한족과 조선족으로 나뉜 탓도 있겠지만, 원래 하고자 하는 의욕이 있는 학생들이기 때문일 것이다. 주로 대학원 1, 2학년생들로 구성되었지만, 대학원이라는 게 어디 학년이나 나이를 가지고 따지는가. 탐구하려는 의욕만 가지면 어떤 조건에서도 공부를 하려한다. 방법론이라는 것이 일반적으로 어떤 특정 분야만을 위한 것이 따로 마련되어 있는 것도 아니고 더구나 학문이 세분화되고 다양화되다 보니까, 꼬집어 이 방법만이 유일하다고 말하기도 그렇다. 요새는 간학문적 성격이 강해서 다양한 방법이 동원되기도 한다. 이런 마당에 대학원에서 방법론 강의라는 것이 어디 그렇게 간단한 문제인가. 입문의 연구자라면 다양한 분야에 대해 알아보고 자기와 관련하여 그 분야의

116

장래성 및 그 분야에 대한 자신의 능력과 발전 가능성 등을 따져봐야 할 것이다. 그래서 아직은 조심스럽게 발을 들여놓되, 선학의 발자취를 더듬어 살펴보고도 이 길이 아니다 싶으면 다른 분야의 길을 찾아야 할 것이다. 가령 한족 대학원생의 경우라면 한어와 조선어(한국어)의 대비가 전공이지만, 그 세부 분야는 다양할 것이다. 조선족의 대학원생들도 언어학이라고 하지만, 그 학문의 세부 분야는 아주 다양한 것이다. 그런 분야들을 연구하는 방법을 대학원생들에게 강의하는 자료는 역시 원하는 분야의 다양한 논문을 선택하고 분석하여 발표하는 토론식 수업 자체가 그 연구 방법을 터득하는 데 좀 더 실제적일 것이다.

강의가 끝나고 광명 사거리까지 걸어서 갔다. 오늘은 강의가 일찍 끝나는 바람에 저녁 먹을 시간이 좀 남았다. 그래서 신화서점에 들려 책을 보다가 저녁을 먹고 걸어서 돌아오는 길에는 머리가 좀 취한 듯했다.

🗓️ 눈 **3월 31일** 아침에 커튼을 젖히자 눈이 내리고 있다. 꼭 연길에 오던 날 공항에 내리던 눈과 같다. 삼월도 이제 거의 다 가고 내일이면 4월이다. 반도에서는 춘삼월 호시절이라지만, 이곳은 오월은 되어야 꽃이 핀단다. 가루눈이 바람에 날리면서 건물들이 아스라이 보인다. 눈은 오후에도 간간이 내리며 녹는다. 저 멀리 모아산 자락이 흰 눈으로 덮여있다.

오늘은 숙소에서 하루를 보냈다. 세실리아가 반도에서 가지고 온

117

책을 두 권 읽었는데, 모 여인이 쓴 책 내용 중에 술좌석에서 할 수 있는, 웃게 하는 얘기가 있다며 소개한다. 남편이 아내에게 갖추어야 할 조건이 4가지가 있다는 것이다. 그것은 아내가 무슨 소리를 해도 예예하고 들어주는 돌쇠, 집안일을 알아서 척척 처리하는 마당쇠, 아내가 짜증을 내거나 투정을 부릴 때는 자물쇠, 밤이면 밤마다 즐겁게 해주는 변강쇠 등이 되어야 한다는 것이다. 이 중에 당신은 어느 것을 갖췄는지 말해 보라며 깔깔대고 웃는다. 농담으로라도 여성들이 그런 소리를 한다는 것이 남녀평등을 넘어 여성 상위 시대라는 생각을 갖게 한다. 어쨌든 그 기세에 눌렸는지 시어머니가 심심할 때 치라고 넣어주더라는 화투로 민화투를 10판을 쳤는데, 22위안을 잃고 말았다. 그러나 탁구는 아직 나를 능가하지 못한다.

내일은 아침 식사를 못하고 성당에 가야 한다. 조선족 마지막 미사 시작 시간이 오전 8시이기 때문이다.

사회 속의 나라의
신앙인들

5장

🌥 흐림 **4월 1일**   아침 날씨가 제법 쌀쌀하다. 40분은 여유를 두고 성당에 가야 하는데, 30분 정도밖에 남지 않았다. 부지런히 걸어 5분 거리인 공원 소학 앞 정류장으로 향했다. 버스꽁꽁치쳐 26번을 타기 위해서다. 세실리아에게 택시를 타고 가는 것이 좋겠다고 하니까 조금 늦더

라도 버스를 타잔다. 이제 연변 사람이 다 돼 가는가 보다. 다행이 미사 전에 도착이 되었다. 오늘은 주님 수난 성지聖枝 주일이다. 예수님 이 수난 전에 예루살렘에 입성한 것을 기념하는 날로 부활절 바로 전 주일이다. 서울에서는 축성한 측백나무가지를 성지로 삼았는데, 이곳에서는 소나무 가지를 성지로 삼았다. 성당 마당에서 간단한 의식 을 한 후, 성지 가지를 들고 성당으로 들어간다. 키가 크고 늙은 서양 신부가 앞서고, 그 뒤를 본당 신부가 따른다. 이어 신도들이 줄지어 본당으로 들어가 자리한다.

오늘 복음은 루카 22, 14, 23, 56 등인데 배역을 맡아 입체적으로 낭송을 한다. 신도들이 한 250여 명은 되어 보인다. 듬성듬성 앉은 신도도 있으나 성당 안을 가득 메운다. 분위기가 한국의 교회처럼 퍽 안정되었다. 그리고 성당 안에서는 대체로 조선어 말씨보다는 오히려 한국어 말씨를 사용하였다. 늙은 외국 신부님의 말은 좀 느리기는 해도 한국에 귀화한 독일인처럼 말을 하여 본당의 신부님보다 더 분명하였 다. 신도들 중에는 할머니들도 많았다. 젊은 층보다 장년층 이상이 수적으로 많아 보였다.

성당 밖으로 나와서 사진을 찍었다. 마침 수녀님 한분이 누군가와 대화를 나누기에 아내와 함께 사진 찍기를 청하니까, 내가 왜 찍느냐고 좀 쑥스러워하나 반대는 안 했다. 성직에 종사하는 분은 일반 평신도들 에게는 주님의 사자로 상징화되어 있어 본의가 아니더라도 응해야 할 때가 많다. 한국에서 왔다고 하니까, 숙소는 정했느냐, 날씨가 추운데 옷이 얇아 춥지 않느냐 하며 염려를 해주신다.

돌아오려고 26번 버스를 탔는데, 뒤이어 할머니 한 분이 타신다. 한 70대 후반쯤은 되어 보이는데, 소나무 성지를 주머니에 꽂고 앉아 있다. 세실리아가 성당에서 오시는 길이냐니까 그렇다며 어디서 왔느냐고 묻는다. 한국에서 왔다고 대답하며 지금 성당에서 미사를 보고 오는 중이라고 하자, 아주 반갑게 대하신다. 입은 옷이 얇아 보여 오늘 추운데 옷을 두껍게 입고 나오시지 그랬느냐니까 이제 4월이란다. 그러면서 속옷은 입었다고 보여주신다. 그 오랜 세월 북간도의 세찬 바람과 뼛속을 에이는 듯한 추위를 견디며 살아오셨기에, 이런 추위는 봄이 오는 정도의 날씨로 생각하는 듯했다. 할머니에게는 육신은 늙어도 마음은 벌써 봄이 모아산을 넘어 연길에 오고 있다고 생각하는 것 같았다. 그렇다. 할머니에게도 오는 봄은 여전이 가슴을 설레게 하는 수줍은 연변 처녀의 봄이다. 연변의 배꽃, 살구꽃이 흐드러지게 핀 동산에서 신명나게 춤을 추는 처녀의 봄이 지금 오고 있는 것이다. 차의 계단을 내려오는데, 그 분주한 가운데서도 잠깐의 인연을 소중히 여겨 잊지 않고 또랑또랑한 목소리로 잘 가라는 인사를 하기에, 우정 돌아서서 "할머님, 다음 주에 뵙겠습니다." 하고 내렸다. 동족애에 듬뿍 젖어 인자하게 웃는 그 꼬부랑 할머니의 구릿빛 얼굴 모습이 왠지 가슴이 저리도록 눈에 선하고 시리다. 북간도의 옛 처녀들이 온갖 즐거움과 설움을 안고 그렇게 늙어가고 있었다. 우리의 동포가 그처럼 늙어가고 있었다.

아침을 먹지 못하고 성당에 간 탓에 춥고 시장기가 있어서, 점심시간까지 기다리기가 무리가 된다 싶다. 그래서 인근의 만두집에 들렀는데,

의사가 잘 통하지 않는다. 차림표에 '牛肉蘿'라고 간체자로 쓰임.가 눈에 띈다. 그것의 이름이 무엇이냐니까, 종업원이 '뉴러우루어뿌'라고 한다. 처음에는 잘 알아 듣지 못해 써 달라고 하니, 옆의 동족 처녀가 도와준다. 그것은 '牛肉蘿卜'를 말한단다. '蘿卜'은 '루어뿌'라고 하는데 '무'를 뜻한단다. '뉴러우루어뿌' 만두는 '무하고 쇠고기로 다진 속을 넣은 만두'인 것이다.

저녁에 5박6일간의 외박을 받았다며 제주도에서 장남이 항공편으로 서울에 왔단다. 이젠 군인들이 항공편을 이용한다. 참 편한 세상이 되었다. 몸이 건강하다니 다행이다. 할머니가 좋아하신단다. 엄마가 직장에 다닐 때 태어나 할머니가 안아주고 엎어주며 키워서 누구보다도 정이 제일 많이 든 손자다. 손자도 할머니를 끔찍이 안다. 안부전화를 할 때마다 할머니 안부를 먼저 묻곤 한다. 기른 정이라던가.

☀ 맑음 **4월 2일**　아침 식사 시간에 식당에서 깜찍하게 생긴, 긴 머리 한국 여자 유학생 하나가 인사를 한다. 언어 공부 잘 되느냐고 물으며 초급을 배우느냐고 하니까 고급이란다. 대단한 학생이다. 그래 식사가 끝나고 나가는 그 학생을 불러 잠간 음성 발음에 대해 질문을 하였다. 지금 중국어 연수원에서 가르치는 발음이 베이징 표준 발음이냐고 물었다. 그렇단다. 그럼 가령 東北을 뭐라고 발음하느냐니까 '동똥 베이'란다. '뚱베이'라고 하지 않느냐고 말하자 '뚱'이 아니라 '똥'이란다. 지난주 대학원 강의에서 학생들은 東을 '뚱'이라고 발음했었다.

122

식당에서 나와 현관의 경비 아저씨에게 물으니 "뚱베이지 똥베이는 없습니다." 한다. 그는 서울 구로동에서에서 잠시 있다 온, 성이 신 씨인 50대 중반쯤 보이는 조선족이다. 억양은 조선족의 말인데 '－습니다'를 사용한다. 中國의 中의 발음, 고평조의 [zhong]은 일반적으로 '쫑'이라고 발음하는데, 이 경우 운모인 'ong'의 발음이 '옹'이 아니고 '웅'이라고 하면 앞의 고평조 [dong]의 운모 'ong'도 '웅'인 것이다. 확인이 필요하다.

공중 전화기에서 서울에 국제 전화를 했다. 아들에게 "대한민국의 남아로서 나라를 지켜주어 나도 이렇게 너희 군인들 덕에 안심하고 외국에 나올 수 있으니 고맙구나."하고 말했다. 좀 머쓱해 하는 것 같더니, 왜 목소리가 쉰 소리냐고 묻는다. 아빠가 걱정이 돼서 하는 말이다. 서울에 머무는 동안 몸 관리 잘하고 귀대하기 바란다며 할머니께 지나친 부담을 드리지 않도록 당부했다.

오후에는 처음으로 전문가기숙사 맞은편 연대 도서관에 갔다. 조선어 도서실에 들어가니 비교적 넓은 공간의 중앙에 책상과 걸상이 있어 책을 볼 수 있고, 좌우로 도서가 개가식으로 진열되어 있다. 컴퓨터 앞에 앉아 있는 조선족 아주머니에게 신분을 밝힌 후 간단한 설명을 들었다. 왼쪽의 서가가 한국 도서이고, 오른쪽 서가는 북한 도서와 연변 조선어 관련 도서란다. 나도 모르게 나온 말이 "도서가 너무 빈약하구나."였다.

조선어 관련 서가에서 우선 조선어 문법과 관련된 몇 가지를 찾아보았다. 그런 후 조선어의 정체를 알기 위해 조선족 자치주가 형성되기 전후의 자료를 찾았다. 소설류를 보니 50년대의 것은 번역본 소설이

123

주인 것 같고, 60년대 중후반부터 출판된 단편, 장편이 꽂혀 있어 그 소설에 나오는 대화를 대충 보니, 한국어와 거의 차이가 없는 말씨다. 가령 1960년대 초 번역본으로 주립파 저1959.11 '산촌의 변혁'이라는 작품을 김학철 역으로 연길 연변출판사에서 1962년에 출판하였는데, 그 속의 대화가 한국어와 같았다. 그래서 중국조선족작가연보와 작품을 설명하는 전집이 있어서 김학철 씨에 대해 살펴보았다. 출생이 강원도 원산 출신으로 서울에서 왜정시대 고등학교를 다녔고 항일 투쟁도 하며 북한, 중국 등에서 파란만장한 인생을 살았다. 그러다가 불구의 몸으로 간도에 정착하여 문학 활동을 하며 지내다가 얼마 전에 작고한 분이었다. 그렇다면 작가들의 출생 성장 과정이 어떠한지, 당시의 언어 현실을 반영하여 작품을 썼는지 등이 궁금하였으나 폐관 시간이 가까워 나왔다.

☀/☁ 맑고 흐림 **4월 3일**　　아침 식사를 하러 나가는데, 옆방 L 교수의 방문 옆에 가방이 놓여 있다. 지난번에 농업과 관련된 일로 동북 삼성을 한 바퀴 돈다는 말은 들었다. 한 주는 옆방을 덜 의식하고 지내게 되었다. 가령 그의 방 맞은편에서 탁구를 치는 일도 조심스러워질 수밖에 없었다. 특히 그 교수가 중국어라도 공부할 때면, 세실리아는 신경이 써지는 모양이다. 그는 전공에 비해 성품이 개방적이고 깔끔하며 세심한 편이다. 내가 처음 이 전문가기숙사에 왔을 때 먼저 와서 인사를 하고, 자기 방에서 커피를 대접할 정도로 사교적인 사람이다.

식사 반찬 중에 마늘대공 볶음이 있고, 그 옆에 마늘대공과 비슷한 요리가 있다. 그것이 뭐냐고 하니까, 당콩의 일종으로 녹두열매같이 생겼는데, 그 길이가 긴 콩이란다. '뚜저'라고 했다. 그래서 콩과 관련된 중국어 단어를 찾다가 '감자'가 뚜돌이 아니라 '투더우'라는 것을 알았다. '뚜돌'은 변방의 토어土語 즉 사투리가 아닌가 한다.

오후에는 세실리아와 함께 걷기운동을 삼아 서시장엘 갔다 오려했으나, 눈발이 날리고 날씨가 추워져 도서관에나 가기로 했다. 잠시 후 날이 개자, 세실리아는 서시장에 가고 나는 도서관에 갔다. 7층 조선어 도서실의 사서에게 나의 책, '한국어 실용 문법 강의'를 1부 기증했다. 거기에서 대학원생 M양, K양 등의 학생들을 만나 우리말 어법에 관한 질문을 받았다. 문법 리포트를 쓰는가본데, 이런 저런 질문을 하기에 간단한 내용은 즉답을 하였으나, 복잡한 것이나 설명이 긴 것은 돌려 말하고, 관련 서적을 찾아 읽게 했다. 여러 질문 중의 하나로 가령 조선어 서적에서는 '렬거'나 '배렬'인데 왜 한국어 서적에는 '열거', '배열'이냐는 질문인 것 같다. 밑도 끝도 없이 왜 '배열'이냐는 질문이니 이거 설명이 간단치가 않다. 한국어 맞춤법은 그 대원리가 표음주의와 표의주의인데 그 중에 표의주의가 중심을 이루고 있다. 이런 원리에 따라서 整列은 '정렬[정녈]'로 제 소리가 남으로 그렇게 표기하고, 配列은 '배열'로 발음되니 그렇게 표기한다. 그러니까 列의 한자음이 원래 '렬'이니 어두가 아닐 경우에는 두음법칙의 적용을 받지 않아서 '배렬'로 표기해야 하나 발음이 '배열'로 나니 현실 발음을 존중하여 표음주의를 택한 것으로 보아야 할 것이다. 이런 경우는 모음 아래의

125

한자음 '렬, 률'만이 아니라 'ㄴ'다음의 한자음 '렬, 률'도 '열'과 '율'로
발음하고 그렇게 적는다. 分裂은 '분렬'이 아닌 '분열'로 規律은 '규률'
이 아닌 '규율'로 적는다. 예외를 인정하여 표음주의를 택한 표기인
것이다. 연변 조선족 자치주의 조선어는 1960대초 중국 주은래 국가주
석이 북한 조선어를 표준어로 쓰도록 했기 때문에, 연변 조선족의 발음
과 표기가 그 영향이 있는 것이다.

세실리아가 이미 돌아와 있었다. 옷을 입어보고 싸게 샀다고 자랑을
하며 어뗘하낟. 사회주의 건설복 풍의 중국식 옷, 인민복이다. 챙이
좁은 둥그런 모자만 쓰면 씩씩한 건설 현장의 여성 노동자다.

☀/☁ 맑았다 흐림 **4월 4일**　　아침 KBS 뉴스에서 영동 지방에 큰 눈이
내렸다고 한다. 여기도 밤사이 살짝 눈이 왔다. 앞 건물 지붕에 눈
흔적이 있다.

오늘은 오전에 도서관에 가서 자료를 찾기로 하고, 식사 후에 도서관
에 갔다. 학생들과 마주해서 앉아 자료를 보는데, 세련된 옷을 입은
여대생이 와서 인사를 한다. 자세히 보니 고려호텔에서 초밥을 줬던
숯 아무개라고 하는 처녀 교수였다. 연대에 온 후 교문 근처에서 처음으
로 내게 인사를 했던 그녀는 현대문학을 전공한다고 했다. 잠시 연변의
문학에 대해 궁금한 사항들에 대해 얘기를 나눴다. 연변의 번역 작품이
나 소설들 속의 대화가 한국어로 되어 있더라는 질문에 대해 그녀는
이렇게 말했다. 학교 교육에서 배우는 표준어라고 하는 반도의 언어북한

어인지 한국어인지 구분은 없음. 는 문어로 사용하고, 구어에서는 연변 조선족의 조선어를 쓰도록 되어 있다는 것이다. 그러니까 문어 따로 구어 따로 사용되어 소설들은 표준어로 쓰인다는 것이다. 그러면서 덧붙이는 말로 연변 조선족의 조선어가 중국어의 영향을 많이 받는다는 것이다. 그리고 조선어는 원래 조선족 자치주가 형성되기 전에 주로 반도에서 넘어온 분들이 사용한 말이 아니겠느냐고 한다. 공감이 가는 말이었다. 그렇긴 해도 KBS의 '열아홉 순정'을 여기서도 보지 않았느냐면서, 주인공인 연변 처녀가 연변말씨를 쓰니까 연변 처녀로 그 역을 할 수 있는 것 아니냐고 그녀에게 말했다. 그렇다면 연변 소설 작품의 배경이 연변인 경우 연변 처녀의 아름다운 말씨가 쓰여야 되는 것 아니냐고, 그렇지 않다면 연변의 아가씨는 어디에 있겠느냐고 반문했다. 나는 연변 언어의 정체성을 알기 위해 연변 조선족 언어의 원형을 추적하는 중, 과거의 연변 작품들의 대화에서 그 흔적을 찾을 수 있지 않을까 하는 생각에 그 소설들을 대충 보게 되었다는 얘기를 했다. 그녀는 연변 방언의 보존과 관련해서 연변 TV 프로그램 중에 연변말씨에 대한 한 코너가 있다는 얘기를 했다. 나는 속으로 그렇다면 작품에서도 연변다운 작품이 나와야 하지 않겠는가 하고 생각했다. 물론 연변 작가들이라고 그걸 모를 리 없을 것이다. 앞에서도 언급했지만, 사실 요새 연변말씨는 중국어의 영향으로 그 도를 넘어섰다. 그렇기는 해도 연변의 아름다운 말을 찾고 그것들을 보존하면 생명력을 갖게 될 것이다. 저간의 사정이야 어쨌든 소설 속의 대화에 연변 사투리가 들어있어야 살아있는 작품이 될 것이다.

저녁식사 전에 교문 옆 교내 우체국 안의 복사실에서 금요일 강의 자료의 일부인 논문 한 편을 학생 수만큼 복사했다. 처녀 같이 젊은 아주머니가 한국적이면서 안정된 연변 조선어로 말을 했다. 조선족이냐니까 그렇단다. 반가웠다.

세실리아가 고구마가 먹고 싶대서 연대 교수동 입구 그 중국 아주머니, 리과 장수에게 갔다. "웨이, 니 하우?" 하니까 반갑게 웃는다. 그래서 "워야오 이진리과, 알콰이마?" 하니, 응응 그렇단다. 이미 익힌 찬 고구마를 그릇에서 꺼내주려 한다. 그래서 "워메이야오 렁리과, 야오러리과, 러리과"하니 드럼통에서 갓 익은 뜨거운 고구마를 꺼내주며 한 근이 넘으니 '알콰이쓰'를 줘야 한단다. 지난번에도 한 근이 넘는다고 얼콰이쓰마를 달라는 걸 2元을 주고 주머니에 1마오 동전이 있어서 그것만 주고 가져간다고 손짓을 했었다. 그랬더니 쏼라쏼라하며 웃는 것이 다음에 또 오라는 말 같았다. 5元을 주고 거스름돈을 받으며 "자이찌엔"하니, 웃고 손짓을 하며 "만쩌우" 한다.

☀ 맑음 **4월 5일**　아침에 해금강 목욕탕에 갔다. 지하 1층 남자탕으로 들어가는데, 아주머니 한 분이 "어서 오세요." 한다. 조선족이냐니까 그렇단다. 그래서 아주머니는 '－세요'의 말씨를 사용한다고 하니 그렇게들 많이 사용한단다. 그래 의문이 들어 아주머니의 가정사를 간단히 물어보았다. 시아버지와 시어머니가 반도에서 오셨단다. 그런 연유로 한국어를 하게 된 것으로 파악이 되었다. 목욕을 마치고 나오는데 전에

만났던 40대의 남자 조선족 종업원이 있다. 아저씨의 어린 시절에도 요새의 연변 사투리로 '—스까', '—슴다' 등을 썼느냐고 물었다. 대충 1970년 전후쯤이 되겠다. 그 당시에 그런 사투리를 사용했다는 것이다. 그러면 해방 전후로 연변에서 사시던 분들은 말씨가 어떠했느냐고 묻자, 그분들은 지금의 연변말씨는 아니라는 것이다. 중간에 중국어의 영향으로 말이 빨라지다 보니까, 연변 사투리가 형성된 게 아니겠느냐다. 그렇다. 현실에 적응하여 살려고 반도의 언어와 중국어를 조화롭게 사용하다 보니까 연변 특유의 방언이 형성된 것이다. 이어서 그 아저씨는 한마디 덧붙였다. 요새는 한국과의 교류가 활발하다 보니까 젊은 층들이 한국어를 쓰는 경향이 있다는 것이다. 그동안 많은 조선족과의 대화를 통해서 조금씩 간파해온 일이긴 해도 오늘도 연변 자치주 조선족 언어 현상의 일단을 알 수 있는 잠시 동안의 유익한 대화였다.

일층 매표 안내 카운터의 조선족 처녀에게 어제 궁금했던 것이 생각나서 龍의 발음 [long]이 실제 어떻게 발음되는지 재연해보라고 했다. '룽'이라고 했다. '롱'이 아니냐니까 '룽'으로 발음하면 '롱'으로 들린다는 것이다. 아아 언어적 차이구나 싶었다. 조선족 그 처녀는 그 차이를 알고 있었다. 반도 사람들은 한국어의 음운에 익숙해서 그 간섭으로 '롱'으로 들릴 거라는 생각이 떠올랐다. 그래서 龍井茶龍은 간체자임.의 발음을 내보라니까 '룽징차' 한다. 烏龍茶의 발음은 뭐냐니까 '우룽차'란다.

숙소로 돌아오니, 세실리아가 반도에서 가지고 온 책을 읽다가 한 쪽의 글을 읽어보란다. 성인들이 한 말씀을 화제만 달리해서 한 이야기

129

인데, 뭐 볼 게 있겠느냐고 하자, 눈앞에 갖다 댄다. 생활수준을 높이는 유혹에서 벗어나라는 내용의 글이었다. 사실 연변에 온 뒤로는 일일 가계부를 지금까지 써오고 있다. 아내는 제발 반도에 가서도 그렇게 하란다. 그러면서 내민 것이다. 행복이란 우리의 내면으로부터 오는 것이지 외면, 어디 먼 곳에 있는 것이 아니다. '저 산 너머에 행복이 있다기에 찾아갔다가 눈물만 머금고 되돌아 왔네. 저 산 너머에 행복이 있다고 말들 하지만'이라는 시도 있지 않은가. 그 책의 말대로 우리의 가진 것과 관계를 맺는 방식을 통해서 행복이 오는 것이지, 우리가 가진 것 그 자체로부터 오는 것은 아니다. 飯疏食飲水반소사음수하고 曲肱而枕之곡굉이침지하니 樂亦在其中낙역재기중이면 되었던 시대는 아니라 해도, 우리가 가진 범위 안에서 우리의 욕심을 절제하며 살고자 한다면, 그 가운데 즐거움이 있지 않겠는가. 미국 뉴욕의 어느 부자 노파가 냉방에서 동사했다는 기사를 오래전에 읽은 기억이 난다. 이는 너무 안 쓰고 인색한 삶을 산 나머지 불행을 자초한 경우일 것이다. 그 노파는 가진 것이 행복을 주는 것으로 착각하며 메마르고 황량한 삶을 살았을 것이다. 그와는 반대로 남들과 비교하며 쓰는 욕심이 지나친 경우에도 불행이 뒤따르게 된다. 갖게 되는 만큼 어느 정도 쓸 줄은 알아야 하지만, 그것을 너무 헤프게 쓰다보면 어려움이 닥쳤을 때에, 가진 것과 현 생활수준을 유지하고픈 욕심 사이의 간극이 너무 커서 불행하게 될 것이다.

흐림 **4월 6일**   아침 창밖을 내려다보니, 기숙사 바로 밑에 내가 처음 연길 공항에서 보았던 여러 가구로 구성된 일자집이 여러 줄 늘어서 있다. 굴뚝마다 보일러 아궁이에서 타는 석탄 연기가 시커멓게 피어오른다. 연길시는 겨울에는 보일러 석탄 때문에 온 시가지가 매캐하다. 여기저기 크고 작은 굴뚝에서 나오는 연기가 안개처럼 시가지를 자욱하게 만든다. 그래서 마스크를 하고 다니는 사람도 많다. 얼마 안 있어 모아산 너머 용정에서 남풍이 불면, 그런 현상도 사라질 것이다. 오늘은 주님 수난일이다.

이번 강의에서는 그동안 연구방법에 대한 이론적인 것을 요약 정리하여 주며, 논문 분석항목을 세세하게 제시하여 토론식 조별 논문 분석 발표에 도움이 되게 했다. 그리고 논문을 가지고 시범적인 분석을 해주었다. 한국에서는 대학원생들이 학회에 자주 참석을 한다는 말과 학생 중심의 토론식 수업이 활발하다는 이야기도 해주며, 적극적이고 능동적인 분발을 촉구했다.

저녁에 화장지를 사려고 쵸스, 슈퍼마켓에 들렀다. 한 판매원 아가씨가 "………선머?"하며 온다. 그래서 "선머?, 선머?" 하니까, 그녀가 "팅부동"한다. '팅'은 뭐고 '부동'은 뭐야. 점입가경이다. '팅'은 수량 단위로 캔을 뜻하는 것 같아 "팅 캔마?" 하니, 그녀는 손가락으로 귀를 가리킨다. 그때서야 '듣다'의 표현으로 聽聽이 간체자로 쓰임. 이 '팅'이라는 것을 책에서 본 기억이 난다. 그러면 '부동'은 뭐냐고 메모지를 주니 '不懂'이라고 쓴다. 후에 자전을 펴보니 懂은 '알다'의 뜻이었다. 그러니까 듣지를 못한다는 의미로 '팅부동'이라는 표현을 한 것이다.

131

'선머'란 '무엇'이라는 뜻인데, 아마도 그 중국 처녀가 무엇을 필요로 하느냐는 뜻으로 말한 게 아닐까 하여, "니야오선머?" 하니 고개를 끄덕인다. 얼마나 기쁘던지. 옆에 있던 조선어를 하는 학생이 무엇을 찾느냐를 그렇게 말한단다. 내게는 중국말이 너무 빨라 미처 듣지를 못했던 거다.

🌥 흐림 **4월 7일**   오늘은 서명원 상경이 제주도로 귀대하는 날이다. 엄마는 김포 공항에 갈 시간이 다 되었는데, 가기 전에 전화가 없다고 속으로 안절부절못한다. 아마도 동창이 마침 휴가를 와서 전날 늦게 들어왔다니 잠이나 제대로 잤겠나. 공항에 나가기도 바빴을 게다. 할머니가 한두 마디는 했겠지만, 아버지에게 전화하고 가라는 말이 귀에 들어올 리 없었을 것이다. 무소식이 희소식이라고 잘 가서 복무에 충실하기를 바란다.

오늘은 광명 사거리 매화집에서 거러탕을 먹을 양으로 걸어서 시내 쪽으로 가던 중 공원 소학교 앞을 지나는데, 교문에 학부형들이 많이 서 있다. 운동장 건너 본관 입구 위쪽에 "사랑은 가장 큰 교육이다"라는 현판이 걸려 있다. 할머니 한 분에게 왜 이렇게 나와서 학생들을 기다리느냐고 하니까, 찻길이 무서워 데리고 가려고 마중을 나왔단다. 자식 사랑은 연변에서도 예외는 아니었다. 학생들이 교문으로 나오고 할머니, 할아버지, 엄마, 아빠 등이 기다리다 아이를 만나면 데리고 간다. 학생들의 말씨를 들으려고 귀를 쫑긋했으나, 와글와글하는 소음으로

알아듣기가 어렵다. 한 엄마가 오학년쯤 돼 보이는 큰아들에게 동생은
안 나오느냐고 묻는가 보다. 그러자 "나옴다. 나옴다." 하고 작은 아이를
기다리는 엄마에게 말한다. 그 정도밖에 조선족 아이들의 말을 들을
수 없다.

그래서 나오는 학생들에게 일일이 물었다.

"몇 학년이에요?"   "육학년."

"몇 학년이에요?"   "사학년."

"몇 학년이에요?"   "삼학년."

"몇 학년이에요?"   "이학년."

"몇 학년이에요?"   "오학년."

"몇 학년이에요?"   "이학년 오반."

이번에는 가장 어린 학생에게 물었다.

"몇 학년이에요?" 하니까 무언가를 씹으며 손가락으로 1자를 표시더
니 "일학년." 한다.

길 건너에는 중국 상인이 학생들에게 갓 부화한 노란 병아리을 1元
에 한 마리씩 팔고 있다. 한 여학생이 병아리를 사기에 "학생 몇 학년이
에요?" 하니 "오학년." 한다. 그래서 "이거 집에서 키울 집이 있어요?"
하니 "예, 집에 한 마리 있슴다." 한다.

단편적으로 조선족 학생들의 말을 경험한 것이지만, 많은 것을 생각
게 했다.

도대체가 어떻게 그렇게 일률적인 말씨를 쓰는가 하는 것이다. 모두
가 '반말'로 끝을 맺는다. 내 외모로 보더라도 그 나이 많은 사람이

'-에요'의 말씨를 썼으면 적어도 그들 중 하나라도 '-ㅂ니다'나 '-에요-에요'나 이것도 저것도 아니면 '-요'는 나오기를 기대했었다. 그러나 예상은 아예 빗나갔다. 이것은 순전히 교육의 문제라고 생각되었다. 그리고 '-슴다'도 그렇다. 사실 학교에서 '-습니다/-으ㅂ니다'를 가르친다면, 구어에서 '-슴다'를 쓰는 문제도 심각하게 생각해 보지 않을 수 없다. 그것을 연변 조선족의 방언으로 보기보다는 오히려 변모의 과정에 있는 현상으로 볼 수도 있지 않을까 한다. 그렇다면 연변 조선어의 구어에 심각한 문제가 있다는 생각이 든다. 지금 연변 조선족의 언어는 불안정하고 혼란스런 변화의 과도기에 있다. 따라서 연변의 조선어는 그 원형을 찾아 그것을 학교 교육을 통해 일상생활에 정착이 되도록 하는 것이 시급한 일이다. 이런 언어정책이 한반도의 우리말을 보존하고 발전시키는 일이 아니겠는가.

매화집은 점심시간대라 일층은 만원이어서 지하 식당으로 안내를 받았다. 가끔은 혼자 나와 먹는 보신탕 한 그릇이 기력을 돋운다. 기숙사 식당의 중국식 볶음 요리가 얼큰하고 뜨거운 탕을 먹게 한 것이다. 마침 '혼자가' 처녀가 있어서 따끈한 탕을 먹을 수 있었다. 나오는데 "안녕히 가십시오."하고 좀 상기된 얼굴로 인사를 한다. 전의 경어법 교육이 효과를 보는 순간이었다.

돌아오는 길에 신세기백화점에 들려 한국점포에서 맥심커피를 샀다. 공원교를 건너 그 소학교 건널목 부근에서 찻길을 건너오는 몇 명의 여학생들을 만나게 되었다. 그래서 "몇 학년예요?"하고 물으니 일부는 무섭다고 웃으며 달려가고, 그 중 한 학생이 "오학년."하고 걸어간다.

그 여학생의 말에는 오직 지시적인 의미 전달 기능만 있을 뿐 조선어나 한국어의 특성은 없었다. 그 말은 우리말의 음운만 빌려 표현할 뿐 이미 외국어였다. '오학년'은 '우니엔지'五年級나 다름이 없었다.

연대 교문을 통과하여 조금 올라가는데, 저만큼 앞서가던 여자 대학생 하나가 교문으로 내려오는 남자 대학생을 만나더니, 말다툼을 하는 것 같다. 그러다가 서로 잠시 응시하더니, 여자가 팽하고 돌아서 빠른 걸음으로 올라간다. 뒤이어 남자가 따라간다. 내가 숙소가 있는 도서관 쪽으로 접어들자, 중도에서 그 남학생이 그 여자의 앞길을 막는다. 내가 그들 가까이 지나가려는데, 좀 깡마른 듯하고 검은 안경을 쓴 여대생이 독기를 품은 듯, 그녀보다 키가 크고 좀 물렁해 뵈는 남자의 눈을 턱을 들어 노려보며 말한다.

"넌 진실하고 난?"

그러고는 휑하니 도서관으로 향한다. 뒤이어 남자 대학생이 따라 들어간다. 영화 속의 한 장면 같이 이국의 대학에서 두 청춘남녀의 짤막한 한 토막의 대화를 엿듣게 되니, 70년대던가 모 가수가 부른 가요의 한 소절이 생각났다.

"생각이 납니다. 애정이 꽃피던 시절."

잠시 그들이 서 있던 공간을 보면서 우리 동포인, 그 한 쌍의 남녀가 잘 화합되기를 빌었다.

그러는 중에도 나의 언어에 대한 관심은 여전했다. 그 여대생이 말한 대명사 '난'의 '니'가 조선어 사투리인지 아니면 한국의 젊은이들이 사용하는 '너'의 '니'인지 그렇지 않으면 중국어 你의 '니'인지 알 수가 없다. 정상적인 표현이라면 "넌 진실하고 난?"으로 해야 하지 않을까. 만약에 중국어에서 온 '니'라면 그녀가 쓴 문장은 중국어와 조선어의 혼합 문장이다. 이런 일은 조선족 동포에게는 흔한 일일 수 있다.

몸이 늘어지고 코가 멍멍해지는 것이 감기가 드는 모양이다. 어제 강의를 너무 심하게 한 탓인가. 워낙 날씨가 변화무상해서 기온의 차이로 이곳 중국인들도 감기에 걸리는 판이니, 지금까지는 잘 버텨 왔는데 조심해야겠다. 반도에서 가지고 온 감기약을 먹었다.

저녁에 백화점에서 중국어로 말을 하는 대화를 엿들어도 도무지 말이 빨라 듣기 훈련이 안 되더라는 얘기를 하자, 세실리아는 이제부터 중국어 얘기는 꺼내지도 말란다. 앉으나 서나 중국어 얘기뿐이니 하는 말이다.

☀/☁ 맑았다 흐림 **4월 8일** 오늘은 부활절이다. 아침을 먹지 않고 성당에 가기로 했으나, 안팎이 다 몸이 무겁다. 감기 기운이 온 몸에 번져 출입할 엄두가 나질 않는다. 그래서 기도로 대신하기로 하고, 내쳐 아침 식사 시간까지 자리에 누웠다.

오전 내내 침상에서 보내다가 점심을 먹고 약방에 가기로 했다.

연대 정문에서 시내 쪽 한 백여 미터 가니 '혜보보건대약방'이라는 약방이 있어서 들어갔다. 겉에서 보기보다는 제법 규모가 큰 약방이다. 마주하여 양 쪽에 약사가 있는데, 오른 쪽의 약사가 조선족 여인이었다. 그래서 감기약을 살 수가 있었다. 여기서도 나의 언어적 호기심은 여전하여 그냥 지나칠 리 없다. 감기를 중국어로 뭐라 하는지 물어 보았다. '감모'感冒라고 했다. 그러면 감기약은 '감모야오'하면 되느냐니까 藥yao 이 '야오'가 아니라 '여오'란다. 약방에 가서 "감기약 주세요."라고 할 때에 "게이 워 감모여오" 하면 됩니까 하니, 그렇단다.

여기까지는 대화가 순조로웠다. 그런데 그 여인의 말에서 현재의 조선족 언어의 한 특징을 듣게 되었는데, 그것이 단초가 되어 조선어에 대한 얘기로 대화가 진전이 되면서, 그 약사의 자존을 건드리게 된 것이다.

그 약사는 나이가 54세로 얼마 전에 병원에서 퇴직하였다고 한다. 그리고 한국 서울 강남에서 잠시 있다가 왔다는 말을 하면서, 부정적인 인상 몇 가지를 들었다. 젊은 여성들이 담배를 피운다거나 미니스커트를 입었다거나 월급 백만 원으로는 옷을 사 입기가 어려워 오륙백은 벌어야 옷장만이 가능하겠다거나 너무 빨리 돌아가는 일상생활에 가만히 앉아 있기만 해도 정신이 멍할 정도라거나 등에 대한 얘기를 했다. 옳게 지적한 말이다. 아마도 그런 현상은 한국에서만 느낄 수 있지 않을까 한다. 내가 이곳에 온 지 겨우 한 달이 조금 넘었지만, 참 여유로운 정신적 삶을 누리고 있다. 서울에 있을 때는 신문이나 TV를 보기만 해도 알게 모르게 스트레스를 받았다. 이곳 사람들은 그렇게 치열한 경쟁의식을 별로 느끼며 사는 것 같지 않다.

그녀의 대화 가운데 생각을 하게 하는 말이 있어서 몇 가지 적는다. "요기 와서 생김질? 생님질하십니까?", "…놀랐슴다.", "…그럽디다.", "…못 사겠습디다.", "옷 사요?", "안 돼지.", "겐데…"그런데…, "…사겐지……"…사겠는지…

이런 일련의 말들을 듣고, '생김질'이 뭐냐 하자, 말을 빨리하다 보니까 그렇다고 하면서 '선생님질'이라고 말했다는 것이다. 그것을 내가 잘못 들었다는 것이다. 그 밖의 말에서 줄인 말이 많다는 것은 그녀도 인정한다. 그래서 연변의 조선어가 요새 너무 많이 변하고 있다는 말을 하며 어떻게든 정리가 필요한 것이 아니겠느냐고 하자, 그 말이 조선족 여인의 자존을 건드렸나보다, "우리는 북한말에 가깝단 말입니다." 한다. 그러면서 한국말은 모르는 말이 너무 많다는 것이다. 그에 대해 문화 교류가 많아지면, 자연 해결되는 게 아니겠느냐는 말로 응답하고 더는 말하지 않았다. 그녀의 말은 아마도 한국어는 외래어가 많다는 뜻으로 해석이 되었다. 조선말이나 북한말은 그래도 순수한 말이 아니냐는 그 나름의 언어에 대한 민족적 긍지를 가지고 한 말 같았다. 그의 나이로 보아 1960대초 주은래가 북한어를 연변 조선족 자치주의 표준어로 삼아서 배운 세대로서 당연한 말이기도 하다는 생각이 들었다. 그러나 문제의 본질은 그런 게 아니다. 지금 연변 조선어는 방언으로서의 가치를 갖기에는 너무도 변화가 무상하다는 것이다. 젊은 세대들 중에는 한중 수교 이후 매스컴이나 TV를 통해 한국어를 은연중에 익히고 있고, 조선어는 중국어의 영향으로 더욱 간략화의 길을 걷고 있다. 게다가 과거 표준어로 삼았던 북한과는 교류가 전과 같지 않은 모양이다. 이런 상황이라면 교육적인 면에서나 언어정책적인 면에서 많은 연구가 이루어져야 할 것으로 생각한다.

　나오면서 조선족 약사 아주머니에게 이런 말을 해 주었다. 지금 한족 학생들은 한국어를 잘해서 한국인 특히 서울 학생인 줄로 착각하는 경우가 많다는 얘기를 해 주었다. 그랬더니 얼굴에 홍조를 띄면서 한족들은 처음부터 한국어를 배워서 그런 것 아니겠느냐고 했다. 그래서 우리 조선족 학생들은, 언어의 바탕이 같다고 소홀히 하니까, 잘 알아듣기 힘든 말을 하는 게 아니겠느냐고 반문했다. 지나치게 몰아세우면 조선족 여인의 자존심에 상처가 될까 싶어, 아프면 다시 오겠노라고 인사하며 나왔다. 왠지 안 할 말을 했나 싶어, 마음이 편치 못했다. 세실리아는 뭣 하러 그런 말을 하느냐고 핀잔을 준다.

☀/☁ 맑고 흐림 **4월 9일**　오늘은 오전에 도서관에서 문예지 아리랑을 살펴보았다. 나는 주로 그것들의 소설 속에 나오는 대화를 중심으로 주인공들의 말씨가 어떤지를 보았다. 대체로 반도의 표준어를 그대로 사용했다. 가령 아리랑 2의 두메산골리홍규, 연재에서는 '－습니까, －오/－소, －어요, －예요, －지요, －우, －ㅂ시다, －어라/－아라, 반말' 등이 사용되었다. 그리고 그 책의 구전설화, 선동이와 후동이박청묵 정리에서,

　이튿날 아침 할아버지는 약속한 대로 선동이와 후동이를 불렀다.

"선동이와 후동이 듣거라."

"네!"

"······저 하늘에 나는 네 마리의 기러기를 떨구어라!"

"네, 알았습니다."

그런 투의 말씨로 된 것이다. 이런 현상은 아리랑 22의 '봄순이'_{고신일}에서나 아리랑 45의 실화문학인 '공장장체포기'에서도 그대로 이어진다. '―십시오, ―ㅂ시다, ―시오, ―습디까, ―요, ―소' 등으로 쓰여 있어서 본고장의 말씨를 거의 찾아볼 수 없다. 다만 아리랑 58의 '배신자'_{김태현}에서 연변 사투리가 조금 쓰일 뿐이다.

이 작품은 한중수교 이후 연변 아낙들이 한국에 와 돈을 버는 과정에서 가정이 파탄되는 현상을 드러낸 단편이다. '―세요, ―소, ―ㅂ니다, ―요 ―습니까' 등 다른 소설들과 거의 차이는 없는데, 한두 곳에 연변 사투리가 쓰였다.

주인공인 남편 성구와 아내 영순의 대화다.

"시름 놓소. 이제부터 떠날 준비를 하기요. 남들이 그러는데 여기서 약품을 갖고 가면 좋다고 합데."

....

"왜 그러세요? 당신······."

"당신 돈 벌지 못해도 꼭 돌아오오."

"믿으세요. 꼭 돌아올거얘요. 깨끗한 돈 한 짐 벌어가지고서 말이얘요······."

여기서 '-기요, -ㅂ데' 등을 들 수 있겠으나, 북한말하고 같을 수도 있다. 이처럼 연변 조선족 작품에서는 연변 특유의 사투리가 거의 사용되지 않고 있다.

다음은 아리랑 2₁₉₈₀에 게재된 '설화의 사상 예술적 특성에 대하여'를 읽는 중에, 북간도 지방의 과거를 설화를 통해 설명한 부분이 있어서 연변 이해에 도움이 되겠기에, 여기에 일부를 소개한다.

주지하는 바와 같이 조선족은 길림, 흑룡강, 료녕 등 동북 3성 이외에도 전국 각지에 산재하고 있으며 특히는 연변에 많이 집거하고 있다. 장백산기슭, 해란강반에 자리잡고 있는 연변 조선족은 근 100여 년간 이 땅을 개척하고 건설하며 보위하여왔다. ·····················

조선족인민들이 오랜 세월을 살아온 장백산 기슭, 해란강반은 그야말로 아름답고 부요한 고장이다. 산은 첩첩연봉이요, 물은 철철 벽개수라. 아름드리 원시림에 만화방촌 무성하고 동북에서 소문난 인삼, 단비, 록용 등 세 가지 보배며 매장량이 풍부한 광맥들도 이름 높다. 해란강 량안에는 옥토벌이 펼쳐져 황금물결 출렁이고 하천과 늪에서는 붕어떼가 꼬리치고 풀밭에서는 연변황소가 한가로이 풀을 뜯는다. 그러나 태양도 빛을 잃던 지난 세월에 조선족인민들은 이처럼 아름답고 부요한 고장에서 삶의 기쁨과 행복이 무엇인지 몰랐다. 그들은 계급적인 압박과 민족적인 멸시를 받을 대로 다 받았다. 그들이 비록 벼농사를 한다, 나무를 한다, 숯을 굽는다, 야장간을 꾸린다, 인삼을 캔다, 꿀벌을 치고 사냥을 한다 하여도 생계를 유지하기가 어려웠다.

141

<젊어서부터 인생갑자 한고비를 넘도록 지주집에서 궂은일, 마른일 다 주물고도 실오리만치 남아있는 목숨을 끊을 수 없어 한 지주네 양을 모는 '박노인'이며, ………… 장백산기슭 헐렁한 움집에 근근득식으로 살아가며 부자 능구렁이네 삯나무를 하는 바위돌과 그의 어머니 생활 '메산'이 바로 그러하다.

모지도다 우리주인
개떡밥도 한술주네
악착하다 이세상아
어이홀로 살아가리   <'선량한 바위'>

이런 사실주의적 묘사는 당시 암혹한 사회에 대한 인민들의 저주와 부정을, 자유와 행복에 대한 강렬한 추구를 여실히 보여 주었다. 그러나 인민들은 굴하지 않았다. 압박이 심할수록 반항의 불길은 더욱 세차게 타올랐다.

오늘의 연변이 있기까지 조상들의 그러한 고난과 고통 그리고 피나는 투쟁과 노력이 있었다는 것을 생각하니, 가슴이 한없이 침잠하며 숙연한 마음이 든다.

오후에는 남방 항공에 가서 4월말 세실리아의 귀국 예약을 했다. 어버이날을 가족과 같이 보내고 오겠단다.

이곳에 와서 아직까지 연길시 밖을 나가보지 못했다. 아직도 나들이를 하기에는 추운 날씨다. 연변에 핑귀리사과배 꽃이 피는 5월에나 가야 가능할 것 같다.

한국어, 어디로 향하는가

☀ 맑음 **4월 10일** 오전에 도서관에서 연구자료 일부를 복사했다. 도서관에 자료가 많지 않다.

　점심 후 밖을 나오니 모처럼 화창한 봄날이다. 바람이 없고 햇빛이 따사롭다. 교정의 잔디밭에 메마르고 희누런 풀잎 사이로 파릇한 새잎이 돋아난다. 세실리아는 그런 모습을 보며 왠지 처연한 느낌이 든단다.

남방항공에 들러 4월 30일 아내의 인천행 표를 구입하고 천천히 걸어 서시장으로 향했다. 날씨가 오늘만 같으면 용정에라도 가련만, 이곳에선 한 시간 후의 일기를 알 수가 없다. 완연한 봄이 오면 가기로 마음을 정한다.

오늘 아침에 주부 대학원생이 전화를 했다. 다른 학생과 함께 점심을 하자는 것을 몇 가지 질의에 대한 답변과 부연 및 첨언을 하는 것으로 다음으로 미뤘다. 주부이며 모 대학 강사로서 함께 한다는 학생이 자주 강의를 못 듣게 되어, 중간시험과 조별 발표에 대해 궁금한 것이 많은가 보다. 아무렴 조선족 교수님의 강의와 같겠는가. 언어도 차이가 있지 강의 방식에도 차이가 있어서 의사소통에 적지 않은 어려움이 따를 것이다. 거기에다 결석이라도 하면 더더욱 힘들 것이다.

오늘은 몸도 마음도 무겁고 늘어진다. 저녁 후 잠깐 탁구를 치고 일찍 자리에 들었다.

☀ 맑음 **4월 11일**　오늘은 도서관 일층 신문열람실에 들어갔다. 개가식으로 여러 중국의 신문들이 층층이 진열되어 있다. 그 중에서 朝文조문으로 쓰인 연변일보를 보니, 창간일이 중화민국 37년 4월 1일이다. 그러니까 서기 1948년이다. 그해 7월-9월분의 신문철로부터 최근 신문철까지 걸려 있다.

중화민국 37년 7월 2일 연변일보 제91호의 상단 사보 표제 옆에

144

인민해방군이 적 4천여 명을 섬멸했다는 보도를 게재했다. 중화민국 37년 7월 13일자에는 동북일보사론으로 '장개석을 타도하고 신중국 건립 77항전 11주년을 기념하며'를 실었다. 이런 기사로 보아 이때가 중국의 격동기임을 알 수 있다. 동년 7월 14일_{연변일보 제102호}의 사보 표제 우편에 '오늘 초복'이라는 절기를 밝히고 김매기에 대한 독려의 글을 올렸다. 당시 조선어의 말씨를 알 수 있겠기에 잠간 몇 줄 밝힌다.

'초복初伏!

속담에 초복이면 곡식이 한살을먹는다고 합니다 그렇다면 동무들의 곡식도 한살먹었을터인데 한살먹은 동무들의 곡식은 얼마나 컸습니까 무론컸을것이며 클것입니다 그리고 김은 얼마나매었으며 후처질은 몇 번이나 후쳤습니까? ………동무들 인제는김기간도 멀지않습니다 한벌이라도 알뜰히매고 알뜰히후치어 세번매고 세벌후치는임무를 완성합시다. 그리고 재걸음도많이내어 많이타작합시다'

띄어쓰기는 거의 안 돼 있고, 마침표도 거의 찍히지 않았다. 인용격조사는 간접화법에 맞게 '고'가 쓰이고 있다. 그리고 종결어미가 현대의 한국어와 같다. '-ㅂ니다, -습니까, -ㅂ시다' 등.

동년 7월 15일부터 "연변은이렇게건설하고있다!"가 연재되기 시작했다.

동년 7월 30일_{음력 6월 24일} 금요일에는 '남조선대폭풍우 6천 7백호, 3만5천명구호를요구 미군정은아무대책이없어일반이분개'의 기사가

145

실렸다.

동년 8월 15일자에는 1면에 '중국인민령수모택동'과 사진 그리고 '쓰딸린대원수'와 사진이 게재되고 사론으로 '八一五를 기념함'이란 표제 하에

···

八一五를 기념하면서 '우리연변의인민들은 긴장하게 일어나 국민당비군들을전부소멸시키고 중국각민족인민에대한 제국주의 봉건세력 관료자산계급의통치를 때려부수고 전동북 전중국을 철저히 해방시키기위하여 분투하자'라는 글이 게재되었다. 연변 조선족 동포들이 중국 공산당창건에 참여한 사실을 알 수 있는 기사다. 이런 일을 구체적으로 보이는 기사가 있어서 아래에 밝힌다. 동일자 신문에 '왕충현중대 김정관동무의변신, 머슴살이로부터 인민해방군모범으로'라는 기사를 이종덕이라는 기자가 썼다. 그 기사를 좀 구체적으로 밝히면 이렇다.

왕청현 중대 전사 김정관 전우는 금년 33세이다. 그가 3세 때 부모를 잃고 두 남매만이 남아 남의 집에서 자라며 그 집의 일을 도맡아 했다. 그렇게 갖은 고생을 하다 동생은 시집을 가고 자기처럼 남의 집에서 일을 하며 사는 여성과 결혼을 하게 되었다. 그러다가 8·15 해방을 맞아 자유를 맞게 된 그는 노는 땅에나 농토를 얻어서 농사를 잘 짓게 되고 먹을 것도 좀 생겼다. 하루는 애인을 청하여 「여보인제우리는 집도있고먹을것도 있으니 나는참군하겠소 당신혼자서라도 일없겠지 어찌청년으로서 더욱내같이고생살이를하여온 사람이가만있겠소」라고 하니 애인은 「당신이나내나 이날이때까지 남의집구석에서 목메는밥을

먹다내집이라이름짓고있게되었는데 한해만더참아 참군하시지······」
그러나 이미 결심한 정관 전우는 ········· 모범 표창을 받았고 일반군
중이 말하기를 「김정관동무는 공산당원이될자격이있다」라고 모두 승
인하였다.

이 기사에서 보면 당시 공산당원이 되는 것이 얼마나 영광스러운
일이었는지를 알 수가 있다. 그러면서 아내의 처절한 심정을 읽게 되니
당시 동포들이 참 힘든 삶을 살았을 거라는 생각이 든다. 1948년 당시
연변 부부의 말씨를 보면 남편은 아내에게 '－소'의 표현을 쓴다. 그리
고 지금 연변 방언으로 '일없다'괜찮다는 표현이 당시에도 쓰이고 있음을
알 수 있다. 동년 9월 5일에는 왕청금구령소학교아동반이 '농민을 도와
까마귀쫓기에 노력'한다는 기사가 있다. 최명근이라는 사람의 옥수수
밭 한 자락을 까마귀가 다 먹어서 마소 사료를 한다는 내용이다. 동년
9월 17일연변일보 제 165호에는 수상 김일성의 조선민주주의인민공화국정
부의정강발표문을 논평 없이 실었다. 동년 9월 22일 모주석, 주총사령
조선 중앙정부수립축전이라는 표제로 된 九月 十九日 모택동 주석의
경축 기사기 있다. 빛바랜 누런 신문을 통해, 먼 과거의 기사를 읽노라니
시간이 거꾸로 간 듯하다. 그로부터 2년이 채 안 된 1950년 6월 25일
남침이 있게 된 것이다.

옆방 L 교수가 농업 분야에 일이 있어서 동북 삼성을 한주 돌고
왔단다. 그의 말로는 흑룡강성에는 마을이 경상도에서 넘어온 이민자들
로 집성촌을 이뤘단다. 그들은 연변지역처럼 자치주가 형성되지 않아
민족적 응집력이 연변보다 더 크다고 한다. 그래서 아래쪽 연변보다는

147

동포들이 비교적 순수하다는 것이다. 옛날 연변 지역 이주 동포들은 주로 함경도에서 넘어왔다고 한다. 이런 비슷한 얘기는 이미 반도에서 들었었다. 그런데 동북 삼성의 동포의 농가에 젊은이들이 반도로 돈벌이 하러 가는 바람에 노인들이 주로 농사를 짓게 된다는 것이다. 그래도 삶의 질은 전보다 상당히 좋아졌단다. 한국의 농촌과 비슷한 현상이 이곳에서도 일어나고 있었다. 시간이 되면 흑룡강성에 가봐야겠다. 연길역에서 12시간 동안 북쪽으로 평원을 달리면 송화강이 있는 하얼빈 시가 있단다. 빙등제가 유명하다지만, 나는 하얼빈을 보고 싶어 가련다.

☂ 비 **4월 13일**　모처럼 봄비가 가늘게 내린다. 다소 탁한 공기가 맑아지는 것 같다.

　아침 식사 시간에 예술학원에 강의를 나가는 교수 한 분, 옆방 L 교수, 내가 처음으로 한자리에 앉게 되었다. 한국인 3인이 모인 자리인 것이다. 이런저런 얘기 중에 예술 문화에 관한 쪽으로 대화가 흘렀다. 연변의 극장은 옛 영화를 회복하지 못하고 주저앉아 있고, 영화관이라도 있어야 할 터인데 그것마저도 없다는 것이다. 어느 지역에 가게 되면 적어도 문화의 기본은 있어야 하는 것 아니냐고 예술학원 교수가 말한다. 그러니까 이곳에서는 청소년들이 누릴 수 있는 문화라고 해봐야 '왕바'라고 하는 인터넷 PC방이 고작인 것이다. 어른들은 TV를 통해 한국의 KBS나 SBS를 보거나 YBS연변방송 TV를 보는 것이 전부라고 해도 과언이 아니다. 이야기가 중국의 사유재산에 관한 쪽으로 진전되었다. 중국이 사회주의 국가여서 땅의 소유권은 인정되지 않고, 지금은 100년간 임대를 해서 건축을 하거나 이용한다는 것이다. 거의 사유화의 과도기라는 생각이 들기는 하지만, 정부 당국에서 공공건물을 짓는다든지 하게 되어 언제든 필요할 때는 임대한 땅을 내어주어야 한다는 것이다.

오후 강의를 하러 가는 중에, 가랑비를 맞고 있는 교내 정원의 뾰족이 돋아난 풀잎들과 정원의 나무들을 보니, 생명수라도 마시는 듯 은혜롭다. 그렇다. 대지를 적시는 사랑이 없으면 마른 잎만 구르는 황무지荒蕪地에 생명이 살아 숨을 쉴 수 없다. 감사하는 마음으로 살아가야지.

오늘 강의는 전반부는 중간 지필고사의 시간이고, 후반부는 논문 분석의 시간이다. 다음 주부터 학생들이 선정한 논문을 분석하고, 조별로 발표하는 토론식 수업이 진행된다. 따라서 사전 그에 따른 이론적인 지식 평가가 있어야 한다. 그리고 학생들의 분석 작업에 도움을 주기 위해 논문 분석 시범을 한 번 더 하기로 했다. 학생들이 비교적 잘 따라와 줘서 고맙다. 다음 주 학생들이 발표할 세 조 각각의 논문도 받았다. 모든 학생들이 각각 3편의 논문을 읽어 와야 토론이 이루어질 것이다. 학생들이 그렇게 하는 것을 알고 있다. 이곳에서는 이런 강의를 처음 하게 되는 것으로 생각된다. 다 잘 될 것이다. 가르치는 것도 기술이라 했던가.

강의가 끝나고 한족 한 학생이 질문을 하여 이야기를 나누다가 나오는데, 복도에서 원장을 만났다. 내일 연구생들 운동회가 있다며 그때 만나자는 말씀과 아내에 대한 인사 말씀이 있었다. 감사하다는 말씀을 하고 내려왔다.

저녁 KBS 뉴스에서 한국에도 비가 온다는 소식이다. 또한 83세가 되는 여자 노인 한 분이 아들이 사는 집과 딸이 사는 집에서 쫓겨나 오도가도 못하고 거리에서 헤매다가 파출소에서 밤을 새웠다는 소식이다. 참 부끄러운 일이다. 그런 것이 전파를 타고 이곳 연변 전 지역에 방영되고 있다. 물질의 풍요를 누리는 만큼 사랑이 넘쳐나야 할 터인데, 반비례해서 인정이 메말라가니 그 봄비는 정녕 인간에게는 생명의 물이 되지 못한단 말인가. "목마른 자여 다 나에게로 오너라. 내가 너희를 편히 쉬게 하리라."라는 말씀이 생각이 난다. 그러면서 그 할머니의 아들과 딸이 우리라고 생각하니, 아니 '나'일 거라고 생각하니 비정한 마음이 무섭기까지 하다.

흐리다비 **4월 14일**　어제 비에 이어 오늘도 아침 하늘은 무겁기만 하고 음산하다. 몸과 마음이 쾌척하면 좋으련만 날씨만큼이나 스산하다. 몸살기가 있어서 머리도 맑지 못하다.

어제 강의가 끝나고 한족 학생들이 '추스리다'가 무슨 뜻이냐고 묻는다. 그래서 '마음을 추스르다'는 산만하고 복잡한 마음을 가다듬고 수습하여 어떤 일에 전념하게 한다는 뜻에서 사용한 말이라고 일러주었으나, 잘 이해가 되지 않는 듯하여 도서관에 가서 한국어 사전에 나와 있는 기본적인 의미와 여러 문맥적인 의미를 찾아보게 했다. 검정고시로 대학에 들어왔다는 나이 많은 한족 학생은 '－어/－아야 한다'와

'-어/-아야 된다'의 차이를 묻는다. 보조용언의 기능이 본용언에 문법적 의미를 더해주는 역할을 하는데, 학문적으로 명쾌하게 밝혀지지 않은 것들도 있어서 여러 주관적 해석이 있기도 하다. 우선 사전에서 찾아보기로 하고 숙소에 와서 아내에게 문제를 주었다. '너는 군대에 가야 한다'와 '너는 군대에 가야 된다'의 차이를 물었다. 의미가 비슷하기는 하지만, 후자가 좀더 강한 표현이란다. 그리고 전자은 주체의 의지가 반영이 될 수 있지만, 후자는 꼭, 반드시와 같은 의미가 들어 있어서 영어의 'must'와 같은 뜻이 있단다. 그것에 대한 학문적인 연구가 되어 있겠지만, 보통 사람이 어떻게 느끼고 생각하는가도 중요하다.

단어에 관한 얘기가 나왔으니, 연길에서 본 간판의 용어를 더듬어보기로 한다. 간판 용어는 한자로 쓰이고, 그 위에 조선어 한자음을 한글로 달아놓았거나 조선어 고유어로 설명을 하여 놓았다. 그래서 종종 조선어 고유어를 목격할 수가 있고, 음식점 차림표에 고유어가 쓰인 경우가 있어서 더러 조선어를 볼 수 있다. 연변 자치주에서만 볼 수 있는 현상이라 생각한다. 가령 그들 고유어 중에 '남새'라는 단어가 민족적인 친근감을 갖게 하는 흡인력이 있다. 내 어렸을 적에 '남새'라는 말을 썼다. 할머니께서 자주 남새밭에 가서 오이 한 개 따오라고 하신 말씀이 생각난다. 두 개도 아니고 한 개다. 그만큼 오이가 귀했다. 왜 그런지 오이씨를 심어도 잘 자라지 않고, 벌레가 먹어 죽거나 넝쿨이 무성하지를 못했다. 그래서 매달린 오이의 개수가 너무도 분명했다. 몰래 더 따먹기가 어려웠다. 무덥던 여름날 할아버지께서는 약주를 좋아하셔서 일하시다가 막걸리나 소주를 드실 때면, '물외'나 풋고추를 고추장에 찍어 안주로 삼으시곤 했던 것이다. 당시에 풋 냄새 물씬 풍기는 집 울타리 너머에 있는 채소밭을 그렇게 불렀다. 이런 고유어를 이곳에서는 여전히 사용하고 있는 것이다.

어제 강의 중에도 고유어와 연변의 아름다운 방언을 발굴하여 사용하는 일이 조선어를 보존하고 발전시키는 일이라는 말을 학생들에게 하며 특히 조선족 대학원생들에게 조선어에 대한 연구를 소홀히 하지 말도록 당부했다. 사실 연변 조선어를 잘못 사용한다고 KBS TV의 드라마 '열아홉 순정'에 대한 비판이 있었다면, 조선어의 특성에 대한 연구 결과라도 있어서 그에 걸맞은 대안을 제시할 수 있어야 할 것이다. 그러나 내가 이곳에 와서 경험한 조선 중년층 여성들의 말에서 연변 특유의 아름다운 억양과 문장이 끝날 때마다 길고 가늘게 늘여내는 여성스러움과 애절함을 담은 '예' 소리의 간투사와 같은 말씨가 연구된 것을 아직 보지 못했다. 지금 연변의 처녀들은 그런 말씨를 거의 쓰지 않고 있었다. 그래서 학생들에게 앞으로 연변 사투리에 대한 연구가 시급하다는 것을 말해주었다.

흐렸다가 맑음 **4월 15일** 아침에는 약한 가랑비가 오다말다 하다 그치더니 기온이 뚝 떨어진다. 천주교당의 1시간 미사가 무척 추웠다. 4월도 중순인데, 이젠 봄이 왔는가 싶으면 갑자기 한 겨울처럼 몸이 오싹 춥다. 그래도 가로의 수양버들 가지 마디마디에 새싹이 뾰족이 돋아나고 있다. 몸이 얼어서, 오는 길에는 버스꿍꿍처처를 타지 않고

152

택시추푸치처를 탔다.

차 안에서 주보 2면의 연길 본당 1월 경제 보고를 보았다. 적자를 기록하고 있다. 이어서 2월 경제 보고를 보니, 한 달 수입이 12094元 4마오, 지출이 7288元이다. 지출 계정과목 중의 생활비는 기가 막히다. 2400元이다. 서양신부님과 본당주임신부 및 수녀원 수녀님들의 생활비가 고작 그 정도라니. 이건 정말 헌신 봉사다. 미사 중에 본당 출입문이 잘 닫히질 않아 그 추운 바람이 들어오는데도, 누구하나 닫는 이 없이 미사를 보는 것을 이제 알 것도 같다.

☃/☀ 눈이오다갬 **4월 16일**   아침에 함박눈이 내린다. 창밖으로 아스라이 내려다보이는 거리에 행인들이 눈을 맞고 걸어간다. 연변에서는 웬만큼 비가 와서는 우산을 쓰지 않고 다니는 사람들이 많다.

오전에는 여기에 오기 직전에 반도에서부터 보기 시작한 중국어 책을 보았다. 틈틈이 읽다 보니까 3분의 2는 진도가 나간 것 같다. 그러나 실제 현장의 훈련이 되지 않아 곧 잊어버리곤 한다. 가능하면 상점이나 거리에서 중국인을 상대로 말을 해보지만, 실전에 약한 것을 절감한다. 특히 듣기에서는 전의 슈퍼마켓의 중국처녀 말대로 '팅부동'이다.

책에도 나와 있듯이 중국에서 실제 생활에 '多'[duo]에 1성이 놓임. 인 '뚜어'는 '얼마나'의 뜻으로 참 유용하게 쓰인다. 물건 값이 얼마냐 할 때도 끝에 '치엔'錢을 붙이지 않고, '뚜어사오'多少로 해도 되고,

153

얼마나 깊으냐 할 때도 '뚜어선'多深, 나이가 아래거나 동년배에게 나이가 금년에 얼마냐 '니쩐니엔뚜어따'你今年多大, 얼마나 높으냐 '뚜어까오'多高, 얼마나 무거우냐 '뚜어중'多重, 重은 4성의 권설음이라고 한다. 그래서 연변에서는 가령 '이 사과배 얼마냐'를 "쩌거핑궈리 뚜어사쇼?" 하면 "이진 얼콰이."한 근에 2元라고 한다. 한 근에 500그램이다.

오후에는 대학원 학생들이 제출한, 이번 주 분석하여 발표할 논문을 읽었다. 그리고 저녁 식사 한 시간 전에 잠시 탁구실에 틈이 생겨 탁구를 쳤다. 이곳에서는 날이 추우면 산책이 어려워 운동을 위한 것으로 탁구가 유일하다. 나이가 들면서 운동의 중요성을 피부로 느끼며 살고 있다. 건강만큼 중요한 게 또 있을까 싶다.

☁/☀ 눈이 오다 맑음 **4월 17일**   아침에 간간 눈발이 날린다.

오늘은 도서관에서 연변조선족자치주창립 40돌 기념출판 '중국에서의 조선어의 발전과 연구'최윤갑 주필, 연변대학출판사 1992의 제3장 제1절 해방 후 중국에서의 조선어 어음, 문법 연구와 제4절 해방 후 중국에서의 조선어방언연구를 복사하고, 이어 '중국조선어실태조사보고'중국조선어실태조사보고 집필조, 민족출판사·료녕민족출판사 1985의 제2장 문법 실태 부분을 복사하였다. 중국조선어의 방언을 조사함에 비교가 되는 표준어가 궁금한데, 아마도 그것은 북한어라고 생각한다. 중국에서는 일찍이 북한어를 공식 언어로 삼았기 때문이다.

중국 조선족은 반도에서 넘어온 사람들이 집단 부락을 이루며 형성되었다. 주로 함경도 경상도 평안도에서 온 사람들이 주류를 이룬다. 소수이긴 하나 전라도, 충청도, 경기도에서도 이주해 왔다. 그래서 흑룡강성에는 경상도 출신이 대다수이고, 길림성에는 함경도 출신이 주류를 이루고, 료녕성에는 평안도 출신이 많다. 1980년대에 방언조사 대상자들 중 고령자의 나이가 70, 80대이고 그 뒤를 40대 자식과 10, 20대 손자가 잇는다. 지금은 4대 이상은 내려왔다고 보인다.

오후에는 대학원 학생들 발표 논문을 읽었다. 세 편의 논문 주제가 다 달라서 연구 방법 연구에 좋은 자료가 될 것 같다. 다만 학생들이 그렇게 다양한 논문의 내용을 어느 정도는 읽고 이해가 돼야 토론이 이루어질 텐데, 학생들이 어떻게 준비를 해 올지 궁금하다. 논문이라는 것이 핵심 용어만 제대로 이해가 되면 대체로 전체적인 흐름은 파악이 되는 것이다. 이번 논문들은 학부에서 착실히 공부한 학생이라면 크게 어려운 용어가 들어 있다고 보이지 않는다. 다만 나이가 많은 학생이나 전공을 바꾸어 대학원에 진학한 학생들이 어려울 수 있겠다. 그러나 토론을 하는 과정에서 이해를 하여 간다면 방법적으로 논문 분석을 파악하는 데에는 큰 무리가 없으리라고 본다.

도서관을 나오니 햇살이 따사롭다. 봄인가.

저녁에는 아내의 사도 바울의 이야기를 들었다. 예루살렘에 가서부터 감옥에 갇힌 뒤 로마로 가기까지의 이야기를 들었다. 당시 그의 삶은 주님의 이끄심으로 이루어졌다. 참 은혜로운 시간이다.

☀ 맑음 **4월 18일**   아침에 해금강에 가려고 숙소를 나와 도서관 앞을 지나는데, 반대쪽에서 낯이 익은 여대생이 도서관을 향해 오고 있다. 인사를 하기에 자세히 보니 산동에 산다는 한족 주립선 학생이다. 어디 가느냐고 묻기에 "위스", "위츠" 하니까, 웃으며 "위츠"浴池[yuchi] 앞 운모는 4성이고 뒤 운모는 2성임. 하고 발음을 교정하여 준다. 그 모습의 내가 발음할 때의 발음기관 모양이 아니다. 목에 힘줄이 돋는다. 'ch'음을 내기 위해 혀끝을 말아 올려 센입천장에 대는 거며 성조로 해서 그런 힘이 들 거라는 생각이 든다. 그런 발음을 나는 너무 쉽게 해버린 것이다.

한 시간이 훨씬 넘게 목욕을 하고 오는데, 이건 우연인지 아까 만났던 그 부근에서 방향만 서로 바뀌어 오고가는 중에 주립선 학생을 다시 만나게 되었다. 그래서 "주립선." 하고 부르니, 다가오며 교수님께 드릴 말씀이 있단다. 내용은 이러했다. 오는 금요일부터 대학원 강의가 토론 식으로 조별 논문 분석 발표를 하게 된다. 그런데 조 편성이 되지 않아 비슷한 처지의 다른 남학생과 함께 조 편성을 하려고 해도, 그 학생이 나오지를 않는다는 것이다. 그래서 어떻게 해야 할지 모르겠다 며 산동이 고향인 남학생이 다른 조에 있는데, 그 학생과 함께하면 좋을 것 같다는 것이다. 그러면서 조 편성하는 날 아파서 못 나왔다는 얘기를 덧붙였다.

"이건 정말이에요. 진짜 구실이 아녜요."

하고 '정말'과 '진짜'에 힘을 주며 '정'과 '진'을 장음으로 발음한다. 그 말과 표정이 귀엽다. "음, 그렇지 그 때 장염으로 못 나왔지." 하고 응대하며, 금주 그 남학생의 발표 조에 동의를 얻어 함께 분석 발표에

156

참여할 수 있으면, 그렇게 하게 했다. 연구 방법을 터득하고 훈련하는 연구 발표이니 서로 토론할 수만 있다면, 조의 명수는 크게 문제될 게 없다고 생각했다. 어차피 조별 발표가 끝나면 개인 발표로 들어가게 되니까 말이다. 그리고 중국의 학생이 한국어를 배워 장차 한중 문화 교류를 위해 일을 해보고 싶다고 대학원에 온 게 아닌가. 그런 학생들은 사실 남다른 학생들인 것이다.

해란강을 타고
봄기운이 시물거리다

7장

흐림 **4월 19일**　반도에는 봄이 와서 영상 15도 내외의 기온인데, 여기는 봄이 온 것 같은데도 봄이 아닌 것 같다. 포근하고 화창한 날이 거의 없다. 글쎄 지금 같아서는 오월은 돼야 봄다운 봄일 것 같다. 그래서 그런지 엎어지면 코 닿을 용정에라도 가서 윤동주 생가도 보고, 꿈에서나 그리던 그 일송정도 볼 수 있으련만, 그게 잘 되지 않는다. 용기를 내어 볼까도 생각했지만, 하루하루 미루기만 한다. 사실 이곳의 날씨는 진짜 보통이 아니다. 햇볕이 나고 따뜻한가 싶으면, 금세 구름이 끼고 서풍이 불며 한기가 돈다. 이젠 몸조심이 그 무엇보다도 앞선다.

한국에서는 오늘이 4·19다. 독재 정권을 무너뜨리던 날이다. 이후 60·70년대는 데모의 역사로 점철된다. 그때 학생들은 머나먼 북간도의 해란강과 일송정을 그리며 얼마나 많이 선구자를 불러댔던가. 우리의 선구자는 그렇게 살아서 한국의 민주화와 경제적인 부흥을 이룩하였던 것이다. 그 선구자가 지금도 우리의 마음속에 살아서 너희들 정신 차리고 있느냐고 호령을 하고 계신다.

점심 후 옷가지도 사고 생활자금도 마련해야 하겠기에 시내 광명 사거리에 갔다. 먼 이국 땅에서 나에게 빵 한 개라도 사 줄 사람이 있겠는가. 비상으로 소지한 VISA 카드가 그렇게 고마운 존재가 아닐 수 없다. 신화서점 옆 중국건설은행 현금인출기에 카드를 넣고 비밀번호를 누르니 신호가 간다. 모니터에 선택할 금액이 뜬다. 사용할 금액을 누르니 오직 나만을 위해 기계에서 元화가 나온다. 부자가 된 기분이다. 지난번에 은행원의 안내로 인출한 적이 있긴 하지만, 사실 조금 전까지만 해도 혹시 기계에 카드를 넣으면 도로 나오는 것이 아닐까, 소지한 카드가 무용지물이 되지나 않았을까 등 별의별 생각이 뇌리를 스쳐 지나갔던 것이다. 아무리 대범한 사람이라 하더라도 벼랑에서 줄 하나에 매달려 있을 때, 그 마음이 보통 사람의 그것과 크게 다르지 않으리라

160

고 생각한다. 만약 그 줄이 생명줄이라면 어느 인간치고 자만이라든지 과신이라든지 만용이라든지 하는 따위를 감히 품거나 부릴 수 있단 말인가. 비약을 해서 단순하게나마 그런 생각을 좀더 해보자. 우리가 사는 이 지구가 잡을 것이라곤 하나도 없는 사막이 되었다고 치자. 서로 의지를 한다 해도 결국 도움이 되진 않는다. 그저 너는 너고 나는 나일뿐이다. 희망이 없다. 인간에 대한 믿음은 이제 존재하지 않는다. 이럴 때 과연 우리는 어떻게 해야 하나. 인간의 존재가 사라지는 걸까. 정말 그런 날이 올까. 건강에 좋지 않은 생각을 한 것이다. 그래도 내일 해는 뜨고 우리는 다시 줄을 찾아 나설 것이다. 그 줄은 있을 것이다. 우리가 지구상에 태어난 것처럼.

아내가 서시장 쪽으로 방향을 잡는다. 가는 길에 명주 백화점 1층 롯디리아에 들려 커피를 마시면서, 그 점포를 경영하는 여주인을 만났다. 한국에서 건너와 체류형식의 거류민 1년마다 연장을 해야 함.으로 있으면서, 연길에서 이 사업을 시작한 지 8년째란다. 중국에서 개인 사업은 투자만 하면 외국인에게도 허가가 난다는 것이다. 다만 양로원 같은 공공사업이라든지 하는 것은 중국 당국의 일정한 제한이 있다고 한다. 그런데 사업을 함에 각종 세금으로 내는 것이 만만치가 않다는 것이다. 어디에서나 사업을 한다는 것이 그렇게 쉬운 일은 아닌가 보다.

서시장의 오후가 오늘은 비교적 한산하다. 날씨 탓이리라. 시장에 오기만 하면, 나는 점포 주인들이 사용하는 조선어에 관심을 갖게 된다. 사실 조선어 사용의 변화가 시장만큼 빠른 곳도 없으리라고 생각한다. 오늘 세실리아가 흥정하는 가게 여주인은 알고 보니 조선족 여인이었

161

다. 그녀는 한 40대쯤으로 보였다. 오늘도 한두 개 건졌다. "이게 좋심다.", "이십오 원에 달란가.", "예, 또 오세요." 이 말들에서 '-세요'는 정상적인 말씨다. 그 말은 홍정이 끝나고 그녀에게 언어 문제를 거론한 뒤에 나온 바른 말씨이다. 그러나 '-ㅁ다'나 '-ㄴ가'가 문제라면 문제다. 앞의 것은 '-ㅂ니다'의 준말이라는 것을 쉽게 알 수 있으나, 뒤의 것은 좀 복잡하다. 그래서 그 여주인에게 '달란가'가 무슨 뜻이냐고 물으니 부끄러운 듯이 마지못해 하는 말이 '가져가시오'의 뜻이란다. 아무리 생각해도 '달란가'의 표현이 에둘러 한 말로 해석을 해야 그 의미가 드러나지, 직접적인 표현의 뜻으로는 '가져가시오'로 풀이가 안 되는 것이다. 그러니까 처음에는 원하는 옷의 값으로 35元을 불렀으나, 고객이 돌아가려 하니까 '그러면 이십오 원에 달라는 말입니까'의 표현으로 그런 생략 표현을 한 것이라고 보는 게 온당하다. 그렇게 보면 '-ㄴ가'는 '-은 말입니-'를 줄인 말이다. 그렇게 하여 '주겠으니 가져가시오'의 직접적인 표현을 피하는 상업적 화술을 쓴 것이다. 이토록 연변의 조선어가 변하고 있는 것이다.

저녁에 세실리아가 반도에 갔다 오는 것에 대해, 주변의 시선이 마음에 걸리는가 보다. 우리 부부 이외에 한두 사람만 부부 동반으로 기숙사에 들어왔지 거의가 혼자 와서 생활을 한다. 그러니 옆방 교수나 그 밖의 사람들에게 신경이 쓰이는 모양이다. 그래서 당신은 나 때문에 왔지 다른 사람 눈치를 보려고 온 게 아니라고 했다. 그 사람들은 사정이 있어서 홀로 온 것이고, 당신은 사정이 허락되어 남편과 함께 지내기 위해 온 것이라고 했다. 다만 미안한 것은 이곳이 프랑스 파리나 미국 뉴욕이 아니라는 것이라고 말해주었다. 이곳 생활이 힘들면 이번에 귀국해서 돌아오지 말라고 했다. 좀 심한 말을 한 것 같다. 알아들었는지 어쩐지 한동안 말이 없더니, 차 한 잔을 타서준다.

흐림 4월 20일　　지난밤에 오던 비가 새벽녘에야 그치는 것 같다. 비온 뒤라 오늘도 기온이 올라가진 않을 것 같다.

　오후에 강의 동으로 가는 길 양쪽으로 수양버들 벗 나무가 작은 꽃망울?을 달고 있다. 피기에는 한참의 시간이 필요할 것 같다. 구름 사이로 햇살이 비치니 온기가 느껴진다. 이렇게 봄은 오고 있다. 그러나 봄 처녀를 보기에는 아직 이르다. 반도에는 왔다는데, 이곳까지 그 먼 길을 오려면 발이 부르터 빨리 오기 어려울 것이다.

　학생들의 논문 분석 발표는 예정대로 진행이 되었다. 아직 발표 방법이 익숙지 못하나 좀 시간이 지나면 나아질 것이다. 학생들에게 논문을 읽게 한다는 게 그렇게 쉬운 일은 아닌가 보다. 다양한 논문을 봐야 하니 배경 지식도 부담이 되었을 것이다. 그러나 이런 과정은 연구자라면 누구나 겪어야 하는 일이다. 언제까지나 주입식으로 강의가 이루어 질 수는 없는 것이다. 처음에는 질의가 나오지 않아 내가 주로 하였다. 그런 중에도 연구 방법과 관련된 질문들이 나오기 시작했고, 그런 질문은 필요하고 적절했다. 세 조의 발표가 예정되었으나 두 조만 발표가 되었다. 그만큼 토론이 길어진 것이다.

　강의가 끝나고 한족 학생들 중 두서너 명에게서 몇 가지 중국어에 대한 궁금증을 풀었다. 누구에게 묻기 어려운 것들을 나는 내가 가르치는 대학원생들에게 질문할 수 있으니 행복했다. 장춘대학에서 한국어 강의를 하는 려송화 선생에게 '학생 여러분'을 뭐라고 불러야 하느냐고 하자 '同學們' 즉 '퉁쉬에먼'이라고 한다는 것이다. 그리고 일반 사람들에게 '여러분' 할 때는 '各位' 즉 '꺼웨이' 혹은 '大家' 즉 '따지아'라고 한단다. 이어서 한족학생 범홍위, 양종파 외 다른 한 명과 복합운모 즉 결합운모 'ong'에 대한 논의를 했다. 어떤 학생은 '龍'의 'long'을 '룽'으로 발음하는가 하면, 다른 학생은 '룽'으로 발음한다. 이에 대해 양종파 학생이 전에 부탁했던 운모에 관한 설명을 한 책現代語文, 黃伯榮, 高等敎育出版社, 2002.7의 관련 부분pp.58-59을 복사해서 내민다. 그 운모 부분을 보니 운모 'ong, iong'는 발음이 각각 [uŋ], [yŋ] 즉 '웅'과 '윙'으로 되어 있다. 그 발음을 할 때 입모양은 차례로 合口呼와 撮口呼다. 한어병음의 운모 표시인 그것들을 각각 'ung, üng'로 표시하지 않은 것은 手寫體 u와 a의 상호 혼란을 피하기 위해서라고 설명한다. 그러니까 운모 'ong'의 발음은 베이징표준 발음 [uŋ]웅이나 지역 방언의 발음으로는 입술모양이 동그란 '옹'으로 실현되기도 한다고 봐야 할 것 같다. 그러니까 'long'를 '롱'으로 발음하는 학생이 있는가 하면, '룽'으로 발음하는 학생이 있는 것이다. 그러나 전에 확인했듯이 한어수평고시 1급인 조선족 M 학생은 분명히 'long'는 '룽'이라고 했다. 그게 북경 표준 발음인 것이다. 한국 외래어 표기법에서도 그 운모를 로마자로 'ung'로 표기하고 한글로는 '웅'으로 표시했다.

숙소에 와서 확인을 하니까, 한 조가 분석 발표 논문을 제출하지 않았다. 마침 조선족 대표가 있는 조다. 그래서 그 대표에게 전화를 하니 투박한 연변말투로 사정을 얘기하며 미처 드리지 못했다는 말을 한다. 그 말씨가 연변 처녀의 말씨라고 하기에는 너무 딱딱하고 정감이 아니 가 섬뜩하기까지 하다. 가령 '-습니다'나 '-세요'를 사용하기 어려우면 '-해요'를 써도 될 상황에 "…그래서 교수님께 가기가 어렵 습다."에서처럼 '-습다'를 써서 투박하게 보고하는 말투로 따지 듯이 말을 한다. 연변에서는 그 말이 아주높임말일지는 몰라도 듣기에 도 거북했다. 그리고 그것은 어법적으로도 학생이 교수나 할아버지에게 쓰일 수 없는 하오체인 것이다. 북한어의 영향이 있겠다는 생각이 들기 도 하지만, 그렇다면 북한어도 문제가 있는 것이다. 그것과 같은 화계로 '-ㅂ시다'가 있는데, 학생이 선생님에게 "이제 그만 합시다."라는 표현은 우리말의 어법에 어긋나는 것이다. 연변에서 흔히 중년 여인들 이 생활전선에서 거칠게 쓰는 '-ㅂ디다'를 예절을 갖추어 말을 해야 할 상황에서 학생이 그것도 여학생이 그렇게 사용하는 것은 어감으로나 존의의 정도로 보나 그게 아닌 것이다. 경상도 방언에서 그런 투박한 말씨를 듣게 되나 표준어는 아니다. 바른 언어교육의 중요성을 다시 한 번 느끼는 순간이었다.

☀ 맑음 **4월 21일**   오늘은 일찍 용정에 가기로 한 날이다. 그 꿈에서나 그리던 달빛 교교한 용문교며 용드레우물이며 일송정을 보는 날이다. 아니 비암산을 끼고 도는 해란강이 더 보고 싶다는 표현이 더 적절할

것 같다. 해란강은 이 모든 것을 안고 있으니까. 거기에다 명동이라는 곳에는 저 유우~ 명한 시인, 윤동주님의 생가가 있지 않은가.

연길 중심 버스 역인 동북터미널에서 9시경에 용정행 미니 버스에 올랐다. 후에 안 일이지만 연길에서 용정까지는 15.5킬로미터이다. 차비는 1인 6元에 보험료 5毛를 더해 6·5元이다. 연길 시내를 벗어나 고속도로로 진입한다. 화창한 날씨다. 십여 분 지나자 고개를 넘으며 우편으로 도로를 따라 밭과 산언덕에 온통 사과배나무가 끝없이 이어진다. 이것이 소위 용정의 만무과원이라는 곳이라고 짐작이 갔다. 왼쪽으로는 들이 이어진다. 한 20분쯤 지나니 용정톨게이트에 다다른다. 저쪽으로 평지에 용정 시내가 보이고 이어서 해란강교를 지나 9시 30분쯤에 용정 중심 버스 역龍井市客總立占에 도착한다. 그렇게도 그리던 해란강이 생각보다 크지 않았다. 물이 없는 곳에는 모래 채취를 위해 강바닥을 여기저기 뒤집어 놓아 기대했던 것보다 초라했다. 빠르게 지나가는 차창으로 보기에, 비교적 크다 싶은 개천이 해란강인 줄은 다리 입구에 새겨진 다리 명을 보고서야 알게 되었다. 개천이라고 하기에는 그 길이가 장백산맥 침두봉에서 발원하여 평강벌을 지나 용정으로 흘러와서 세전이벌을 지나 도문의 두만강으로 들어간다니, 어디 그렇게 만만하게 볼 강이 아니다. 그 길이가 자그마치 132킬로미터나 된다.

역내 매점 아저씨가 일반 버스는 없고 택시로 15元이면 비암산 일송정에 갈 수 있다고 한다. 빡빡머리로 인상 좋게 보이는 한족 기사가 모는 택시를 가까스로 잡을 수 있었다. 보통 택시들은 30元을 달라고 하여, 기다리고 기다린 끝에 다행히 원하는 택시를 잡게 된 것이다.

166

차는 용이 트림하는 장식을 한 다리 입구로 진입한다. 다리 아래로 해란강물이 흐른다. 이곳이 달빛 교교한 다리 바로 그 용문교인 것이다. 사진을 한 장 찍을까도 생각했지만, 일송정을 보는 것이 우선이다. 용문교를 지나 고속도로로 진입해서 언덕 쪽으로 오르는가 싶더니 반대쪽 샛길로 접어든다. 왼쪽 저 멀리 산이 보인다. 그쪽으로 방향을 잡고 완만한 경사로를 따라 오른다. 왼쪽 바로 아래로 원형의 해란강 경기장을 보며 진흙길을 계속 오르니, 비암산 표석이 있는 쉼터에 다다른다. 아, 이 산이 바로 그 유명한 비암산인 것이다. 용주사 저녁종이 울릴 때 사나이 굳은 마음 깊이 새겨두었던 그 산이다. 차는 계속해서 비암산 허리를 왼쪽으로 돌아 오른다. 양쪽으로 송림이 우거지고 겉보기와는 달리 깊숙한 숲길을 한참 오르노라니 꺾어지는 데서 강경애 문학비가 세워져 있다. 험한 길을 조금더 오르자 저만치 일송정 탑이 보인다. 차에서 내리자 서쪽, 북쪽, 동쪽이 확 트이고 넓은 벌이 한눈에 들어온다. 일송정은 탑에서 능선을 타고 벼랑 쪽으로 조금 더 가야한다. 서쪽에서 불어오는 바람이 세차다. 일송정에 오르니 먼저 온 관광객들이 안내자의 설명을 듣고 있다. 서쪽 평강벌에서 불어오는 바람에 몸을 가누기조차 어렵다. 저 멀리에서부터 드넓은 벌 한가운데를 가르며 뱀처럼 가늘게 흘러 비암산 계곡으로 내려오는 해란강이 아스라이 보인다. 그 물은 비암산을 휘돌아 용정 시내를 관통하여 동쪽 세전이벌 가운데로 흘러 도문의 두만강으로 들어간다. 북쪽으로 들 건너 저 멀리 모아산이 뿌옇게 보인다. 일송정은 원래 소나무가 정자 같다고 하여 붙여진 이름인데, 지금은 정자를 짓고 그 앞 벼랑 위에 작은 소나무

167

한 그루를 심어 놓았다. 나중에 이곳 관리인 아저씨에게 들은 얘기지만, 일본군이 일송정을 과녁으로 삼아 총을 쏘아대어 죽은 뒤로, 그 자리에 여러 번 소나무를 심게 되었는데, 그 때마다 말라죽었단다. 이번에는 좀 오래 갈 것 같다고는 하면서도 잘 자랄지 의구심을 갖고 있었다. 왠지 애처롭게 보였다. 그 소나무 옆에서 사진을 한 장 찍었다. 원체 바람이 심하고 한기가 서려 더 있기가 어려웠으나 내려오다가 말고 언제 다시 오랴 싶어 다시 올라가 사방을 조망했다. 그 순간 이런 영상이 뇌리에 스쳐갔다.

저 멀리 평강벌의 해란강반海蘭江畔을 백마 타고 땀을 뻘뻘 흘리며 달려오는 한 사나이가 있다. 그는 단숨에 비암산을 넘어 이제는 어둠이 내리고 달빛이 교교히 비친 용문교를 지친 듯 천천히 건넌다. 어디선가 개짓는 소리가 이따금 들릴 뿐, 말발굽소리만이 정적을 깬다. 드디어 용드레 우물가에 다다라 말고삐를 나무에 맨 다음, 크게 한번 숨을 들이쉬었다가 내쉰 후 물을 길어 마신다. 그리고는 다시 말에 올라 어디론가 어둠 속으로 사라져간다.

우리 선구자는 조국을 찾겠노라 이곳 북간도에서 그렇게 활동을 했던 것이다. 윤해영의 시 선구자를 여기서 다시 한 번 천천히 음미해본다. 그러면서 조두남의 곡을 붙여 노래도 불러본다.

168

일송정 푸른 솔은 홀로 늙어갔어도
한줄기 해란강은 천년 두고 흐른다.
지난날 강가에서 말 달리던 선구자
지금은 어느곳에 거친 꿈이 되었나.

용드레 우물가에 밤새노래 들릴 때
뜻깊은 용문교에 달빛 고이 비친다.
이역하늘 바라보며 활을 쏘던 선구자
지금은 어느곳에 거친 꿈이 깊었나.

용주사 저녁종이 비암산에 울릴 때
사나이 굳은 마음 깊이 새겨두었네.
조국을 찾겠노라 맹세하던 선구자
지금은 어느곳에 거친 꿈이 깊었나.

춥기도 하고 몸을 가누기도 어렵고 더 이상 눈을 뜨고 보기도 어려워 일송정을 내려왔다. 관리실에서 커피를 한 잔씩 들고, 아까 타고 왔던 택시로 용정의 용드레 우물가로 가기로 했다. 관리인 아저씨의 중재로 왕복 30元에 타기로 이미 기사와 합의를 보았었다. 내리막길은 좀 빨라 어느새 용문교 입구까지 왔다. 기사에게 부탁해 용이 꿈틀대는 형상을 조각한 다리 입구에서 사진을 한 장 찍었다. 그 다리 밑으로 장백산에서부터 시작하여 평강벌 가운데로 흘러 비암산을 휘돌아 내려온 물이 흐르고 있다.

이 해란강에는 해海와 란蘭이라는 두 오누이에 얽힌 전설이 전해 내려오고 있다.

그리 멀지 않은 옛날, 북간도 즉 연변이 개척되기 시작할 때의 이야기
이다. 그때 해란강은 오늘처럼 큰 강도 아니었고 강 이름도 없었다.
무연한 진펄 속을 흐르는 그 강은 꼬지개덩이나 큰 돌을 딛고도 건널
수 있는 작은 냇물이었다. 그리고 강 양역에 마을이라고 해야 몇 호가
되지 않는 집들이 띄엄띄엄 몇 집씩 살고 있을 뿐이었다. 그때 평강벌
아래쪽 세전이벌 어구에 노소 삼대가 사는 한 집이 있었는데 이 집에는
맨 아래로 해와 란이라는 오누이가 있었다.

어느 한 해였다.

누이동생 란이는 반도 三南 충청도·전라도·경상도의 총칭 에 있는 외가에
놀러 가게 되었다. 나서 처음 놀러 간지라 외가에서 반년 푼히 보내고
외할아버지와 함께 돌아왔다. 외갓집에 있는 동안 란이는 난생처음으로
이밥 입쌀로 지은 밥 곧 잡곡이 아닌 쌀로 지은 밥으로 멥쌀밥을 이름. 보통 먹는 쌀밥을 말함. 을
먹어보았는데 천하별미였다. 그래서 돌아올 때 볍씨 한 말을 이고 돌아
왔다.

이듬해 봄 란이는 오빠 해와 함께 외할아버지께 물어가며 진펄에다
벼농사를 지었다. 이해 농사가 아주 잘 되어 싯누런 벼가 땅이 꺼질
지경이었다. 그러자 집집마다 그 벼를 심어보겠다고 종자로 가져가다보
니 란이네는 이밥 한 끼도 해 먹어보지 못했다.

그 이듬해 온 마을에서 벼농사를 시작하니 강역의 무연한 진펄이
온통 논으로 변하였다. 그런데 이해 따라 어떻게나 가문지 강물이 점점

170

줄어들어 삼복이 되니 물은 거의 말라버리고 논판은 거북이 등처럼 갈라 터졌다. 그래 차라리 논에다 메밀이나 심자는 사람들도 있었다.

란이는 자기가 숫구멍이 빠지게 이고 온 벼 종자가 이렇게 결딴나는 것을 보니 가슴이 찢기는 것 같아 침식까지 잊다가 아주 드러눕고 말았다.

누이동생이 드러눕고 마을사람들이 한숨으로 나날을 보내는 것을 본 오빠 해는 더는 가만히 앉아있을 수 없었다. 그래서 그는 샘 줄기를 찾으러 앞 골 안으로 샘물을 찾아 떠났다. 울창한 숲을 헤치고 들어가 우묵진 곳을 파헤치니 수정같이 맑음 샘물이 콸콸 솟구쳐 올라왔다. 해는 너무도 기뻐 그 길로 돌아와 누이동생 란에게 그 얘기를 했다.

오빠의 말에 힘을 얻은 란이는 머리를 동이고 삽을 둘러메고 이튿날 해를 따라 떠났다. 해와 란이는 첫 골 안에서 샘물줄기를 터뜨리고 둘째 골 안에서도 샘 줄기를 터뜨렸다. 그 소문이 당날로 사방에 퍼졌다. 그리하여 온 마을 남녀노소가 샘물을 찾아 떠났다.

며칠 사이에 세전이벌로부터 평강벌 그리고 그 위쪽 골짝이마다 샘물줄기가 터져 내리니 본래는 실개천같이 작던 개울이 큰 강을 이루어 풍년수가 넘쳐났고 벼농사에 물고생을 모르게 되었다. 그리하여 가을에는 탐스러운 벼가 무르익어 황금 같은 이삭이 고개를 숙이고 그 이듬해부터 연년이 벼농사를 지어 기름기 도는 이밥을 먹으며 살 수 있게 되었다.

사람들은 이 고장에서 벼농사를 짓는데 기울인 해와 란이의 기특한 소행을 두고두고 잊지 않으려고 이때부터 이 이름 없던 강을 해란강海蘭

171

江이라고 부르게 되었다.

용문교를 건너 곧장 시내로 진입하여 사거리를 지나서, 큰길가 공원 같은 곳의 입구에 주차한다. 세실리아가 전체 택시비 30원에다 2원을 얹어 기사에게 준다. 차에서 내리니 바로, 용드래 우물가 입구다. 입구라 고는 하지만 산속의 입구가 아니고, 시내 큰길가 작은 공원 입구다. 큰 고목나무 아래 용두레 우물이 있다. 지금은 모양만 우물이지 사용하 지는 않고 공원의 일부가 되어 있었다. 옛날에야 인가가 뜸하고 길가는 나그네가 목을 축이는 우물이었으리라. 잠시 앉아 있다가 사진 한 장을 찍었다. 젊은 시절부터 마음으로 그려오던 그 우물이 아니었더냐. 발길 이 떨어지지 않았으나 아내의 재촉으로 입구로 나왔다. 마침 관광객을 태우는 인력거식 자전거 삼륜차가 있어서 1원씩에 타고 서시장으로 향했다. 삼륜차를 밟는 기사들은 대부분 조선족 아저씨들이었다. 시장 이 멀다고 하기에 탔더니 옆으로 돌아가자마자 바로 시장 입구다. 시장 안을 비집고 들어가 서시장 중심인 쇼핑 광장 앞에 세운다. 들어가서 구경을 하고 한족 가게에서 모자를 각각 하나씩 샀다. 그리고 나와서 점심을 먹으려고 역시 삼륜차를 타고 먹을 만한 음식점으로 가자고 하니까, 멀지 않은 곳으로 안내를 한다. 그 인력거꾼도 조선족이다. 한국 어디에서 왔느냐고 묻기에 서울에서 왔다고 하니, 딸이 부산에 산다며 곧 한국에 가기 위해 과수원도 내놓았단다. 꽤 오래 있을 거냐고 물었다. 여러 해 머물 것이란다. 삼륜차를 끌 수 있는 것으로 보아 아직도 일할 여력은 있어 보여서 묻진 않았지만, 한국에 돈 벌러 가는

172

것이라고 생각되었다. 어디 그런 사람이 연변에 한두 사람이겠는가. 어느 골목 냉면집 앞에서 멈춘다. 지나가는 행인은 뜸한 곳 같은데, 식당 안은 만원이다. 이 근동에서는 이름 난 곳인 모양이다. 가까스로 자리를 잡고 앉아 10元짜리 냉면을 시켰다. 전에 광명 사거리 냉면집에서 특 15원짜리가 생각보다 못했던 기억이 나서 보통보다 조금 나은, 많은 사람들이 시키는 것을 주문했다. 그런데 갑자기 세실리아가 동전 지갑이 없다고 가방을 뒤지고 날리다. 냉면이 나와서 먹는데도 영 입맛이 돌지 않는다. 조금 먹더니 아내가 냉면 맛이 뭐 이러냐고 탈을 잡는다. 그리고는 먹다가 말고 서시장엘 다시 가서 그 중국사람 가게에 가봐야겠다는 것이다. 가보나마나지 이제 가봐야 없는 지갑이 생기겠느냐고 해도 가서 확인을 해야 직성이 풀릴 모양이다. 어쩔 수 없이 삼륜차를 타고 되짚어 가서 찾았으나 중국 여인은 한국어를 못 알아듣는다는 듯이 엉뚱한 물건만 내놓는다. 건너편 노점 조선족 아주머니가 중개를 하니 중국 여주인이 펄쩍 뛴다. 시장을 나오면서 아내는 의심이 가는 점도 있는 것 같다고는 하나 지나간 일이다. 서운해도 여권 잃어버리지 않은 것을 큰 다행으로 알라는 말로 위로 했다. 중국 돈 몇 십 원과 한국 돈 몇 만원이 들어 있었다는 것이다.

세실리아가 기분이 우울한 것 같다. 그냥 돌아가자는 말도 나온다. 오늘이 어떤 날인데 고작 그런 사소한 일로 나의 큰 여행을 멈출 수 있으랴. 그래서 다시 용정버스 중심역으로 갔다. 역구내 매점 여주인에게 물으니, 윤동주 생가는 명동 지신을 가는 버스를 타야 한다는 것이다. 오후 1시경 지신 명동행 버스에 올랐다. 거리는 한 40리 정도가 안

173

될 거란다. 서시장 근처에 도착해서 다른 차로 갈아타라기에 잠시 옮겨
타고 있는데, 한족 차장이 차에 들어와서 운전석 뒤의 간이 의자에
올려놓은 아내의 발을 가리키며 "비…팡 자…"라고 하는데 무슨 말을
하는지 모르겠다. 그랬더니 다른 동료 조선족 차장이 "비에팡자오"하며
발을의자에 놓지 말라는 뜻이란다. '비에팡'은 한자로 뭐냐니까 손바닥에
'別'과 '放'을 쓴다. 차가 출발을 하여 더는 물어보지 못했다. 그래서
'자오'가 足인 줄 알았는데, 돌아와서 자전을 찾아보니 脚 즉 다리
각이다. 그러니까 脚이 발의 뜻인 것이다. 그러면 다리는 뭐라고 하나
하는 의문이 들었다. 그리고 別은 的의 앞에 쓰일 경우 '비에더'다른
것로 '다른'의 의미가 있는데, '…지 말라'는 뜻도 있었다. 버스는 서시
장 근처 중국농업은행 건너편 역에서 1시 40분에 출발하였다. 차는
시내를 벗어나 두만강 변, 함경북도 쪽으로 계속 내려간다. 버스 차장이
자기 자리 옆에 있는 물건이 누구 것이냐고 묻는가 보다. 대학생인
듯한 청년이 "워더."我的 한다. 그 말은 이해가 간다. 내 것이란 뜻이다.
그러면 네 것은 '니더'你的가 되는 것이다. 차가 시내를 빠져나왔다.
수양버들 잎이 돋아 가로수가 연초록빛을 띤다. 주변 산은 한국처럼
야산이다. 시냇물과 나란히 내려가는 길을 따라 좌우에 논과 밭이 있고,
한국의 새마을 집처럼 붉은 기와집들이 가끔씩 나타나기도 하고 드물게
는 한두 채의 초가집도 있다. 아직도 냇가에는 두꺼운 얼음 조각이
채 녹지 않고 일부 붙어있다. 아까 그 청년이 조선족 같아 학생이냐고
묻자 "집에서 놉니다." 한다. 수줍어하거나 열등 같은 것은 없어 보이나,
하는 일이 있어야 되는데 하는 아쉬움은 있어 보인다. 솔직한 조선족

174

청년이다. 그에게 저 시냇물의 이름이 무엇인지 물었다. '신동천'이란
다. 냇가에 소를 몰고 가는 농부가 있어 평화롭고 아늑하다. 시내를
따라 얼마를 내려가니 길가에 큰 표석이 보인다. 明東이라는 글자가
선명하다. 이곳이 바로 윤동주 시인의 생가가 있는 입구다. 차에서
내려 생가 입구로 내려가니 사오십 미터의 거리에 낡은 명동 교회당
건물이 찻길의 아래에 위치해 있다. 먼저 교회당 건물 안으로 들어가서
간단히 기도하고 전시해 놓은 교회의 유래를 밝힌 글이며 관련 인물과
선구자들의 사진을 보았다. 1909년에 이 교회가 창립되었다. 현 건물은
1916년 김약연 선생의 주선으로 세워졌단다. 그 분의 호는 규암인데,
1908년 명동 서숙을 창설하고 1909년 명동학교를 설립하셨다. 그분은
반일민족독립운동가요 반일민족문화교육의 선구자시다. 윤동주 시인
의 어릴 적의 사진과 서시의 자필 원고를 사진 찍고 나왔다. 그 건물
옆쪽으로 돌아가니, 윤동주 시인의 생가 옛터가 있고, 그 생가가 복원되
어 있다. 원래는 1900년경 윤동주 시인의 조부 윤하현 선생이 지었는데,
기와를 올린 10칸짜리 곳간이 딸린 집이었단다. 그 집에서 1917년
윤동주 시인이 태어난 것이다. 현재의 집은 1994년에 복원되었다. 집
뒤쪽으로 돌아가니 장독대가 있고, 앵두나무인지 여러 구루의 나무가
있다. 울타리 너머 오른쪽으로 찻길 아래 앙상한 미루나무 숲이 있고
냇물이 흐르는 저 위쪽 계곡에서 찬바람이 불어온다. 겨울에는 무척
매서운 바람이 그곳에서 집 뒤로 불어와 뒷문의 풍지를 울렸을 것만
같다. 어린 윤동주 시인이 그 소리를 들으며 이불 속에서 웅크렸을
모습이 떠오른다. 집 앞쪽으로 몇 채의 인가가 있고 그 앞으로 냇가에

두어 마리의 소가 누워서 한가로이 조춘의 햇볕을 쬐고 있다. 그 주변에 내를 건너가는 나무다리 같은 것이 보인다. 저 다리 아래에서 물고기를 잡고 놀았을 소년 윤동주 시인이 눈에 보이는 듯하다. 다리를 건너면 길이 언덕 쪽의 마을로 나 있다. 냇물이 흘러내리는 아래쪽으로 저 멀리 산이 보이고 개천 양쪽으로는 논과 밭이 있다. 그리고 그 위로는 큰 나무가 거의 없는 구릉이 이어진다. 아직 봄이라고 하기에는 이른지 위쪽 계곡에서 불어내리는 바람이 세차고 한기가 온 몸을 감싼다.

몇 장의 사진을 찍고 도로가로 올라왔다. 길은 곧게 벋어나가 저 아래쪽으로 끝없이 이어진다. 아까 교회 전시장에서 근동 지도를 보니 이 길이 명동·지신을 지나 오랑캐령을 넘으면 두만강가 삼합이라는 곳에 이르고 거기서 강을 건너 10리쯤 가면 함경북도 회령이란다. 옛날에는 이곳이 개천 같은 강 하나를 사이에 두고 반도와 이어진 땅이었으리라. 북간도에는 함경도에서 이주한 동포들의 후손이 유난히 많다.

원근의 산들이 황량한데, 인적은 거의 없고 이따금 자동차만 지나가는 아스팔트 도로가에서 한참을 서성이자니, '인생'이란 단어가 머리에 맴돌았다. 차 한 대가 멀리서 오더니 횡 하고 지나 저 멀리 사라진다. 그리고는 세찬 바람소리가 귓가에 울릴 뿐 정적만이 감돈다. 이 길을 지나가고 나면 그뿐, 그 길은 여전할 것이다.

얼마 후에 타고 왔던 그 소형버스가 지신에서 되돌아왔다. 차 안에는 내 뒤에 할머니, 손자, 며느리가 타고 있다. 그들 말씨에 내 귀가 쏠려 있다. 할머니가 손자에게 "뭐 먹게. 니?"하고 말한다. 며느리가 시어머

176

니에게 "이기 있슴다." 한다. 할머니가 사용하는 이인칭대명사 '니'의
정체가 궁금하다. 이곳에 와서 자주 듣는 표현이다. 며느리의 말씨
'-슴다'는 '-습니다'의 준말이다. 연변에서 사용하는 사투리이다.
이 말은 한국에서 '열아홉 순정'이라는 텔레비전 연속극에서 자주 듣던
표현이다.

용정에서 버스를 갈아타고 연길로 오는 중에 앞자리에 노신사 한분
이 앉아 있다. 그래서 용정의 방위를 물으니, 비암산 넘어 평강벌이
서쪽이고 용정이 동쪽이란다. 그러니까 해란강은 서쪽에서 동쪽으로
흐르는 것이다. 연길 역에서 내리자, 그 노신사가 어디로 가느냐고
묻기에, 연대에 간다고 하니, 길을 건너면 연대로 가는 버스가 있다고
친절하게 안내해 주었다. 한 손에는 검은 서류 가방을 들고, 무슨 예술을
하는 사람의 옷차림처럼 검고 짧은 코트를 걸친 사나이는 삶의 연륜을
드러낸다. 고맙다고 인사를 하자, 키가 훤칠하고 이국풍의 용모를 한
그 사나이는 저쪽으로 앞서 간다. 그가 길을 건너 인파 속으로 사라질
때까지 멍하니 바라보았다. 그는 마치 내 앞에 홀연히 나타났다 사라지
는 선구자와 같았다.

하도 피곤하여 택시를 타고 가기로 하고 차에 오르려니, 그 선구자
생각이나 미안한 마음이 들었다. 아내와 버스로 2원이면 갈 수 있는데,
5원을 주고 가는 것이다. 연대 부근에 이르자 택시를 세웠다. 용정
서시장에서 지갑을 잃고, 여행 내내 마음이 편치 않았을 세실리아를
위로도 하고 목도 축일 겸, 맥주 집엘 들어갔다. 오원짜리 청도 맥주
두 병과 명태 안주를 시켰다. 마른 명태가 나와서 구워 달라고 해야

177

하는데, 안내원이 한족 여자다. 중국어로 표현을 해야 하기에 "쩌거밍타이팡훠시양"이 명태 불 위에 놓아라는 내 식의 한자를 나열한 문장을 말하니까, 못 알아듣는다. 조선족 안내원이 오기에 명태를 구워 달라고 하는 표현을 어떻게 하느냐고 물었다. "깐밍타이커우이샤."라고 말한단다. 그래서 종이에 써 보라고 하니 '干明太烤一下'라고 적는다. 숙소에 와서 찾아보았다. 干은 '건조하다'의 뜻이 있고, 烤는 [kao]a에 3성이 놓임., '코우'로 발음하는데 '굽다'의 뜻이다. 명태를 찍어 먹는 양념 소스가 입에 맞는다. 저녁 겸 다른 안주를 더 시켜 먹으면서 많은 이야기를 세실리아와 나눈 후에야, 맥주집을 나와 숙소로 향했다.

☀/☁ 맑았다 흐림 **4월 22일**   어제에 이어 오늘도 아침이 맑고 포근한 편이다. 등산이라도 하기에 좋은 날이라 생각된다. 어제 저녁을 거르는 바람에 오늘은 아침을 일찍 먹고 성당에 가야 한다. 식당에서 경비 신 씨 아저씨한테 다시 한번 용정의 동서남북 방향을 물어본 바로는 비암산을 돌아 용정으로 내려오는 해란강의 상류 쪽이 서쪽이란다. 그 서쪽으로 드넓은 평강벌이 있고 해란강은 그 가운데를 뱀처럼 흐른다. 어느 정도 방향 감각이 잡힌다. 연길에서 용정으로 가다보면 도로변을 따라 산언덕이 온통 핑궈리사과배나무로 이어진다. 그것이 그 유명한 용정의 만무과원이란다. 오월이면 배꽃으로 장관을 이루겠다.

성당 입구에 다다르자, 옆 정원의 복숭아나무에 꽃망울이 맺히고 일부는 벌써 망울을 터뜨렸다. 주변의 수양버들은 잎이 뾰족이 나오기 시작하여 연초록의 삼단 같은 머리를 하고 있다. 이제 봄이다.

미사는 비교적 빠르게 진행되어 한 시간 안에 끝났다. 지난주에 못 와서 마음에 걸렸는데, 이제 마음이 후련하고 놓인다. 미사에 참여하지 못한 세실리아의 심정을 고하고, 은혜를 내려주시기를 빌었다. 늘 하는 기도이지만, 제주도에 있는 명원이와 서울의 어머니, 용원이를 위한 기도도 빠뜨리지 않았다. 가족이 건강하고 무사하면 그것이 하느님의 축복이다.

오후 늦게 한국－조선학 학원에서 L 주임이 숙소에 찾아왔다. 오늘 연구생들이곳에서는 대학원생들을 그렇게 부름.의 운동회가 끝나게 되어, 저녁에 회식이 있으니 참석을 하잔다. 전에 원장의 말씀도 있고 해서 가기로 했다. 5시경에 차를 가지고 오겠단다.

회식자리는 원형 회전식 테이블이 서너 개가 있는 중국 음식점이었다. 홀 옆에 수족관이 있어서 횟집인 줄 알았더니, 여기에서는 한 가지 전문점보다는 다양한 요리가 나오는 곳이 많단다.

조금 일찍 왔는지 학생 서너 명이 자리를 지키고 있다. 자리에 앉으니 부원장이 온다. 그와 한국 대학의 1학기 초 연합 MT며 봄·가을 체육대회나 축제에 대해 얘기를 나눴다. 여기 대학에서는 그런 큰 행사보다는 소규모로 여러 날 운동회를 열어 교우 간, 사제 간 우의와 친목을 다진다는 것이다.

원장이 오고 원탁의 자리가 모두 차자, 중국식 다양한 음식이 큰 그릇에 각각 담겨 나온다. 원장의 인사 말씀에 이어 연구생 회장이 나의 소개를 하며 첫 잔을 준다. 연변대에 와서 이런 대접을 받다니

179

고마울 뿐이다. 옆에 앉은 한국학 교수가 내 강의에 대해 한족 학생들 중에서 이해가 어렵다는 말을 했는지, 좀 천천히 말씀을 해달라는 염려 어린 말을 한다. 그래서 한족 학생들이 참 똑똑하다는 말과 함께 강의 내용이 반도의 학문 경향에 대한 것으로 많이 읽게 한다는 말을 했다. 그리고 앞으로 연구생들의 활동 범위가 넓어지지 않겠느냐는 말을 했다. 그러자 그 교수가 연구생들이 내 강의에 대해 처음에는 어려웠는데, 이제는 좀 적응이 되는 것 같다는 식의 말을 한 것 같다. 이런 저런 얘기가 오가며 시간이 좀 흘렀다 싶은데, 다른 분들은 맥주를 주로 든 반면, 나만 그 좋은 고려촌을 마셔선지 술기운이 알싸하다. 원장이 그동안 많이 다니며 보았느냐고 묻는다. 그래 여기저기 시내를 다니며 보고 듣고 했노라고 말했다. 또한 이곳 언어생활에 대해 할 말이 있다고 했다. 그리고 그제는 용정의 일송정에 갔다 왔다는 얘기도 했다. 사실 나는 그것을 보러 왔다고 해도 과언이 아니라고 했다. 60·70년대를 이끌어온 한국 대학생들의 정신이 바로 선구자 정신이었고, 그 정신이 오늘의 민주적·경제적·학문적 발전을 이룩한 것이라고 말했다. 지금까지도 면면이 그 정신은 이어오고 있다고 했다. 그러면서 대학 시절 선구자 노래를 많이도 불렀었다는 말을 덧붙였다. 문학을 전공한다는 부원장이 선구자의 원명은 '용정의 노래'로 해방 직전에 곡이 붙여졌다고 일러주었다. 아무렴 어떠랴. 이 북간도에 우리의 선구자가 있어서 시인이 읊었던 것이 아닌가.

그러던 차에 인사말을 하지 않을 수 없는 상황이 되었다. 안 그래도 내 강의에 들어오는 학생들 중에 몇 명이 눈에 띄어 한 마디 말할 명분이 좀더 분명해졌다. 원장을 비롯하여 여러 교수들과 연구생들이 이런 자리에 초대해 줘서 고맙다는 말과 아울러, 연구생들이 연변 조선 어에 대해 관심을 갖고 앞으로 많은 연구를 하여 조선어 발전에 기여하여 줄 것을 말했던 것 같다. 또 한편으론 한족 연구생들도 한·조대비 연구를 하여 한중 문화 교류에 기여하여 줄 것을 당부했던 것 같다.

자리에 앉자 술기운도 있었지만, 좀 답답한 생각이 들어서 그동안 겪은 체험과 나의 언어에 대한 관점을 섞어서 교수들 앞에서 일장 연설 아닌 연설을 한 것 같다. "저는 객입니다. 객이 와서 보고 듣고 느끼고 생각한 것을 말하는 것이 참고가 될 수도 있을 것 같아서 말을 합니다."라고 했다. 그러면서 조선어의 본질에 문제가 있다면, 그것은 바로 잡아야 한다는 말을 했다. 가령 약방의 '선생님질'이 '생님질'로 줄어든 것이라든지, 매화집의 '혼자가'의 '-가'가 '-습니까'에서 '-습가'로 이것에서 '-스까'나 '-가'로 줄어든 것이라든지 그런 것들에서 단적으로 알 수 있다는 말을 했다. 그런 예들은 서시장에서 많이 확인한 바라고 했다. 그렇다. 우리말이 단지 지시적인 의미 전달로만 사용된다면 그건 이미 우리 고유어가 아닌 것이다. 우리 언어의 특성이 사라지고, 정서적·친교적·미학적인 여러 기능이 사라진 언어가 우리 말일 수는 없다.

그리고 이어서 연변 조선족 언어의 표준어에 대한 정체성 연구의 필요성도 얘기를 했다. 1960년대 초 주은래가 북한 조선어를 표준어로 하라고 한 이후, 벌써 40년이 넘어 반세기 가까이 되지 않느냐는 말을 했다. 그리고 구체적인 사례를 들었다. 내가 도서관 입구에서 한 대학생과 표준어에 관한 대담을 나누었는데, 그 학생이, '북한어를 표준어로 알아왔으나, 지금 북한과는 교류나 왕래가 안 되고 있으니 북한어를 표준어라고 하기도 그렇다. 한국과는 문화 교류도 많고 TV나 매스컴을 통해 한국어를 배우게 되어 젊은이들은 한국어에 점차 익숙해지고 있고, 무엇보다도 연변말은 딱딱하고 귀에 거슬리는데, 한국어 서울말은 부드럽고 듣기에 좋아서 선호한다. 그렇다고 지금 서울말을 표준어라고 할 수도 없고, 그렇다고 연변말을 표준어라고 할 수 없지 않느냐. 그래서 표준어에 대해 혼란스럽다.' 이런 등등의 말을 하더라고 그들에게 들려주었다. 그러자 원장이 과거에 산둥에선가 한번 표준어에 대한 논의가 있기는 있었다는 말을 했다. 한국어를 표준어로 하는 게 어떠냐는 안, 북한어를 표준어로 하자는 안, 남북통일 이후까지 기다리자는 안 등이 있었던가 본데, 의견의 일치는 보지 못한 모양이다. 연변대학교 한국-조선학 학원의 명칭도 그런 뜻과 무관하지 않다는 듯이 설명 없는 예를 들었다.

그래서 내가 '남북통일' 언제 될지 알겠느냐면서 표준어의 정체성을 확보하는 일은 한 개인의 주장에 의해 될 일이 아닐 것 같고, 그에 대한 여러 연구 논문이 나오고 공론화 과정을 거쳐 일반화가 되었을 때에 정책에 반영이 되는 게 아니겠느냐고 했다. 그러면서 중국 동북지방의 중심인 연변대 조선어학부가 주체가 되어야 하지 않겠느냐고 말했다. 그렇게 되면 지금의 조선어 교육처럼 교육을 통한 문자 생활 따로, 구어생활 따로인 조선어생활의 괴리가 극복되지 않겠느냐고 했다. 그 밖에 다른 관점의 말도 했다. 도서관에 가서 진달래, 아리랑

182

등의 문예지를 봐도 소설 속의 대화는 다 한국의 표준어였다. 그러니 연변의 주인공이 없지 않느냐고 했다. 작년에 KBS TV에서 방영한 '열아홉 순정'에 나오는 연변 처녀의 말씨에 대해 비판이 있었다고 하는데, 그렇다면 연변말씨라고 할 만한 것이 있느냐, 그런 연구가 있어서 대안으로 제시할 수가 있느냐고 사람들에게 물어보니 대답을 못하더라고 했다. 이어서 연변의 아름다운 말은 연구하여 보존하고 계승시켜야 하지 않겠느냐고 했다. 옆에 교수가 나에 대해 연변에 처음 온 거냐고 묻자, 원장이 내가 동북부는 처음 오게 되었다고 귀띔해 준다.

내가 술김에 너무 행세한 것 같기도 하고, 주인은 조용한데 객이 너무 떠든 것 같아 좀 멋쩍긴 했어도 서두에 한 말도 있고 해서 그렇게 못할 말을 한 것은 아니라고 생각했다. 그러면서도 차를 타기 위해 인사를 하면서, 노파심에 내가 나이가 많다는 말을 두어 번 한 것 같다.

대학 정문을 들어서면서 L 주임이 한번 모임을 만들어 용정에서 같이할 기회를 갖겠노라는 말을 한다. 그러면서 참 바쁘다는 말을 덧붙였다. 그 말이 빈 말은 아니라는 생각이 들었다. 아까 주석에서 들은 얘긴데, 한국−조선학 학원 연구생대학원생만 150명이나 된다니, 거기에 다 학부생이 있을 것이고 또한 학교 잡무까지도 맡고 있으니, 그 어려움이 짐작이 갔다. 숙소 도착하자, 차에서 내려 인사를 나눴다. 참 고마운 분들이다. 이것도 다 인연이라고 생각했다.

183

☀️ 맑음 **4월 23일**　어제 오후 머리를 깎겠다고 하던 계획이 그날 저녁 모임으로 해서 부득이 오늘로 미뤄졌다. 오후에 연변대 인근의 공원 소학교 옆 골목으로 가니, 몇 개의 이발소가 있는데, 그 중에서 창에 조선족이라고 쓰인 이발소로 들어갔다. 이발소라고 하기에는 사람 하나 다닐 정도의 길이로 두어 평 남짓한 작은 공간이다. 한쪽은 이발을 하고 그 반대쪽은 머리를 감는 수도꼭지가 있다. 문 옆 가운데로 겨우 엉덩이를 걸칠 정도의 긴 편목 의자가 창가에 붙어 있다. 흰 가운을 입은 여자 이발사가 이발을 하다 무표정하게 돌아보며, 투박한 연변말씨로 "오시오." 하고 명령을 한다. 왠지 잘못 들어온 것처럼 섬뜩하다. 그 여인을 자세히 보니, 얼굴이 두툼하고 표정만 관리하면 좋은 인상일 것 같다. 바로 차례가 되어 의자에 앉으면서 표정과 어투에 대한 얘기가 나왔다. 왜 그렇게 표정이 굳고 말투가 투박하냐고 하니까, 중국 한족과 함께 살다보면 긴장한 가운데 말을 하게 되어 굳어진 버릇이란다. 그리고 중국 인민군에서 5년을 생활하여 말이 더욱 딱딱해졌다는 것이다. 그래서 그런지 씩씩한 여군 장교 같은 타입이다. 그러면서 하는 말이 곧 한국에 갈 거란다. 이 일로는 생활이 안 된단다. 지금 이발소는 거의 한족들이 하는데, 조선족들이 그것을 팔고 떠났기 때문이란다. 다들 해외로 돈을 벌기위해 나간다는 것이다. 그런데 목소리가 걱정이란다. 이 소리로는 서울에서 대접받기가 어렵지 않겠느냐는 것이다. 그래서 표정을 밝게 웃으며 말하고, 말끝에 '—요'를 붙여 말하면 한결 부드러울 것이라고 말해 줬다. 그랬더니 "그러면 나아질까요?" 하고 크게 웃는다. 그러는 사이 이발이 끝났다. 이발료가 5원이라니 그 수입

을 알 만하다. 그래서 머리를 감기로 했다. 그러면 10원쾨이을 줘야한다. 남자 한 사람이 언제 들어왔는지 의자에 앉아있다. 인상이 퍽온화하고 얼굴이 때깔이 있는 것이 연변 사람 같지가 않다. 얼굴에주름이 잡혀 나이는 들어 뵌다. 서로 얘기를 나누게 되자, 나는 한국서울에서 왔다고 하니, 그 사람도 한국에서 7년을 지내다 온지 얼마안 되었다고 했다. 서울 수유리에서 3년, 수원에서 4년을 지냈단다. 그의 얼굴 모습을 그렇게 바꿔놓은 것은 역시 한국 생활이었구나 하고생각했다. 그러니 한국이 좋다고 할 수밖에. 나이는 보기에 한 60세쯤으로 보이는데, 실제 나이가 55세라고 했다. 나를 보고는 제 나이로 보이지 않는다고 말한다. 기분이 좋다. 젊다는데 안 좋을 사람이 없을 것이다. 나이가 들면 더욱 그것을 느낀다. 그동안 나이를 별로 의식하지않고 여전히 젊다고 생각하며 지내왔는데, 이제는 전에 노인들이 하신말씀을 조금은 알 것 같다. 조금이라니 그만큼 아직도 나는 늙었다고생각하고 지내고 싶지 않은가 보다. 하기야 옛날과 비교하여 평균 수명을 생각하면 아직 늙은 나이는 아닌 것이다. 이발소 문을 나오는데"또 오세요."한다. 그래서 웃었다. 다 우리 동포였다.

☀ 맑음 **4월 24일**   오늘은 세실리아가 반도에 돌아갈 준비로 바쁘다. 보름 동안 지낼 남편의 옷가지며 양말을 빨고 청소를 한다. 아내가없으면 내가 다 해야 할 텐데, 참 고마운 일이다. 오후 내내 논문을읽었다. 어제 오후에 문 밑으로 넣어놓은 대학원생의 금요일 발표논문

을 읽었다. '중국에서의 조선어교육 및 조선어사용 상황'전인석, 조선어연구5, 흑룡강조선민족출판사 2005 이라는 제목의 논문이다.

그 논문을 읽으며 가슴이 아픈 부분을 잠시 소개한다. 중국에서 조선어교육의 여러 환경에 대한 문제점을 제시하였는데, 그 내용을 요약하면 다음과 같다.

1) 학생 수가 줄어듦에 따라 많은 농촌학교가 문을 닫고 있다.
2) 조선족 중, 소학교 교원들이 교직을 버리고 다른 직업을 택하고 있다.
3) 조선족 학생이 읽을 수 있는 우리 글, 잡지, 도서가 적다.
4) 조선족학교에 대한 정부의 재정지원이 부족하고, 조선족 학교운영에 존재하는 중대한 문제들에 대한 정부교육행정의 긍정적인 대안이 세워져 있지 않다.

이런 상황인대도 그 논문에서는 중국에서의 조선어 교육의 미래에 대해 다음과 같이 희망을 버리지 않고 있다.

1) 중국의 소수민족어문정책은 소수민족이 자기의 언어, 문학을 배우고 연구하고 발전시킬 수 있는 정치적 담보가 된다.
2) 중국 조선족은 100여 년간 중국에서 살면서 이미 일정한 민족교육체계와 문화생활질서를 확립하였다.
3) 중국 조선족은 해외에 비교적 발전한 7천만을 헤아리는 본 민족의 나라가 있다.

중국에서 생활하는 조선족 동포에 대해 반도의 따뜻한 사랑이 절실하다. 이 논문은 그들의 최후 보루가 한국이라는 것을 말해준다. 어쩌면 우리는 중국 동포에게 빚을 지고 있는지 모른다. 이곳 연변만 해도 선대들이 항일운동에 앞장을 섰거나 적극적으로 협력한 우리 동포가 살던 곳이다. 그들 중에는 우리가 반도에서 그렇게도 목메게 불렀던 노래 '선구자'의 주인공들이 있을 것이다. 그리고 이곳은 무엇보다도 민족 수난기에 반도의 사람들을 포근히 맞이한 어머니와 같은 땅이요 동포들이 살던 곳이 아니었던가. 지금 그 후손들이 조선어 교육을 제대로 받지 못하고 있는 것이다. 가슴이 쓰리다.

저녁에 연대 앞 슈퍼마켓에 들러 세실리아는 시어머니께 드린다며 장백산 담배와 고량주 한 병을 샀다. 그 옆 골목에서 깎아놓은 '뿨루어' 波羅, 파인애플 한 조각을 1콰이를 주고 샀다. 여자 상인이 파인애플이 '호츠'라고 말한다. 그것이 무슨 말인지 이해가 되지 않았는데, 마침 조선족 학생이 지나가기에 물었더니 '好吃'[haochi]a에 3성, i에 1성이 놓임. 즉 '호우츠'라는 것이다. '맛있다'는 뜻이다.

흐림 **4월 25일** 아침 7시 30분에 서둘러 가방을 끌고 연대 앞 택시 정류장에 도착했다. 출발 두 시간 전에 공항에 나와야 한다는 것이다. 세실리아는 다소 상기된 표정이다. 내심으로 드러내놓진 않았지만, 역시 자식이 있는 서울의 가정이 그리웠던가 보다. 그 추운 한 달 반을 변변한 여행도 못하고 연길에서만 지냈으니 그럴 만도 하다. 그러나 보름이 지나면 다시 오겠다고 남편 항공 마일리지 위임장까지

받아가지고 가는 아내다. 편도 항공 요금이 한국 화폐로 30만원이
넘으니까 그것을 이용하면 경제적일 수밖에 없다. 10분 거리를 15元에
타고 공항에 도착하니, 벌써 줄을 서서 수속을 기다리고 있다. 대부분
거무스름한 조선족 동포들이다. 남편과 함께 나온 아내, 자식과 그
친구들을 배웅하러 나온 부부, 언니와 누나, 오빠와 동생, 한 가족의
무리, 늙은 아버지를 떠나보내는 딸 등, 10시에 한국 인천공항으로
가는 사람들과 그 가족들이다. 8시가 되어 입국 수속이 시작되자, 누군
가가 "돈 많이 벌어 오시오."한다. 어느 여인은 눈물을 흘리며 남편을
전송한다. 앳된 얼굴의 아들이 3년 후에 오겠다고 하며 입국장으로
들어간다. 아내가 입국장으로 들어가면서 연신 뒤를 돌아본다. 잠시라
도 떨어진다는 것이 이런 건가 싶어 내 마음이 짠하다. 발길이 돌아서지
지 않아 잠시 서성거리다가, 공항 주변도 보고 배웅을 나왔던 사람들의
심정도 헤아리며 남방항공기가 이륙할 때가지 기다리기로 했다.

공항청사 서쪽으로 가니, 비행장이 철조망 사이로 일부가 보인다.
아직 인천행 항공기는 청사 앞에서 마지막 수속을 하는 승객을 기다리
고 있다. 조금 후에 국내선 항공기가 장춘을 향하여 서쪽으로 이륙한다.
철조망 울타리 저 만큼에 나이가 지긋한 부부가 비행장을 보며 서
있다. 가까이 가니 말씨로 보아 우리 조선족이다. 반갑다. 그래서 아드님
이 한국에 가느냐니까 아들의 동료들이란다. 역시 돈 벌러 가는 것이다.
한국에 가려면 초청이 있어야 간다더라고 하니까, 그렇게 해서 가기도
하고, 연수생으로 가도 3년은 한국에 체류할 수 있다고 한다. 더 이상
아들에 대한 얘기는 하지 않았다. 다만 아들을 보내는 50대 후반의

188

거무스름하고 꺼칠한 모습이 왠지 안돼 보였다. 서쪽에서 불어오는 바람이 점점 세차진다. 매캐한 석탄 가스 냄새가 코를 찌른다. 연길 외곽에서도 그 냄새가 연길 시내와 다를 바 없다. 인근의 마을에서 나는 연기가 바람에 실려 공항까지 오염을 시키고 있는 것이다. 서쪽 하늘이 시꺼멓다. 곧 비라도 올 것만 같다. 비행기가 뜰 시간이 가까워 오자, 그 부부는 청사 동쪽 편으로 장소를 옮긴다. 아마도 그 쪽이 비행기가 이륙하는 것을 더 잘 볼 수 있는 것 같다. 나는 그리로 가지는 않고, 멀리서 그들을 지켜보며 역시 세실리아가 탄 그 비행기의 이륙을 기다렸다. 빗방울이 떨어지기 시작하여 마침 아내가 챙겨가지고 나온 우산을 폈다. 그들 부부는 비를 피할 생각도 않고 그냥 그 자리에서 서성이며, 곧 날아오를 비행기를 기다린다. 드디어 비행기가 이륙하여 서쪽으로 날아간다. 잿빛 하늘 아래 멀리 비행기가 점이되어 사라질 때까지 그 노부부는 서 있다. 나도 사라지는 비행기를 놓치지 않고 응시하노라니, 눈이 시리고 눈물이 난다. 이제 노부부도 자리를 떠 돌아간다. 나만 덩그러니 빈 공항 주차장에 서 있다. 서풍은 더욱 거세게 몰아치고 빗방울이 굵어진다. 인생의 한 막이 이런 것이런가 싶다.

마침 공항에 들어오는 택시를 타고 광명 사거리로 향했다. 광명 사거리 인근 골목의 한 점포에서 QQ洋房 건설회사가 주택 분양 설명과 분양을 실시하고 있다. 그동안 연변 주택에 대한 궁금증을 풀기 위해, 문간에서 손님을 맞이하는 조선족 직원을 만나 설명을 듣기로 했다. 그는 김용남이라고 했다. 내가 한국에서 왔다고 하자, 자기도 한국에서 4년을 지냈다고 했다. 그래서 지금 공항에서 오는 길인데 한국으로 가는 사람이 많더라고 하자, 자신은 다시는 한국에 가지 않겠다고 했다. 21살에 한국에 건너가 경상도 통영에서 지냈는데, 야간 일까지 해서 120만원을 받았다고 했다. 그런데 사장이라는 사람이 보따리를 싸가지고 돌아가라는 말에는 참기 힘든 모욕감을 느꼈다는 것이다. 연변에 사는 사람을 인간 이하로 보는 것이 그에게는 힘든 일이었던가 보다. 한국사람 중에는 연변에 대해 알지 못하는 사람이 많아 그런 대접을 한다는 것이다. 물론 그는 한국에서 좋은 사람에 대한 기억을 잊지 않는다고 하며, 언젠가 한번은 그런 사람을 찾아보고 싶다고도 했다. 다시는 한국에 가서 일할 마음이 없단다. 한국에서 돌아와 3개월간 3만 위안을 썼다고 했다. 그러면서 이곳 연변의 현 직업에 만족한다며, 한국에 비하면 적을지 몰라도 이곳에서는 월급이 많은 편에 속한다는 것이다. 아마도 한 4000元에서 5000元 정도는 받는 것 같다. 특히 부동산 관련 직종은 연변에서 뜨는 직업이란다. 한국에서 인간 대접을 받았다면 그 청년이 돌아 왔을까 생각하니 마음이 좋지 않았다. 그래서 앞으로 교류가 좀더 활발해지면 한국 사람들이 연변을 제대로 알게 될 날이 올 거라는 얘기를 하여주었다. 이어서 그는 연변의 봉급에 대해 나름대로 아는 지식을 열거했다. 20년 전에는 1만원위안이면 부자였고, 10년 전이면 그 정도면 불을 때는 집을 장만할 수 있었으나, 지금은 그 돈이면 컴퓨터를 살 수 있을 정도란다. 하층 직업의 봉급이 600元위안에서 800元, 사무실 직업을 잡으면 1000元에서 1500元, 부동산에 종사하는 직업을 가지면 3000元에서 6000元, 옷장수는 3000元, 택시기사는 4000元에서 5000元, 공무원이나 교사

190

의 봉급이 1500元에서 2000元, 대학교수는 많이 받으면 10000元은 될 거란다. 공무원 같은 직업에 종사하는 사람들은 봉급이 적으나 벤츠를 타고 다니는 사람이 많다는 것이다. 대학교수도 그럴 수 있을 거라고 한다. 정확하지는 않겠지만, 시중에 도는 말일 것이다. 그는 자기 회사 오피스텔 분양에 대한 설명도 잊지 않았다. 부르하통하의 다리 중 연동교를 지나 하남의 장백로 사거리를 직진하여 용정 고속도로 진입로에 들어서면, 우측에 국제무역중심의 보세구保稅區가 올해 지정되었는데, 바로 그 옆의 단지에 분양 오피스텔이 들어서게 된다는 것이다. 연길은 미국, 한국, 일본 등 여러 나라가 관심을 갖고 있어서 달러가 모이기 때문에 소비가 높단다. 47평한국 평형으로는 중국 평형의 3분의 1로 약 16평 정도이 12만 元이고, 보증금 2000元에 월 1200元의 월세를 받을 수 있단다. 그에게 아파트에 대해 물어보았다. 아파트는 58평한국 평형으로 약 20평의 1년 기간 전세가 3만 元위안이고, 한국 평으로 35평이면 10만 元이란다. 중국 현지 사람에게도 그렇게 분양하느냐고 묻자, 외국인을 상대해서만 그렇단다. 무역을 하는 외국인에게는 그 정도는 비싼 게 아니라는 얘기다. 현재 연길에서 가장 땅값이 비싼 곳은 행정 중심지인 진달래 광장 인근인데, 1평에 1800元이라고 했다. 연길도 투기가 있다는 것이다. 그러나 지금은 그곳의 투기 바람은 한물이 갔다고 했다. 은근히 투자하기를 바라는 기대도 하는 것 같다. 그래서 연길에 온 지가 얼마 되지 않아, 우선 정보를 수집 중이라는 말을 하며, 그 설명회장을 나왔다.

매화집에서 점심을 든 후 숙소로 오는데, 바람은 자고 간간 구름 사이로 햇살이 비친다. 도로변에 두어 그루의 벚나무가 꽃망울을 터뜨

려 봄을 알린다. 교내 정원에도 복숭아꽃, 벚꽃이 여기저기 피기 시작한
다. 저녁 때 서울에 전화를 하니 세실리아가 받는다. 무사히 도착했단다.
안심이 된다. 감사한 하루다.

☀ 맑음 4월 26일   오늘은 하늘이 청명하다. 그리고 뭉게구름이 처처히
떠 있다. 내일 강의를 위해 연구생들의 발표 논문을 읽다가 오후에는
산책을 나갔다. 학교 후문 쪽으로 가면서 보니, 정원에 풀들이 제법
돋아 푸른색을 띠고 양지바른 곳에는 개나리가 노랗게 피어있다. 진달
래는 꽃망울만 맺혀있다. 후문을 나와 연대 뒤쪽 길로 해서 언덕길로
접어들었다. 바람이 시원하게 불어와 길가 연두색의 수양버들 가지를
흔들고 하늘 높은 줄 모르고 솟은 포프라 나무 가지를 스치며 봄을
재촉한다. 길가에 핀 서너 구루의 복숭아꽃과 돋아나는 풀들은, 이
동토의 땅에도 수줍은 봄처녀가 오고 있음을 알리고 있다. 아마도 진달
래가 피고 사과배꽃이 필 무렵에는 이곳 연변에도 푸른색 일색으로
옷을 갈아입을 것이다. 반도 삼남에는 이미 봄처녀가 와서 풋풋한 향기
를 풍기고 있을 것이다. 문득 이은상의 봄처녀가 생각이 난다.

   봄처녀 제 오시네
 . 새 풀옷을 입으셨네

  어릴 적에 봄이 오면, 울밑에 소복이 돋아난 각시풀을 뜯어 나무

192

가지 도막 끝 부분에 꽁꽁 묶고 뒤집어서, 삼단 같은 머리를 땅아 댕기를 다는 소녀들과 각시놀이를 하던 생각이 난다.

우리의 봄처녀는 그렇게 와서 함께 놀아주고 어린 시절을 동화 속에서 살게 했다.

언덕을 오르노라니 바로 머리 위에서 강렬한 태양 빛이 쏟아진다. 그 빛에 눈을 뜨기가 어려울 정도이다. 위도가 반도와 차이가 있어서 그런가. 봄이 짧아서 그런가. 얼마 전까지만 해도 춘신이 더디올 줄 알았는데, 어느 사이 복숭아와 개나리 꽃이 활짝 폈다. 저쪽에서 검은 색안경을 쓰고 오는 노옹이 있다. 마주하게 되자, 한국어로 혹시 조선족 아저씨가 아니시냐고 물으니 조선족이란다. 반갑다. 그래서 이곳 사람들이 얼굴이 거무스름한 것이 왜 그런지 모르겠다고 하니, 저 강렬한 태양빛 때문이라고 한다. 그리고 보니 정말 삼남에서보다 태양이 가까이 있는 것 같고 빛이 강하고 따갑다. 어쨌거나 연변 사람들의 얼굴이 구릿빛으로 타서 거무스름한 것은 사실이다. 어제 공항에서 본 조선족 사람들도 대부분이 거무스름했다.

서풍이 심하게 불어와 더 걷기가 힘들다. 숙소에 돌아오자 서울 아내한테서 전화가 왔다. 큰애가 귀대했단다. 가기 싫어하는 것 같더란다. 아무렴 내 집만 할까. 엄마 곁에 좀더 있고 싶었겠지. 그러나 이젠 경험도 쌓았고 계급도 높아졌으니 큰 염려는 않는다. 어느 나라나 그렇겠지만 한국의 젊은이들 중에도 군에 적응이 잘 안 되어 문제가 많다는 TV보도를 근자에 들었다. 주님께서 미카엘이 끝까지 복무를 잘하게 하여 주실 거라고 믿는다.

☀ 맑음 **4월 27일**   오전에 몸이 무거운 듯하여 누워 있다가, 9시 50분이 좀 넘어서 편하게 TV를 틀었다. KBS의 TV동화 행복한 세상에서 '잊지 못할 설교'라는 제목의 만화 동화가 방영된다. 장면은 교회 안이다. 중앙 앞쪽 제대에 설교하는 신부가 서서 신도들을 보고 있고, 뒷문에서 거지 소년이 좌우에 앉아있는 신도들의 가운데로 들어오고 있다. 신도들 모두가 그 소년의 남루한 옷과 몸 냄새로 머리를 외면하며 옆 좌석이 비어 있음에도 자리를 내어주지 않는다. 어쩔 수 없이 그 소년은 신부가 있는 설교대 옆으로 가더니 제단의 가장자리에 앉는다. 그러자 뒤이어 은발의 노신사가 역시 뒷문에서 제대를 향해 중앙 통로로 들어온다. 그 옆에 앉아 있던 사람들이 그가 지나갈 때에 자리를 내어주기 위해 옆자리로 앉는다. 그러나 그 노신사는 곧바로 신부 앞까지 가더니 제단가의 그 소년 옆에 앉는다. 신부며 교회당 안의 모든 신도가 그 두 사람의 앉아 있는 모습에 시선을 모은다. 신부의 마지막 설교가 한마디 있었던 것 같은데, 잘 듣지를 못하고 해설자의 마지막 이 말만은 내 귀에 또렷이 들렸다.

"……큰 감동은 마음으로 하는 실천입니다."

점심 후 방에 돌아와 의자에 앉아서 커피 한 잔을 마시며 창밖을 내다본다. 하늘은 청명하다. 화사한 햇살이 창틀 선반을 따뜻이 비춘다. 건너 편 연대 기숙사에 높이 솟은 굴뚝에서 검은 석탄 연기가 미풍을 타고 창공으로 퍼져나간다. 그 굴뚝은 저 멀리 보이는 모아산을 반으로 가르며 수직으로 솟아있다. 내 생각도 그 연기처럼 창공에 맴돌아 사라지곤 한다. 그러다가 여러 사념 중에 한 생각이 선명하게 정리되어 다가온다.

해란강의 전설에 나오는 란蘭이가 반도 삼남에 있는 외갓집에 갔듯이, 그제 연길 공항을 떠나는 란이의 후손들이 한국행 비행기를 타기 위해 출국장으로 들어가는 모습이 선하게 떠오른다. 란이가 외갓집에서 난생 처음 이밥을 먹고 볍씨를 숫구멍이 빠지게 이고 왔듯이, 조선족 동포들이 풍요로운 삼남에 돈 벌러 가는 것이다. 그들은 한국이 외갓집인 것이다. 한국인들은 그들을 외할머니처럼 따뜻하고 포근하게 안아주고 보듬어주어야 한다. 살기가 힘들어 돈을 벌려고 갔으면, 일한 만큼 벌 수 있게 하여 돌아가게 해야 한다. 왜냐하면 해란강가에는 란이의 후손들이 살고 있기 때문이다. 우리 한국인은 잊지 말아야 한다. 조선족 동포들에게는 한국이 외갓집이라는 사실을. 또한 그들은 우리에게 은혜를 베푼 선구자의 후손들이라는 사실을. 란이의 벼 종자로 거친 해란강반이 옥토로 변하여 황금물결을 이루었듯이, 그들이 돌아가면 풍요를 누릴 수 있게 해야 한다. 그게 동족애다. 외갓집에 갔더니 배신감만 가득 안고 돌아왔다면, 다시 외갓집에 가고 싶겠는가. 전에 조선어의 미래에 대해 밝힌 전인석 씨의 논문 결론의 마지막 말이 지금 마음에 와 닿는다. '중국 조선족은 해외에 비교적 발전한 7천만을 헤아리는 본 민족의 나라가 있다'고 이 문장을 나는 다음과 같이 해석하고 싶다. '해란강가에 사는 조선족 동포들에게는 삼남에 세계적으로 비교적 발전하고 풍요를 누리는 든든한 외갓집이 있다'고. 란이의 외갓집이 단지 전설로만 끝나서는 안 된다. 정말 안 된다.

 오후 한 시 이십 분에 출발하여 강의동으로 가는 중에 교내 정원의 풀들이 어느새 소복하게 자란 것을 보고 속으로 좀 경이로웠다. 초목이 환경에 적응하는 모습이 우리 인간이나 크게 다르지 않다는 생각이 떠올라왔다. 생각해보면 뭐 그리 신기할 것도 없는 당연한 자연의 이치인데, 그걸 그렇게까지 신기해 할 것은 없는 일이다. 그런데도 그 풀들의 빠른 적응에 큰 발견이라도 한 것 같이 새삼스러운 것이다. 확실히 이곳의 초목은 성장 속도나 개화 속도가 빠르다. 역시 기후 탓이리라. 매섭고 추운 겨울이 길다 보니까 그렇게 빠른 적응을 하지 않으면 자연 도태가 되는 것이다. 이것이 자연의 법칙이요, 하느님의 섭리이다.

 강의 시간에 잠시 학생들에게 이런 얘기를 했다. '여러분은 지금 어린아이가 아니다. 응석을 부리고 투정이나 할 그런 나이가 아니다. 여러분이 중국 고비사막에 와 있다고 생각해봐라. 밤하늘에서 북극성을 찾아 방향을 정하고 가야 할 것 아닌가. 그래야 오아시스에 도달할 수 있고, 인간이 사는 세계로 나올 수 있지 않겠느냐. 일 년이나 이 년 후라고 지금의 상황이 크게 달라지겠느냐. 여러분이 사막에서 스스로 그 고난의 길을 개척해 나가야 하는 것처럼 학문 연구의 길 또한 그러하다. 의연한 자세로 연구하라.'

 그러고서 조별 논문 분석 발표가 오월 중순쯤 끝나게 되면 개별적인 논제 발표를 할 것이니, 휴강하는 한 주간의 노동절 기간에 각자 원하는 분야에서 문제를 발견하여 주제를 설정하는 구상을 하기 바란다는 말을 강조했다. 그러나 자기 목소리를 내는 주제 설정이 힘든 사람은

196

모방적인 주제 설정도 가능하니 너무 힘들게 생각하지 않기를 바란다는 말을 덧붙였다. 사실 이 강의는 연구 방법을 터득하는 강의이니, 그 훈련이 강의의 중심이 된다. 그렇다고 하더라도 강의 목표가 있기는 하나 또한 강의하는 사람으로서의 욕심도 있기에, 가능하면 학생들이 관심 분야에서 제 스스로 주제를 찾아 그 설정 이유를 밝히고, 그 후속 과제인 개요 작성을 하게 하려는 것이다.

내 강의 방식에 학생들의 적응 정도를 보면, 전보다 좀 익숙해졌다고는 생각이 되지만, 마지막 보고서를 제출할 때까지 잘 해주기를 바란다.

강의가 끝나고 한족 여학생 서사명쒸쓰밍이하고 내려오면서 이런저런 얘기를 나눴다. 한국의 외국인 박사과정이 설치된 서울대 사범대 국어교육과에 대한 정보도 들려주었다. 그녀는 조심스럽게 '고사성어'라는 말이 단어인지 물었다. 그래서 단어로 합성어라고 했다. 사전에 표제어로 등재되어 있다는 말을 했다. 그러면서 형태소에 대한 얘기가 나왔는데, 가령 '學校'라는 합성어에서 각 형태소를 중국어 문법에서는 '위수'語素라고 한다고 했다. 그래서 그녀에게 위수 하나가 단어인 경우가 있지 않느냐는 말을 했다. 비鼻, 창窓, 먼門 등. 그녀는 이번 노동절에 장춘에 있는 집에 가지 못한다고 했다. 아르바이트를 하는데, 학원에서 한국어를 가르친단다. 그녀에게 시야오뉘孝女라는 말을 했다. 나의 중국어에 대한 호기심이 또 발동하기 시작했다. 요새 쵸스슈퍼마켓에서 산 효자손孝子手을 중국어로 '라오터우러'老頭樂라고 하더라니까, 그렇게 말할 수도 있겠단다. '라오터우'는 노인을 말하고 '러'는 즐기는 것으로 해석이 된다는 것이다. 또한 '양양파'痒痒?라고도 하던데 그 '파'가 무엇

197

인지 모르겠다고 하자, 그녀도 잘 모르고 있었다. 확인을 부탁했다. 그런데 가려운 데를 긁는다는 뜻의 '양양'의 발음이 첫 자는 2성으로 올라가고 뒤 글자는 3성이라고 그 발음을 교정하여 준다. 그녀는 전에 논문 분석한 것을 발표할 때에 내용이 풍부한 한조 대비 논문을 선정해서 그 이유를 들고, 적절한 분석을 하여 돋보인 발표를 한, 참 똑똑한 학생이다.

☀ 맑음 **4월 28일**　점심을 들러 엘리베이터를 타려는데, 저쪽 방 관리 아주머니가 아들과 전화를 하는가 보다. 그 대화에 내 귀를 긴장하게 하는 말이 있다. "…일 보거라. ……니 거기 가지?……"라는 말에서 아들을 지시하는 대명사로 '니'라는 말을 쓴다. 그러고 보면 지금까지 경험으로 볼 때에 노소 불문하고 연변에서는 2인칭 대명사로 구어에서 '니'라는 말이 일반화 된 말이다.

　오후 늦게 산책 겸 외식을 하고 싶어 연대 동문 쪽으로 방향을 잡고 걸었다. 등 뒤로 비치는 햇살이 기분 좋게 따듯하다. 바람도 훈풍에 가깝다. 봄이 온 것이 실감이 난다. 25분을 걸어서 광명 사거리 매화집에 갔다. 이곳에 와서 외식이라고는 보신탕이 고작이다. 그렇지만 별식으론 그만한 것이 흔치 않다. 서울에서도 보신탕을 먹으려면 날을 잡아서 먹곤 했다. 보신탕은 내 몸에 잘 받는다. 아내는 개장국이라고 하면 질색이다. 그래서 종종 혼자 보신탕집에 간다. 보신탕을 드는 사람은 야만인이라고 하여 국제적인 비난이 일기도 했지만, 그것은 단지 문화적인 차이일 뿐이다.

저녁 식사를 마치고 5시 30분경에 광명 사거리 뒷골목으로 해서 오는 길에, 연변 천우 부동산 개발공사에서 天宇誠品천우성품이라는 간판을 걸고 오피스텔 분양을 하고 있기에 시세를 알고 싶어 잠간 들렀다. 한족 남자 안내원이 모델을 전시한 곳으로 와서 설명을 하려 한다. 내가 잘 알아듣지 못하자, 날씬한 조선족 아가씨가 와서 "어떤 집을 보자 그래까?"하고 말한다. 처음에는 연변 특유의 거친 그 말을 하도 빨리해서 못 알아듣고 다만 "어떤……그래까?"만 들려 '그래까' 앞에 무슨 말을 했는지 다시 말해 달라고 하니 "어떤 집을 보겠는가고 요?"라고 말했다는 것이다. 그래서 그것이 아니고 '그래까' 앞에 한 말을 다시 해 보라고 격분하여 따지듯이 하니까 '집을 보자'라고 한다. 그러고는 좀 신경질적으로 학교가 아니라고 하면서, 짓궂게 꼬치꼬치 묻느냐는 투로 "왜 그런 말 배우시오?"하고 제자리로 돌아간다. 그녀도 불쾌했겠지만, 나도 오늘은 그런 말투가 좀 짜증스럽고 화가 치밀기도 했다. 소위 서비스업에 종사하는 사람으로서 누구보다도 예절을 갖추어야 될 자리에서 조선족의 말투가 그래도 되나.

그러자 우람한 체구의 청년이 와서 제법 한국어다운 말로 설명을 한다. 그래서 한국에 갔었느냐고 하니 여러 번 갔었단다. 말씨가 부드럽고 예절이 바르다. 오피스텔 분양가가 중국 평수로 40평한국 평수는 13평 정도이 16만 元 그러니까 1평당 4000元이라는 것이다. 아파트는 어떠냐고 묻자, 작년에 1평당 역시 4천 元이었다는 것이다. 80평짜리가 32만 元이라는 것이다. 그리고 집값이 저층보다는 고층이 한 1만 元 정도

더 비싸다고 했다.

그 조선족 청년 안내원과 이런 저런 얘기를 하고 나오면서, 아까 그 조선족 아가씨의 말에 대해 거칠고 빨라 알아들을 수가 없으니 한국어를 좀 익히라는 말을 그녀에게 전해달라고 부탁했다. 오면서 곰곰이 그녀의 말씨를 생각해 보았다. 예절이 전혀 없는 말이다. 그런 경험은 이미 많이 했지만, 오늘도 예외는 아니다. '그래까'는 원래 제대로 된 말이라면 '그러십니까'이다. 이것이 줄어들어 지금 연변에서 일반화된 '그래슴까' 혹은 '그래스까'인데, 그것을 더 줄여 '그래까'라고 말하는 것이다. 이 정도가 되면 우리말 즉 민족어의 본질이 완전히 변한 것으로 보지 않을 수 없다. 그러니 흥분이 될 만도 하지 않은가.

공원교를 지나는데, 반대 쪽에서 여학생 하나가 온다. 그래서 혹시나 하고 한국어로 기차역이 어디에 있는지 아느냐고 하니까, 그 학생은 한국인이라고 하면서 사냥하게 그 위치와 기차역으로 가는 버스 노선과 버스 정류장을 말해 준다. 조금 전에 오피스텔 분양 조선족 안내양에게서 받은 언어적인 푸대접을 보상받는 기분이다. 그 여학생은 연변 고급 2 중학교 즉 고등학교에 다니는데, 연변에 온 지 3년쯤 된다고 했다. 1년 단위로 거류증을 연장한다며 아버지를 따라 연변에 왔다는 것이다. 지금 시내에 한국어 교육을 받으러 간다는 것이다. 한국의 안○○선생 교수이 낸 학원에서 책을 읽고 토론을 한다는 것이다. 연길에 와서 기차여행을 해 봤느냐니까, 6인실 침대차를 22시간 타고 북경에 갔었다고 한다. 북경에 가는 침대기차 차비가 225원이라고 한다. 이름이 뭐냐니까 '최은정'이라고 했다. 나를 보며 속말로 '할아버지'하면서 그렇게 불러도 되실 나이가 아닌지 고개를 갸웃하기에 그렇다고 하자, 방긋이 웃으며 "안녕히 가세요." 하고 고개를 숙여 인사를 하고 간다. 참 예절이 바르고 부드러운 한국 소녀다. 그래 이 정도는 돼야 하지 않겠는가. 잠시 후 연길 공원 앞 버스 정류장을 지나는데, 여러 명의 여학생들이 버스를 기다리고 있다. 그래서 혹시 조선족이라면 그들의 말씨를 들어보려고 일부러 가까이 갔다. 조선족이 아니냐고 하니 조선족이란다. 반가웠다. 중학생들이란다. 그래서 여기 우리 동포 조선족 표준어가 뭐냐고 묻자, "동포?" 한다. 반말이다. 그래 아침에 몇 시에 학교에 가느냐고 물으니 역시 "8시" 한다. 또한 반말이다. 전에 공원 소학교에서 학생들에게 질문을 했을 때와 똑 같은 현상이 이들 중학생들에게서도 일어난다. 그래서 어른 앞에서 말씨가 그게 뭐냐고 하면서 '8십니다'라고 말하라고 하니, "8십니다."하고 정정해서 말한다. 그들에게서 돌아서며 공원교의 한국 여학생 생각이 나서, 되돌아서서 그들에게 어른이 가면 인사를 해야 하는 건데 어디 한번 인사를 해 보라고 하자, 한 여학생이 "건강 잘 지키시오."하고 말한다. 그래서 '안녕히 가세요'라고 말하는 거라고 하니, 순발력 있게 한국의 그 여학생처럼 "안녕히 가세요."하고 두 여학생이 동시에 고개를 숙이며 부드럽게 인사를 한다. 그렇게 교육을 시키니까 잘 따라서 하는 것이다. 연변의 학생들이라고 한국의 학생들과 하나도 다르지 않다. 그러니까 초기에 교육만 철저히 시키면, 적어도 공적인 자리에서는 그 거칠고 듣기 거북한 조선족 어투로 말하지는 않을 거라는 확신이 들었다. 두어 발짝 걸어가자 몇 명의 여자 중학생들이 온다. 역시 표준어에 대해서 알고 있는지 궁금하여

201

"여러분이 지금 쓰는 표준어는 뭔가?"하고 물으니 "그냥 하는 말이죠." 한다. 그래서 짐짓 표준어는 한국어라고 하면서 서울말을 해야 한다고 하니까, 한 학생이 약간 갈등이 생기는 듯 "중국인이 한국어는 하면 뭐합니까?"하고 좀 퉁명스럽게 말을 한다. 이에 대해 "한국어는 표준어이고, 우리 민족어니까."하니, "알았슴다." 한다. 그래서 '알았슴다'가 뭐냐니까, "습관입니다."하고 '—입니다' 부분을 힘주어 말한다. "표준어인 한국어를 제대로 하도록 하세요." 하니, "예."한다. 설마 했는데, 이들에게는 국적이 중국이라는 사실을 늘 의식하고 산다는 것을 내가 미처 깨닫지 못하고, 소홀히 말한 것 같았다. 민족의식이 투철하지 못한 학생은 능히 그런 말이 나올 수 있을 거란 생각이 들었다. 소수민족으로서 자존을 지키며 살아가려면, 언어 교육만이 아니라 민족 교육도 함께하는 일을 게을리 해서는 안 될 거라는 생각이 들었다. 어느 조선족 가정에서는 자식들을 어려서부터 아예 한족 학교에 보낸다고 한다. 그런 부분도 연변 조선족 자치주에서 신경을 써야 할 것 같다. 그리고 동족으로서 부모 격인 반도의 관심이 지속적으로 이루어져, 이곳의 자라나는 세대들이 반도의 삼남이 외갓집이라는 생각을 늘 갖게 해야, 자연스럽게 민족어를 소중히 하고 발전시켜나갈 것이다. 그렇지 않으면 그들은 중국어를 사용하는 중국인으로 자라고 성장하여, 먼 훗날에는 우리 동포라는 의식이 완전히 사라질지 모를 일이다. 그때는 이곳 북간도는 까마득한 옛날 전설로만 남아 떠돌다가 또한 그마저 연기처럼 사라질 것이다.

☀️ 맑음 **4월 29일**   아침 26번 버스를 타고 성당을 가는데, 뒷좌석에 40대로 보이는 조선족 부부가 하는 대화를 엿들었다. 나의 관심은 오직 그들의 말씨에 있다. 귀에 들린 대로 말끝말씨에 초점을 맞춰 제시하면 다음과 같다. 부인이 남편에게는 하는 말은 '…뒀단말임다, …않슴다, …했스까, …봐야지 아니 그랬슴까, …재수 없지, …' 등이고, 남편이 아내에게는 하차할 때까지 주로 듣는 입장에서 '음, 음' 등과 말끝말씨는 두 번 하는 말에서 '…세워주는가, …했단 말이오' 등이다. 이것으로 보아 연변에서 아내는 남편에게 합쇼체를 남편은 아내에게 하오체를 쓰는 것이다. 이미 소설 '배신자'에서 이런 말씨는 확인된 바이다.

오늘은 부활 제4주일인 성소주일이다. 주님께서 나를 부르신 것은 주님께서 나를 쓰실 일이 있어서 그러신 것이다. 오늘의 복음은 '나는 내 양들에게 영원한 생명을 준다'는 제목의 요한복음 10장 27절에서 30절까지의 말씀이다.

그때에 예수님께서 말씀하셨다. "내 양들은 내 목소리를 알아듣는다. 나는 그들을 알고 그들은 나를 따른다. 나는 그들에게 영원한 생명을 준다. 그리하여 그들은 영원토록 멸망하지 않을 것이고, 또 아무도 그들을 내 손에서 빼앗아 가지 못할 것이다. 그들을 나에게 주신 내 아버지께서는 누구보다도 위대하시어, 아무도 그들을 내 아버지의 손에서 빼앗아 갈 수 없다. 아버지와 나는 하나다."

그리고 주보에 '복음의 삶'이라는 난의 아래 구절이 마음에 와 닿아 몇 줄 적는다.

생명체는 태어나면서부터 살기 위해 또 성장하기 위해 힘씁니다. 식물이 햇빛을 향해 뻗어나가고, 동물이 먹이를 찾아 헤매는 현상이 모두 생명체가 지닌 개체유지 본능의 발로입니다. 인간에게도 그 본능이 있어서 재물을 비축하고, 권력을 얻어 강하게 살고자 하며, 노후 대책을 마련하여 오래 동안 무사히 살기를 바랍니다. 인간은 공부하여 그 사회가 인정하는 자격증을 취득하여 그 분야가 필요로 하는 인물이 되고자 합니다. 또한 많은 사람이 우러러보는 존재로 살고자 합니다.

신앙인은 인간 욕구를 충족시키는 질서에 만족하지 않습니다. 신앙인에게는 하느님으로 말미암아 발생하는 다른 질서가 있습니다. …….

미사가 끝나고 성당을 나서니, 입구 주변이 복사꽃, 살구꽃으로 환하다. 수양버들도 꽃이 폈다. 따뜻한 봄이다. 80대 전후의 할머니들이 삼삼오오 모여 얘기를 나누며 돌아간다. 한 할머니는 거동이 불편한 친구의 딸에게 "…수고해라."하고 말하며 간다. 나는 그분들의 말씨를 듣기 위해 한 일행에게 바싹 다가가서 함께 걸으며 대화를 듣는다. 조금 더 가다가 그분들이 '연길시고려대약방'으로 들어간다. 나도 따라 들어가서 역시 그들이 약사와 하는 대화를 듣는다. 그것을 종결어미만 추려 적어보면 다음과 같다.

'…오시오. …조심하시오. …아이 일없습다. …약 있소? …물어보오. …약 사요? …가요. …수술하오. …없습데. …무수가 나빠? …무시

204

게 또 …있어. …그건 어쨌어? 저기다 놔뒀지. …가자.' 등이 할머니들
끼리 한 말씨다. '이건 무스기오. …이거 세 번 먹으라오? 세 번 먹소?
…' 등은 할머니가 40대 중반은 넘어 보이는 조선족 여자 약사에게
한 말씨이다. 하오체를 사용하는 것을 알 수 있다. '…약임다. 예.
약병을 주며 요깁니다. 요게 1원. 예. 예, 옳습다. 이거 이렇게 잡수시오.
옳습다. 예. 요거. 예. 받았습다. 예. 한 냥씩 가져가시오….' 등은 그
약사가 할머니들에게 한 말이다. 약사가 할머니들에게 합쇼체를 사용하
나 그녀도 연변 사투리 '하시오'체를 역시 일반화된 아주 높임으로
사용하는 것을 알 수 있다. 그런데 연변 조선족 중년·장년 여성층에서
드러나는 연변 특유의 어투와 말씨가 나타난다. 듣기에 어감이 좋고
구슬픈 호소력까지 있는 '예'가 문장이 끝나면 후렴구처럼 이어서 발화
된다. 그래서 할머니들이 간 뒤에 그 약사에게 '예'에 대한 표현에
대해서 물으니, 자기가 한 말에 대한 긍정의 표현이 아니겠느냐고 한다.
그 말은 그런 뜻도 있지만 아울러 상대방에게 확인의 의미도 갖는
표현이라고 생각되었다. 지금은 연변 젊은 층의 여자들에게서는 그런
표현을 듣기가 어렵다며, 옛날에는 조선어를 배웠지만 지금은 한어를
배우기 때문이라고 나름대로 그 이유를 말한다. 내 생각으로는 살기가
지금과 같지 않던 시절에, 생존을 위해 상대방에게 확인을 시키고,
긍정의 말을 통해 설득을 끌어내기 위해 그런 표현을 사용했던 것이
습관이 된 게 아닌가 한다. 그러면서 연변말씨의 아름다운 점을 드는
중에, 자연스럽게 작년에 방영됐던 '열아홉 순정'에 대한 얘기가 나왔
다. 그러자 그녀는 먼저 기분 나쁜 감정을 드러내며, 자기는 한두 번

보고는 더 보지 않았단다. 그 이유는 그 주인공 연변 처녀가 어수룩하게 나왔다는 것이다. 한 마디로 어디 연변 아이들이 그렇게 얼뜨기 같이 생겼느냐는 것이다. 실제 나가서 보라는 것이다. 그러니까 소위 촌닭은 아니라는 말일 게다. 그녀는 70학번으로 연변대 이학부에서 약학을 전공했다고 했다. 그러니까 겉보기보다 실제 나이는 50대 중반쯤 되었다. 계속해서 나눈 대화에서 그녀의 조선어와 민족 관에 대해 나름대로 말한 것을 간략하게 정리하면 이렇다.

연변에서 조선족이 한국에 가면 따공打工, 바쁜 일, 궂은 일, 소위 3D업종의 일이나 하는데, 중국어 하면 따공을 아니 한단다. 한국에서는 전업專業하기가 어려우나 중국어를 하면 여기서는 헐하다는 것이다. 그러니 조선어에 대해 소홀하게 된다는 것일 게다. 그리고 민족에 관하여는, 세계가 통일인데 민족이 무슨 필요가 있느냐고 하며, 현실 삶이 중요하다는 것이다. 과거에는 한족이 조선족과 결혼하기를 꺼려했으나, 지금은 결혼해도 손가락질을 하지 않는단다. 이젠 세상이 바뀌어 민족 간 평등화가 되고, 서로 이민족 간 결혼이 성행한다는 것이다. 한편으로는 그만큼 조선족의 삶의 질이 향상이 됐다는 뜻일 게다. 그러면서 후진타오 국가 주석이 민족에 관계없이 평화스럽게 살자고 한다며, 중국 여기서도 지식, 능력이 있으면 잘 살 수 있다고 항변 아닌 항변을 한다. 동족으로서 한국에 대한 인식이 좋지 않은 듯도 했다. 혹시 공산당원일 수도 있다는 생각이 들었다. 그러니 굳이 조선어에 대한 교육 운운이 무슨 큰 의미를 갖겠느냐고 한다. 내가 학교에서 배우는 조선어 교육이 실제 생활에서는 반영이 안 되는 모양이라고 하니, 연변 자치주 김○○ 주장州長을 찾아가서 따지란다. 주위州委는 백산호텔 맞은편에 있단다.

206

그녀의 말이 틀린 말은 아니었다. 많은 연변 조선족 사람들이 그와 같은 생각을 하고 실제로 그렇게 사는 것 같다. 약방 건물 이층의 춘화진료소 원장이 내려오자 나를 인계하고 문안으로 들어간다. 그분도 나이가 50대 중반은 넘어 보였다. 그는 조선어 교육과 관련하여 표준어가 없다는 말을 했다. 결국 민족어로서 표준어의 정체성이 문제였다. 조선어 교육과 관련된 더 자세한 것은 교육 행정 문제이니, 학교나 주 교육위원회에 가서 문의하는 것이 좋겠다고 했다. 새 주청사가 하남에 있다고 했다. 그렇지 않으면 저 건너 가까이에 있는 연변 고급 1중학교고등학교안에 연변 진수 학원이 있는데, '연변 조선어문 교학'에 대해 교사들에게 연수를 하는 곳이니, 거기에 가면 알 수 있을 거란다. 동족으로서 안내를 해주어 고맙다는 인사를 하고, 사거리를 건너 그 학교를 간다는 것이 학교 옆 아파트 단지로 들어갔다. 마침 아주머니 한 분이 놀이터에서 손녀를 데리고 나와 앉아 있다. 그래서 그분과 연변 생활에 대해 대화를 나누며 몇 가지 정보를 얻을 수 있었다. 그녀는 용정에서 나서 자라고 지금은 연길에 와서 산단다. 여러 얘기 중에 조선족 사람들이 한국에 가서 푸대접 받는 얘기가 여기서도 나왔다. 말이 통하는 동족이 아무래도 나을 것 같아 한국에 가면, 그 사장이라든가 하는 사람들이 대우를 제대로 하지 않는다는 것이다. 연변하면 어디 못사는 데서 온 사람으로 취급한다는 것이다. 사실 먹고 살 수가 없어서 한국에 가는 것이 아니라 좀더 잘 살겠다고 가는 것인데, 그렇게 동족을 구박해도 되는 것이냐는 항변이다. 그래서 한국 사람들이 아직 연변에 대해 모르는 부분이 많다고 하면서, 교류가 많아지다 보면, 이곳 사정도 알게 되고 점점 나아지지 않겠느냐고 말했다. 그 아주머니에게 연길 백화점에 가보니 이곳 연길이 서울과 크게 다르지 않더라고 말해주었다. 다소 격한 자존이 풀리는 것 같았다. 그러자 그녀는 같은 병실에서 연길에 와 아이가 병원에 입원한 한국인 가족에 대해 도와준 얘기를 했다. 그 한국인 가족은 중국어를 하지 못해 병원에서 죽 한 그릇 먹기가 어려웠으나, 자기가 통역을 해 주기도 하고 직접 쒀 가지고 간 죽이 나쁘다고 할까봐 조심스럽게 말했더니, 고맙다고 하며 잘 먹더라는 얘기도 했다. 그러면서 연변에서는 조선족 가정에서 아직은 조선어를 하는 편이지만, 일부는 아이들을 한족 학교에 보낸단다. 안쪽 가령 대련, 장춘, 상해 등에서는 한어로 주로 말한단다. 자기 동생네도 안에서 사는데 한어로 말한다. 그 이유는 이미 약사한테 들었으므로 더 묻지는 않았다. 화제를 돌려 생활하는 아파트에 대해 질문을 했다. 이곳 아파트는 여러 평형으로 되어 있는데, 예를 들어 139평방이면 한국에서의 평형으로 46평 정도 된다며, 월 생활비 식비부터 전기세, 수도세, 난방비 등 일체 들어가는 비용가 대략 3000元은 넘지 않겠느냐고 한다. 이런 정도를 유지하려면 아무래도 부부가 돈을 벌어야 한다는 것이다. 남편이 직장에 나가면 아내는 장사를 한다든지 해서 생활을 해나간다기에, 가정 총 수입에 대해 한 1만원 정도는 벌어들이겠다고 하니, 그녀의 입이 벌어진다. 좀 과한 수입인가 보다. 하기야 잘 버는 사람은 몇 만원도 벌 수 있을 거라는 얘기를 했다. 그렇다면 지금 사는 이 아파트의 139평을 사려면 얼마가 필요하냐고 하니까, 한 30만元은 될 거라고 한다. 그것도 위치에 따라 다른데, 경제 중심인 광명 사거리나 그 옆 서시장 정도면 훨씬 비쌀 거라고 했다. 계속 이야기를

208

나누다 보니, 시간이 꽤 흘렀다 싶어 인사를 하고 나왔다.

그리고 바로 옆의 고등학교 정문으로 향했다. 예쁘게 생긴 여고생 하나가 말쑥한 차림으로 정문 옆에 서 있는데, 예감이 조선족 같아 대뜸 조선족이냐고 묻자, 웃으며 그렇단다. 연변 조선족 처녀를 만난 것이다. 약사 말마따나 참 세련되고 얼굴이 깨끗하여 서울의 여학생과 하나도 다를 바가 없다. 어투가 서울 말씨다. 그래서 어떻게 한국어를 잘 하느냐니까, 한국 TV를 보며 익혔단다. 그래서 학교 교육을 통해서 도 배우지 않느냐니까, 어물거리면서 그렇다고 한다. 그러면서 다 각자 자기말로 말한다고 했다. 그러니까 표준어 교육이 구어로 확실하게 실시된다는 말은 아닌 것이다. 헤어지면서 표준어인 서울말을 열심히 배우라고 했다. 공적인 자리나 여러 사람 앞에서는 표준어를 써야 의사소통이 잘된다고 하며, 표준어인 서울말 습득에 대한 그 여학생의 개인적인 노력에 대해 칭찬을 해주었다. 오래 인상에 남을 귀엽고 깜찍하기까지 한, 비교적 작은 키의 연변 처녀, 연변 여고생이었다. 잘 커가기를 마음속으로 빌었다.

저녁 식사 후에 산책을 하기 위해 교내를 걷다가, 연대 앞 건너 이동통신에 가서 국제 전화 카드 인 IC카드를 샀다. 그리고는 언제부턴가 호기심이 발동했던 연길의 PC방에 대한 궁금증을 풀기 위해, 그 옆 지하 PC방에 들어갔다. 생각보다 지하실 공간은 아주 넓었다. 안내양인 연대 영문과 조선족 아르바이트생에게 물어보니 255석이란다. 여석이 없을 정도로 꽉 차 있다. 학생들이 주로 하는 것은 게임 아니면 영화나 오락 프로그램들이었다. 그 안내양에게 여기가 연대 제2학교라고 하니까, 웃으며 그렇단다. 앞서 이동통신 판매원 남자와 나눈 얘기지만, 여기서는 PC로 안 되는 게 없었다. 그 조선족 판매원은 PC로 모든 것을 해결할 수 있으니, 한국과 크게 다르지 않다고 하며, 중국도 지금 놀라운 발전을 하고 있단다. 왠지 동족이면서도 한국에 대한 호감보다는 중국인으로서의 자존을 앞세우는 것 같았었다. 그건 그렇고 그 여자 아르바이트생 말대로, 제2학교로 생각할 정도로 연대 학생들에게는 지하의 좁은 의자 앞의 왕바, 즉 인터넷이 유일한 문화 수단인 셈이다. 그녀에게 학생 기숙사에서도 인터넷이 가능하냐고 묻자, 설치한 학생은 그럴 수 있을 것이라고 했다.

밤에 입이 고플 때가 있다. 근 두어 달을 기숙사의 식물성 음식만을 먹다 보니, 몸이 마르고 서울에 있을 때보다 3kg이나 빠졌다. 그래서 저녁에 군입정거리를 사려고, 전에 가끔 사곤 했던 군고구마 장수한테 가는 도중에, 연대 정문에서 얼마 떨어지지 않은 곳에 차를 도로에 주차하고, 허름한 책을 파는 책장수가 있다. 혹시나 해서 보니, 여러 잡지와 소설 사이에 조선학연구 제3권1990년, 연변대학출판사이 눈에 띈다. 목차에 중국에서의 조선말의 이질적 성분과 조선말의 통일적인 규범화 문제의 제목이 있다. 그리고 우리나라 조한 이중 언어 현상의 성격과 발전전망이라는 논문도 있다. 책장수가 달라는 5콰이를 주고 그 책을 샀다. 그리고 군고구마 장수한테 가는데, 모퉁이에 따촬디엔大串店이 있다. 꿰미를 입정거리나 안주로 파는 가게이다. 그 앞 원형탁자에 몇 명이 둘러앉아 꿰미로 안주 삼아 맥주를 마시고 있고, 안에서도 꿰미를 굽느라고 연기며 냄새가 자욱하고 진동하는데도 앉아서 술들을 마시고 있다. 그 문 앞에서 "따촬스선머러우?"大串是什么肉라고 말하니, 아주머니가 '유로'란다. 도무지 알 수가 없다. 그래서 군고구마 장수한 테 가서 물으니까, 그 주변 사람들 중에는 '유러우'라고 하는 사람도 있고, 고쳐서 '니우뉴러우'라고 하는 사람도 있다. '뉴러우'라면 알 것도 같다. 쇠고기인 것이다. 그러면 왜 '니우牛의 'ㄴ'n의 발음이 없어지고 '유'가 될까를 생각하니, 두음법칙이 생각난다. 만약 '유'로 발음한 펨점의 아주머니와 아저씨가 조선족이라면 충분히 이해가 갔다. 한국어 와 같은 알타이어 계통의 말을 사용하는 사람은 두음법칙대로 발음한 다. 다음에 확인을 하여 보기로 하고, 고구마를 사 가지고 돌아왔다.

돌아오는 길에 연대 정문 옆의 연대 호텔에 들어가 안내양에게 몇 가지 문의를 했다. 그들 안내양들은 모두 한족들이었다. 이 호텔은 업무가 무엇이냐쩌거옌비옌뻔관더이에우스선머고 하니 커팡客房 이란다. 그래서 벽에 걸린 차림표를 보며 "콰이찬快餐스선머?"스낵은 무엇이냐하니, "뿌카이 러"한다. '개장하지 않았다'는 뜻이다. 그래서 "쩌거빈관더팡페이이티 엔뚜어샤오?"이 호텔의 방비가 하루에 얼마냐하니 '이바이콰이'일백 원란다. "타이 꾸이러."너무 비싸다.하니, "쩌리스쮀이띠더팡페이"這里是最低的房費라고 한 다. 이곳에서는 가장 싼 방값이란다. 나오면서 "셰셰"하니 "부커치"한다.

⛅/〰 맑고 흐림 **4월 30일**　　오늘부터 중국에서는 노동절 주일이라 하여 5월 6일까지 휴무에 들어간다. 중국에서는 여행을 하다보면 명절과 이때는 여행을 피하라는 말을 듣게 된다. 그것은 몰려나온 인파에 여행

이 평상시보다 불편하기 때문일 것이다. 어제 저녁 식당 여주인이 노동절에 어디 여행을 가지 않느냐고 묻기에, 장기 여행 계획은 없다고 말했는데, 모처럼 맞는 노동절에 휴업을 하려고 그런 질문을 했나 싶어서, 오늘 아침은 어제 사온 고구마와 율무차로 대신하기로 했다. 늘 먹던 식사를 간식으로 때우니 속이 좀 쓰리다. 점심때가 되어 시내에 나가 식사를 할 양으로 내려가다가 혹시나 하고 식당에 들어갔다. 식당 안이 텅 비고 한두 사람만이 앉아서 식사를 한다. 그러니까 식당 문을 닫지 않은 것이다. 공연한 노파심에 아침을 거른 것이다. 그래서 식사를 든 후에 산책이나 한다고 연대 동쪽 문으로 향했다. 어느 회사에서 와서 노동절 운동회를 하는지, 운동장에서는 가족들이 모여서 응원을 한다. 동문을 나서서 연변조선족예술문화회관 쪽으로 방향을 잡았다. 그 뒤쪽 산이 연대 뒷산이기도 하다.

산가에는 벌써 진달래가 피기 시작하고 개나리, 복사꽃 등이 어우러져 여기저기 피어 있다. 산 정상에는 중국 공산당 혁명 열사 기념탑이 있다. 그 뒤쪽으로 계속해서 가니, 저쪽 숲 속에서 야외 놀이를 나온 남녀노소 일군이 모여 앉아 먹고 마시고 한다. 숲을 벗어나자 서쪽 능선이 온통 사과배나무로 뒤덮여 있다. 이 과원이 저 건너 산 너머로 끝없이 이어진다. 용정의 만무과원 이상이다. 사과배나무에는 배꽃망울이 뾰족이 맺혀 있어 곧 피어날 태세이다. 배 밭 주변으로 반도의 길섶에 피는 작고 노란 꽃들이 즐비하다. 그 위로 나비가 날아다닌다. 배 밭 곳곳에 나물을 뜯고 캐는 사람들이 있다. 배 밭 사이로 난 길을 가자니, 저쪽 배나무 아래서 두 여인이 쪼그리고 앉아 나물을 캐며 무슨 얘기를 하고 있다. 가까이 가니 조선어를 사용하는 것으로 보아 조선족 아낙네다. 말씨는 주로 '…겠스까? …말임다. …살자구스레. 예. …들었스까? …보장하겠어. …아이 곱습니다….' 등을 사용한다. 들리는 말의 내용은 그녀들이 아는 동료 중에 누군가의 남편이 한국에 가서 돈 벌어 도박을 했다는 이야기다. 그래서 나도 끼어들어 한마디 했다. 엿들어서 미안합니다만, 산책을 나왔다고 하며 한국에서 왔다고 했다. 그랬더니 웃으면서 어디에 있느냐고 묻는다. 연대에 잠시 와 있다고 하면서, 나는 나이를 먹은 편인데 아주머니들은 한 30대 중반쯤 보인다고 말하니까, 젊게 봐줘서 고맙단다. 그러면서 한국 분들은 좋게 말들 한다고 한다. 그러고 보니 추측컨대 40대 초반은 돼보였다. 이곳은 산책할 만한 곳이 이런 곳뿐인 없느냐니까, 저 건너 모아산 가까이에 한 시간 가량 걸어갈 수 있는 산책로가 있단다. 서시장 근처에서 버스 1선을 타고 종점에서 내려 모아산을 향해 가는 길이란다. 이렇게 하여 자연스럽게 그들과 대화가 진행되었다. 냉이를 뜯고 있기에 충청도에서는 이것을 '나승개'라고도 한다고 하니, 연변에서는 그것을 주로 '나시'라고 말한단다. 농약을 안치니까 먹어보자고 이렇게 나와서 뜯는단다.

한 여인이 한국 어디에서 왔느냐고 묻기에, 서울에서 왔다고 하자, 자기는 충청북도 장호원에 있었다고 한다. 묻진 않았지만 돈을 벌려고 갔다 온 것이리라. 나의 고향이 충청도라고 하자, 충청도 사람들은 말이 느리다고 하며, 충청도에 있을 때 얻어들은 얘기를 한다. 아들이 벼랑 위에서 바위가 떨어지는 것을 보고, "아버지 돌이 떨어져유."하고 하도 느리게 말을 하는 사이에, 바위가 아버지를 덮치더라는 것이다.

213

옛날에는 충청도 하면 양반이 사는 곳이었으니, 행동도 느리고 말도 양반 행세를 하자니 느리지 않았겠느냐면서, 지방의 한 특색을 그렇게 말하나, 지금은 옛날처럼 그렇게 느리지만은 않다는 말을 해주었다. 그랬더니 한국의 빨리빨리 문화에 대한 말을 꺼낸다. 그것에 대해 외국 인들이 보기에는 단점도 있겠지만, 오늘날 그 정도의 경제 성장을 이룩 한 것이 다 그런 부지런함 때문이 아니었겠느냐고 했다. 얼마 전에 약국에 갔더니, 여자 약사가 작년에 한국 서울의 강남 로데오 거리에 가서 좀 있었다는데, 정신이 없더라고 하는 얘기를 들었다며, 그것도 한국문화의 한 특징이라는 말을 해 주었다. 그리고 한국 땅을 밟는 순간 활동적인 기를 느끼게 되는 것도, 한국 사람들의 그런 삶이 있기 때문이 아니겠느냐는 말을 덧붙였다. 그리고 이 여인들은 한국인에 대해 어떤 감정을 가지고 있는지, 전에 들은 말이 생각이 나서 물어 보았다. 이곳 연변 사람들은 한국인에 대해 좋은 인상을 갖지 않는 것 같더라고 하니까, 검은 안경을 쓰고 태양빛 가리개 모자를 한 여인이 그렇진 않다고 하며, 사람 나름이 아니겠느냐고 한다. 이곳 사람도 좋은 사람이 있고 나쁜 사람이 있는 것처럼 한국인도 마찬가지라는 것이다. 그렇게 말씀을 해주시니 마음이 좋다고 응대했다.

기회가 좋다고 생각되어 여기 와서 늘 궁금하게 생각하는 조선족 가정의 언어에 대한 것을 물었다. 그랬더니 자기네들은 집에서 조선어 를 쓴다고 하며, 아이들은 학교에서 중국어를 배워서, 밖에 나가서는 주로 중국어를 사용하게 된다는 것이다. 일부 한족 학교에 보내는 부모 에 대해서는 부인은 하지 않았다. 그러면서 안중국 북경을 중심으로 한 지역

214

으로 가면, 조선족 아이들이 한족 학교에서 한어를 공부한다고 했다. 그것은 어제 이미 들은 바다.

이어서 그들 간의 관계가 궁금해서 질문을 했다. 검은 안경을 쓴 여인이 과거 같은 '딴웨이' 즉 같은 단위單位에서 지낸 사이라고 말한다. 그래 '단위'가 뭐냐고 하자, '직장'을 뜻한다며 이곳에서는 중국어의 영향으로 중국어를 그대로 차용해서 쓰는 일이 많다는 것이다. 내가 우려스런 말을 내비치자, 한국에서도 영어를 갖다 쓰지 않느냐고 유식한 말을 한다. 이곳에서는 그와 같은 동료나 친구를 뭐라고 부르는지 물으니, '동무'라고 한다며 원래 북한어를 사용하게 되어 그 영향이 크단다. 한국에서는 6·25전쟁 이후 인민군 빨갱이들이 쓰는 말이라 하여 사용하지 않고, '친구'라는 말을 쓴다고 하자, 순간 갈등이 일었는지 검은 안경이 침을 뱉는다. 그리고는 이내 밝은 표정을 지으며 연대에 숙소가 있느냐고 말머리를 돌린다. 그래, 그렇다고 하며 왜정 시대에나 우리도 어렸을 적에는 동무라는 말을 썼었다고 말했다. 남북통일이 되면 그때는 그런 말도 사용되지 않겠느냐고 하니까, "아이고, 남북통일요. 그게 언제 되겠습니까?" 한다. 그러자 한국에 갔다 왔다는 노랑머리 여인이 "한국 사람들은 통일을 싫어하는 사람도 있다고 하던데요. 못살게 될까봐." 한다. 그래서 동독과 서독의 예를 들어, 통일 독일을 이룩하는데 아무래도 잘사는 서독이 경제적인 부담이 되기는 했겠지만, 통일은 독일 국민 전체가 원한 바가 아니었느냐면서, 한국도 그와 마찬가지로 근본적으로 통일을 원하지 않는 사람은 없고, 국가에서 계속 통일을 위한 준비를 하고 있다는 말을 했다. 그랬더니 옆의

215

여인이 "그렇게 되면 우리야 좋지요." 하고 말한다.

그 검은 안경에게 한국어를 잘 한다고 하자, 비슷하게 한다고 하며, 여기서는 한국어를 하면 웃는다는 것이다. 왜 그러느냐고 하니, 그건 모르겠고 하여튼 웃는다는 것이다. 그래서 한국어를 알아도 내놓고 한국어로 말기가 어렵다는 것이다. 이건 무슨 소리인가. 그동안 들어보지 못한 말이다. 그래서 혹시 한국어를 하면 잘난 체 한다고 해서 그러는 것이냐고 묻자, 잘 모르겠단다. 검은 안경 옆의 장호원에 잠시 있었다는 여인이 아는 대로 그 이유를 설명한다. 한국 사람이 미국에 가서 살다가 오면, 발음이 좀 이상한 거와 같은 경우란다. 그러니까 서양 냄새가 난다 해서 좀 거부감을 갖는 것처럼, 한국에 갔다 오면 말씨에서 한국티를 내는 것이 연변 조선족 사람들에게는 동질감을 못 느끼게 하니 웃는 것이리라. 네가 언제 그렇게 한국에서 살았다고 티를 내냐는 식의 웃음이 아닐까 한다. 그리고 한국에 대해 그동안 형성된 부정적인 이미지가 그 웃음의 한 몫을 했을 것이다. 돈도 좀 벌어 왔을 것이니 너무 재고 으스대는 것 아니냐 뭐 그런 것이 아닐까 한다. 그리고 한국에 대해 그동안 형성된 부정적인 이미지가 그 웃음의 한몫을 했을 것이다. 전쟁 후 50년대 앵두나무 우물가 처녀가 개나리 봇짐을 싸들고 서울 갔다 오더니, 서울 말씨를 쓰는 거와 비슷하다고나 할까. 그러나 지금은 표준어 교육으로 그런 현상은 사라지고 오히려 공적인 자리에서 사투리를 사용하는 것이 부끄러운 세상이 되었다. 이와 마찬가지로 앞으로 연변에서도 교류가 더욱 많이 이루어지고, 표준어 보급이 이루어지면, 그런 웃는 현상은 곧 사라질 거라는 얘기를

216

해주었다. 그러면서 연변 청소년들은 한국 TV를 통해 자연스럽게 한국 표준어를 배우고 있지 않느냐고 하자, 사실 이곳에서는 한국 TV 말고는 볼 것이 없다며, 서울말은 부드럽고 듣기에 좋단다. 그런데 자주 전파를 방해하여 끊기면 이어서 보곤 한다. 그 검은 안경도 나름대로 한국어를 익히고 있는 것 같았다. 아직 한국에는 못가 봤다며 기회가 되면 가고 싶다고 했다. 그러면서 선조는 평양에서 왔는데, 자기 성 황 씨의 본관은 춘향이 고장 남원이라는 말을 했다. 그 여인도 잠재의식에서는 뿌리를 삼남으로 생각하며 살고 있다는 생각이 들었다. 그래서 어디에서 태어났느냐니까, 용정이란다. 말이 격이 있고 상식이 있는 것으로 보아 학교 교육을 받은 것으로 보여, 용정 어느 학교에 다녔느냐니까, '용정 제1중학'에 다녔단다. 그러면 세전이벌을 아느냐니까 두 여인 다 모른단다. 그러면 비암산을 아느냐니까, 알 듯 모를 듯 고개를 갸웃이 한다. 그러니 일송정을 알 턱이 없다. 허, 이것 참 예상외다. 그래 윤동주는 아느냐니까, 이구동성으로 안다며 윤동주문학상이 학교에서 있단다. 아마 자식들 때문에 관심이 있었던가 보다. 전에 용정에 갔을 때, 거기 어느 조선족 아주머니에게 윤동주 시인 생가를 물으니, 윤동주를 모르고 있었다. 그 정도로 민족과 관련된 내용은 잘 모르고 사는 것이다. 그러면 해란강의 유래나 그 명칭에 대한 전설을 아느냐니까 모른단다. 그래서 이거 학교에서 민족 교육이 전혀 안 됐었나 보다는 말을 하며, 사과배나무 아래에서 나물을 캐는 연변 조선족 두 여인을 놓고, 해란강의 전설과 그 명칭의 유래를 이야기 해주었다. 그 여인들은 나물을 캐면서 고전 강의를 골똘히도 듣는다. 나도 이곳에 와서 책을 통해 알게 됐다는 말과 조선족 대학생들도 잘 모르더라는 얘기를 덧붙였다. 그랬더니 숙소의 음식은 어떠냐고 관심을 보이며, 교수님의 '민족 교학'을 잘 들었다고 고마워한다. 그래서 다 아는 것을 짐짓 모른다고 하고 들은 것 아니겠느냐고 하면서 나도 즐거운 시간을 갖게 되어 고맙다고 했다. 그러는 사이 시간이 많이 흘렀다. 그녀들의 나물바구니에 냉이가 가득하다. 나물 많이 뜯으라고 하고 되돌아서 내려오는데, 과수원 가장자리 언덕 이곳저곳에 한두 그루씩 복숭아꽃이 활짝 피어 있었다.

연대 서쪽 후문 앞으로 내려오는데, 두 여대생이 장구와 북을 메고 산 쪽으로 올라온다. 조선어를 주고 받으며 오고 있다. 그래서 동아리 풍물패냐니까 그렇단다. 한국 대학에도 그런 모임이 있다고 하니 반가워한다. 뒷산에서 연습을 한다며 "놀러 오세요."한다. 열심히 연습을 하라고 하니 "안녕히 가세요."한다. 어감이 좀 연변적이긴 해도 표준어 한국어를 잘 구사한다. 고마운 조선족 학생들이다. 내 것을 지키겠다는 모임이라 더욱 언어의 사용에까지도 신경을 썼을 터였다.

연대 정문 건너 슈퍼마켓에 갔다. 아침을 거른 탓인지 옆구리가 좀 결린다. 매일 기숙사 식당 채식만 주로 하니까 그러는가 싶다. 그래서 학생들이 즐겨먹는 '촬'串兒. 兒는 간체자로 쓰임.이라고 하는 꿰미를 사서 좀 입맛을 돋우고 싶은 생각이 났다. 전에 오징어 촬을 사서 먹은 적이 있다. 그 입구로 들어가니, 왼쪽에 촬 하나에 1·5元이라고 값을 매겨 놨다. 그 종류 중에 牛肉 꿰미가 있다. 그래서 "뉴러우이거뚜어샤오?" 하니 "이콰이우"라고 한다. 그것만 먹기가 뭐해서 작은 고량주를 하나 살까 하고 들어가서 고른다는 것이, 고려촌에 손이 간다. 그 용량이 얼마나 큰가 알기 위해, 겉 포장 틈으로 속을 본다는 것이, 그만 포장 뚜껑을 열지 못하게 붙인 상표를 뜯었다. 그것을 본 한족 점원 아가씨가 "뿌윤쉬따카이"라고 하는데, "팅부동"이다. 그래서 종이에 써보라고 하니, 옆의 점원이 도와서 써준다. 不允許打開開는 간체자로 쓰임.라고 쓴다. '윤쉬'는 '허락한다'의 뜻이고, '따카이'는 '열다'의 뜻이다. 그러니 사야 한다는 것이다. 16원짜리이다. 고려촌을 손에 들고 나오며, 牛肉面우육면의 牛肉의 중국어 발음이 어떻게 나는지 다시 확인하고 싶어서, 지나가는 한족 여대생에게 물어보았다. 그녀가 '니우뉴러우'라고 발음하기에, 전에 따촬디엔의 그 여주인이나 그 주변 사람들이 '유로'라고 한 그 '유'가 아니냐니까, 분명히 '니우뉴'이지 '유'는 아니라는 것이다. 그렇다면 그 여주인은 조선족임에 틀림없다고 생각했다. 그 한족 여대생에게 한국어를 어떻게 이렇게 잘 하느냐니까, "쉬에러이디엔디엔"學了—点点이라고 한다. 조금 배웠다는 뜻이리라. 하는 말이 같으면, 마음이 가까워지는가 보다. 순간 한족이라는 생각이 들지 않고, 같은 한국 사람처럼 동질감이 느껴진다. 언어라는 것이 이런 기능이 있는 것이다. 그러면서 한편으로는 애증이 교차하면서, 이곳 연변 동포들은 무수한 나날 그런 감정을 느끼며 살아왔을 것이라는 생각이 들었다. 그 여대생은 연대 사범대학 교육공기과에 다닌다고 했다. 그래서 조선족 사람들이 사용하는 대명사 '니'가 순수한 고유어로 '너'의 사투리인지, 아니면 한어인 니你에서 차용되어 편하게 양쪽으로 두루 사용하는 이인칭 대명사인지, 전부터 궁금하게 생각해 오던 터라 그녀에게 물어보았다. "닌

219

이거 좋아하지만, 난 싫어."라고 말하고서, 그때의 '니'가 무엇이냐고 하니까, 놀랍게도 중국어 '니'란다. 조선족 학생들에게 더 확인을 해 봐야 하겠지만, 민족어로서 가장 많이 사용하는 이인칭 대명사가 만약 중국어라면, 이것은 민족어의 중대한 문제다.

고려촌을 계산하고 나오면서, 두 개의 소고기 꿰미를 사가지고 숙소로 돌아왔다. 학생들이 기숙사 생활로 해서 입고플 때나 길가에 앉아서 맥주하고 즐겨 먹는 꿰미 안주에, 이곳에서는 제법 치는 담백하고 속에서 잘 받는 고량주 고려촌인데도, 어찌 혼자 먹는 술맛이 제대로 나지 않았다.

조선어 /
중국어(한어) / 한국어

8장

흐림 **5월 1일** 오늘은 노동절이다. 중국에서는 노동자들을 우선으로
하는 사회주의 국가이기 때문에 일주일을 온전히 쉬게 한다. 점심 후
감기 기운이 있어서 약을 먹고 한숨 푹 잤다. 오후 늦게 몸보신을
하려고 광명 사거리에 나가 개장국을 먹었다. 사거리 주변에 回收二手

機機는 간체자로 쓰임.라고 쓰인 표시가 많다. 그것의 '二'의 의미가 궁금하다. 그래서 휴대폰 가게에 가서 물어보니, 중고품의 中古의 뜻이란다. 다니다 보면 이곳 거리 곳곳에서 뿨루어波羅 / 羅는 간체자로 쓰임. 즉 파인애플을 파는 장수들을 볼 수 있다. 파인애플을 나사모양으로 깎아서 그것을 길이로 여러 조각을 내어 나무젓가락에 꽂아 하나에 1원씩 판다. 길을 가다 목이 마를 때, 그것을 하나 사서 먹으면 갈증이 해소된다. 목이 말라 그것 하나를 사서 먹으며 오다가 연대 부근 라경羅京호텔, 중국어로 루어징판디엔의 음식점에 들어가서 음식 값을 알아보았다. 음식은 주문식인데, 요리 종류에 따라 한 접시에 30원 내지 40원 내외였다. 보통 5인이 원탁에 앉아 다섯 가지 정도의 요리를 주문하고 술과 면 종류를 시킨다고 해도 250元에서 300元이면 먹을 수 있을 것 같았다. 술은 고급 고량주, 가령 고려촌 큰 병 하나에 40원 정도 한다. 청도맥주가 싼 것은 한 병에 5원 하고, 고급은 10원 한다. 생선 도미 한 마리의 회 값이 45원이다. 이 정도의 요리는 비싼 요리에 속한다고 보였다. 나보고 한족 안내원 처녀가 중국어로 뭐라고 하는데, 하도 빨라 알아들을 수가 없다. 그래서 써보라고 필과 종이를 주니, "就你一个人吃飯嗎?"飯과 嗎는 간체자로 쓰임.라고 쓴다. 이것은 '지우쥬니이거런츠판마'로 "곧 너 혼자 밥을 먹을 것이냐?"라는 의미이다.

연대 정문을 들어서서 도서관 쪽으로 가는 중인데, 앞서가는 두 여대생이 뭐라고 조잘댄다. 가까이 가서 들으니 조선족 학생들이다. 그런데 말이 하도 빨라 잘 알아들을 수가 없을 정도이다. 그래서 일부러 학생들을 불러 세웠다. 조선족이냐니까 그렇단다. 조선어를 하니 반갑

다. 그래도 민족어를 조선족끼리 한다는 것은 핏줄을 의식한 것이 아닌
가. 그러나 말의 속도가 도무지 민족어는 아니다. 그것은 중국어이다.
그래서 다음과 같은 얘기를 해주었다. 여러분은 국적이 중국이니 중국
어를 하는 것은 당연하나, 사적인 경우에 민족어인 조선어를 할 때는
민족어답게 말을 해야지 중국어처럼 말을 해서 되겠느냐면서 그 속도를
늦추어 제대로 된 조선어를 말해야 한다고 일러주었다. 아울러 조선족
끼리 모인 공적인 자리나 한국 사람들을 상대할 때에는 연변 사투리를
사용하지 말고 표준어를 써야 한다는 말을 해주었다. 그렇게 하려면
표준어를 잘 할 수 있도록 공부를 해야 한다. 봐라. 한족들은 한국어를
얼마나 잘 하느냐. 그러니 TV를 통해서라도 한국의 표준어를 잘 익혀야
한다. 앞으로 더욱 넓은 세상에서 반도의 사람들과 교류를 할 것이
아니냐고 미래의 삶에 대한 지평을 이야기해주었다. 무슨 과냐고 하니,
한어과 중어중문학과 란다. 그러면 헤어질 때의 인사를 해 보라고 하자, "안
녕히 가시오." 한다. 그래서 표준어는 '안녕히 가세요. 안녕히 가십시오'
등으로 말한다고 하며, 다시 인사를 하라고 하니까, 웃으며 억양도
표준어에 가깝게 "안녕히 가세요." 한다. 그렇다. 이렇게 교육을 하면
바르게 되는 것이다. 또 조선족 학생들이 그런 교육에 대해 조금도
불쾌하게 생각하지 않고 순순히 응한다는 사실을 여러 번 경험하고
있는 것이다. 그러니까 그들은 제대로 된 민족어의 교육을 받았다고
보기는 어려울 것 같다. 이게 표준어니 그렇게 말을 하라고 하면, 따라서
정확하고 어감도 부드럽게 말을 하는 것이다.

223

☀ 맑음 **5월 2일**   아침에 일어나니 창밖에 안개가 자욱하여 시야가 안 보인다. 식당으로 가는데, 경비 신씨 아저씨가 오늘은 안개가 끼었으니 날이 좋을 거란다.

오늘은 점심을 먹은 후, 모아산에 산책을 나가기로 결심을 하고, 모자와 색안경과 사진기를 챙겼다. 식사 후 물 한 병을 들고 서시장 근처로 갔다. 그 주변에 종이 상자에 강아지 새끼, 토끼 새끼 등을 놓고 파는 아저씨, 아주머니가 있는가 하면, 찌든 듯이 보이는 오징어 예닐곱 마리를 놓고 오징어 사라고 기어들어가는 소리로 말하는 조선족 할머니도 있고, 한쪽에서는 촬점串児店에서 대나무꼬챙이에 꿴 오징어 조각, 쇠고기 조각, 찹쌀 새알심, 두부어묵조각 등등을 파는 중국 상인들도 있다. 그 앞에서 꿰미 하나씩 들고 먹는 사람들로 북적댄다.

서시장 건너 정류장에서, 나물캐던 검은 안경 여인이 일러준 대로 1선을 타기로 했다. 43번도 모아산으로 가는데, 이 노선은 산 밑까지 가기 때문에 산책하기에는 적절치 않다는 것이다. 잠시 기다리니 1번 꿍꿍치처가 온다. 차에 오르자, 가방을 멘 여학생 하나가 자리를 내어준다. 그래서 조선족 학생이냐니까 그렇단다. 반갑다. 어느 학교에 다니느냐니까 연길 제1중학고등학교에 다닌단다. 거기라면 나도 안다고 하며, 오늘 노동절인데 학교에 갔느냐니까, "수영장에" 한다. 말씨가 좀 거슬린다. 한국 학생이라면 "수영장에요."라고 했을 것이다. 잠시 침묵이 흐르더니 "한국에서 왔스까?" 한다. 그렇다고 대답한 후에 그 학생에게 '왔스까'를 '오셨어요'나 '오셨습니까'로 바꾸어 말하는 것이 바른 표현이라고 하니, 수줍게 얼굴을 붉힌다. 그러더니 학교에서 한어漢語를 주로 배우고, 조선어는 명작을 읽는단다. 그래서 문법을 배우지 않느냐 니까, 그런 교육이 없어서 어법을 잘 모른단다. 그렇다면 표준어인 한국어를 TV를 보고라도 익히고 많이 배우라고 일러 주는 가운데, 그녀가 내릴 곳이어서 그 이상 더 얘기를 나눌 수가 없었다. 종점에서 내려 모아산 쪽으로 찻길을 따라 걸어가며 곰곰이 아까 그 여학생의 말을 어법적으로 분석을 해보았다. 그 대화의 상황 요인으로 볼 때에 청자[상대]는 나이가 많은 어른이고 낯선 사람이다. 화자는 고등학교 학생이다. 그 두 사람 사이에는 오직 상·하라는 사회적 요인만이 민족어의 규범에 강한 영향력을 행사한다. 물론 친소의 요인이 있다고 는 하여도 나이의 요인 때문에 영향을 거의 주지 않는다. 준다고 하여도 화계상 높임의 어형 선택에 영향을 주는 것 이상은 없다. 그러나 연령이 라는 요인이 그 일을 행사한다. 그런 상황에서 그 문장의 주체는 상대인 청자이니, 나이로 볼 때에 존자로서 민족어의 문장이라면 당연히 '-시 -'라는 어형이 선택되어 '왔스까'의 어간 '오-' 바로 뒤에 붙어서 '오셨스까'가 되어야 한다. 이것이 한국어의 경어법에서 소위 주체존대 법이라는 것이다. 그렇게만 된다고 바른 표현이 된 것은 아니다. 왜냐하 면 화자와 청자의 관계에 대한 어법적인 문제는 여전히 남아 있기 때문이다. 민족어의 경어법에서 청자가 나이가 아주 많으면, 화자는 자신을 낮추는 어형을 선택해서 말을 해야 한다. 그것은 문장의 끝에 표현된다. 그러니 '오셨스까'의 '-스까'에 문제가 있는 것이다. 이 '-스까'는 의문형 어미 '-까'에 조음소 '으/스'가 들어간 것이라서 윗사람를 우대하는 표현은 아니다. 연변 사투리로 '-슴까'가 있는데,

이 표현에는 '－습니까'의 준말 형태 'ㅁ ㅂ'이 남아서 그런대로 자기를 낮추고 상대를 높이는 표현이 되겠는데, 그 '－스ᅌ까'에는 그런 우대의 형태가 들어 있지 않다. 그러니 '오셨스까'에 '－ㅂ니－'를 넣어 '오셨습니까'로 해야 바른 표현인 것이다. 따라서 연길 제일 중학 그 여고생은 나에게 "한국에서 오셨습니까?"로 표현했어야 바른 표현이다. 그렇게 표현하면 민족어의 특성 중 하나인 경어법으로서 주체높임법과 상대높임법을 잘 지켜 말한 것이 된다. 이런 어법 교육이 이 조선족 자치주에서 제대로 실시되지 않고 있는 것이다. 내가 연변에 올 때부터 화두로 삼고 온 것이 바로 그와 같은 현상을 밝히려는 것이었다. 누가 학교에서 문법 교육이 필요 없다고 하는가. 이곳에 와서 내가 절실하게 느낀 것 중의 하나가 바로 민족어의 규범 교육이란 것이다. 누구라도 한번 와서 체험을 해 봐라. 어법 교육이 불필요하다고 감히 주장할 수 있겠는가.

길가 주변의 나무들에서 파릇파릇한 잎사귀가 솟아나고 있다. 길 언덕의 밭가에 복숭아나무가 꽃망울을 터뜨리며 아름다운 자태를 한껏 뽐내고 있다. 드물게 벚나무 꽃들이 만개하여 화사하다. 저만치 비탈진 언덕에서 나물을 캐는 아낙이 있다. 가까이 가서 "조선족 아주머니시죠?" 하니 그렇단다. 조선족이나 나물을 뜯지, 한족들은 그런 일이 없다는 말을 들었다. 60대는 되어 보이는 아주머니인데, 길림성 안도현에서 와 연길에서 산단다. 한국에서 왔느냐고 하기에 그렇다고 하니, 왜 혼자 다니느냐고 한다. 이것이 바로 우리 동포인 것이다. 나들이를 할 때는 부부가 동반해야 하는 것이다. 잠시 한국에 갔다 곧 올 것이라는 말을 했다. 자기는 아직 한국에 가보지 못했다고 하기에, 언젠가는 왕래가 쉬워지지 않겠느냐고 했다. 지금 뜯는 것이 무엇이냐니까, '씀바구귀'란다. 내가 보기에는 민들레다. 그건 씀바귀가 아니고 민들레라고 하니, 이곳에서는 민들레를 그렇게 부른단다. 씀바귀는 봄철 입맛을 돋우는 쌉쓰레한 나물인데 민들레도 그러냐고 묻자, "민들레도 쓰것습습다."라고 말한다. 그것은 "민들레도 쓴 것입니다."라는 말이다.

그 아주머니를 뒤로 하고 계속 길을 가자니, 길가에 제비꽃이 피었다. 고향생각이 난다. 그 꽃으로 반지도 만들고, 그 열매로 보리밥, 쌀밥 하던 시절이 생각난다. 이곳이 바로 반도의 삼남이다. 여기라고 다를 것이 없다. 어디선가 날아온 나비 한 마리가 길가를 따라 나를 반기는 듯 앞서 한참을 간다.

연길조선족민속원을 지나 계속해서 산 속으로 들어가니, 길가 반대 방향에서 처녀 셋이 모아산을 갔다가 내려오고 있다. 모아산 가는 길에서 사진 한 장을 남기고 싶다. 그들에게 부탁을 하니, 키가 가장 작은 처녀가 사진기를 받아 든다. 기계를 다루는 것이 서툰지 누름단추를 확인하고 다시 자세를 취하여 사진을 찍는다. 내가 사진이 잘 찍혔나 확인을 하자, "된뒌까?" 한다. 그 말에 내 귀가 번쩍한다. 이게 무슨 소리야. 그래서 '된뒌까'가 무슨 말이냐니까, 옆의 처녀가 '되었나요'라는 뜻이란다. 그래서 그 말을 한 처녀에게, 그러면 그와 같은 의미의 중국어는 뭐냐고 묻자, "하오마?"好嗎 한다. 그러면 '된까'는 중국어와 다를 바가 없지 않느냐고 물었다. '되-'는 어간으로 '하오'好와 대응되고, '-ㄴ-'은 과거형 '-었-'의 준말로 보이고, '-까'는 의문형어미로 의문표시

227

조사 '마'嗎와 대응되지 않느냐고 설명을 해주었다. 그 말이 이러하다면 우리 민족어라고 볼 수 없지 않느냐고 말했다. 민족어의 특성인 존경의 표시 '-습니-'가 없지 않느냐, 연변 사투리로 말한다고 하더라도 '-슴-'의 존경의 표시가 없지 않느냐, 어른 앞에서 대우의 표현이 없는 말을 우리말이라고 할 수 있겠느냐 등등의 말을 하면서, '된뛔까'의 말을 "됐습니까?"로 표현해야 되지 않겠느냐고 했다. 그러면서 민족어의 본질이 파괴되면 민족이 와해되므로, 표준어를 익혀야 한다고 말했다. 그런 후에 표준어가 뭐냐고 물었다. 처음에는 북한어라고 하다가 그러면 북한과 지금 의사소통이 되고 있느냐니까, 바로 한국어 서울말이라고 돌려 말한다. 알았으면 공적인 자리나 지금처럼 어른 앞에서는 표준어를 사용해야 한다고 일러주었다. 대학에 다니는 것 같아 연대에 다니느냐고 하니까, 그렇다고 하며 이공학원 마취과 06학번이란다. 이름이 뭐냐고 묻자, 사진을 찍은 학생은 '김홍'이고, 그 옆 학생은 '권미옥'이라고 했다. 나머지 한 학생은 한족 학생이었다. 표준어인 서울말을 익히라고 말해주었다. 이구동성으로 "예." 한다.

그들과 헤어져 십여 미터도 가기 전에, 한줄기 세찬 바람이 불어와 머리에 쓴 모자를 길 저 아래 계곡으로 날려 보낸다. 갑자기 무슨 일인가 싶다. 어렵게 비탈을 내려가 가까스로 모자를 집어 들고 오르려니, 문득 어떤 느낌이 들었다. 선구자께서 "너 연변 보고를 똑 바로 잘해라."라고 바람으로 채찍질 하신 게 아닌가 하는 생각이 들었다. 저절로 선구자의 노래가 흥얼거려졌다.

울창한 송림 사이로 난 찻길을 가노라니, 길 건너 반대쪽에서 두

부부로 보이는 남녀가 오고 있다. 여인은 탐스럽게 핀 진달래꽃을 꺾어 손에 쥐고 있다. 모아산에서 장수의 아들이 진달래를 꺾다가 아버지가 뿌리는 불씨에 타 죽었다는 모아산帽兒山의 전설이 생각난다. 용드레우 물가에 장수라는 사람이 살았는데, 흑룡이 용드레우물 속에 들어가 마을을 괴롭히니, 마을 사람들이 살 수가 없었다. 하루는 백두산에 산다는 노인의 말을 듣고, 힘이 가장 센 장수가 마을을 구하기 위해 동해 용왕에게 가서 사정을 얘기하여 청룡을 타고 오니, 흑룡이 땅속으로 도망쳐 북산으로 갔다. 마침 그때 북산에서 진달래를 꺾고 노는 아들이 있었으나, 장수는 마을을 살리기 위해 어쩔 수 없이 흑룡이 있는 그 북산에 불씨를 뿌리지 않을 수 없었다. 그래서 흑룡은 재가 되고, 장수의 어린 아들은 찾을 수 없었다. 다만 그 아이의 모자만이 외로이 산봉우리에 남아 있었다. 그 후 다시는 흑룡의 해를 입지 않게 된 마을 사람들은 이 산을 모아산이라고 불렀다고 한다.

2시 20분쯤에 모아산 아래에 도착했다. 43번을 타고 왔으면 벌써 도착했을 텐데, 한 시간 가까이 걸어서인지 발이 뻐근하다. 밑에서 모아산 정상까지는 한 30분 정도 걸릴 거란다. 내가 보기에도 서울 남산 보다는 조금 높은 것 같고, 삼각산 보다는 좀 낮은 것 같다. 할머니들도 오르는 것을 보니, 그렇게 험한 길은 아닌 것 같다. 그렇더라도 이미 한 시간 이상을 걸었으니, 오늘 운동으로 봐선 이 정도면 될 것 같기도 하지만, 언제 또 올 기회가 있을지 기약할 수 없기에 무리가 되더라도 올라가기로 했다. 가지고온 물 한 병은 거의 바닥이 날 것 같다. 기왕 내친김에 계속해서 오르기로 했다. 중턱까지는 완만한

229

경사다. 50대로 보이는 부인 서넛이 앞서 거북이걸음으로 오르면서, 조선어로 이야기를 주고받는다. 나의 귀가 자연 그쪽으로 쏠린다. 대충 들리는 대로 요약하여 말씨만 정리하면 다음과 같다. '-지. -스까? -오. -ㄴ다. -어.' 등이다. 말을 들어보니 그들은 동료 사이이다.

산 중턱 위로부터는 가파르다. 그러나 심한 정도는 아니다. 정상 가까이서 학생들로 보이는 몇 명이 사진을 찍고 있다. 조선족이다. 그래서 그 중 한 처녀에게 부탁하여 사진을 찍고 사진기를 돌려받는데, "한국인이까?" 하는 것이다. 바람결에 들은 말이라 잘못 들었나 싶어서 지금 나한테 '한국인이까'라고 말했느냐, '한국인입니까'라고 말했느냐고 물으니 '한국인입니까'라고 했다는 것이다. 그렇다고 하더라도 어른을 보고 한국 학생이라면 그렇게는 말하지 않았을 거라는 생각을 했다. 주체에 대한 존대의 어형 '-시-'가 빠진 것이다. 한국의 청소년이라면 틀림없이 "한국인이십니까?"라고 말하지 않았겠는가.

산 정상에서 바라보니, 시야가 안개 낀 것처럼 아스라이 보이는데, 남쪽으로 저 건너 들 가운데 용정이 있고, 거기서 얼마 떨어지지 않은 곳에 작은 비암산이 검게 그 모습을 드러내고 있다. 저 멀리 산들은 구릉으로 겹겹이 물너울처럼 퍼져 나갔다. 비암산을 휘돌아 세전이벌로 향해 내려온 해란강은, 용정을 지나 구불구불 뱀처럼 이쪽 모아산 쪽으로 흘러오다가 가까이에서 휘어, 저 아래 동쪽 산 밑으로 돌아나간다. 해란강 위쪽으로 연길에서 용정으로 가는 고속도로가 곧게 뻗어 있고, 그 우측 구릉은 온통 사과배과원으로 끝없이 이어진다. 이것이 그 유명한 만무과원이다. 북쪽으로는 연길 시내가 한눈에 보인다. 내가 있는

230

연변대학교도 보일 것만 같으나, 바람이 세고 나무가 울창해서 정상에 서 보기가 쉽지 않다. 사진 두어 장을 찍고 하산하는데, 앞에 할머니, 손자, 아들 내외 이렇게 3대가 나들이 나왔다가 내려가는 중이다. 내가 이런 좋은 기회를 놓칠 리 없다. 오늘 아침만 해도 오늘은 아무 생각 없이 산책만하리라, 그래서 피곤한 몸을 추스르리라 했건만, 결국은 버스를 타면서 그 결심은 이내 무너졌던 것이다. 중턱 가까이까지 내려 오는 중에 손자가 나뭇가지에 매달리다 떨어져 손 등이 긁히고 흙이 묻었나보다. 앞서가던 아버지가 아들에게 "일없다." 한다. 며느리는 시어머니에게 물티슈를 달라고 "…주쇼주시오." 한다. 시어머니가 더 주려고 하자, "됐습다." 한다. 내가 그 옆에서 머물러 내려가지 않자, 가라고 비켜준다. 그래서 나도 좀 쉬는 중이라고 하며 그들의 대화를 계속 듣는다. 시어머니가 며느리에게 뭐라고 하는데, "…해라."라고 끝말만 들린다. 산 중턱 연변 지진대 관측소 앞에 이르자, 며느리가 시어머니에게 물티슈를 더 달라고 "없습까?" 하니, 빈 봉지를 보인다. 여기까지 듣고는 앞서서 내려오며, 고부간의 대화에서 시어머니는 해라 체를 쓰고, 며느리는 시어머니에게 합쇼체를 쓰기도 하고 하오체를 사용하기도 한다는 사실을 알게 되었다. 며느리가 쓰는 '−습까'와 '−습다'는 '습니까'와 '−습니다'의 준말로 연변 사투리라고 생각되는 데, 며느리의 '하시오'는 한국어의 화계로는 하오체에 든다고 보인다. 다만 주체존대의 어형 '−시−'가 거기에 들어가서 상대를 조금 더 높이는 정도지 '하십시오'는 아닌데, 이곳 연변에서는 그 '하시오'가 아주높임으로 합쇼체의 화계로 쓰이고 있는 것이다. 이것도 연변 사투

231

리이거늘, 표준어 교육으로 바로 잡아야 한다. 사실 외부 손님에게 깍듯이 예우한다고 "이거 드시오."라고 했을 때, 청자는 왠지 묘한 느낌이 들 것이다. "이거 드십시오." 또는 "이거 드세요." 하는 것이 표준어이다. 산 밑 43번 종점 앞에 음료수 가게가 있다. 목이 말라 들어가서 5원짜리 칭따오피지우 청도맥주를 달라고 하여 목을 축이고 있는데, 앞에 앉은 사람들이 해바라기씨를 다람쥐처럼 맛있게 까먹고 있다. 연길에서는 길 가며 흔히 볼 수 있는 풍경이다. 웬만한 상점에서도 '과절'이라고 하여 여러 가지 씨앗을 판다. 그래서 나도 1원을 주고 과절을 한 봉지 샀다. 이때 옆의 의자에 초등학생으로 보이는 소년 하나가 앉아 병에든 단물을 마신다. 몇 학년이냐니까 "오학년요." 한다. 몽롱해지는 정신이 번쩍 든다. 이 학생은 '요'를 붙여 말을 한다. 그래서 어느 학교에 다니느냐니까, "하남 소학교." 한다. 이거 실망이다. "공부 잘 해요?"하고 '요'를 붙여 말을 하니, "중등생." 한다. 여전히 존의의 표시가 없다. 그러면 앞으로 우등생이 되도록 열심히 공부해야겠다고 하니, 말 대신 고개를 끄덕끄덕한다. 그래 중등생 아래는 열등생인가 하니까, 역시 "차등생." 한다. 잠시 쉬더니 형인가가 부르니까, "가겠슴다." 하고 말하며 자리를 비껴주기를 기다린다. 처음 무의식 중에 나온 듯한 '요'와 나중에 의식적으로 말한 '−슴다'가 아니었으면, 서운할 번한 말을−아니 전에 공원소학교에서 확인이 되었기에 이미 예상은 했었지만−손자뻘 되는 아이한테 듣게 되니까, 다시 한 번 우리 민족어 의 어법 교육에 대한 필요성을 절감했다.

하산한 등산객들을 빼곡히 태운 43번 버스는 모아산을 벗어나 시내로 향했다. 중간에 여차장에게 "취신화수디엔마?"하니, "뚜이"'뚸이'가 바른 발음임. 내 귀에 그렇게 들렸을 수가 있음. 한다. 하남교를 건너서 중심가에 가까이 왔다싶어 여차장에게 "신화수디엔다오러마?" 하니 "메다."라고 응답한다. '메다'가 무슨 뜻인지 알 수 없다. 정말 중국인들이 자주 사용하는 '팅부동'이다. 그래서 혼잣말로 "메다가 뭐야?" 하니, 옆의 조선족 중년 남자가 '메이다오'를 그렇게 말한다며 아직 도착하지 않았다는 뜻이란다. '메이다오'라면 나도 알 수 있다. 沒到를 그렇게 말한다. 중국어에 익숙해진다는 것이 참 어렵다. 방향을 광명 신화서점 쪽으로 잡은 것은 영향을 보충하기 위해서다. 먹는 것이 고작 기숙사 밥이다 보니, 요새는 자주 몸에 허한 기를 느낀다. 가자, 매화집으로.

☀/☁ 맑고 흐림 **5월 3일**　오늘은 온종일 기숙사 방에서 보냈다. 어제 등산도 있고 해서 피곤도 하고, 나갈 때마다 언어 문제로 씨름을 하고 들어오면 몸이 무거워지니, 그냥 별 생각 없이 지내고 싶다. 그러나 컴퓨터 앞을 떠나기가 쉽지 않다. 시간은 벌써 오후 4시 30분이 넘어가고 있다. 곧 저녁 식사 시간이다.

　일찍 자리에 들었다.

☀/☁ 맑고 흐림 **5월 4일**　오늘은 지난 3월에 작성한 초안의 설문지를 컴퓨터에 입력하는 작업을 했다. 오전에 교사에게 하는 설문지를, 오후

233

에는 학생에게 하는 설문지를 각각 설문항마다 적절한지 점검하고, 설문 항목의 답변 내용도 타당한지 살펴서 가감을 하였다. 그 설문에 연변 자치주 조선족의 언어에 대한 인식, 교육, 정책 등의 다양한 질문을 담았다.

　이곳은 중국이고 북한과의 관계도 고려해야 한다. 중국 당국이 연변 자치주를 허용하여 아무리 민족어를 보존하는 정책을 편다고는 하지만, 외국인이 하는 설문이니 민감한 사안이 아닐 수 없다. 과연 설문이 가능할는지도 모를 일이다. K 교수가 여러 학교 교사들과 폭넓은 관계가 있다고 하여, 3월에 도움을 받기로 얘기는 되었다. 그러나 아직 구체적인 상의를 하지 않았으니, 금일 내로 만나보아야 할 것 같다.

　오후에 컴퓨터 앞에 앉아 있는데, 누가 방문을 두드린다. 방문을 여니 전에 통신 카드를 설치한 사람이란다. 전에 본 김경문이라는 그 조선족 이동통신 대리점을 운영한다는 사람이다. 어쩐 일이냐니까 그때는 미안했고, 상부에 보고는 했는데 아직 결과가 내려오지 않아, 10분짜리 카드 5장을 가져왔으니 쓰란다. 그러면서 책상 위 전화기에 국제전화 번호 입력과 카드 번호를 입력하는 방법을 가르쳐준다. 한동안 까마득히 잊고 있던 일이다. 그때 남은 몇 분을 쓰고는 끝난 줄 알았더니, 신용을 지키고자 찾아온 것이다. 동족으로서 이국땅에서 살고자 몸부림치는 것을 생각해서, 더 이상 전화를 하지 않을 것이니 알아서 조치를 취해 달라고 하고는, 그것으로 매듭을 지었던 것이다. 역시 내 동포였다. 동포의 이런 신용을 잊지 않을 것이고, 많은 사람들에게 이 이야기를 전하겠다고 하며, 이것으로 만족한다는 표현을 했다.

234

몸이 자꾸 까부라진다. 기운이 떨어지고 몸이 편치 못하다. 이러다 병이 나면 안 된다. 몸이 우선이다. 그러면서도 마음 한 구석이 환히 밝아온다. 매화집으로 가자.

보신탕이 내 몸에 받아서, 한 그릇을 먹으면 속이 편하고 든든하다. 전에 말했지만, 매화 집의 개장국은 한국의 그것과는 달리 그렇게 걸지도 않고, 비교적 갈타운·'갈탑다'는 충청도 사투리임. 느끼하지 않고 깔깔하다는 뜻임. 음식이다. 그리고 양념장이 특이해서 국에 넣으면 얼큰하면서도 역하지 않은 개장 고유의 맛을 낸다. 기름에다 볶은 중국 음식을 먹다, 매화집에 와서 한 그릇을 먹으면 속이 그렇게 좋다. 그리고 배추김치와 깍두기처럼 썬 무김치가 접시에 담겨 나오는데, 그 맛이 먹을 때마다 여일하다. 얼큰하고 새콤하며 약간 다다분한 맛이 한마디로 개장국에는 딱이다. 이만한 토속 민족 음식도 찾기 어렵다. 요새 들어서는 일주일에 두 번을 먹어도 질리질 않는다. 그러니 다른 음식 먹을 여지가 없다. 10원이면 한 그릇 잘 먹는데, 그 돈 가지고 이보다 더 잘 먹을 음식이 없다. 그보다 비싸다고 하여도 서울에서 먹던 습관, 가락이 있으니 사 먹을 판이다. 처음 연길에 오던 날, 원장이 잘도 안내해 주셨다. 앞으로 연길의 생활을 짐작하고, 미리 몸보신 음식점을 안내해 준 것이리라. 곰곰이 생각해보니까, 그 배려가 한없이 고맙다.

공원교를 건너오는데, 하늘에서 십여 마리의 새들이 팔자를 그리며 오르락내리락 한다. 자세히 보니 제비다. 연변에 와서 처음 보는 제비다. "강남 갔던 제비가 다시 오며는, 이 땅에도 봄이 온다네."라고 하는 노랫말처럼 제비가 그 먼 곳에서 반도의 삼남에 왔듯이, 여기에도 봄을

235

안고 바다 건너 날아온 것이다. 한참을 바라보노라니, 지나가는 아주머니도 제비의 군무를 올려다본다. "아주머니 제비지요?" 하니 "예." 한다. 우리 동포다. 뜨거운 동족의 피가 흐른다. 그 조선족 아주머니도 나와 같았으리라. 이곳에서는 동족이라는 것이 서로 확인되면 자연히 그런 느낌을 갖게 된다.

☀ 맑음 **5월 5일**   아침 식사 중 예술 학원에서 연출과 강의를 한다는 서울의 모 교수가 언제까지 이곳에 머물 것이냐고 묻는다. 이번 학기만 있다 귀국할 거라고 하니까, 일 년을 생각하고 왔는데, 자기도 요 학기만 마치고 돌아가고 싶다는 말을 한다. 이곳의 환경이 서울만 같지는 않다. 그나 나나 나름대로 생각한 바가 있어 온 것이다. 그러나 한 두어 달 지내고 보니, 사실 그런 생각이 들만도 할 것 같다. 환경에 따라 사람마다 하는 일이 다르고 취향이 다를 수 있기에, 생각이 내키는 대로 살 수뿐인 없다.

식사 후 아침 산책을 나섰다. 교정을 거닐다가 정자가 있는 뒷산 쪽으로 방향을 잡았다. 정자에 오르니 기둥에 무수한 낙서가 쓰여 있다. 그 중에는 연대의 리화가 작년 12월에 연인에게 남긴 하트 속의 '난 널 사랑해' 글씨가 선명하다. 이 문구를 보게 되니, 젊었을 때 읽었던 헤르만헷세의 '청춘은 아름다워라', '크늘프' 등이 떠오른다. 자연의 품에서 마냥 취해 살던 시절이 이젠 부럽기도 하다.

산 밑 공터에 부부가 마늘을 심고 있고, 그 옆에는 대여섯 살 쯤 보이는 형제가 놀고 있다. 마당만한 밭 한쪽에는 이미 마늘이 한 뼘은 자랐다. 지금 심는 마늘은 가을 마늘이냐니까, 그럴 수도 있겠지만 하고 말을 얼버무렸다. 찬거리로 심는 것이라 생각되었다. 지난번 모아산에 갈 때, 안도현 할머니의 씀바귀가 생각이 나서, 다시 확인을 하였다. 그랬더니 이곳 사람들은 민들레와 반도의 씀바귀를 혼동하여 사용한다는 것이다. 민들레도 씀바귀처럼 씁쓸하여 연변에서는 나물로 먹는단다. 굳이 식별을 하여 말하면 반도의 씀바귀는 연변 사투리로 '세투리'란다. 이 나물도 반도처럼 이곳에서 자라고 뜯어서 먹는단다. 이제좀 분명해졌다. 그러면 그렇지, 반도의 민들레를 같은 동족으로서 모를리가 없는 것이다. 그런데 그 두 아들 중 한 녀석이 "어머니." 하고 말한다. 이곳에서는 내가 어렸을 적 사용했던 그 '어머니'의 말을 지금도 그대로 사용하는 것이다. 이어서 그 녀석의 계속된 말 가운데 '아버지'의 말소리도 내 귀에 들어온다. 시간이 한 반세기는 뒤로 흐른 듯하다. 교회에 다니는지, 아버지가 아들에게 이런 것을 만든 사람은 하느님하나라고 말한다. 그래서 제비꽃을 하나 뽑아 주며, 이 꽃이 뭐냐고묻자 모른다고 한다. 아이는 그렇다고 치고, 그 아이의 부모도 모른단다. 이곳에서는 모르는 꽃이 많단다. 그래서 이 꽃은 제비꽃이라고 하는데, 반도에서는 책에도 나와 있고 많이 알려져 있어 아이들이 소꿉장난을할 때에, 그 열매로 보리밥, 쌀밥을 지으며 논다고 했다. 연변 조선족에게는 과거 생활의 조건이 나물이나 풀의 세세한 구분이나 명칭에 관심을 갖게 할 여유가 없었나보다는 생각이 들었다. 그들은, 이곳에 정착하면서부터 일제의 탄압을 거쳐, 이민족으로서 살면서 긴장 속에서 무엇

237

에 쫓기는 듯한 삶을 살지 아니 하였겠나. 그러니까 반도처럼 느긋한
여유로움을 누리기 어려웠을 것이다.

주변에 벚꽃, 복사꽃이 활짝 피어 있고, 홍매화인지 꽃망울이 가지에
구슬처럼 촘촘히 달려 있다. 저쪽 둔덕의 과원에 사과배꽃은 아직 피진
않았으나, 가지가 옅은 연두색을 띤 것으로 보아 곧 꽃망울을 터뜨릴
것으로 보인다.

내려오면서 한족 학생을 만났다. 그냥 지나칠 수 없다. 그래 중국어가
하도 빨라 '팅부동'이니, '천천이 말하여라'를 '쉬쉬 수어'徐徐說처럼
말해도 되느냐고 물었다. 한국어를 조금은 알아듣는 것 같기도 하다.
한두 단어로 한국어를 어눌하게 한다. 그러면서도 의사 표현이 잘 안
되는지 중국어로 말을 한다. 역시 '팅부동'이다. 마침 뒤에서 한 노인이
산책을 하고 내려오다 우리의 이야기를 듣고, 번역을 해서 중국 학생에
게 말한다. 그분은 조선족이다. 그의 말로는 그 말은 '만만지앙장'慢慢講
이라고 해야 한다는 것이다. 중국인 학생도 그렇게 발음하며 "뚜이,뚜
이"한다. 그래서 내가 '만쩌우'안녕히 가세요의 慢은 안다고 말하며, 그러면
'만만수어'도 되느냐니까, 문어와 구어의 차이지 된다는 것이다. 그렇다
면 왜 '만만'은 되면서 '쉬쉬'나 '쉬후안'徐緩은 안 되느냐니까, 중국사
람들은 일반적으로 '만만'으로 말한다는 것이다. 자전에서는 '쉬쉬'는
부사이고, '쉬후안'은 형용사이다. 그러니 '쉬쉬'는 사용될 수 있을
것 같다. 그처럼 언어라는 것은 그 사회의 오랜 관습이기 때문에 이론적
으로 따져서만 될 일은 아니고, 그 언어를 배우려는 사람은 결국 그
사회에서 경험을 통하여 배우는 것이 가장 확실한 방법이라는 것을

다시 한 번 확인하는 시간이었다.

　말쑥한 차림의 그 조선족 노인은 연변대 법학원에서 교수를 하다가 정년퇴임을 했다는 것이다. 그래 이곳에 와서 생활하다 보니까 중국어의 듣기가 참 어렵다는 말을 했다. 특히 말이 너무 빨라 배우기가 쉽지 않다며, 그런 현상이 조선어에도 영향을 주어 조선족의 조선어도 알아듣기가 쉽지 않다는 말을 했다. 그러자 그 노인은 그뿐만이 아니라고 했다. 조선어에는 중국어를 직접 끌어다 섞어 쓰는 경향이 지나쳐, 가령 맥주 달라는 말을 '삐쥬'라는 말을 써서 달란다는 것이다. 우리 민족어는 말의 속도가 중국과 달라 여유를 가지고 하지 않느냐고 말하면서, 그런 차용 문제와 함께 말의 속도 문제도 교육적으로 해결할 수 있지 않겠느냐고 말했다. 그랬더니 내 신분을 묻기에 간단한 소개를 하였다. 그러자 조선어에 대해 작은 논문이라도 써서 그런 생각을 발표하여 주면, 이곳 조선어 교육에 많은 도움이 될 것이라고 신신 당부의 말을 했다.

　숙소의 방에 들어와서 간편복으로 갈아입기 위해, 인경을 침대에 놓고 윗옷을 앉아 입는다고 침대에 앉으려는데, 이물질을 깔고 앉는 느낌이 들며 딱 소리가 나는 듯하다. '아차, 내 안경' 하고 보니 안경다리가 떨어져 나갔다. 이거 낭패로다. 이국땅에서 눈을 밝혀줄 유일한 물건이 망가지다니. 출국하기 전에 여분의 안경을 하나 더 맞춰가지고 나갈까 하는 생각이 들긴 했어도, 현실에 당한 일도 아니고 다른 것에 신경을 쓰다 보니까, 미처 거기가지 신경을 쓰지 못했다. 막상 무슨 일이 있더라도 감기약이 외국 현지에도 있듯이 다른 것도 그러려니 생각했을 것이다. 그러나 막상 이런 일을 당하고 보니, 안경을 새로 맞추려면 내 눈에 맞게 지금 쓰고 있는 것과 같은 특수한 안경알이어야 하는데, 그것을 주문하기가 이곳에서는 어려우리라는 생각이 드는 것이다. 한 쪽 다리는 성해서, 그냥 한쪽 귀에만 의지해 쓰고 다녀야 할 신세가 되었다. 어쨌든 안경점에 가서 알아보아야 하겠다. 혹시 내가 쓴 안경과 똑같은 테가 있다면, 알만 갈아 끼면 되는 것이다.

점심 후에 K 교수에게 전화를 했다. 혹시나 했는데, 연구실에 아니 계시다. 댁으로 전화를 했다. 사모님이 받으시는 것 같다. 안 계시다며 사무실로 해 보란다. 잠시 후에 다시 전화를 해 내 신분을 밝히고, 들어오시면 통화를 하고 싶다는 말씀을 드렸다. 사모님의 말씨로 보아 조선족 여인으로 신중하고 예절이 바르시다.

연대 앞 안경점에서는 내 안경테와 같은 것은 없었다. 그리고 떨어진 접착 부분은 붙일 수 없단다. 혹시 광명 사거리 신화서점 옆에 가면 땜질이 될지 모르나, 모양이 망가질 거란다. 그럭저럭 책은 볼 수 있을 것 같다. 안경을 끼고는 나왔지만, 자유롭게 쓰고 다니는 것은 사실상 어렵겠다. 그러나 어쩌랴. 주어진 대로 적응해서 만족하고 살아야지. 나머지 다리마저 그랬더라면 장님 아닌 장님이 되지 않았겠나.

저녁에 K 교수에게 휴대폰 전화를 했다. 어디 갔다 오다 용정에서 음료를 들고 있는 중이란다. 늦게라도 집에 들어가는 대로 통화를 하겠단다.

TV를 보고 있는데, K 교수에게서 11경에 전화가 왔다. 술을 너무 들면 건강에 해롭다는 농담을 하며, 내일 시간이 되면 보신탕이나 하자고 말했다. 사실 두 달이 넘도록 식사 한 번 하지 못했다. 그래서 원장님만 시간이 맞으면 내일 저녁에 약주라도 한 잔하기로 하고, 사정을 보아 구체적인 시간과 장소를 정하기로 했다.

☀ 맑음 **5월 6일** 오월 들어 아마도 가장 따듯하고 화창하며 바람이 잔잔한 날인 것 같다. 성당 정문에서 주보를 받아들고 성모님 상을 향해 인사를 하는데, 옆에서 한 50대 중반쯤 되어 보이는 여자 신도가 안내원에게 성모의 밤이 전에는 5월 중순에 하지 않았느냐는 표현을 "중순에 했잔까?"라고 말한다. 그러면서 "올핸 바뀌었슴다." 한다. 그 여신도의 말씨를 보면 '―슴다'는 '습니다'의 준말이라고 할 수 있지만, '―까'에는 존의의 어형이 없다. 어른의 말씨에서도, 지난 번 모화산 가는 길의 그 '된까' 여대생과 같은 말씨를 사용하고 있는 것이다.

오늘은 제대에 서양 신부님이 안 계시다. 지난주에 한국으로 피정을 떠난다는 수임 신부님의 말씀이 있었는데 가셨나보다. 훤칠한 키에 안경을 쓰신 백발의 노인이 오늘의 복음을 떠듬떠듬 한국어로 봉독하실 때에는 소명이라는 생각이 들었다.

미사가 끝나자, 오늘은 주임 신부님께서 마당 문 옆에서 신도들과 인사를 나눈다. 그 모습이 신도들의 마음을 안온하게 한다.

버스를 타고 신화서점 앞에서 내렸다. 광화안경부光華眼鏡部라는 간판의 조그마한 안경점이 바로 그 옆에 있다. 들어가니 긴 의자에 80대 조선족 노부부가 앉아 있다. 안경 주인은 한 50대 후반은 됨직한데,

조선어를 쓴다. 그래서 동족이니 반갑다는 말을 하고, 안경을 내밀며 이 안경알에 맞는 테만 바꾸겠다고 하니까, 진열장에서 몇 개의 안경을 꺼내 맞추어 보다가 모양과 테가 거의 비슷한 안경 하나를 발견한다. 알을 바꿔 끼니 맞는다. 그 순간 내 마음속에서 "하느님 감사합니다."라고 하는 말이 나왔다. 그리고 안경점 주인에게 "이것은 하느님이 내리신 축복입니다."라는 말을 했다. 연길에서는 특수렌지는 없고 북경에나 가서 맞춰야 하는데, 그것도 보름 이상은 걸린다는 것이다. 맞는 안경테가 하나 있어서 다행이란다. 어떻게 이런 작은 기적이 일어날 수 있을까. 내게도 이런 일이 있다니.

그러는 중에 여고생쯤 되는 학생이 어머니하고 들어와 눈의 도수를 잰다. 그들은 조선족이다. 어머니가 딸에게 여러 이야기를 하는 중에 내 귀를 번쩍 들게 하는 말을 한다. "니 좀 낫겠는가이?" 그러자 안경 주인이 "니 나가서 걸어봐라."한다. 그 여학생이 걸어다니다가 와서는 여러 말을 하는데, 어머니와 안경 주인에게 하는 말 중에 이런 말을 한다. "…일 없슴다. …아임다…….." 그러니까 그 학생은 어머니나 나이 많은 아저씨에게 '-습니다, -ㅂ니다'의 준말인 '-슴다, -ㅁ다'를 사용하여 존의를 나타낸다. 그런데 어머니나 안경 주인은 2인칭 대명사 '너' 대신 '니'를 사용한다. 오늘은 이 '니'의 정체를 확실히 벗길 수 있는 절호의 기회다 싶어, 안경 아저씨에게 물었다. '니'가 어디에서 온 말이냐니까, 잘 모르고 옛날부터 써 왔단다. 아저씨는 연변 출신이냐니까 그렇다고 하며, 선조가 북한에서 넘어왔다고 한다. 그래서 북한에서 '너'를 '니'라고 하느냐니까, '너'라고 한다. 그러면

242

중국어의 '니'가 사용되는 것이 아니냐니까, 그럴 것 같단다. 그래서 어제 아침 산책에서 만난, 전 연대법학원 교수의 말이 생각이 나서, 맥주도 그렇지 않느냐니까, 그것은 이제 이곳에서 누구나 '피지우'라고 중국어를 그대로 가져다 쓴다며, 그밖에도 많은 중국어를 가져다 조선어와 섞어서 쓴다는 것이다. 그러면서 어두운 표정을 지어 보인다. 그러면 표준어 교육이 필요하지 않느냐면서, 인구가 제일 많고 교류가 있는 서울말을 교육해야 하지 않겠느냐고 하니까, 분위기가 냉랭해지면서 우리는 북한어를 써 왔다는 것이다. 중국 한족들은 한국어를 아주 잘한다고 하니까, 그것은 앞으로 장사나 직업과 관련이 있어서 그렇다는 것이다. 그래 그럼 사람이 산다는 것이 그런 것 아니냐고 반박했다. 그러자 시큰둥한 표정으로 다른 고객과 얘기를 나눈다. 그래서 의자에 앉아 있는 조선족 노부부에게 하소연이라도 하듯이, 지금 연변에서는 자연스럽게 한국어를 접하고 있지 않느냐면서, 문화가 발달하고 다수가 사용하는 말이 자연스럽게 흘러들어오는 것이 아니겠느냐고 하였으나, 유구무언으로 담담한 미소를 지을 뿐 별 관심을 두지 않는다. 메아리 없는 항변을 하는 것 같다. 그러면서 내가 왜 이들과 이래야 하는지 하는 생각이 들었다. 그러나 물러설 수 없다. 그래서 안경 아저씨에게 아드님은 한국에 가지 않았느냐고 했더니, 여동생이 한국 모 여대에서 석사학위를 받고, 지금 연변 TV에서 일정한 직책을 맡고 있다고 했다. 그리고 보면 속마음은 있는 것 같은데, 살아온 과정이 선뜻 받아들이기가 어렵거나 연변에 흐르는 어떤 모를 정서가 있거나 한 것 같다.

어쨌거나 고마운 마음을 표하고 나와, 사거리 약방으로 들어갔다.

드링크 한 병을 사서 그 안경 주인에게 주고 싶었다. 약을 파는 여자들이 많다. 젊은 여자 앞으로 가니, "뭐 찾스까?" 한다. 그래서 그 말을 확인하기 위해 '찾스까'라고 했느냐니까, '찾읍니까'로 말했다는 것이다. 그래서 내 귀에 분명 '찾스까'로 들렸다고 하니까, 빨리 말해서 그렇지 그게 아니라고 하며 화를 낸다. 어쨌든 그 조선족 처녀 약사에게 잘못된 조선어 사용에 대한 확인은 시켜준 것이라 생각하니, 서운할 것도 없다. 드링크를 찾는다고 하자 저쪽으로 가란다. 거기도 조선족 여인들이 약을 판다. 박카스 있느냐고 하니까, "없슴다." 한다. 그래서 "없습니다."라고 제대로 된 표준어를 쓰라고 하니까, 고치겠다고 공손히 말하며 다른 드링크를 내준다. 그녀는 나이를 좀 먹어 조선어 문제에 대한 지적을 받아들이고 이해를 할 줄 안다. 안경점 주인에게 드링크를 주고 고맙다며, 나이를 물으니 55세란다. 그래서 "젊으시구먼."하면서 나보다 많지 않다고 하니, 역시 우리 민족의 장유유서는 여기서도 통한다. 머리를 숙이며 슬그머니 작업실로 들어간다.

점심시간이 가까워서 나온 김에, 매화집에서 10원에 보신탕을 한 그릇 먹고, 그 뒷골목 커피집에 들어갔다. 커피집 치고는 비교적 화려하고 품격이 있는 실내다. 일본에서 직수입한 부라질 원두커피가 있다 하여 시켰다. 여자는 30대로 보이는데, 한국어에 가까운 말씨를 쓴다. 동족이면서도 어쩌면 한국인일 수 있다는 생각에 마음을 놓고 연변 조선족의 조선어와 관련해서 한국어 이야기를 했다. 그랬더니 그 여자가 아무 말도 없이 듣고 있다가 한마디 한다 이곳에서는 한국어를 하면 닭살 돋는다고 한다는 것이다. 그런 표현은 지난번 연대 뒷산

과원의 나물 캐던 조선족 여인에게서 비슷한 소리를 듣기는 했어도, '닭살'이라는 표현은 좀 심한 것 같았다. 한국 사람들이 이곳에 와서 질펀하게 놀아서 그런 것이냐면서 그 이유가 뭐냐고 따지자, 정답은 하지 않고 한국 사람들이 좋은 사람도 있고 나쁜 사람도 있는 것 아니냐고 한다. 그 말을 듣자, 이런 생각이 들었다. 한국인이 이곳 연변 사람들에게 단단히 꼬이긴 꼬인 모양이라고.

　커피 향이 좋고 고소하다. 잠시 흑룡강 주간 신문을 보고 있는데, 손님들 셋이 들어온다. 그 중에 한 여인이 커피집 여자와 안면이 있는 것 같다. 한국에서 서로 만나지 않았느냐고 하면서 신분을 서로 확인한다. 그러고 보니 차집 여인은 가수인 듯하다. 커피 값이 40원이란다. 예상외다. 내부 장식으로 보아 어느 정도 예상은 하였지만, 그렇게까지 생각하진 않았다. 사거리 아래쪽 성보 백화점 일층 롯디리아에서는 브라질 것은 아니지만, 4원이면 커피 한잔을 먹을 수 있다. 그 여인과 더 얘기를 나누고 싶었다. 직업이 궁금해 가수냐고 물으니, 출입구 옆에 붙여 놓은 포스타를 가리킨다. 그 속의 여인이 낯이 익다. 바로 포스터의 주인공이 이 찻집 여주인이었다. 연변대 모 교수로 독주회를 했다는 포스터였다. 전공이 성악으로 이태리 오페라를 한단다. 서울 모 여자대학에서 2001년에 석사 학위를 받았단다. 교수직이 박봉이라 부업을 한다는 것이다. 교수직도 연구 실적이 많아 인정을 받으면, 일 년에 한 학원단과대학에서 몇 명은, 국가로부터 잘 받으면 한 십만 원은 지원을 받기도 한다고 했다. 그러나 그런 사람이 많겠느냐는 것이다. 그녀가 대학을 졸업할 당시, 그때가 1991년쯤인데, 한국에서 소위 거물급들이 연변에 많이 다녀갔었단다. 그런 관계로 그 당시에는 한국어를 완벽하게 했으나, 지금은 연변 생활로 해서 어투가 조금 연변식이라고 했다. 거의 한국어에 가깝다는 말을 해 주었다. 입구 가까이에 피아노가 놓여 있기에 가곡 '봄처녀'를 한소절만 칠 수 있겠느냐고 하니까, 자기는 안 친단다. 오늘은 노동절 연휴이기 때문에 종업원 대신 나와 일을 하는 것이라고 했다. 커피만으로 운영이 되겠느냐면서 밤에는 술도 파는데, 홀 전체를 예약하는 경우가 많다고 했다. 피아노는 그런 경우에 친단다. 문을 나서는데, 한국 사람들이 연변에 와서 본 것을 중국 전체로 아는 경향이 있다고 하며, 그렇게 보지 않았으면 좋겠다는 경계의 말을 했다.

숙소로 돌아오다가 지난번부터 가보고 싶었던 연길 기차역에를 갔다. 연서교를 건너 하남에 위치해 있었다. 역사 입구에서 조선족 아주머니들이 새로운 기차시간표를 일 원짜이에 판다. 하나를 팔아주고 싶어서 사려고 하자, 한국어에 가까운 연변 조선어로 말을 한다. 한국어를 잘한다고 하니까, TV도 보고 한국 사람을 많이 상대하니 그렇다고 한다. 그래서 한국어를 사용하는 사람이 남한에 5천만이 있다고 하니, 그렇게 많으냐고 한다. 북한은 2천만쯤 된다고 말하자, 그녀는 북한에서 오는 사람들이 무섭다고 했다. 친척이라고 낙지 9마리를 가지고 왔기에, 다른 사람들에게 먹으라고 주고, 우리도 먹고 살기 어려운데도 그냥 보낼 수 없어서 가득 먹을 것을 줘 보냈다고 했다. 친척들이 많으면 조금씩 보태주기도 한단다. 그러면서 북한 사람들이 이젠 무섭다고 했다.

매표구창 위에 '售5日內車票, 售20異地車票'車와 異는 간체자로 쓰여 있음라는 안내서가 붙어 있다. 앞의 것은 출발지가 이곳 연길역인 경우에 5일 내에 표를 사고, 뒤의 것은 출발지가 연길역이 아닌 다른 역인 경우, 그러니까 연길역에서 출발하여 갈아탈 곳의 표인 경우에는 20일 내에 표를 사야 한다는 뜻이란다. 연길역 내에서 안내를 하는 조선족 역무원을 만나 상세한 안내를 받았다. 연길에서 가까운 다음 역이 도문으로 기차 종점이다. 연길에서 하얼빈으로 출발하는 기차는 하루에 두 번 있다. 저녁 9시 4분하고 10시 7분에 각각 출발한다. 하얼빈까지는 12시간 소요되는데, 4인용 침대차의 값이 150원이다. 도착은 출발 다음날 아침이 되겠다. 하얼빈에서 하루 호텔 요금이 비수기인 지금과 같은 때에는 약 180원에서 280원 정도면 된다. 성수기에는 사오백 원도 하는 모양이다. 송화강 유람선을 타려면 태양도에 가면 된단다. 시간이 나는 대로 한번 가볼 예정이다. 그 역무원은 인상이 좋고 여유가 있었다. 52년 생으로 연대 부교장과는 대학을 나와 70년대에 농촌에서 이삼 년 함께 노동을 한 사이란다. 중국에서는 지금과는 달리 옛날에는 대학을 나오면, 농촌에 가서 현장 실습을 해야 했다고 한다. 지난 세월이 순탄치 않았음을 암시한다. 이층 대합실에는 기차를 기다리는 사람들로 자리가 거의 차 있다. 거기에 들어가기 전에 공항처럼 문에서 짐을 검색기에 넣고 검사한다. 폭발물의 위험 때문이란다.

연대 도서관 쪽으로 오는데, 조선족 청춘 남녀가 얘기를 하며 지나간다. 여기 와서 조선어를 하는 조선족을 보거나 만나면 한 마디라도 주고받는 버릇이 생겼다. 그저 반갑고 그래야 사는 것 같다. 지금도 그냥 지나쳐도 될 일을 뭔가 묻고 싶은 것이다. 좀 걸어서 다녔더니

다리가 뻐근하다. 머리가 아플 때는 책에서 배운 대로 워터우텅我頭疼/頭는 간체자로 쓰임.하면 되고, 배가 아프면 워뚜즈텅我肚子疼하면 된다. 그런데 지난번 용정에서 다리 각 자인 脚이 '지아오'로 足처럼 발의 의미로 사용되는 것을 경험했다. 그렇다면 '나의 다리가 아프구나'를 뭐라 하는지 그 조선족 학생들에게 물었다. '워투이텅아'我腿疼啊라고 한단다. "워투이퉁아."라고 발음하여 확인을 하니 '텅'을 '퉁'痛이라고도 한단다. '헌'很을 넣어 '투이헌텅'이라고 하면 '다리가 매우 아프다'로 되느냐니까 그렇단다. 이래서 문장 하나를 배웠다. 헤어지면서 습관처럼 그들에게, 우리 조선족 학생들은 TV 등을 통해 민족의 표준어를 꼭 익혀서 공적인 자리에서는 표준어를 사용할 수 있어야, 대인 관계가 잘 될 수 있다는 말을 해주었다.

☀️/☁️ 맑고 흐림 **5월 7일**　　오전에는 컴퓨터 앞에서 지내다가 오후에 중국어 책을 보았다. 외운 단어를 자꾸 잊는다. 그러면 다시 보고 이러기를 여러 번 해야 한다. 그래서 내 것이 된다 하더라도 실제 언어 환경에 부딪히면, 생각이 잘 나지 않는다. 그러면 확인을 하여 내 것으로 만드는 경우가 많다.

저녁을 든 후 내가 산책을 한다고 하니, 옆방 L 교수가 함께 나갈 뜻을 비쳐 함께 가기로 하자, 옷을 챙기러 방으로 간다. 나오면서 일본에서 온 교수 방으로 가더니 함께 가자고 하는 모양이다. 점심시간에 그 일본 교수와 한 상에서 밥을 먹게 되었을 때에 촬車兒에 대해 얘기를 나눴었다. 그때 옆방 교수가 근처에 저렴한 꿰점이 있다고 했다. 아마도 산책 후에 촬을 먹으러 갈 생각인 것 같다. 밖에 나오니 바람이 조금 차다. 일본 교수가 산책은 그만 두고 꿰점으로 가잔다. 그래서 L 교수에게 그렇게 하자고 하여 산책은 그만 두었다.

그 싸다고 하는 곳에 가니 반 지하이다. L 교수가 양고기 촬이 맛있다고 하며 그것 10개와 쇠고기 꿰 10개를 시키고, 빙천 맥주 3병을 주문한다. 꿰은 하나에 60전6마오, 0.6원이고 맥주는 1병에 가장 싼 3원콰이이란다. 탁자 한 가운데에 석탄불이 있고, 그 위에 꿰을 걸트려 놓고 구워 먹는 것이다.

서울 종로 뒷골목 포장마차에서 참새 꿰미를 구워 먹는 것처럼, 세 사람이 불가에 앉아서 쇠꼬챙이에, 대추알만한 고기 방울 몇 점을 꿰어 놓은 것을 불에 굽는 것이다. 지난번 대꼬챙이에 꿴 고기는 그 크기가 제법이어서 씹는 맛이 있었다. 그것은 값이 좀 비싸다. 연대 앞 슈퍼마켓에서 산 촬이 그런 것인데 하나에 1·5원이었다.

주변에 젊은 남녀들이 앉아서 술을 먹고 있다. 아마도 싼 맛에 오는 고객들 같았다. 어쨌거나 이런저런 얘기를 하며 맥주 몇 잔 먹기에는 적당한 곳인 것 같다. 일본 교수는 오사카 관서 대학에서 왔다. 나이가 50대 후반으로 우리와 비슷했다. L 교수가 나이가 조금 아래인 것 같다. 일본 교수가 저녁을 들지 않은 상태여서 미안 한 마음이 들었다. 그가 더는 먹지 않겠다고 하자, L 교수가 계산을 하고 나왔다.

일본 교수가 연대 앞 슈퍼마켓에 들어간다. 아마도 저녁 먹을 것을 사가지고 가려나 보다. 그와 헤어지고 L 교수와 학교 근처에서 맥주를 한 잔 더 하기로 했다. 내가 사겠다고 하자, 사양은 하지만 아까 먹은 정도로는 좀 약한 것 같았다. 그래서 전에 세실리아와 용정에 갔다 오다가 들렀던 맥주집으로 갔다. 12원하는 마른 명태 한 마리와 촬점에 서 먹은 병천 맥주보다 좋은 5원 짜리 청도 맥주 두병을 시켰다.

이런 저런 얘기가 나오고 L 교수의 전공에 대한 얘기가 나왔다. 전에 명함으로 대충 알기는 했지만, 정확히는 중국에서 어떤 관심을 갖고 농학원에서 지난 학기 강의를 했으며, 이번 학기 가끔 특강을 나간다고 먼 곳까지 갔다 오곤 하는 것이 궁금했다.

그는 농업 경제학을 전공하였고, 주로 농업 경제 정책에 관심이 있다고 했다. 일본, 미국 등 해외에서 공부도 한 사람으로 연구와 강의를 통해서 폭 넓은 지인을 두고 있었다. 그러면 중국에서 여기저기 강의를 하는데, 그것이 무엇을 위한 것이냐고 좀 심한 직언을 했다. 그랬더니 한국과 중국의 농업 경제 정책에 대해 다는 아니겠지만, 그동안 보고 듣고 연구한 것을 개괄적으로 피력했다. 들은 바를 내 나름대로 해석해서 요약을 하면 대충 다음과 같다.

중국은 대국으로서 현재 두 계층으로 나라가 양분 되어 있다는 것이 다. 한쪽은 대련에서부터 시작하여 홍콩을 거쳐 마카오까지 소위 해안 벨트라고 하는 고소득 계층과 중국 내륙의 서쪽 벨트라고 하는 농업 지역의 저소득 계층이 있다는 것이다. 거기에는 동북 삼성도 포함된다 는 것이다. 그런데 13억이라고 하는 중국 전체 인구의 반 이상이 바로 저소득 계층으로 주로 농업을 담당하고 있어서, 중국 당국은 여러 해 동안 그 하층의 인민들을 위해 농업 정책을 정책 1순위로 놓고 있다는

250

것이다. 그런 까닭에 지금 중국 농업 관계 공무원들이 한국에 가서 새마을 교육을 받고 있는 것이란다. 그리고 중국에서는 농업 정책에 많은 관심을 갖고 있다는 것이다. 그런 강의를 요구하기에 특강을 하는 것 같았다. 그러면서 중국이 필요로 하는 것을 주고, 얻을 것은 얻겠다는 그 나름의 당찬 생각을 가지고 있었다. 중국에서는 농촌 사회를 외부에 노출시키지 않는다고 한다. 외국인이 그 사회에 들어가 실태를 파악하기는 어렵다는 것이다. 그는 강의를 하면서 자연스럽게 그 세계를 접할 수가 있다고 했다. 중국의 농촌 경제 연구에 도움이 된다는 말이다. 이렇게 얻은 정보는 앞으로 한중 농업 부문 교류에 활용될 수 있을 것 같았다.

지피지기 백전백승이라고 상대를 알아야 농업 경제 정책을 수립할 수 있고, 그래서 우리가 경제 전쟁에서 살아남을 수 있을 것 같다는 생각이 들었다. L 교수의 생각이 바로 그런 것이 아닐까 했다. 자유무역 협정이 체결된 마당에 앞으로 농업 부문 국제 무역에서 큰 나라들과 상대하려면 한국과 같은 작은 나라에서는 직접 맞대응해서는 승산이 없고, 국제 시장 경제의 틈새를 이용할 수뿐인 없는데, 그런 정책을 세우려면 교역국의 농업 정책, 농산물 생산을 하는 농촌의 실정 등등을 알아야 하지 않겠느냐는 것이다.

그리고 중국과의 농업 경제 관계가 중요한 것은, 미국과 같은 먼 곳보다는 지리적으로 가까운 곳과의 농산물 교역이 한국에 더 유익할 수 있다는 것이다. 가령 한국 사람이 한국과 기후나 토양이 거의 같은 만주에 와서 한국의 황우와 같은 고품질의 우육을 생산한다고 할 때에,

251

거기에 투입되는 인력이 한국인이 될 것이고, 또 유통이 빨라 그것을 한국에 팔면 한국의 고객이 신선한 쇠고기를 먹을 수 있고, 그 수익이 결국 한국인에게 돌아가는 것이 아니겠느냐는 것이다. 내가 판단하기에 도 그 교수의 농업경제관이 탁견이라는 생각이 들었다. 그의 여러 얘기 중에 주목할 만한 것이 하나 있다. 중국을 지도하는 통치자들도 중국의 미래를 확신하기는 어려울 것이라며, 워낙 인구가 많고 계층의 벽이 점점 두터워져 다민족 국가로서 대국 중국이 어디로 튈지 모르는 럭비 공과 같다고 했다. 그래서 중국 지도자들의 고민이 있고, 농촌에 그토록 관심을 지속적으로 보이고 있다는 것이다.

숙소로 돌아오면서 연변 자치주 조선족의 말에 대해 내 나름의 우려 의 말을 했다. 그리고 조선족이 표준어를 배워야 한다고 하니까, 그 교수는 연변에 그런 표준어가 어디 있느냐고 한다. 내 입에서 서울말이 있지 않느냐고 하는 말이 튀어나오려는 것을 참았다. 그도 연변 지역 사정을 잘 알고 있기에 더는 얘기 하지 않았다. 그는 나에게 좀더 크게 보라고 했다. 그래서 사안에 따라 성질이 다르지 않느냐고 했다. 언어라는 것은 한번 병들면 회복되기가 어려운 것 아니냐고 하면서, 우리는 그런 사실을 경험하고 있다는 말을 했다.

☀/☁ 맑고 흐림 **5월 8일** 아침 식당에 들어가니 벌써 앞에 여러 명이 음식을 담고 있다. 그 뒤에 대여섯 명의 한국에서 온 언어연수 여대생들 이 있다가 내가 들어오자, "안녕하세요."하고 인사들을 하며 앞에 서서

란다. 말쑥하게 차려 입은 한국 처녀들이 참 예쁘고 예절이 바르다. 그래서 "한국 처녀들은 예절도 바르고 말씨가 참 부드러워.……"라고 하며 식판을 들고 음식을 담으려는데, 그 학생들이 환하게 웃으며 그 중에 한두 학생이 내 뒤에서 말을 한다. "저만 부드러워요."하자, "아니에요. 저만 부드러워요." 하고 농담을 한다. 참 명랑하고 귀여운 우리 한국 처녀들이다.

오전과 오후 내내 컴퓨터에 앉아 그동안 밀린 것들을 정리하였다. 어느새 저녁 시간이 되었다. 무거운 몸을 이끌고 저녁을 든 후에 산책을 나갔다. 연대 뒷산으로 해서 산마루 사과배 과수원으로 갔다. 해가 멀리 서산마루로 넘어가고 있다. 사방에서 배꽃이 나무마다 조금씩 피어나고 있고, 어떤 배나무는 벌써 활짝 피어서 그 희고 화사함을 뽐낸다. 과수 사이로 끝없이 난 작은 풀숲 길을 따라 천천히 걸어가노라니, 미풍에 꽃향기가 나는 듯하다. 저편 배꽃나무 아래에서 "꿩꿩!" 산 꿩이 운다. 이런 정경은 그림에서나 볼 수 있는 풍경이다. 내가 그림 속의 주인공이 되어 지금 걸어가고 있다. 지상 낙원이 따로 없다. 연변에 이런 곳이 있다니. 지금 이 환경은 오직 나만을 위해 하느님께서 내려주신 은총이다. 이런 순간이 또 있을까 싶다.

사과배의 고향은 용정시 로도구진 소기촌이란다. 1921년에 최범두라는 사람이 조선 목청에서 6개의 배나무 접모를 들여온 것을 그의 형 최창호라는 사람이 돌배나무에 접목하여 세 그루를 살려내어 키웠다고 한다. 둥글둥글한 과일은 햇빛을 받은 쪽이 불그레한 색을 띠어 사과와 비슷하다고 해서 사과배라고 불렀다. 한족들은 말 그대로 핑궈사과리배라고 부른다. 사과배는 과심이 적고 살이 두터워 즙이 많고, 달고 시원하며 출산이 많다고 한다. 그리고 한랭에 잘 견디고 저장하기 쉬워 보통 1년 남짓 움에 넣어둘 수 있다는 것이다. 지금 일본, 독일, 향항 등 세계 여러 나라에 수출한다고 한다.

한편 사과배 나무에 꽃이 아직 피지 않은 것들은 고목이 대부분이었다. 그런 것들은 열매가 실할 것 같지 않다. 어떻게 보면 그냥 방치한 상태에서 수확이나 거두자는 농부의 심사를 읽을 수 있을 것 같다. 사실 연변의 과수원들은 개인이 경영을 한다고 하더라도 당국에서 일괄 관리하는 공사 같은 것이 있어서 주인이 과수를 함부로 할 수 없다고 한다. 그러니까 과수원의 배나무가 늙어 방치되는 일이 많은가 보다. 아마도 용정의 삼륜차 조선족이 과수원을 넘기고 한국으로 떠나려고 하는 것도 그런 이유와 무관하지 않다고 생각이 되었다. 그리고 사과배가 과거에는 여기 중국인들에게 유일한 과일이었을지 몰라도 지금은 품질 면에서 다른 과일에 뒤진다는 것이다. 우선 그 맛이 이제 더 이상 여기 사람들의 구미를 돋우지 못하는 모양이다. 서시장의 과일 파는 광장에 가서 보면, 열대 과일에서부터 온대 과일에 이르기까지 없는 것이 없다. 소위 중국어로 핑궈리라고 하는 연변 토종 사과배는 그 축에 끼지 못한다. 길가 노점 상인들이나 대학가 과일 상점에서 더러 파는데, 그 과일을 딸 때부터 저장하기까지 갈무리를 제대로 하지 않고 함부로 다뤄서 긁히고 상처가 나 상품가치가 거의 없다. 물론 좋은 것은 수출이 되겠지만, 내가 보기에는 특단의 농업 대책이 없고서는 사과배가 대부분 상품으로서는 천덕꾸러기 신세를 면하기 어려울

254

것 같다. 나는 중국 음식을 먹고 나면 과즙이 풍부하고 새콤하며 속을
시원하고 개운하게 하는 사과배가 그렇게 좋을 수가 없다. 그렇지만
사람마다 입맛이 다르고 늘 먹었던 과일이라면 싫증이 날 것 같기도
하다. 저녁에 둘째 아들한테서 전화가 왔다. 어버이 날이라 전화를
했단다. 고맙다. 어찌 목소리가 힘이 없다. 공부가 뜻과 같이 잘 되지
않나 싶어 여유를 가지고 건강관리 잘 하면서 꾸준히 하라고 말해
주었다. 삶은 과정이 중요하다. 자칫 결과만을 보고 살기 쉬운데, 살다보
니 하루하루 사는 과정이 중요하다는 것을 더욱 느끼게 된다. 용원이가
과정을 잘 이끌어 나가기를 하느님께 기도드린다.

흐림 **5월 9일**　오늘은 조선족 교사들에게 할 설문을 먼저 조선족
대학원생들에게 하는 것이 좋을 것 같아서 그와 같은 내용의 설문을
대학원생들에게 하는 질문 형식으로 바꿔서 17부를 복사 했다. 그리고
HSK 일급 M 학생에게 전체 한어병음漢語拼音 의 한글 표기를 부탁하기
위해 한조실용자전의 한어병음색인을 복사했다. 마침 대학 정문 옆의
복사실에 왕청길림성과 흑룡강성의 경계 지역에 있는 도시이 고향이라는 대학원 Y
학생이 와서 복사의 도움을 받았다. 그녀는 교수직이나 디자인에 관심
이 많다고 한 학생인데, 노동절 기간에 패션의 도시라고 하는 대련에
갔다 왔다고 했다. 그래서 앞으로 기회가 되면 프랑스 파리에도 가보라
고 했다.
　숙소로 오는데, 환영 현수막이 걸려 있다. 북경사범대학박사생도사

모씨라고 씌어 있는데, '……生導師'이끌 도자 이 導는 간체자로 쓰임.의 부분이 잘 이해가 되지 않는다. 그래서 의과에 다닌다는 조선족 대학생에게 물어보니, '導師'는 한 단어란다. 자전에서 찾아보니 '스승'을 뜻한다. 그러니까 박사를 낳는, 만들어내는 스승 아무개를 환영한다는 문구인 것이다. 도서관으로 가려고 입구에 이르자, 과피상果皮箱 즉 휴지통에 '講究衛生'衛는 간체자로 쓰임.이라고 쓰인 문구가 있다. 언제부턴가 휴지통을 볼 때마다 의문이 들곤 했는데, 다행히 자전을 가지고 나와서 찾아보았다. '지앙지우' 講究는 '소중히 하다'의 뜻이다. 그러니까 위생을 소중히 하라는 뜻이 된다. 현관에 있던 일어과 조선족 여학생이 오더니 위생을 지키라는 뜻이라고 부연설명을 한다. 그러고 보니까 그 문구 옆에 사람이 쓰레기를 통에 넣는 그림이 간단하게 그려 있다. 근 두어 달 동안 궁금했던 것이 이제야 풀렸다. 아무도 모르는 나만의 작은 기쁨을 느낀다.

　도서관의 조선어관 7층 문이 닫혔다. 打不開開는 간체자로 쓰임. 따뿌카이라고 쓴 표지를 문에 붙여 놓았다. 들어가지 못하고 여대생들과 내려오며, 그 중 조선족 여대생에게 왜 '뿌따카이'가 아니고 '따뿌카이'냐니까 의미가 다르단다. 그 여대생의 말로는 문장 주체의 의지가 반영이 되고 안 되는 차이가 있다는 것으로 설명하는 것 같다. 자세한 것은 다음에 확인하기로 했다. 그리고서 지난번 맥주집에서 들었던 '깐밍타이카오이샤'의 '이샤'—下에 대해 물었다. 그녀의 해석으로는 그것이 동사에 붙어 '조금, 살짝, 약간' 등의 의미를 더해주는 보조사 역할을 한다고는 하는데, 확실한 말은 아니다. 고맙다는 말을 하며 이층으로 내려왔다.

256

이층과 일층만은 개방했다. 후에 안 일이지만, 회의가 있을 때는 문을 닫는단다. 이층 열람실에서 공부하는 학생들을 보기위해 올라갔다. 여석이 없이 꽉 차있다. 안쪽 매점에서 커피를 한 잔 마시며 여주인과 얘기를 좀 나눴다. 그녀는 장백산 근처 화룡시에서 소학교 교사로 있다가 퇴임을 한 전직 교사였다. 나이가 한 60대 후반은 되어 보인다. 그 아주머니가 학교에 재직할 때에는 북한어가 표준어였다고 한다. 지금은 조선족 젊은이들의 표준어에 대한 인식이 전과 같지 않다고 하자, 그녀도 부인은 하지 않는다. 그러면서도 그 뿌리를 북한에 두고 있는 것 같다. 그래서 현실은 연변이 한국과 교류가 더욱 많아지고 있고, 남한의 인구가 지금 북한의 두 배가 넘어 5천만이며, 이곳 동북삼성의 조선족이 2백 만 정도인데, 한국에는 이산가족이 천만이나 된다고 했다. 그 말을 듣더니 그녀는 우리말의 바탕은 같지 않느냐면서 선조가 한국에 연고가 있음을 은근히 내비친다. 그리고 북한에 친척이 있는데, 자꾸 와서 달라고 하니 안 줄 수 없어 주기는 하나, 여기도 그렇게 넉넉하지 않다며 그들이 무섭다고, 전에 연길 기차역의 시간표 판매 아주머니의 말과 동일한 말을 한다. 그 옆에서 학생들에게 간식거리를 장만하며, 우리의 얘기를 듣고 있던 젊은 아낙도 끼어들어, 처음에는 "표준어가 북한어지." 했다가 나중에는 자기 외할아버지네가 서울에 사셨다고 말한다. 그들도 겉으로 드러내놓지는 않았지만, 역시 동족으로서 뿌리는 삼남과 관련지어 살고 있다는 것을 알 수 있었다. 이런 동포들에게 한국은 란이의 외갓집으로서 따뜻하고 포용하는 마음을 가져야 할 것이라는 생각이 들었다.

257

그런데 그 젊은 아낙이 바구니에 애호박을 가득 담아놓고 껍질을 긁는다. 자세히 보니 호박이 아니고 무 같다. 그래서 뭐냐니까 우리 민족 토종 무란다. 무 껍질이 푸르다. 한국의 흰 무와 색깔이 판이하다. 그 여인이 한 조각 썰어주며 먹어보란다. 그 맛이 달작지근하고 좀 매운 듯하며 물기가 적다. 생채를 하면 맛있단다. 내가 보기에는 쭉쭉 뻐개어 김치를 담가도 맛있겠다. 개량종의 흰 무는 물기가 많고 좀 싱거운데, 그 청무는 무의 고유한 맛이 있다. 입이 심심하면 그냥 날로 씹어 먹어도 과일의 대용이 될 수 있겠다. 연변이 많이 변했다고는 하지만, 아직도 옛 것들이 남아 있는 곳이었다. 그래서 더욱 정감이 있는 곳이기도 하다.

소학교 교사였다는 그 매점 여주인에게 무를 중국어로 뭐라고 하느냐고 묻자, 자기는 잘 모른다고 하며 저기 음식을 먹는 중국 학생들에게 물어보라는 것이다. 그 여인도 민족적 자존이 있는 사람이었다. 이런 일은 매화집 할머니에게서도 전에 그와 비슷한 일을 겪은 적이 있다. 이곳의 나이 든 사람으로 민족적 의식을 가진 사람은 중국어에 대해 물으면 선뜻 대답을 않는다. 중국어를 몰라서가 아니다. 한족과 대화할 때는 중국어로 말을 한다. 매점 주인이 한족 학생들이 물건을 사러 오면 중국어로 응대하는 것이다. 그러니까 자기들이 중국어를 하는 것은 생존을 위한 수단으로 어쩔 수 없이 하는 것이지, 이 나이에 동족에게 중국어를 가르치는 것은 자존이 허락지 않는다는 것일 터이다. 그래서 그런지 그 젊은 아낙도 아무 말이 없다. 또 한 번 얼굴이 화끈하는 순간이었다. 그렇게 연세가 많은 이곳 동족들은 민족의식이

258

비교적 투철하다. 한족 학생에게 물으니, 무가 '뤄붜'羅ㅏ/羅는 간체자로 쓰임.란다.

저녁 시간이 되려면 시간이 좀 여유가 있기에, 대학 정문 옆의 연변대 출판사에 들렀다. 혹시 연변자치주 조선어 어문규정집의 여분이라도 있을까 싶어서였다. 5층 도서실에도 없었다. 그것은 시내 백산호텔 근처에 있는 연변인민출판사가 발행한단다. 광명 사거리 신화서점에 가면 구입할 수 있을 것 같다. 가던 날이 장날이라고 이날따라 개점 70주년을 맞아 문을 닫아 놓았다.

돌아오다가 연대 동쪽 담을 끼고 올라가는 길로 들어섰다. 산 쪽 가까이에 있는 후문으로 들어가면, 산책이 충분히 될 것 같다. 후문 바로 안의 체육관 수영장엘 들어가니, 예쁜 한족 여자 안내원 둘이 맞이한다. 이용료는 월표로 장당 10元으로 300元이면 한 달을 이용할 수 있다. 실내 수영장이 무척 컸다. 길게 몇 라인은 되었다.

체육관에서 나와 산가로 난 산책로로 들어섰다. 조선족 대학생 남녀 가 가면서 사랑을 나눈다. 그들의 대화가 간간이 들려온다. 그 말끝말씨 를 요약하면 '―자. ―ㄴ다. ―지? ……' 등이다.

저녁에 서울에 전화를 했다. 세실리아가 내일 인천 공항으로 나갈 준비는 다 되었는가 보다. 연길에 오전 11시 10분에 도착이라고 거듭 확인한다. 시어머니가 계시다고는 해도, 가정 일을 다 살펴 대책을 세워 놓고 오려니 바쁘게 보냈을 것이다. 가방이나 가볍게 해서 오면 좋으련만, 그 욕심이 그렇게 올 것 같지 않다. 계절이 바뀌었으니 챙길 것이 적지 않을 것이다. 고마운 사람이다.

259

인정은
꽃이 되어 피어나고

9장

☀ 맑음 **5월 10일**   오늘은 세실리아가 연길에 오는 날이다. 오전 11경까
지 연길 공항에 나가야 한다. 왠지 좀 빈 마음이 점점 차오르는 느낌이
다. 사람이 헤어졌다 만난다는 것이 이런 것인가 보다.

　공항 국제선 입국장 근처에 할머니는 쪼그리고 앉아 있고, 그 옆에

손녀로 보이는 학생이 있다. 마중을 나온 사람들이 별로 없다. 너무 이른가 보다. 그 여학생에게 누가 오기에 이렇게 기다리느냐니까, 어머니가 오신단다. 흑룡강성 해림이라는 곳에서 할머니하고 아버지가 공항에 나오셨단다. 거기에서 연길까지는 버스로 6시간 정도 걸린다고 했다. 그녀는 연길의 모 학원에서 공부한단다. 엄마가 한국에서 얼마나 계시다가 오시느냐고 묻자, 3년만이란다. 남편은 농사일을 하고 시어머니가 집안일을 돌보니, 아내는 한국에 돈 벌러 갔다 오는 것이다. 할머니가 80세라니 아들이 50세는 넘어보이었다. 지금 같이 나온 손녀는 막내로 그 위로 분가하고 출가한 손자와 손녀가 있다고 했다. 며느리가 어떤 분일까 궁금했다. 한국에 가서 착실하게 돈을 모아 가지고 잘 살아보겠다고 돌아오는 것이다. 아들이 하드를 두 개 사서 딸과 어머니에게 준다. 어머니가 먹고 싶지 않다고 하자, 포장을 뜯어서 다시 준다. 그래도 안 먹는다고 하자, 그 옆에서 이 광경을 보고 있는 나에게 그 하드를 먹으라고 준다. 그래서 할머니 드리라고 하고 뒤로 물러나니, 아들이 먹는다. 아들은 내내 아무 말이 없다. 얼마나 서로가 그리웠겠는가. 서로가 참고 기다린 것이다.

시간이 지나자 입국장에 사람들이 모여들고, 그 중에는 환영의 꽃다발을 든 젊은 남녀 몇 명이 끼어 있다. 아마도 아버지나 어머니 아니면 누나나 오빠가 귀국하는 것이리라. 그런데 그 옆 출국장에서 출국하는 사람들 중에 누군가가 비행기 연착 소식을 얘기한다. 그래서 안내에 가서 확인하니, 두 시간 가량 연착이 될 거란다. 공항에서 무슨 군사 훈련이 있다는 말들이 여기저기서 나온다. 그렇게 되면 아시아나 항공기로 오는 사람이나 그 비행기로 한국으로 떠나려는 사람이나 모두 기다리는 수밖에 없다. 어떤 사람은 출국 수속을 잠시 미루고 가족과 함께 어디론가 사라진다.

출국장 입구에는 동생을 떠나보내는 할머니가 그 안쪽을 언제까지 보며 눈시울을 적신다. 그래 언제 귀국하느냐니까 한국에서 한 5년은 있다 올 거란다. 어떤 젊은 여자는 갓난아기를 안고 시아버지와 시어머니에게 인사를 하고 들어가니, 그 노부부가 출국장을 한참이나 떠나지 않고 안쪽에서 출국 수속을 하는 며느리를 보고 있다. 한쪽에서는 오빠가 떠나는데 일가족이 나와 배웅을 한다.

점심시간이 가까워지자 국제선 출입국장은 조용하다. 나도 점심을 먹으려고 청사 내 스넥快餐점에 들어갔다.

식사가 끝나고 나와서 안내소로 갔다. 한 시가 가까워지자 입국장 주변으로 사람들이 몰려든다. 드디어 어떤 중년 남자가 가방을 들고 나온다. 가족이 나오지 않았는지 바로 인파를 헤치고 나간다. 이어 여러 사람들이 줄지어 나온다.

입국하는 사람들 중에는 꽃다발을 받는 사람도 있고, 악수하는 사람이 있는가 하면 포옹하는 사람들도 있다. 다들 얼굴이 환한 표정이다. 공항에 꽃을 들고 나온 경우는 이곳의 한 풍경이라 싶었다. 얼마나 반가우면 그렇게라도 표현하고 싶었겠는가. 이윽고 아내의 초췌한 모습이 보인다. 얼굴이 몹시 창백하고 지쳐 보인다. 얼른 나가서 가방을 받아 끌고 부근 의자로 갔다. 우선 안정을 취하게 했다. 이야기를 들어보니 피곤할 만도 했다. 남편 때문에 왔지 참 험한 여정이었다. 오늘따라

263

새벽에 아파트 20층에서 내려오려고 하는데, 전기가 나갔다는 것이다.
거기에다 아파트 단지의 발전소마저 공교롭게 고장이 나서, 어쩔 수
없이 시어머니하고 그 무거운 가방을 계단으로 끌어내리다, 도저히
안 되어 경비를 불러서 겨우 내려올 수 있었단다. 그런데 나이 든
경비 아저씨가 가방을 운반하는 것을 뒤에서 도와주는 과정에서 팔과
다리가 온전치 못했다는 것이다. 그러고서 배낭을 짊어진 채 그 무거운
가방을 끌고 나와, 택시를 잡아타고 공항버스 정류장까지 가서, 리무진
버스를 타고 인천공항에 도착했는데, 거기다 두 시간 가까이 늦게 출발
해 기다렸다니, 그 고생을 짐작하고도 남음이 있다. 그래서 조금만
가져오지 그랬느냐고 말을 하려다가, 누구 때문에 이 고생을 했는데
그런 말을 하느냐고 할 것이 뻔해서 아무 말 없이 수고 했다고 했다.
비행기를 타고 오는데, 않던 멀미를 하더라는 것이다. 고마운 사람이다.

잠시 쉬는 동안, 내가 지금 어느 여인이 귀국하는 것을 지켜보고
있으니, 조금만 기다려보자고 했다. 궁금하게 생각할 것 같아, 한국에
돈 벌러 갔다 3년 만에 돌아오는 지조 있는 조선족 여인인데, 지금
저기 시어머니, 남편, 딸이 기다리고 있다는 말을 했다. 그 말에 아내의
아픈 타령이 쏙 들어간다. 그리고 아내도 빠끔히 쳐다보며, 그 재회의
순간을 기다리고 있다. 입국자들이 거의 빠져나오고, 이제 하나둘 세관
원들도 나오고 있다. 끝내 입국장에서 모습을 드러내지 않는가 보다.
할머니와 딸이 눈이 빠지라고 입국장 안을 보고 있다. 인천 공항에서
탑승을 하지 않았나 보다. 나도 긴장이 되고 초조해진다. 입국장 입구는
사람이 거의 없다. 그들 세 사람만이 서 있을 뿐이다. 참 안타까운

264

순간이다. 갑자기 딸이 손을 흔든다. 드디어 작은 체구의 하얀 옷ᵃᵃᵃᵃ을 입은 여인이 가방을 들고 천천히 나온다. 딸이 뛰어간다. 시어머니가 다가가며 손을 잡는다. 남편은 아내와 시선이 오가는가 싶더니, 가방을 받아 들고 앞서 말없이 나간다. 그 뒤를 할머니가 따르고 이어서 엄마와 딸이 나간다. 나는 얼른 달려가서 문 밖으로 나가는 딸에게 "학생 잘 가요."하자, 그녀의 엄마가 나를 본다. 얼굴이 동그스름하고 순하면 서도 야무져 보인다. 생각보다는 젊어 보인다. 하기야 입국하는 사람들은 다 때깔이 났지만, 그 여인이 더욱 빛나 보였다. 할머니가 나를 보는데 표정이 밝아 보인다. 그렇게 그들은 공항을 빠져나가고 있었다. 나와는 아무 상관이 없는 하얀 옷을 입은 해림의 그 여인을 보는 순간, 나는 왜 이리도 기쁜 것일까. 아, 백합 같은 우리 조선족 여인이여!

아내가 옆에서 이 광경을 보며, 지금 나가는 그 여자냐고 묻는다. 그렇다고 하자, 같은 여자로서 아내도 그 여인에게 애잔한 마음이 드는 모양이다.

우리도 공항 대기실 문을 나왔다. 텅 빈 공항에 한 택시 기사가 오더니, 가방을 받아 끌고 간다.

🌀 흐림 **5월 11일**   오전에 강의 준비를 하고, 중간고사 답안지를 읽었다. 대부분의 학생들이 연구의 길을 찾겠다고 노력하는 모습을 읽을 수 있다. 더러 몇 학생이 좀 수동적인 태도로 답안을 작성하였으나, 어떤 사정이 있거나 준비 소홀이 아닐까 한다. 그들도 다음 단계의 수업

265

내용을 소화하게 되면 나아질 것이다.

　오후 강의가 시작되기 전, 조선족 학생들에게 준비한 설문지로 예비 설문을 하였다. 출석한 14명이 응답을 하였는데, 대충 살펴보았다. 의외의 응답이 있는가 하면, 어떤 항목으로 가령 연변 조선어의 변화에 가장 영향을 주는 것은 대체로 남한의 한국어를 꼽는 항이 있는가 하면, 연변 조선어의 문법 교육은 거의 모두가 필수적이라고 응답한 항이 있었다.

　강의는 예정대로 논문 분석 발표가 이루어졌다. 전보다 그 내용이 더욱 풍부하고 격식을 갖추고 있다. 잘 따라오니 퍽 다행스럽다. 다음 주로 논문 분석 발표는 끝이 난다. 그 다음으로 이미 예고한 일이지만, 학생들은 각자 관심 있는 분야에서 문제를 발견하여 주제를 설정하여야 할 것이다. 그것도 잘 해내리라 믿는다. 창의적인 주제 설정이 어려운 학생은 모방적인 주제 설정도 가능하다. 학생들이 어디까지나 이 강의를 통해 연구하는 방법을 터득하는 것이 강의의 주목표이다. 그렇다고 하더라도 강의하는 사람으로서 욕심을 낸다면, 학생들 모두가 창의적인 주제 설정을 하여주기 바라는 것이다. 이런 이야기를 학생들에게 하여 주었다.

　중국어에 대한 나의 관심은 여전해서, 쉬는 시간에 장춘대에서 강의를 하는 한족 려송화 선생에게 '떵이샤'等一下, '팅이샤'停一下, '깐밍타이 코우이샤'干明太烤一下 등에 사용된 '이샤'一下의 의미를 물으니, '잠간, 좀, 살짝' 등의 뜻이란다. 그러니까 전에 도서관에서 만난 조선족 여학생의 해석이 맞는다.

저녁에는 예정대로 원장, K 교수와 함께 저녁 식사를 하였다. K 교수가 연길에서 개업을 한 북한 음식점으로 안내를 했다. 한국에서는 가 볼 수 없는 경험이 되었다. 광명 거리에서 하남 쪽으로 가다가 강을 건너기 전 백산 호텔 부근에 있는 세기호텔의 작은 홀을 빌려 영업을 하고 있었다. 노래를 하는 작은 원형 무대 전면으로 음식을 먹는 대여섯 개의 원형 테이블에서 음식들을 먹고 있다. 그 뒤쪽으로 칸막이 좌석이 서너 개 있는데, 그 중에 한 자리를 겨우 잡을 수 있었다. 아직 공연은 하지 않았다. 북한 처녀들이 한복을 입고 손님들을 맞이한다. 우선 말씨가 친숙하다. 'ー십시오. ー세요. ーㅂ니다.' 등을 사용한다. 억양만 조금 다를 뿐이지 한국어다. 음식은 중국처럼 식단표를 보고 주문하게 되어 있다. 이미 여러 번 왔었다는 K 교수가 요리를 적당히 주문한다. 김치며 불고기며 여러 요리들이 입에 착 붙는다. 역시 반도의 음식이 우리에게 맞는다. 술은 주문한 북한 것이 없는지 고려촌이 나왔다. 시중을 드는 여자 종업원이 하도 예뻐서 "미인이네." 하니 생긋이 웃으며 "고맙습니다."하고 똑 떨어진 말을 한다. 아, 정말 예쁜 우리 반도의 처녀들이다. K 교수가 북한의 여자들은 다 예쁘다고 한 마디 거든다. 그래 남남북녀라고 했던가.

연길에 개업한 두어 곳의 북한 음식점들에 관한 이야기를 하던 중에, 하남에 있는 금강산이라는 곳이 있는데 지금은 폐업했다는 얘기가 나와서, 이야기가 금강산 관광으로 이어졌다. "저는 걸어서 직접 가지 비자 가지고는 안 가렵니다. 내 나라를 가는데 비자가 왜 필요합니까." 하니, 원장이 대부분 그렇게 생각을 안 하고 가는데, 나와 같은 사람은

267

많지 않을 거라며, 나를 다시 본다는 듯이 웃는다.

　남북 분단이라는 생각도 잠시뿐, 이내 내 집 근처 음식점에 온 것처럼 편안히 맛있는 음식을 먹었다. 무대에서 반주에 맞춰 '반갑습니다'의 노래를 한다. 한국 방송에서 더러 듣던 북한 노래를 여기서 직접 듣게 되니 감회가 새롭고 친근감이 간다. 이어서 '찔레꽃'이 곱고 구성진 여자의 목소리에 실려 실내를 감싼다. "……언덕 위에 초가삼간 그립습니다. ……" 언제나 들어도 흥겹고 정다운 노래다. 마지막으로 나온 평양냉면은 그 맛이 너무 좋아 국물 한 방울 없이 마시니, 원장이 나를 보며 국물까지 다 든다고 한다. 그리고 음식을 먹는 중간에 설문에 대한 것과, 논문을 공동으로 작성하자는 제안을 했다. 삼인이 합력해서 연구하면, 앞으로 연변 조선족 자치주 표준어 정책과 관련해서 그 단초를 제공하는데, 일조를 하지 않을까 한다고 했다. 연길시의 소학과 중학 그리고 연변의 시골 소학과 중학 등에서 각각 교사과 학생 15명식 모두 120명에게 설문을 하여 분석을 하자고 했다. 이와 같은, 나의 일방적인 제안에 잠시 침묵만이 감돈다.

　원장의 배려에 고맙다는 말을 하니, 더 많은 경험을 하게 되면 알게 되는 것이 많을 거라고 했다. 그래서 노동절에 모아산을 등반한 얘기며, 연대 뒷산 과수원에서 나물캐는 조선족 여인에게서 들은, 한국에 돈 벌러 가서 도박이나 하는, 어떤 조선족 여인의 남편 얘기며, 그 밖의 여러 얘기를 했다. 그랬더니 조선족 가정의 이혼율이 높다는 우울한 얘기를 한다. 그러면서 연변의 기업들이 침체되고 있다는 근심스런 말도 한 마디 한다. 조선족이 외지에서 돈을 벌어와 할 수 있는 일이란,

음식점 같은 소규모 영업이라는 것이다. 비슷한 얘기를 듣기는 했어도, 연변의 지식층이 하는 말이고 보니, 연변 자치주의 한계를 말하는 것 같아 좀 씁쓸했다. 그래서 그에 대한 얘기는 더는 하지 않았다. 기분 전환으로 지난번 아내가 연길에 올 때에, 공항에서 목격한 하얀 옷을 입은 조선족 여인에 관한 미담 하나를 얘기했다. "좀더 잘 살아보겠다고 남편에게 가정을 맡기고, 이역 만 리에서 3년 동안 돈을 벌어가지고 온 흑룡강 해림의 여인! 순결을 상징하는 하얀 옷을 입고 입국한 대찬 여인! 얼마나 자랑스러운 조선족 여인인가."라고.

계산을 하려고 카운터에 갔다. 우아하고 예쁜 북한 여인이 한복을 입고 앉아 있다. 이국땅에서 반도의 동포를 만나니, 유별난 친근감이 간다. 계산을 하고 잔돈을 돌려받으며 10원을 주었다. 그랬더니 대뜸 100원이면 몰라도 택시나 타고 가란다. 그래서 좀더 그녀 가까이 내미니, 다시 택시나 타고 가란다. 그래도 계속 내밀어 주니 아무 말 없이 받는다. 뒤에서 이 광경을 원장이 보고 있다. 식당을 나오자 적당히 기분 좋게 취한다.

연길에 와서 모처럼 함께한 즐겁고 오붓한 자리였다. 바쁜 일정에 피곤할 거라는 것을 알면서, 짐짓 분위기에 쓸려 노래방엘 가자고 객기 어린 말을 하니 사양한다. 원장과 인사를 나누고, K 교수의 차로 연대 숙소로 돌아왔다.

☀ 맑음 **5월 12일**   얼마 전부터 한 쪽 송곳니 의치가 흔들리고 잇몸이

아파왔다. 오늘은 작심을 하고 K 교수에게 치과를 소개받아, 인근의 노블구강의원에 갔다. 진찰료로 3원 받는다. 그리고 조선족 여자 의사의 진단에 따라 X선 촬영비로 10원을 내었다. 검사 결과는 이뿌리를 뽑아야 한다는 것이다. 옛날에 자전거를 타다가 넘어져 부러진 이의 뿌리에 의치를 박아 버텨왔다. 그러기를 두어 번 했는데, 세 번째가 마지막이라며 흔들리는 의치를 다시 박아주었었다. 그것이 다시 흔들리고 이뿌리가 금이 간 것이다. 마취상태에서 이뿌리를 제거하고 소독을 하니까 시원한 느낌이다. 삼일 후에 임시 의치를 하고, 두 달 후에 정식 의치를 끼운단다. 병원을 나오면서 치료비로 13원을 내었다.

☀ 맑음 **5월 13일** 아침 성당에 가는 길은 싱그럽다. 성당 주변 가로수가 푸르고, 이곳저곳의 미루나무가 높이 솟아 그 푸른 잎사귀가 아침 햇살에 반짝인다. 길가 담 밑에 피어 있는 보랏빛 라일락이 그 향기를 그윽이 풍긴다.

세실리아는 몸이 풀리지 않았다고 성당에 오지 못했다.

한국으로 피정을 가셨던 신부님이 돌아 오셨다. 빈자리가 다시 채워졌다. 있어야 할 사람이 잠시라도 없을 때, 우리는 허전함을 느낀다. 우리는 우리가 있어야 할 자리에서 얼마나 떠나 살았는가. 그때 허전함을 느끼는 사람이 있었는가. 또한 우리 자신은 허전하지 않았던가. 그리고 누가 또 허전함을 느끼겠는가. 그 반대로 우리가 있어야 할 곳으로 돌아왔을 때 충만함을 느끼는 사람이 있었는가. 또한 우리 자신

270

은 충만하지 않았던가. 그리고 누가 또 충만함을 느끼겠는가.

오후에는 산책을 나갔다. 연대 뒷산 옆과 너머로 하얀 사과배꽃이 만발했다. 그 과수원 길을 걸으며 사진을 찍었다. 이런 아름다운 과원에서 나에게 사진을 찍어줄 사람이 없나 하고 살펴보았다. 저쪽 사과배나무 꽃가지 사이로 인기척이 있다. 아, 청춘은 아름다워라. 흐드러지게 핀 사과배나무 밑에서 완보하며 사랑을 나누는 청춘남녀 대학생 둘이 있다. 그래서 분위기를 깨는 것 같아 미안한 생각이 들었지만, 이 시각에 아무도 모르게 살짝 연애하는 연인 말고는 저 넘어 배꽃에 흰 가루를 뿌리는 농부 이외에 누가 있을 리 만무하다. 그래서 어렵게 사과배꽃나무를 배경으로 사진 한 장을 부탁했다. 한 스무 살쯤 되어 보이는 앳된 남자 대학생이 달려 와서 찍어주었다. "시에세" 하니 수줍은 듯 웃으며 "부커치." 한다.

과수원을 내려오면서 민들레와 씀바귀를 뜯어 가지고 오다가, 산책을 나온 조선족 할머니 두 분에게 그것들의 차이를 물었다. 민들레는 연변에서는 '무슨들레'라고 불러왔단다. 이 '무슨들레'를 쌈 싸 먹고, 씀바귀처럼 삶아서 무쳐도 먹는단다. 그리고 반도의 씀바귀는 '세투리'라고 하는데, 개세투리는 못 먹으나 참세투리는 먹을 수 있다고 한다. 그러나 이곳 사람들은 세투리가 쓰기 때문에 안 먹는단다. 그러니까 민들레와 씀바귀의 차이를 모르고 혼동하여 민들레를 씀바귀라고 하는 사람도 있고, 민들레를 '무슨들레'라고 씀바귀와 구분하여 사용하는 사람들도 있다고 생각되었다. 그들 할머니에게 '무슨들레'의 '무슨'이라는 말이 왜 붙었느냐고 물으니까, 그들도 잘 모르고 그렇게 써왔다는

271

것이다.

좀더 내려오려니, 저 아래에서 나이가 많으신 깨끗한 할머니가 모자를 쓰고 힘들게 올라온다. 인사를 하고 자연스럽게 대화가 되어, 되짚어 산 쪽으로 함께 오르며 잠시 이야기를 나눴다. 그 할머니는 팔도에서 살았는데, 연변대 화학과를 졸업하고 연길 제1중학에서 교편생활을 하다, 20년 전에 퇴직을 했단다. 지금 77세라고 했다. 몸을 가누기가 힘들 정도의 병을 알고 있었다. 오늘은 날이 따뜻하여 이렇게 좀 나왔단다. 내가 한국에서 왔다고 하자, 자기 남편의 사촌이 서울 근교 양평에 산다고 했다. 연변이 지금은 살기가 많이 좋아졌다고 한다. 한국의 생활은 바쁘다는데 이곳은 헐하단다. 그래서 조용히 지내기가 좋단다. 겨울에는 석탄가스 냄새가 심하지 않느냐니까, 오래도록 살아와서 잘 못 느낀다는 것이다. 옛날보다는 많이 나아진 편이란다. 그렇다. 그들에게는 큰 변화보다는 자족하며 사는 것이 더 편하겠다는 생각이 들었다. 헤어지기 전, 이런 얘기를 하였다. 아는 선생들의 아들과 딸들이 미국, 일본, 한국에 있어서 다녀보니, 미국에서 일본에 오면 일본이 미국보다 못하고, 일본에서 한국에 오면 한국이 일본보다 못하고, 한국에서 중국에 오면 중국이 한국보다 못하다고 한다는 것이다. 그래서 지금은 서로 비슷하다는 말을 하여 주었다. 연변대 교수아파트 옆에 있는 민항아파트에 산다며, 딸이 민항에서 근무한다고 했다. 그 아파트로 돌아서며 그 할머니는, 오늘이 5월 두 번째 주로 중국에서는 이 날이 어머니날이라며, 동행해 줘서 고맙다고 했다.

연대 서문으로 들어오니, 운동 시설이 있는 데서 세 명의 여대생이

다리 흔들기 운동을 하고 있다. 나도 그 운동을 하고 들어갈까 해서 그들 가까이 가니, 조선어로 얘기를 주고받는다. 동족 학생을 만나 반갑다고 하니, 그 중 한 학생이 "한국인이시까?" 한다. 그래서 '－이십니까'라고 고쳐주니, 습관이 돼서 그렇다며 미안해한다. 앞으로는 줄인 말을 쓰지 않도록 노력을 하고, 상황에 따라 표준어를 사용할 수 있도록 TV를 보며 익히라고 했다. 그리고 그들에게 문법적인 설명을 자세히 해주었다. '－시－'를 사용한 것은 '당신은 누구십니까'의 주어인 당신을 높인 것이니 바른 사용이나, 듣는 상대인 어른 '나'를 높여주는 말은 없지 않느냐고 했다. '－까'는 상대를 높이지 않기 때문에 '－ㅂ/습니까'라고 써야 한다고 했다. 그렇게 일러주고 다시 말해보라고 하니까 "한국인이십니까?"하고 바르게 말한다. 이처럼 문법 교육을 하면 효과가 있다. 그 학생은 수학과 3학년 이준미라고 했다. '리준미'라고 하는 것을 '이준미'라고 자연스럽게 발음하도록 지도를 했다. 그녀에게 마지막으로 이인칭 대명사 '닌'你는에 대해 물으니, 중국어 '니'你를 '너' 대신 쓰는 것이라고 했다. 그래서 앞으로는 조선어를 말할 때에 '너'라고 말을 하는 것이 민족어를 사랑하는 것이라고 했다. '이만 가겠슴다'라고 하더니, 이내 고쳐 한 음절씩 끊어 "가 겠 습 니 다."하고 웃으며 인사하고 간다.

☀ 맑음 **5월 14일**　오전에 금요일 마지막 두 조의 논문 분석 발표가 있기 때문에, 발표 학생들이 제출한 논문 두 편을 읽고 분석했다. 오후에

273

는 해금강에 가서 뜨거운 물에 몸을 담갔다. 이곳은 오월이라도 밤에는 방이 서늘하여 냉기가 돈다. 온수의 샤워淋浴, 린위로는 냉기로 차가워진 몸을 녹이는데 역부족이다.

돌아오면서 합동 연구를 위한 검토용 설문지를 복사했다. 현장 설문을 하기 전, 완벽한 설문지 작성에 공동의 협력이 필요하다. 회람하여 설문지 내용을 가감해야 할 것이다.

방에 들어오니 경쾌하면서도 즐거운 선율이 흐른다. 세실리아가 반도에서 가지고온 테이프로 주옥같은 고전음악을 감상하고 있다. 모차르트의 피아노 협주곡 21번 1악장에 이어, 슬프도록 아름다운 2악장이 연주된다. "고품격의 삶을 사시는군요." 하니까, 나를 쳐다보는 눈빛이, 여기서 이렇게라도 사는 것을 고맙게 여기라는 신호다.

저녁에 세실리아가 심심한지 화투를 하잔다. 나는 컴퓨터 앞에서 꼼짝도 않는다. 이렇게 북간도의 밤이 깊어간다.

☀/☁ 맑고 흐림 **5월 15일**　　오월 들어 오늘과 같이 화창한 아침을 맞은 적이 별로 없는 것 같다. 하늘은 맑고 건너편 기숙사 굴뚝에서 연기가 수직으로 느리게 오르고 있다. 가까이 찻길 가로 늘어서 있는, 초록 옷을 입은 가로수가 싱그럽다. 세실리아는 어제에 이어 베토벤의 바이올린 협주곡 5번을 듣더니, 고전음악 애호가들이 좋아한다는 알비노니의 아다지오를 틀어놓고 나를 부른다. 오늘은 점심 후에 세실리아와 연대 뒤쪽 사과배 과수원에 산책을 나가야겠다는 생각이 든다.

274

아침을 먹고 한국─조선학 학원 자료실에 갔다. 자료실의 도서가 빈약하다. 특히 어학 분야가 더욱 그러하다. 연변 조선말 규범집수정보증판/연변인민출판사, 1996을 찾았으나 없다. 마침 어학연구소 교수를 만나서 볼 수 있었다. 그리고 조선족사범전과학교교과서 문법류은종·전학석 외, 연변교육출판사, 2001, 중학생 조선어실용문법동북조선족교육출판사, 1984, 조선어문법김동익, 강은국 편, 연변대학조문학부, 1995 등을 빌렸다.

숙소에 들어오니, 오늘도 서정적인 선율이 방안 가득 흐른다. 음악은 잠시라도 일상을 벗어나 마음을 즐겁게 한다. 차이코프스키의 피아노 협주곡 1번을 듣고 있는 아내의 모습을 보며, 점심을 들고 사과배꽃이 만발한 동산에 꽃놀이를 가자고 했다.

휴대전화에 메일 왔다는 신호가 울린다. 열어보니 "교수님, 안녕하세요. 저 국어국문학과 O형이에요. 항상 건강하시고 행복하세요."라는 메시지가 뜬다. 스승의 날이라고 인사하는 것이리라. 참, 반갑다. 그래, 공부 열심히 하여라.

점심 후, 세실리아와 함께 연변대 내의 정원 사이로 해서 산가로 방향을 잡았다. 산등성이에 오르자, 왼쪽으로 온산이 전부 사과배나무 단지다. 끝없이 벋어나간 과수원이 온통 흰색으로 뒤덮였다. 이렇게 수많은 꽃나무를 배경으로 아내와 사진을 찍기는 생전 처음이다. 세실리아가 조금만 걸어도 늘 다리가 아프다고 하던 말이 오늘은 없다. 시간 가는 줄 모르고 이곳저곳에서 사진을 찍었다. 그 시간이 무려 두 시간 가까이 되리라. 아내로서는 없던 일이다. 잘된 일이다. 이곳에 와서 이런 기쁨이라도 있어야지. 좀더 따뜻해지고 시간이 나면, 하얼빈에도 가보고, 훈춘에도 가보고, 그 밖에 여러 곳을 돌아다녀 볼 것이다.

저녁을 들고 쉬는데, 휴대 전화가 왔다. 발신지가 분명치 않은 전화다. 어제부터 간간 같은 사람이 한다. 세실리아가 받더니, 서 교수님을 찾는단다. 받으니 "저 00학번 ○민인데요."한다. 00학번이면 2000년에 입학한 학생이다. 전화로 ○민이라고 하니, ○민희로 들린다. 몇 번 확인을 하고서야 '민'이라는 것을 알 수 있었다. 이름이 외자다. 학교에서 미나라고 불렀다. 지금은 서울 효자동 국립장애학교 교사로 있는데, 모대학 특수대학원에 진학하고 있다. 지난주에 모교에 와서 내가 연구년으로 해외에 나갔다는 소식을 들었단다. 로밍한 전화라 길게 얘기 못하고 스승의 날이라고 전화를 해줘서 고맙다는 말을 했다. 내가 지도한 학생이다. 참, 성실한 학생이었다. 중등교사 자격증까지 받았기에 중등교사가 될 줄 알았는데, 장애인 교사가 되었다. 그리고 계속 그 방면으로 공부하겠다고 한다. 호주에 어학연수도 다녀오는 등 꾸준히 준비를 하고 있다. 오히려 잘 선택한 길이라고 생각한다. 남이 가니까 나도 간다는 식이 되어서는 인생에 큰 보람을 얻을 수 없다. 내가 내 능력에 맞게 가고 싶은 길을 갈 때에 미래가 밝은 것이다. 인생의 갈림길에서 우리는 선택을 해야 할 때가 있다. 그런 때에 미나는 미련 없이 남이 가는 길을 버리고, 제가 하고 싶은 일을 위해 다른 길을 택한 것이다. 틀림없이 원하는 전문가가 될 것이다. 귀국하면 전화하마고 했다.

🌥 흐림 **5월 16일**   아침 식사 중에 식당 남자 주인이 듣는 라디오에서, 연변 아리랑 방송국이 보내는 아침 노래가 빠르게 흘러나온다. 현재명 작사, 작곡의 '나물 캐는 처녀'1931라는 가곡으로 알고 있다.

  푸른 잔디 풀위로 봄바람은 불고
  아지랭이 잔잔히 끼인 어떤 날
  나물캐는 처녀는 언덕으로 다니며
  고운나물 찾나니 어여쁘다 그 손목

  소먹이던 목동이 손목 잡았네
  새빨개진 얼굴로 뿌리치고 가오니
  그의 굳은 마음 변함없다네
  어여쁘다 그 처녀

나물 캐는 아가씨들이 있는 언덕에 여기 저기 꽃들이 피어 있고, 시냇가 풀밭에 버들강아지 핀 가지를 꺾어 피리 부는 총각이 있는 그 곳. 아, 그리워라. 그런 상상 속에 음악을 듣는다. 반도에서처럼 아마도 이곳 연변의 옛날이 그러했으리라.

오전에 연대 정문 옆 우체국 내의 복사실에 갔다. 어제 빌린 책들의 경어법 관련 부분을 복사해 달라고 조선족 젊은 아주머니에게 부탁해 놓았다. 그 여인은 정서적으로 꽤 안정되고 온화한 인상이다. 복사하고 나올 때면, 늘 "또 오시오. 예."라는 말을 잊지 않는다. 누님 같은 여인이다.

그리고 K 교수에게 전화를 하여, 내일 아침 9시경에 조선어문학과 사무실에서 만나기로 약속을 했다. 공동 연구를 위한 토의 내용 초안 조선어 사용의 표준에 관한 연구 개요와 그것과 관련된 학생과 교사의 설문지을 두 부 가지고 가기로 했다.

점심 후 노블구강의원에 갔다. 뽑은 이의 잇몸이 아물었단다. 의치를 해야 하는데, 세 가지 방법이 있단다. 첫 번째는 빠진 송곳니를 만들어 끼우는 방법인데, 이 방법은 양쪽 이를 갈아서 걸어야 하니, 성한 이 두 개가 손상을 입는단다. 두 번째는 의치를 하여 틀니처럼 끼웠다 뺐다 할 수 있는데, 이 방법은 모양이 좋지 않다는 것이다. 세 번째는 이를 뽑은 지 두 달 후에, 이 뿌리를 잇몸 속에 넣고 일정한 시일이 지나서 아물면, 거기에 이를 만들어 박는 방식인데, 이 방법이 가장 좋다는 것이다. 그런데 시일이 꽤 걸리고 금액이 만만치가 않다는 것이다. 연변에서는 인민폐 5천원의 비용이 드는 치과도 있지만, 이 노블구강병원에서는 1만원의 비용이 든다는 것이다. 한국에서는 아마도 그 두 배인 2만 원 정도는 들 거란다. 중국에서 하면 싸다는 말을 의사가 하지만, 장기체류가 아닌 경우에는 중국에 또 와야 한다는 번거로움과 왕복 교통비며 차후 서비스를 받는 것 등을 고려할 때에, 꼭 그렇게만 생각할 일은 아니다 싶었다. 그래서 한국에 돌아가서 이를 하기로 하고, 그 병원에서 나왔다.

오는 길에 신화서점 분점이 있어서 포케트조한영朝漢英사전리민 외 편, 민족출판사, 2002 한 권을 샀다.

☂/☁ 비 흐림 **5월 17일**   아침을 먹고 9시경에 빌린 책과 연구 초안을 들고, 조선한국학 학원 동으로 발길을 옮겼다. 이슬비가 내려 풀이며 나뭇잎이 물을 흠뻑 머금고 있다. 오늘 반도에도 비가 내린다는 예보가 있었다.

자료실에 책을 반납하고 과 사무실로 갔다. 아직 K 교수가 오지 않았다. 조선족 여학생 하나가 커피를 타다 준다. 잠시 후, K 교수가 출근해서 원장실로 갔다. 공동 연구 초안을 검토하여 줄 것을 얘기하고, 초안의 검토가 끝나면 적절한 날을 잡아, 연변지역을 중심으로 도시의 두 학교와 시골의 두 학교를 방문하여 설문을 하자고 했다. K 교수에게 3월에 협조의 내락을 받기는 했지만, 공동 연구를 위해 우리 협력을 하자고 다시 말했다. 그의 바쁜 생활을 알면서도 노파심에서 짐짓 한 번 더 강조한 것이다. 내가 잡은 그의 손이 힘이 없다. K 교수는 이곳 상황과 관련하여 설문 내용에 대한 말을 한 마디 하는 것 같다. 내 짐작으로는 여기는 중국이니, 설문이 어렵지 않겠느냐는 의미로 받아들여졌다.

오후에 학생 발표 논문을 읽으며 보내다, 결혼기념일5.18을 앞당겨 오늘 저녁에 북한 음식점에서 맛있는 음식을 먹으며 자축하기로 했다. 저녁 6시경 시내 세기호텔 2층 조선평양 류경식당T04332502320은 아직 한가했다. 전면 무대 벽에는 북한 인공기가 걸려 있고, 그 앞으로 지난번에 봤던 대여섯 개의 원형 탁자가 놓여 있다. 다른 자리는 이미 예약 상태라고 해서, 세실리아와 나는 출입구 옆 사각의자에 자리를 잡았다. 차림표를 보고 주문을 하는데, 물 한 병 1원 혹은 2원, 녹두부침

개 15원, 뱀장어구이 65원, 김치 5원, 쇠고기불고기 50원, 평양냉면 15원, 토장국 5원 등이었다. 도미 회는 180원인데 신선도가 있을지 몰라 선뜻 주문하기가 쉽지 않다. 아내는 시중 음식점에서 5원하는 청도 맥주가 그 세 배나 된다고 투덜댄다. 여러 가지 요리가 있지만, 그 중에 몇 가지를 시켜 먹으려니, 시중들던 아가씨들이 가수로 변신하여 노래를 부른다. 곡명은 지난번과 같았다. '반갑습니다'를 시발로 해서 '찔레꽃' 그리고 '나의 살던 고향' 등으로 이어진다. 자리는 거의 찼는데, 손님들이 백두산 관광을 하고 온 한국인들이다. 이곳 음식점을 찾는 사람들은 대부분 한국인 아니면 연변의 상류층 조선족일 것으로 생각되었다. 세실리아의 표현대로라면 이류급이라고 할 수 있는 아가씨들의 노래가 끝나자, 음식을 다 든 관광들이 일제히 나가 실내가 횡하다. 더러 몇몇 손님들이 들어오기는 하나, 그 열기는 이미 식었다.

음식 값을 계산하고 나오는데, 세실리아가 확인을 하자기에 220원어치를 먹었다고 하니, 아무래도 이상하다고 계산대로 되돌아가 5원을 받아온다. 김치 값의 계산이 잘못됐다고 하더란다. 아내의 기분이 좋지 않은 듯하다. 계산은 계산이고 팁은 팁이라면서, 그러면 안 된다는 것이다. 그래서 팁으로 줘도 될 5원을 굳이 받아 왔다는 것이다. 여자는 여자다 싶었다. 단돈 일원을 아끼자고 소위 오케이캐쉬백인가 하는 딱지를 사온 물건에서 뜯어 모아 상품권으로 바꾸는 아내다. 하기야 그런 검약 정신이 있어, 먹을 것 걱정 안 하고 산다 생각하니, 한편으로는 세실리아가 고맙기도 하다. 그 돈으로 돌아오는 택시비를 하였다. 차 안에서 세실리아는 음식하면 역시 한국의 음식이란다. 오늘 저녁 먹은 음식의 맛이 썩 마음에 들지 않았나 보다.

저녁 8시 뉴스한국시각 9시 뉴스를 보니, 오늘 경의선과 동해선의 기차 철도가 56년, 57년 만에 각각 개통이 되었다고 한다. 전 구간이 아닌 일부 구간으로 문산―개성27.3킬로미터, 제진역―청년역25.5킬로미터 사이를 오가는 기차 철도이지만, 남북의 경계는 분명히 뚫리고 있었다. 그러나 이곳 연변 사람들처럼 나도 언제 남북통일이 될지 그 미래가 밝게 느껴지지 않는 것은 어쩔 수 없었다. 온 세계가 개방으로 나가고 있는데, 왜 그게 안 되는 것일까. 하느님은 알고 계실 것이다. 언젠가 들은 '모든 일이 합력하여 선을 이룬다'고 하는 성경의 한 구절이 생각났다.

흐림 **5월 18일**　　오전에 오늘 학생 논문 분석 발표 논문을 마저 읽었다. '한국어 음절발음교육에 대하여'유춘희, 한국어교육논문집, 흑룡강출판사, 2006에서 제2언어 한국어 교육에서 음소의 발음이나 음운체계에 관한 연구는 많이 진행되었지만, 음절이나 어휘 및 말 흐름 속에서의 발음 오류는 별로 연구되지 못했다고 지적한다. 그 중에 하나로 음절 이분법 성모와 운모의 철음綴音 : 모음과 자음이 합하여 된 소리 법칙에 익숙한 중국인 학습자들이 중국어의 철음법칙으로 한국어의 음절초성, 중성, 종성의 삼분법을 이분법으로 인식하여 발음하려는 현상이 많다는 것이다. 그리고 중국어와 한국어는 음절 구조에서 차이를 보일 뿐만 아니라, 자모음의 철음 법칙에도 차이가 있고, 이로 인해 생겨난 음절수도 차이가 있다는 것이다. 중국어와 한국어의 실제 발음 음절수는 404 : 2317이라는 것이다.

281

여기서 중국어는 성조를 무시한 음절수이다.

한자가 음절로 이루어졌고, 글자를 통해서는 그 음절을 구성하고 있는 음소를 알 수 없으므로, 중국인들은 글자에 대하여 정체整體적으로 인지하는 습관이 있다는 것이다. 그러므로 제2언어로서 한국어의 발음 교육이 음소발음의 변별에만 그쳐서는 부족하며 중국어와 한국어의 음절 대비의 기초 위에서 음절발음을 훈련하는 것이 중요하다고 한다. 그러면서 음절발음에서 나타나는 몇 가지 문제를 제기한다. 한국어 교육에 시사하는 바가 큰 논문이다.

그 논문에서 그동안 중국 한자병음의 문제 중 복합운모 'ong'의 발음이 [oŋ]이 아니고 [uŋ]이라는 사실을 알게 되어, HSK 1급인 M 학생의 발음이 정확하다는 것을 방증하게 되었다. 그러니까 東北은 그 발음이 '똥베이'가 아니고 '뚱베이'인 것이다.

오후의 강의는 조선언어학 2007년석사연구생논문답변회가 있어서 거기에 참여하는 것으로 대치했다. 세 명의 연구생의 논문 발표가 있었는데, 연구 방법에 여러 문제점이 있었다. 가령 자신의 능력에 비추어 정도에 지나친 언어이론을 가지고 현학적으로 분석을 한다든지, 의미에 대한 연구라면 의미 분석 방법이 먼저 제시되어야 함에도 불구하고 바로 논의로 들어간다든지 해서, 연구의 기초가 좀 떨어진다는 생각이 들었다. 이런 일은 한국의 대학원생들에게서도 흔히 볼 수 있는 일이다. 주로 질문이 교수 중심으로 이루어져 아쉬운 감이 없진 않았지만, 늘 발표에서 겪는 일로 시간이 부족한 탓으로 돌리지 않을 수 없었다. 원장이 참석자들에게도 질의가 있으면 해서, 나도 연구 방법과 관련된

282

것을 하나 질문하는 것으로 그 역할을 하였다. 원장을 비롯하여 교수 및 연구생들이 진지하게 토론에 임하는 자세가 돋보이는 발표회였다. 나는 후반부 질의에 대한 발표자의 답변 시간에는 참석하지 않고 나왔다. 미안한 생각이 들긴 하였지만, 몸도 무겁고 강의 시간으로 보면 끝날 시간이었다. 나야 논문 발표를 심의하는 主席이나 委員이 아니지 않은가.

국경의
밤과 낮

10장

∞ 흐림 **5월 19일**   오늘은 훈춘을 가기로 했다. 일주일을 내내 숙소에서
만 생활을 하다 보니까, 좀 답답하기도 하고 한번은 가봐야 하겠기에,
오월이 가기 전에 둘러보고 오리라고 예정은 하고 있던 터였다. 서두른
다고 하면서도 8시 40분경에야 연대 정문을 나섰다. 연길 역으로 가면

285

훈춘으로 가는 버스가 있다기에 택시를 탔다. 기사가 50대 중반은 되어 보이는 조선족 아저씨다. 훈춘에 가기위해 버스를 타러 간다고 하자, 한국에서 왔느냐고 하면서 처음에는 200원에 유람을 시켜주겠다고 하더니, 우리가 훈춘의 러시아, 중국, 북한의 삼국 국경에까지 간다고 하니까, 기름값 50원을 얹어주면 국경인 방천까지 갔다가 훈춘의 좋은 곳들을 보고 오면서, 도문도 들리겠단다. 그러면서 훈춘까지 버스도 25원인데, 두 사람이면 왕복 100원은 들지 않겠느냐고 비교를 시키면서, 유리한 조건을 제시하는 것이다. 단순히 산술적으로 따져도 그렇게 바가지요금을 제시한 것 같지는 않다. 그러나 택시를 타게 되면 관광을 하는데 부자연스럽고 여유롭게 다닐 수 없는 단점도 있어서 망설이다가, 생각해보니 어쨌거나 택시로 가면 우리가 바라는 곳을 다 볼 수 있을 것 같기는 하다. 그러는 중에 세실리아가 버스로 가자고 튼다. 그러자 그 기사가 다시 권유한다. 택시로 가면, 두루 여러 곳을 볼 수 있고 비용도 많이 들지 않으니, 250원에 가잔다. 택시가 자기 소유란다. 그러니까 그는 개인택시 운전기사이다. 그래서 편한 대로 그냥 타고, 훈춘으로 가기로 했다. 운전석 앞머리 위에 붙은 백미러에 그 기사의 눈가 표정이 비치는데, 연륜이 쌓여 인정이 좀 있어 보이기는 한다.

차는 역으로 가다가 다시 돌아, 하남교를 건너 광명 사거리를 지나 연변 병원 옆으로 해서 도문가는 길로 들어선다. 그는 4년 동안 서울에 가서 있을 예정이란다. 큰 아들과 각시가 서울에 있단다. 고향이 어디냐고 묻자, 두만강 가 船口村선구촌인데, 강 건너가 종성이란다. 배가 왕래하는 곳이란다. 돈을 더 벌어 고향에서 양로원이라도 해 보겠단다. 6년 동안 각시와 별거로 지내다 보니, 형체가 아물아물 하단다. 6년이라는 세월이라. 그 두 부부가 대단한 사람들이라고 생각되었다. 그는 "내가 있을 때 장백산 가소." 한다.

9시 5분경 고속도로로 진입한다. 속으로 시간을 절약하기 위해 그러는가 보다 했다. 좌우 구릉이 연초록으로 뒤덮여 있다. 밭에는 이랑 사이로 새싹이 돋는다. 고속도로 옆을 따라 가노라니, 옆으로 해란강과 부르하통하강이 합류하여 흐른다. 중간에 터널을 두 개 지나자, 강 건너에 도문에서 연길로 가는 기차가 올라가고 있다. 9시 35분경 도문시 톨게이트에 이른다. 이곳도 도로 이용료를 10원씩 받는다. 기사가 강 건너를 가리키며, 저기가 도문이란다. 도문은 돌아오면서 보기로 하고, 차는 훈춘으로 향했다. 중국의 개방과 발전에 대해 기사는 등소평을 높이 평가했다. 세실리아가 그는 검은 고양이 흰 고양이 따지지 말라고 했다고 한마디 거들었다. 그런저런 얘기를 하는 중에, 산 밑으로 난 길을 따라 가다가 계곡 사이로 흐르는 물길을 만났다. 기사가 저게 두만강이란다.

아, 두만강! 마음속에서나 그려보던 그 강이 아니었더냐. 교과서에서 배운 김동환의 서사시, '국경의 밤'에 나오는 그 두만강!

아하, 무사히 건넜을까
이 한밤에 남편은
두만강을 무사히 건넜을까

287

저리 국경 강안(江岸)을 경비하는
외투 쓴 검은 순사가
왔다 갔다
오르명 내리명 분주히 하는데
발각도 안 되고 무사히 건넜을까?

소금실이 밀수출 마차를 띄워놓고
밤 새 가며 속태이는 젊은 아낙네,
물레 젓는 손도 맥이 풀려서
파! 하고 붙는 어유(魚油) 등잔만 바라본다.
북극의 밤은 차차 깊어 가는데.

·································

이튿날 아침
해는 재듯이 떠, 뫼고, 들이고, 초가고 깡그리 기어오를 때
멀리 바람은
간도 이사꾼의 옷자락을 날린다.

·································

강 저쪽으로 점심 때라고
중국 군영에서 나팔 소리 만따라 하고 울려 들린다.

시집 <국경의 밤>(1925. 3. 20)

그리고 가수 김정구 씨가 늙도록 구성지게 불렀던 '두만강 푸른
물에 노 젓는 뱃사공, 흘러간 그 세월이 ……'에 나오는 그 강이
아니었더냐. 어려서부터 우리나라 지도를 그릴 때, 맨 처음 시작하는

곳이 바로 그 두만강이 아니었더냐. 푸른 가로수 사이사이로 보이는 푸른 강물이 아름답다. 강이 크지 않아서 더욱 애착이 간다. 길 아래 흐르는 물의 건너편 저 산이 북한 땅이라니, 나는 지금 북한의 최변방을 보고 있는 것이다. 한국의 무수한 관광객들이 지나가면서 느꼈겠지만, 나는 나만의 체험을 하고 있는 것이다. 대학에 다닐 때 학교에서 보내주어 휴전선 견학을 한 적이 있다. 그 때 가슴이 뭉클했던 기억이 지금도 생생하다. 그 당시에 두만강을 가본다는 것은 꿈도 꾸기 어려운 곳이었다. 강 하나를 사이에 두고 우리 선조들이 건너와 농사도 짓고, 민족 수난기에는 삶의 터전으로 삼았던 곳이 바로 이곳 두만강 가의 북간도인 것이다.

700리 두만강은 백의 겨레의 성산, 유서 깊은 백두산 천지에서 발원하여 땅 밑으로 흐르다가 암층과 지층을 뚫고 솟아 개천으로부터 대하를 이뤄 동해 바다로 유유히 흐른다. 엄격히 말해 두만강의 발원지는 백두산 동쪽 60리에 위치한 원지늪이란다. 우리 조선족들은 그 늪을 옥녀늪이라고 부른다. 이 강은 연변에 사는 우리 조선족의 과거와 오늘의 가장 충실한 견증자이다. 그리하여 두만강은 눈물의 강, 역사의 강, 투쟁의 강, 승리의 강, 행복의 강, 친선의 강 등으로 불리고 있다.

기사는 차를 몰면서 북한에 대한 얘기를 좀 한다. 요약하면 북한이 침략에 대비해서 핵무기 개발에 힘쓰고 군대를 강화하고 개방을 하지 않는다는 것이다. 중국에서 개방을 요구해도 지도자가 말을 안 듣고 백성을 틀어쥔다는 것이다. 중국은 등소평 후계자들이 계속 개방을 하여 발전을 하고 있단다. 한국은 뒤에 미국이 있어서 잘 살고 있다고 했다. 시간은 10시경인데, 길 가 이정표를 보니, 왕청으로 가는 갈림길에서 훈춘으로 가려면 아직도 40여 킬로미터나 남았다. 기사는 계속 얘기를 이어간다. 한 나라 지도자를 한 가정의 아버지에 비유하여 도토리가 잘해야 가정이 잘된다는 것이다. '도토리'라. 그것이 뭐냐니까 주석主席 이란다. 후에 자전에서 확인한 바로는 頭頭兒(간체자로 쓰임.)는 한자병음 'toutour'으로 '터우털'이라고 발음을 한다. 그러니까 중국어 '터우털'에 명사를 만드는 접미사 '－이'가 붙어 '터우터리'가 된 것을 사투리로 '도토리'라고 하는 것이다. 내가 그렇게 들을 수도 있다. 그것은 우두머리를 뜻한다. 그 말끝에 북한 지도자에 대해 좀 격한 평을 했다. 기사가 이곳에선 북조선 말 함부로 하지 말란다. 그러자 세실리아가 북한 공작원이 많다는 얘기를 한다. 그 기사의 말을 귀담아야 하겠다는 생각이 들었다.

차는 두만강반을 벗어나 평원으로 달린다. 논에서 모내기를 하는 사람들이 있다. 양강이라는 곳의 다리를 건너며, 기사가 영업용 차를 몰고 오기는 처음이란다. 그 말을 하는 이유를 모른 채, 아마도 같이 관광을 하겠다는 마음에서 하는 말이려니 했다.

10시 25분경 터널을 지나 훈춘 게이트에 도착했다. 오면서 도로 양편으로 라일락꽃이 피어 있다. 이곳에서는 라이락이 흔한 꽃나무가 되어있다. 저쪽으로 훈춘시 초입 부근의 화력 발전소에서 희뿌연 연기가 무서울 정도로 솟아오르고 있다. 평야 가운데 자리한 훈춘은 연길에 비해 좀 초라한 도시 같다. 외부에서 보기에 고층 건물은 없다. 인근의 논에서는 한편에서 쓰레질을 하고, 다른 쪽에서는 모를 심고 있다. 10시 40분에 훈춘 버스 터미널 앞에 도착했다. 기사가 터미널 안으로 들어간다. 그래서 커피나 마시고 가자고 나도 들어갔다. 기사가 안내원과 중국어로 뭐라고 하더니, 국경지대인 방천까지는 갈 수 없다고 한다. 거기에 가려면 허가증이 필요하단다. 이건 무슨 소리인가. 연길에서는 방천까지 간다고 하고는 갈 수가 없다니. 어쩌랴. 기사의 말을 믿을 수밖에. 커피가 없어 구내매점에서 드링크 두 병을 사서 기사에게 주려고 문을 나오는데, 40대 초로 보이는 아낙네가 사진기를 들고 와서는 나에게 준다. 가슴이 철렁하며 고맙다는 인사를 하고는, 돌아서서 바로 기사한테로 갔다. 차를 타고 가면서 내내 마음에 걸리는 것은, 그때 그 여인에게 더 고마운 표시를 할 수 있었을 텐데, 뭐에 쫓겨서 그렇게 지나가는 말로 인사를 하고 돌아섰을까 생각하니, 못내 아쉽고 안타까운 심정이다. 이 말을 차에서 하며, 참 이곳에는 착한 사람도 있다는 말을 했다. 그러자 기사가 세상에 착한 사람이 더 많을 거라는 말을 한다. 그래서 '그렇다'는 말로 공감의 표시를 했다. 세실리아가 나보다 더 놀란 눈치다. 사진기도 사진기려니와 그 속에 저장된 삼백여 장의 사진을 아직 인화하지 못한 것이다. 그리고 지난번 용정에서 지갑 분실을 한 뒤로는 각별한 주의를 해오던 터였다. 오, 하느님의 은총이었다.

기사가 방천 쪽으로 간다며 가다가, 벌판 한가운데 도로에서 도로 표시 도색 작업을 하던 몇 사람들에게 길을 묻는다. 방향을 잘못 잡은 모양이다. 인부 중 한 예쁘장한 조선족 여인에게 길 안내를 해 달라고 객기를 부리니, 웃으면서 사정이 어렵다고 거절한다. 좀 무례하다는 생각을 하면서, 가는 중에 각시를 오래 못 보니 여인이 그리운 모양이라며, 어떻게 그 많은 세월을 견뎠는지 두 부부가 참 의지가 강하다고 칭찬의 말을 했다. 택시를 몰고 오긴 처음이라고 했으니, 그래서 헤매는

291

가 싶다. 다시 오던 길을 돌아오다가 제대로 방천 방향으로 들어선다. 들 가운데 실개천변의 언덕에 한가로이 소들이 풀을 뜯고 있다. 구릉지로 들어서자, 밭 가운데 집들이 낡고 폐가들도 드문드문 있다. 이어서 산가에 황우 목장이 나타난다. 11시 30분경 불 꺼진 터널을 지날 때는 무서운 생각도 들었다. 터널을 벗어나자, 산가에 아카시아 꽃이 두어 곳에 피어 있다. 불 꺼진 제2터널을 지나 경신이라는 곳을 11시 40분에 지나니, 끝없이 벋은 평원을 가로 지른다. 동북쪽으로 지평선이 보인다. 마침내 산 고개에 다다르니, 圈河口岸권하구안이라고 쓰인 큰 표석이 서 있다. 그 옆쪽으로 좀 들어가서 북한으로 다리를 건너기 전 검사를 하는 세관 건물이 있고, 군인들이 그곳을 지키고 있다. 그 다리를 건너면 북한 나진항으로 통한다고 했다. 기사는 머뭇거리다가 고개를 넘어 천천히 직진한다. 조금 내려가다 정차하고 기사가 내려가더니, 검문소에서 나온 중국 군인에게 뭐라고 한다. 좀 멀리서 들으니 "…카이…" 하는 중국 군인의 말소리가 분명하게 들려온다. '뿌카이'는 아니다. 그래서 세실리아에게 '카이'開라고 한다고 말하면서 통과가 되는가 보다 했더니, 기사가 와서 하는 말이 통행증이 있어야 한다는 것이다. 그 사이에 승용차 한두 대가 방천으로 검문 없이 씽 하고 지나간다. 좀 이상하다 싶으나, 기사가 안내자로서 그렇게 말하는데 더 따지기가 뭐해서 그것으로 만족해야 했다. 세실리아는 몹시 투덜댄다. 기사를 의심하는 것 같다. 차를 되돌려 고개를 넘어와서 북한으로 건너가는 다리 쪽으로 가려니까, 국경 경비병이 제지한다. 그래서 주변에서 사진을 몇 장 찍었다. 그리고 두만강을 배경으로 사진을 찍으려 하니, 중국 군인이 고개를 넘어가서 찍으란다. 다시 되짚어 고개를 넘어와서, 정자가 있는 곳에 이르러 두만강 다리를 배경으로 사진을 찍었다. 세실리아가 저기 이정표를 보라기에 보니까, 국제연합공원이 방천 쪽으로 좀더 가면 있다고 표시되어 있다. 그렇다면 더 갈 수 있는 길을 지금 안 가고 있는 것이다. 마음이 착잡하나 기사에게 말은 꺼내지 않았다. 오는 길에 버스를 기다리는 중국인 청년 둘을 태우겠다고 교섭을 벌인다. 마침내 두 사람이 타니, 자리가 비좁다. 타산이 맞지 않아 돈을 조금 더 벌어보겠다는 기사의 계산을 탓할 수는 없으나, 자리가 옹색하니 아내가 표정이 그렇게 좋을 리 없다. 시간은 벌써 12시 45분을 넘어간다. 기사가 음악테이프를 꽂는다. 한국 노래 '어마나, 어마나, 이러지 마세요…….'가 흘러나온다. 훈춘에 도착하자마자, 늦은 점심을 우선 먹기로 했다. 차 안에서 거리의 여러 음식점 간판을 보며 가다가, 동대문 음식점, 전주비빔밥 등이 눈에 띈다. 전주비빔밥집에서 한 그릇에 12원하는 비빔밥을 먹었다. 성이 임씨라는 기사는 한국에 가서 한 4년은 돈을 벌어야 하겠는데, 수도 공사, 전기 공사 등의 일에는 자신이 있다며 은근히 나의 직업을 묻고 도움을 청한다. 그래서 나는 그런 직업과는 관계가 없다고 하니, 무슨 직업이냐고 묻는다. 세실리아가 언어와 관계가 있다며, 서울에 가면 직업소개소가 있으니 알아보면 될 것이라고 말한다. 기사가 한국인에게 기대를 걸고 훈춘에 오지 않았나 하는 생각이 들었다. 그렇다면 좀 실망이 되었으리라. 그래서 그런지 훈춘 관광은 생각도 않고, 빨리 연길에 돌아갈 생각만 하는 것 같다. 시장을 둘러보고 온다고 하자, 빨리 갔다 오란다. 음식점에서 가까운 곳에 시장이 있어서 돌아보았다. 연길이나 용정의 서시장보다 못하다는 생각이 들었다. 세실리아가 바겐세일로 파는 19원짜리 신발 두 켤레를 산다. 하나는 시어머니께 드릴 것이란다. 마음씨가 참 고운 사람이다. 오후 3시 45분경에 돌아오니, 15분이 늦었다며 기사는 서둘러 차를 몰아 훈춘시를 빠져나온다. 차가 양수凉水를 지나 두만강 가를 달리는 중에, 강 건너 북한 땅을 배경으로 두만강을 여러 장 찍었다. 4시 25분경에 도문에 이르렀다. 기사가 도문을 들를 거냐고 묻는다. 그렇지 않아도 서운한 판인데 그렇게 말하니까, 아내가 구경하기로 하지 않았느냐고 반문한다.

차가 도문시로 다리를 건너 들어간다. 거리가 조용하고 비교적 깨끗하다. 두만강 변을 찾는데, 그 길을 기사가 잘 모른다. 훈춘에서부터 계속 길을 묻는 것이 나이 탓인지 아니면 어떤 생각이 있어서인지 그것도 아니라면 초행이어서 그런지 아무튼 헤매는 일이 도문에 와서도 계속된다. 어렵게 물어물어 도문강변공원입구에 도착한다. 강둑에 올라가 사진을 찍고 커피도 한잔씩 했다. 지척의 강 건너 마을이 북한의 남양이라는 곳이란다. 도문역에서 북한으로 연결되는 철교가 보인다. 두만강이라고 하기에는 그 폭이 좁아 조그마한 샛강 같다. 옛날에는 장백산에서 이 물길을 타고 뗏목배가 흘러내려 왔으리라.

지금은 전설 같은 이야기가 되었지만, 도문이라는 지명과 관련된 '눈물 젖은 두만강'과 그에 깃든 이야기가 전해 내려오고 있다. 일제의 강점 시기에 우리 민족의 수난이 투영된 많은 노래들은 곡명이 말해주듯 설움과 눈물의 대명사였다. 더욱이 1930년대 중엽에 이르러 가요에

294

대한 일제의 탄압이 날을 따라 심해지자, 검열의 관문을 뚫기 위해 작사자들은 더욱더 은유적인 수법을 쓰지 않을 수 없었다는 것이다. 그래서 흔히 조국을 '님'으로, 조국의 광복을 '님은 언제나 오려나'라는 식으로 표현하였다.

이시우 작곡인 '눈물 젖은 두만강'이 바로 조국에 대한 그리움을 떠나간 옛 임으로 비유한 노래 중의 하나다.

> 두만강 푸른 물에 노 젖는 뱃사공
> 흘러간 그 옛날에 내 님을 싣고
> 떠나던 그 배는 어데로 갔소
> 그리운 내 님이여
> 그리운 내 님이여
> 언제나 오려나

1930년대에는 두만강 나루의 선착장에는 살길을 찾아 북간도로 건너오는 실향민들로 붐비었다. 언제 돌아올지 기약할 수 없는 낯설은 타국땅으로 떠나가는 겨레의 마음은 눈물로 젖어 들었고, 사랑하는 남편과 이별하는 여인들의 오열이 그칠 새 없었던 나루였다. 이 노래는 이러한 시대적 배경을 담고 있다.

> 강물도 달밤이면 목메여 우는데
> 님 잃은 이 삶도 한숨을 쉬니
> 추억에 목메는 애달픈 하소

그리운 내님이여
그리운 내님이여
언제나 오려나

   작곡가 이시우는 이 노래가 자신의 체험 작이라고 하였단다. 그가
이 노래를 창작하게 된 데에는 다음과 같은 이야기가 전해온단다.
   1930년대 중엽에 한 유랑극단의 일행이 중국 동북지방 용정에서부
터 시작하여 조선인 부락을 찾아다니며 순회공연을 하다가, 두만강변의
작은 도시인 도문의 한 여관에다 여장을 풀었다. 그 뒤뜰에 제법 자란
단풍나무 두 그루의 붉고 노랗게 물든 단풍을 보노라니, 나그네의
향수를 안겨주더란다. 그 여관 주인은 조선 사람이었는데, 반도의 고향
을 떠나오던 해가 삼일운동이 일어난 1919년이라 그 날을 잊지 말자고
두만강나루를 건너오면서 단풍나무를 가지고와 심었다고 말하더란다.
바로 그 날 밤 작곡가는 밤이 깊도록 자리에 누워 사색을 더듬고 있을
때, 옆방에서 난데없이 들려오는 여인의 비통하고 처절한 울음소리에
놀랐다. 작곡가는 잠자리에서 일어나 그 여인의 사연을 여관주인을
통해 알아보았다. 여인의 남편은 일제침략군을 반대하는 전투에 참가했
다가 체포되었다고 한다. 이 소식을 듣게 된 여인은 두만강을 건너와
형무소를 찾아갔으나, 남편은 이미 총살된 뒤였다. 나라를 잃은 슬픔에
다 남편가지 잃고 설움에 겹쌓인 여인은, 그 날 밤이 바로 남편의
생일인지라 술이나 한 잔 부어놓고 생일제를 지내려 했는데, 그녀의
남편과 잘 아는 사이인 여관 주인이 차려준 젯상에 술을 붓고 난 여인은

북받치는 슬픔을 참지 못하고 한밤중에 울음을 터뜨렸던 것이다.

그 여인에 대한 사연을 알게 된 작곡가는, 이튿날 그 여인이 남편을 찾아 건너온 두만강을 바라보며 나라를 잃은 우리 겨레의 슬픔을 통탄하였다. 그는 이러한 감정을 누를 길이 없어 가사에다 즉흥적인 선율을 붙인 것이 '눈물 젖은 두만강'이라고 한다.

4시 55분에 도문강 공원을 출발하여 도문 북쪽 북강 다리를 건너 고속도로가 아닌 옛길로 접어들었다. 해란강과 부루하통하가 합류된 강가를 따라 상류로 오면서, 우리가 묻는 질문에 자신의 얘기를 다음과 같이 털어 놓았다. 한국에 간 아들과는 7년, 아내와는 6년 총 13년을 떨어져 살아왔다는 것이다. 그들이 출국할 때 6만원씩 12만원을 빚을 내 갔는데, 3년 만에 12만 원한국화폐 약 1천5백만 원을 갚고, 30만 원한국화폐 약 4천만 원을 보내주어 택시 영업권과 택시를 샀다고 한다. 택시 영업권은 당국에서 일정한 통제로 더 이상 발급을 하지 않아 한정된 영업권의 매매로 24만원에 샀단다. 그리고 택시는 6만원에 구입했단다. 이미 비자 신청을 하여 발급을 받았단다. 그 비용이 900원한국화폐 약 10만원이란다. 1949년 10월 1일 이전 출생자에 한해서 5년까지 한국에 체류가 가능하단다. 택시 영업은 잠시 친척에게 맡기기로 하고, 내달 한국에 가려고 한단다. 한국의 아들이 '어머니는 춘향과 같다'고 말해서 옳다고 인정하였다며, 아버지가 술과 담배를 안 하니, 아들도 그렇다고 자랑한다. 가기 전에 TV를 통해서 한국어를 많이 익히라는 말을 해 주었다. 지금 사용하는 연변 사투리로는 의사소통에 어려움이 있다는 말도 덧붙여 주었다.

그의 말을 곰곰이 음미해 보았다. 돈 벌어 그가 말하는 것처럼 소위 문명한 삶을 누려보자는 것은 이해가 되나, 남편은 6년 동안 아내를 단 한 번도 만나지 않고, 그녀가 붙이는 돈으로 비교적 여유 있는 생활을 하고 지내는데, 그 부인은 뭐란 말인가 하는 생각이 들었다.

해가 서산에 지고 있다. 강가의 초지에 황소들이 한가히 풀을 뜯고 있다. 기사의 휴대폰이 울린다. 기사의 휴대폰이 울린다. 전화를 한 사람에게 늦은 이유를 설명한다. 4시에 교대하는 기사에게 차를 인계해야 하는데 늦었다고 한다. 6시경 연길 시내로 들어오면서 주유소에서 기름을 넣고 가잔다. 기름 값 계산을 위해 여행 요금을 주었으면 하여 250원을 주니, 좀 서운한 듯이 오늘 기름 값 제하니 100원 남는다고 한다. 그 말은 고용 택시 기사가 회사에 일일 입금액이 150원인데, 그것에도 미치지 못한다는 말이리라. 그 말에 세실리아가 "방천에도 못가고 훈춘 구경도 못하고, 훈춘 시장에서 바겐세일로 파는 19원짜리 신발 두 켤레 산 것뿐인 없네." 한다. 이 말에 기사는 더 이상 서운한 말을 하지는 않는다. 출발할 때 자신이 한 말이 있기 때문이다. 저녁을 먹고 가기 위해 광명 사거리에서 내렸다. 기사는 다음에 자기가 태어난 두만강가로 모시겠다며 전화번호를 적어 주었지만, 형식적인 인사가 되고 말았다.

대학 정문을 지나 숙소로 들어오면서, 세실리아가, 6년이나 아내를 돈벌이 노예로 생각한 거지 그 사이 인간이라면 단 한 번이라도 가서 만나든가 해야 되는 것이 아니냐고, 기사에 대한 평을 한다. 그런 식이니, 우리에게 대하는 태도가 여유가 없고, 인색할 수뿐인 없다는 것이다.

좀 심하게 말해서 돈만 아는 사람 같다는 것이다. 나도 동감되는 바가 없지 않았다. 나이가 50대 후반이라면, 지리를 모르는 한국 여행객이, 그 외지고 외진 삼국 국경 지대 방천을 언제 또 오겠는가 싶어 그곳까지는 갔어야 도리요, 나이 값을 하는 것이다. 직업인으로서 먹고 살기 위해 헐한 값으로 손님을 유치하고 보니, 타산이 맞지 않았다면 솔직한 말로 다소 얼마를 더 요구 할 수도 있었을 것이다. 또한 자기가 한국에 간다고 도움까지 바라는 마당에 동족으로서 그렇게 할 수는 없다고 생각되었다. 그런 사람이라면 양로원을 차린다고 한들 사회사업가로서 제대로 경영이나 할까 싶었다. 어쨌거나 하루를 택시로 싸게 관광을 했으니, 그에게 고마워해야 할 일이다. 그리고 그 또한 우리의 동족이다. 그러나 전에 용정 버스중심역에서 일송정까지 15원에 가겠다고 하자, 태워준 그 한족 젊은 기사와 자꾸 비교가 되는 것은 어쩔 수가 없었다.

☀/☁ 맑고 흐림 **5월 20일**　　아침 햇살이 눈부실 정도로 빛나고 따뜻한 오월이다. 성당에서 오는 대로 누웠다. 훈춘과 도문 관광에 무리가 됐던 모양이다. 어제는 온 종일 택시만 타고 다닌 기분이다. 택시 기사가 좀 얍삽한 조선족이라는 생각도 든다. 다 먹고 사는 문제가 걸린 일이긴 해도, 우리는 평생에 단 한번 올까 말까 한 기회가 아니었던가. 아침에 연길에서 출발하던 마음과 오후에 올 때 마음이 다른 사람이라는 생각을 떨쳐버릴 수 가 없다. 그러나 깊고 길게 보면 그것도 다 우리를 주관하시는 분의 뜻이려니 생각을 하게 되니, 아쉽고 서운한 마음이

299

사라진다.

점심 전에 세실리아와 50분 동안 탁구를 쳤다. 한동안 뜸해선지 공이 잘 맞질 않는다. 그래도 이 나이에 부부가 함께 무리 없이 운동하기에는 좋은 종목이다. 탁구를 치고 나면 기분이 상쾌해지며 몸이 유연하고 가벼워짐을 느낀다.

오후에는 세실리아와 함께 대학 인근에 있는 맥주집에서 마른 명태 구이와 고춧가루에 향료를 섞어 만든 소스를 안주로 삼아 청도 맥주를 두 병 마셨다. 전에 용정에 갔다 오다가 들렀던 곳인데, 명태구이에 맥주 한 잔이 참 좋았었다. 아내가 기분이 좋은가 보다. 돌아오는데 도서관에서 나오는 대학원생 여자 둘이 인사를 한다. 세실리아는 같은 여자로서 이목구비에 신경이 쓰였던지 외면을 하는 듯하다. 뭐 화장을 하지 않고 나왔다나. 나이를 먹어도 여자는 역시 여자인가 보다.

세실리아가 서울에 안부 전화를 하니 별일이 없단다. 둘째 녀석이 아직 성당엘 가지 않았단다. 저녁 미사에는 나가야 할 텐데.

☀ 맑음 **5월 21일**   오늘은 연변에서 처음으로 느끼는 초여름 날씨다. 태양이 머리 위에서 작열한다. 행인들은 얼굴이 따갑고 눈이 시려 눈살을 찌푸린다. 이곳은 여름이 무덥다는 말이 벌써 실감이 나는 것 같다. 얼마 전까지 그렇게 춥더니 금세 날이 이처럼 무더워 다니기가 힘들 정도다. 다행히 선글라스를 가지고 와서 오늘만큼은 유용하게 사용한다. 세실리아가 양산과 색안경이 없다며 서시장에 가서 양산을 사잔다.

광장 입구 우산을 파는 처녀 점원은 조선족으로 안도에서 왔단다. 말이 전형적인 연변 조선족의 어투다. '—슴다 예. —슴까? —시오.' 등의 말씨를 사용하며 연변 특유의 억양을 드러낸다. 그래서 손님에게는 줄인 말을 쓰지 말고 표준어인 '—습니다, —십니까, —세요' 등을 사용하라고 이르니, 수줍은 듯 얼굴을 붉히며 "예." 한다. 그 주변의 어른들도 웃으며 그 소리를 듣고 있다. 양산을 25원에 구입하여 가지고 광명 사거리 냉면집에 가서, 8원하는 보통 냉면을 먹었다. 이젠 냉면이 제철 음식이 되었다. 돌아오면서 선글라스를 구입하려고 대학 정문 앞의 안경점에 들렀다. 안경점 점원은 한족이라 의사소통이 어려웠으나, 전에 슈퍼에서 우연히 만난 조선어문학과 4년 한족 진소정과 마영 학생을 만나 통역이 잘 이루어졌다. 그들은 부산 여자대학에서 일 년 동안 한국어 연수를 받았단다. 전에도 말했지만, 말이 빠르지 않고 예절을 갖춘 서울말을 사용한다. 자외선 차단 안경이냐고 묻는 질문에, '막는다'는 한자로 擋자를 쓴다고 한다. 그러니까 "쩌거 얜징 땅 즈와이시엔紫外線마?"이 안경은 자외선을 막느냐?하면 되는 것이다. 사고자 하는 선글라스의 값이 128원이라고 표시되어 있다. 내가 물건 살 때 에누리를 하기 위해 익힌 '피엔이디알바'便宜点兒吧/조금만 깎아 주세요.를 사용하니, 100원에 준단다. 말 한마디로 28원을 번 셈이다. 세실리아에게 한 마디 할 수 있는 거리가 생겼다. 숙소 엘리베이터 안에서 조선족 전문가에게 조금 전 안경점에서 사용한 문장을 확인을 하니, 그녀는 "쩌거 얜징 카이 팡 즈와이시엔" 한다. '카이팡'開防은 '막을 수 있다'는 뜻으로 쓰인다는 것이다. '막는다'는 표현은 擋, 防 등 여러 가지로 표현이

가능한 것이다.

☀️ 맑음 **5월 23일**　오늘도 어제에 이어 밖에 나가지 않고 숙소에서 보냈다. 피곤한 탓도 있겠지만, 요사이 기온이 갑자기 오르니까, 몸이 나른하고 그동안 추위에 웅크렸던 마음이 풀려서 그런지, 아무 일도 하지 않고 쉬고만 싶다. 세실리아도 나와 비슷하단다. 거기에다 오십견까지 있어서 통증에 시달리고 있으니, 이렇게 좋은 날인데도 나가자는 말을 입 밖에도 꺼내지 않는다. 다행이다 싶다.

　오전에 하다 남은 대학원생 중간고사 채점을 마저 하고, 오후에는 중국어 책도 보며 보냈다. 세실리아는 침대에서 베토벤의 로망스와 바이올린 협주곡 5번을 계속 듣고 있다. 반쯤 열려진 창문으로 미풍이 불어온다. 아, 오월이여.

　저녁 때 세실리아가 탁구나 치잔다.

〜/☔ 흐리고 비 **5월 24일**　오늘 세실리아와 점심을 먹고 띠엔티電梯/엘리베이터를 타려고 서 있는데, 외출했다가 돌아오는 젊은 여자 전문가가 현관으로 들어오더니, 우리 옆에 선다. 뒤에 서 있는 누굴 보더니, 그녀가 "밥 잡줬스까?" 한다. 엘리베이터를 타고 오르면서 낯이 익다 싶어 그녀를 자세히 보니, 전에 자외선 방지 안경에 대해 중국어로 '막다'의 의미가 무엇인지를 물어보았을 때 친절하게 알려줬던 조선족

그 여자다. 그래서 인사한 사람이 동년배나니까 윗사람이란다. 그런데 어째서 높이는 말을 쓰지 않느냐니까, '잡숫다'가 높임말이 아니냐는 것이다. 그건 맞으나 '-스까'는 높임이 아니라고 하니, 좀 미안한 듯이 '-습니까'의 줄인말 '-슴까'로 말을 했다는 것이다. 그러냐고 하면서 더 물으면, 전에 신화서점 옆 안경부에서 안경테를 구입했을 때 약방의 젊은 처녀처럼 불쾌하게 생각할 수 있을 것 같기도 하고, 또 더 이상 대화를 나눌 시간도 없기에 나는 6층에서 내리고, 그 동족 처녀는 8층으로 올라갔다. 내가 듣기에는 분명 '-스까'인 것이다. 그러니까 이럴 수는 있다. 이중 언어생활을 하다 보니, 언어생활의 편의 때문에 줄이고 쉽게 발음을 하게 되다 보니까, 마음에서는 상대에게 존의를 가지고 말한다고는 하나 본인 자신도 모르게 '-슴까'가 '-스까'로 발음될 수도 있을 거라는 생각이 들었다. '슴까'의 경우는 그나마 나은 편이고, 존경의 마음도 없이 중국어식 조선어를 말하는 '-스까'나 '-가/-까'도 있는 것이다.

그렇다면 연변 조선어는 본질적으로 심각한 수준에 와 있는 것이다. 의문형어미 '-습니까'는 '-슴까'로 줄어들고, 이것이 더 줄어들어 '-스까'가 되고, 더 나아가 '-습니-'가 형체도 없이 사라진 '-까'로 변하고 있는 것이다. 이 '-까'는 중국어 의문 조사 '마'嗎/간체자로 쓰임. 에 해당한다.

이 문제는 철저한 민족 언어 교육을 통해서만 풀릴 수 있다고 나는 생각한다. 내가 현장에서 그런 경험을 할 때마다 직접 언어 교육을 하니까, 누구도 불쾌하게 여기지 않고 오히려 바르지 않게 말한 것에 대해 미안해하고 수줍어했다는 사실이다. 이처럼 이곳 연변의 동족들에게 제대로 된 민족 언어교육이 절대적으로 필요한 것이다.

☁ 흐림 **5월 25일** 　날씨가 계속해서 흐리고 비가 오거나 기온의 변화가 주야로 심하다. 그래서 밤에는 방이 냉랭하여, 자고 나면 몸이 무겁다. 세실리아는 감기에 두통과 오십견에 왼쪽팔의 통증으로 밤새 잠을 설쳤다. 안쓰럽고 미안한 생각이 들어, 서울로 가라는 말까지 해댔다. 이곳에는 여자가 문화적인 생활을 할 시설이나 조건이 잘 갖추어 있지 않다. 문화적인 혜택을 누리기에는 아직 여러 가지로 열악한 환경이다. 극장이나 영화관이 있어서 마음대로 가 볼 수 있는 것도 아니요, 인터넷이라도 개설을 해서 보면 되겠지만, 내가 컴퓨터를 점령하고 있으니 그것도 어렵고, 왕바网吧에 가서 인터넷을 할 수는 있으련만, 언어가 달라서 그것이 그렇게 용이하지만은 않다. 거기에다 대부분 대학생들이 차지하고 있으니, 젊은이들 틈에 끼어 인터넷을 하기가 선뜻 마음에 내키지 않을 것이다. 그저 나들이 한다는 게, 고작 옷이나 사러 서시장이나 백화점에 가는 일 외에 일요일에 성당에 가는 일 빼고는, 가끔 외식을 하기 위해 시내 중심가에 가는 일이 거의 전부다. 그렇다고 수백 리 아니 수천 리 길을 가야 하는 여행을 늘 할 수 있는 것도 아니다. 아직 하얼빈과 백두산을 가지 못했으므로 6월과 7월에는 그 두 곳을 갔다 오기로 했다. 학생들은 대련에 많이 가는가 보다. 오늘도 한 학생이 대련에 갔다. 한 번 가보고는 싶으나 기차로는 스무 시간

정도 가야 하는 먼 거리이다. 귀국할 때 그곳을 들려서 가자는 세실리아의 제안을 받아들이기로는 했지만, 그것은 어디까지나 그때 사정에 달린 것이다. 나는 다만 세실리아가 비록 이곳 환경이 그렇다고는 하나 삶 자체를 긍정적으로 보고, 피정을 왔다는 심정으로 대학 내 산책을 하는 생활을 잠시나마라도 누렸으면 한다.

점심시간 무렵 대학원 수강생 대표가 전화를 했다. 오늘은 박사과정 논문 발표가 있어서 대학원생들이 참석해야 한다는 것이다. 일단 강의실에서 출석 점검은 할 것이라는 얘기를 해 주었다. 어찌 인사가 그런가 싶다. 그런데 내가 연변에 와서 늘 관심을 갖고 관찰하고 있는 바는 우리 조선어의 경어법 사용 문제이다. 그래서 그 대표의 말씨에 관심을 가져왔다. 오늘도 그녀의 다음 말 중에 두어 가지 경어법의 문제를 발견했다. "…선생님, 화잡니다. …박사논문답변이 있다 말임다. ……알았습니다. 들어가시오."에서 '-ㅂ니다/-습니다'와 '-ㅁㅂ다'의 혼용과 '-오' 등은 상하의 공적인 관계에서는 피해야할 표현이다. 원말을 쓸 것이요, 아주 높임의 합쇼체를 사용해야 할 것이다. 이곳 연변에서는 '-시오'를 아주 높임인 '-습니다'와 같은 화계로 사용한다. 그만큼 경어법의 화계가 단순화되어 있다. 말이란 가능하면 줄여서 간결하고 단순하게 사용하고자 하는 것이 이곳 언어생활의 특징이다. 이곳의 대부분 사람들이 그 이유를 중국어의 영향으로 꼽는다. '-시오'는 '-십시오'로 써야 학생이 선생님에게 쓰는 바른 표현인 것이다.

도서관에서 발표가 있다기에 학생들과 발표회장으로 갔다. 역시 발표장 좌석 배치와 그 순서 등이 석사학위의 그것과 동일했다. 논문 심위위원들이 주석과 위원들로 구성이 되어 있다. 오늘은 원장의 출장으로 공산당 서기부원장가 대신 개회사를 했다.

석사와 마찬가지로 박사 논문 발표자의 프레젠테이션이 영상매체를 통해 이루어졌다. 첫발표자는 연구 방법의 배경이론으로 변형생성문법을 원용하여 한국어 명사의 논항에 대한 것을 연구하였다. 한국에서는 한국어 연구에 변형생성문법이론이 전처럼 활발하게 방법론적으로 사용되는 경우가 뜸하고, 오히려 피하여 다른 언어이론에 관심을 갖으려는 추세에 있는데, 여기서는 좀 새롭게 받아들인 이론으로 언어 현상을 설명하려는 것으로 보였다. 그래서 이런 생각이 들었다. 연구자가 언어 연구를 하는데, 어떤 이론의 틀 안에서 연구를 하든지, 잘만 그 현상을 설명한다면 바랄 것이 없겠지만, 그렇다고 하더라도 한번쯤은 원용하고자 하는 이론에 대해 깊이 고려를 해보는 것이 연구 결과를 가치 있게 만들 수 있다는 생각이 들었다. 연구자가 연구를 일회성으로 끝낼 것이 아니라면, 가령 박사학위 논문 같은 것이라면 앞으로 길게 보고 연구를 하게 될 터인데, 그럴 경우라면 더욱 그러해야 한다고 생각한다. 두 번째 발표자는 한국어와 영어의 시時, 체體의 대비에 관한 연구였다. 그 발표에 대해 북경대에서 온 위원이나 외국어학원에서 온 위원의 여러 지적이 타당한 것이었다. 내가 보기에도 단순 대비는 이미 교육적으로 사용되는 내용에 불과한 것들인 것이다. 그리고 그런 대비 연구에서는, 두 언어의 시간 개념이 다른 것에 대한 논의가 선행되어야 하리라고 본다. 그런데 연구 대상 언어가 한국어와 영어인데, 그것들의 대비에 대한 연구의 설명 언어는 중국어라는 것이 그 논문의 문제를 더욱 어렵게 만들었다. 옆에 앉은 대학원생에게 발표자가 조한대비연구생이냐고 물으니까, 조선어연구생이라는 것이다. 이것은 문제가 더욱 심각한 것이다. 지금 전공 범위를 넘어서는 연구를 하고 있는 것이다. 조한대비 연구생이라 하여도 힘든 연구인데, 조선어 연구생이 삼 개 언어로 시제를 대비한 연구를 하고 기술한다는 것이 그렇게 쉬운 일은 아닌 것이다. 국어인 중국어로 설명하는 것이 그 발표자에게 뭐 그리 문제될 게 있느냐고 하겠지만, 영어와 한국어의 미묘한 시제 설명을 중국 한문으로 표현하는 일은 또 다른 문제인 것이다.

어쨌거나 두 논문의 공통점은 논문의 체제부터 기본적으로 검토가 되어야 할 것이라는 생각이 들었다. 가령 학위논문이라면 적어도 논제에 대한 선행 연구를 필수적으로 해야 함에도, 발표에서는 그런 언급이 없는 것이다. 옆에 앉은 한족 양종파 조한 대비 연구생이 한국에서는 그런 대비 연구가 어느 정도이냐고 묻기에, 아직은 대조언어학에 관심이 적은 편이라고 말해 주었다.

저녁에 세실리아가 두통이 심하고 감기 기운이 있다기에, 약방에 들렀다가 슈퍼에 갔다. 입구에서 약봉지를 보관하고 들어가라고 할 줄 알았는데, 약봉지를 들어보이자 여자 안내원이 "나진쿼커이"한다. 전에 우산을 들고 슈퍼 안으로 들어가다가 제지를 당하며 배웠던 '나진취'拿進去는 '가지고 들어가라'는 말인데, '커이'는 무슨 말인가 하여 나올 때 메모를 부탁하니 可以라고 쓴다. '커이'라, '쉬커'許可라면 몰라도 그 以가 어렵다. 그래서 돌아와 자전을 보니 可以keyi, 모음자가

다 3성임. 가 '가능하다'란 뜻이다.

☀/〰 맑고 흐림 **5월 26일**   방이 음산하고 냉기가 서려 5월 하순이라지만 3월과 같은 느낌이다. 3월에는 그래도 난방이 잘 돼서 방안 공기가 훈훈했었다. 세실리아가 지난밤에 두통과 팔과 어깨에 통증이 심하여 밤새 잠을 설쳤다. 서시장에 가서 전기담요라도 사서 깔기로 했다. 벌써 장만을 했어야 했는데, 주변머리가 없다는 소리를 듣게 됐다.

    오후에 약국에 들려 지엔저우엔肩周炎이라는 어깨 통증 약을 샀다. 이곳에서는 오십견이라는 말을 사용하지 않는단다. 그리고 서시장에서 1인용 전기담요를 39원에 구입했다. 맑던 하늘에 검은 구름이 끼고 있다. 갑자기 서풍이 세게 몰아친다. 그런 중에도 세실리아는 인근 길가 찰점에서 오징어 꿰미가 먹고 싶은지, 3원을 주고 2개를 산다.

    세실리아가 이곳 환경에 적응하기 무척 힘들어 한다. 감기약에 두통 약에 오십견약까지 복용하는 것을 보는 내 마음이 안쓰럽고, 아내에게 미안한 생각이 든다.

〰 흐림 **5월 27일**   성당에서 미사를 보는 중에 평화의 인사를 나누고 나서, 마음의 안정과 기쁨을 느끼기는 이번이 처음이 아닌가 싶다. 전에는 전례에 따라 늘 하는 의식 행위로밖에 생각하지 않았고, 그다지 특별한 감정을 가질 수 없었다.

308

돌아오는 길에 전에 커피를 먹었던, 연길 공원 근처에 있는 피자 나라에 들려 25元 하는 작은 피자 한판을 시켰다. 세실리아가 반도에 있을 때에는, 가끔 시켜먹곤 했다. 그런데 이곳 피자 맛이 반도의 것과 같지 않다. 토핑이라고 하는 내용물이 적고, 치즈만 잔득 부어 만들어 피자의 고유한 맛이 없다는 것이다. 그래도 주변의 의자에 여러 사람들이 앉아 있다. 연길에서는 이곳 말고는 아직 피자집을 보지 못했다.

오후 6시경에 우연히 연변 TV 방송국의 뉴스를 잠간 보았다. 여자 아나운서가 하는 말이 비교적 표준어에 가깝다. 어감이 좀 부드럽지 못해서 그렇지 말끝말씨는 표준어를 사용한다. 가령 "…시청해 주셔서 고맙습니다. 즐거운 주말 되십시오."하고 말하는 것은 서울의 방송국 아나운서가 말하는 거와 다를 바가 없다.

∞/☂ 흐리고 비 **5월 28일** 연일 날씨가 흐리지 않으면 비가 온다. 그러니 몸이 으스스하고 썰렁하다. 식당 남자 주인이 6월 중순은 돼야 날씨가 좋을 거란다.

머리를 깎은 지 한 달이 넘은 것 같아 전에 갔던, 공원 소학교 옆 골목 조선족 여인이 운영하는 이발소에 갔다. 이발소라야, 집 처마에 잇대어 사람하나 겨우 비낄 정도의 폭에 길이가 한 3미터 정도 되는 좁은 공간의 한쪽에, 의자 하나 놓고 머리를 깎아주는 곳이다. 문을 열고 들어가니 조선족 노인 하나가 의자에 있고, 두 사람은 창가 긴 의자에 앉아 얘기를 나눈다. 여인이 이발을 하다가 나를 보며 "안녕하세

309

요." 한다. 그 말이 한국어 말씨다. 나를 알아 본 것이다. 그러더니 이내 연변의 투박하고 빠른 말씨로 변한다. 앉을 공간이 마땅치 않아 서성대니, 문 앞에 놓인 등 없는 의자에 앉으란다. 그래서 그동안 돈 벌었으니 이발소를 좀 확장해야 되지 않겠느냐고 농담어린 말을 하니까, 5元씩 받아가지고는 먹고 살기도 힘들단다. 마지막 차례가 되어 머리를 깎고 나오자니, 그 여인의 표정이 좀 쓸쓸해 보인다. 다음 달에 또 오겠다고 하니까, 다시는 못 만날 거란다. 6월 10일로 이발소 세를 낸 기한이 만료가 된단다. 다시 계약을 하려면 4천원이 드는데, 내년 봄에 동생하고 돈 벌러 한국에 간다고 했다. 그러면서 한국에 가서 길을 가다 자기를 만나면 알아볼 수 있겠느냐면서 웃는다. 그래서 한국에 가기 전에 TV를 보며 서울말을 좀 익히고, 부드럽게 말을 하는 것이 좋을 거라는 말과 한 달쯤 적응 기간을 갖고 난 후에, 일을 하는 것이 나을 거라는 말을 해 주었다. 이처럼 우리 조선족 동포들이 하나둘 이곳의 생업을 포기하고 한국으로 돈을 벌려고 떠나는 것이다. 왠지 내 마음이 안정이 안 되었다. 문을 열려고 하는데, 한국서울 수유리, 수원에 가서 돈 벌어가지고 왔다던, 때깔 좋은 그 조선족 남자가 들어온다. 그들 간에 정보 교환이 있었을 것으로 짐작되었다. 다행이다 싶었다.

오후에 베드로가 여러 곳에 흩어져서 나그네 생활을 하고 있는 신도들에게 쓴 첫째 편지를 읽었다.

그 제1장 24절-25절에

"모든 인간은 풀과 같고 인간의 영광은 풀의 꽃과 같다. 풀은 마르고 꽃은 떨어지지만 주님의 말씀은 영원히 살아 있다."

라고 쓰인 구절을 곰곰이 음미했다.

🐌 흐림 **5월 29일**　몸과 마음이 스산하다. 오늘은 특별히 하는 일 없이, TV도 보고 음악도 듣고 탁구도 치며 낮을 보냈다. 연변에 와서 긴장과 현장 경험으로 인한 누적된 피로가 오월 중순이 넘어서부터 자주 나의 몸과 마음을 지치게 한다. 이런 경우에 나를 짓누르는 정신적 망령들이 끈질기게 출몰한다. 그것들을 제압하고 추방하기 위해서는 우선 기력을 회복하는 일이 중요하다. 무신경으로 그냥 시간을 보내는 것이 좋다. 그것이 어렵다면 쉬운 일을 찾아 이것저것 해보는 것이다. 가령 음악을 감상한다든지, 목욕탕에서 목욕을 한다든지, 맛있는 것을 사 먹는다든지 하는 것이다. 단지 시간을 보내기 위한 것들이다. 가끔 경험을 통해서 터득한 치유법이다. 일정한 시간이 흐르면, 어느 순간 머리가 맑고 평온함을 느끼게 된다. 일정한 시간이란 며칠이 갈 수도 있다.

🐌 흐림 **5월 30일**　정신이 어제보다 맑은 편이다. 오전에 도서관에 가서 서너 권의 책 중국조선족공동체연구, 연변교육출판사, 2000. 조선학연구론문집, 동북조선민족교육출판사, 1996. 중국조선족교육의 현황과 전망, 연변대출판사, 1995. 을 찾아 복사를 했다. 오후에는 사범학원 자료실과 한국 - 조선학 학원 어학연구소에 들려 수어 권의 책 주체의 언어이론, 조선어규범리론, 조선어문장론, 사회과학출판사, 주체94 2005 을

빌렸다. 적어도 사범학원 자료실에는 연변자치주 교육과정이 있을 줄 알았는데, 그런 책이나 그에 관련된 책이 없다. 80년대 한국의 중학교 교육과정이 한권 꽂혀 있다. 말이 자료실이지 참 빈약하기 이를 데 없다. 어느 자료실이나 비슷한 것으로 보인다. 어학연구소에서는 북한 사회과학출판사에서 과거의 것들을 좀 보완하였다고 하는 2005년판 조선어학전서가 눈에 들어온다. 어학연구소의 소장은 작년에 북한에 갔다 왔다며, 컴퓨터에 저장한 북한 언어학논저목록을 이동식 메모리에 담아주겠단다. 북한의 사정을 물으니 전보다는 좀 자유로워진 것 같다. 평양 시내는 다닐 수 있는가 보다. 요새는 북한과 왕래가 쉽지 않고 북한과 중국의 관계가 한국과 중국의 관계보다 못한 것 같다고 말하자 점점 좋아진단다. 북한 교과서는 가져오지 않았느냐니까, 세관 통과가 안 된다는 답변으로 대신한다. 그에게 더 이상 깊은 얘기는 하지 않았다. 시간이 날 때 그 교수와 맥주라도 한 잔 하며 대화를 더 나누고 싶은 생각이 들었다. 저녁에는 걷기 운동도 하고 영향 보충도 할 겸 광명사거리 매화집에 갔다.

☀ 맑음 **5월 31일**　아침 식사 때 식당 남자 주인이 라디오에서 오늘은 26도라고 했단다. 올해 들어 가장 뜨거운 날씨가 되는 것 같다. 갑자기 초여름이 온 것이다. 세실리아가 며칠 문밖출입을 하지 않았으므로 웬만하면 오늘은 오후에 나들이를 하자고 해야겠다.

　식사 후 잠시 의자에 앉아 TV를 보았다. 한국 KBS TV에서 아침마당

312

프로에 서울대 심리학과 모 여교수가 행복하기 위해서는 몇 가지 습관을 가지면 좋다는 얘기를 하고 있다. 심리학적으로 여러 가지 사례를 들어 설명하는 것이 재미가 있고, 살아가는 데 도움이 되겠다. 우리가 흔히 생활 속에서 경험했거나 경험할 수 있는 내용들이다.

첫째, 남을 의식하지 말고 비교하지 마라. 가령 남의 행복이 나의 불행이 될 수 있다. 바꾸어 말하면 남의 불행이 나의 행복이 될 수 있다.

둘째, 너무 심각하게 분석적으로 살지 마라. 가령 옷을 지나치게 따져서 고른 것이 나중에 보니 오히려 잘못 선택한 경우가 있다. 때론 직관도 중요하다.

셋째, 흥분시키거나 자극적인exciting 활동을 하여라. 가령 부부가 함께 운동을 하고 난 후에는 전보다 더욱 즐겁고 쾌적한 감정이나 생각을 갖게 된다.

넷째, 낙관적이고 긍정적인 착각을 가져라. 가령 걸음마 단계의 아이는 넘어졌다 일어나 또 걸을 수 있다는 믿음 때문에 발전할 수 있다. 즐겁고 희망적인 미래가 있다는 착각이 자신을 행복하게 만든다. 그러니 부정적인 습관에서 벗어나라.

오전에 북한 서적 3권을 정문 옆 복사실에 맡기고 목욕탕엘 갔다 왔다. 점심 후에 바로 가까운 도문에 다시 가기로 했다. 전에 주마간산처럼 들려와서, 이번에는 중국 기차도 타보고 두만강과 북한 남양을 좀더 가까이에서 보기도 하고 시장도 다녀볼 겸, 도문행 기차를 타기로 했다.

연대 앞에서 택시를 탔는데, 기사가 한족이다. 연길기차역에 가자고

"칭또오휘처짠"하니, 기차역 쪽으로 방향을 틀지 않고 곧장 직진한다. 그래서 "여우비엔 휘처짠, 칙칙폭폭"하니, 그때서야 알아들었다는 듯이 빙 돌아 되짚어 오다, 제대로 방향을 잡아 기차역 앞에 정차한다. 다른 기사 같으면 5元이면 오는데, 10元을 주니까 4元을 거슬러준다. 그래서 항의를 하니까, 이 한족 기사는 주행요금계산기를 가리키며 6元을 내야 한다는 것이다. 어쩔 수 없었다. 미리 타기 전에 기차역까지 얼마냐고 "충쩔또오엔지휘처짠 뚜어사오?" 하고 값을 물어본 다음에 타는 것을 잊고, 그냥 탄 것이 후회가 된다. 한족 기사라고 다 좋은 사람만 있는 것은 아닐 것이다.

기차표 판매처에서 중국인 매표원에게 20元을 주며 "스싼디엔얼스 우펀 또우투먼 처표우얼거, 얼장"하니, 거스름돈 4원과 표 두 장을 내게 준다. 차표를 사는 광경을 본 세실리아가 나를 칭찬한다. 차표를 사지 못할 줄 알았다는 것이다. 그 말을 듣자, 오늘은 하얼빈을 가기 위한 예행연습이라는 말이 입안에서 맴돌았다.

이층 대합실에는 많은 여행객들이 의자에 앉아 기차시간을 기다리고 있다. 창밖으로 미루나무들의 잎이 한낮의 폭염에 늘어져 있다. 어쩌다 미풍이 스치고 지날 때에만 조금 흔들릴 뿐 졸고 있는 듯하다. 대합실내 여기저기 앉아 있는 사람들도 갑작스런 더위에 몸이 풀리는 듯 졸음에 겨워 나뭇잎처럼 척 늘어져 있다.

심양으로 가는 열차가 도착한다는 안내 방송이 나오자, 개찰구로 사람들이 모여든다. 얼마 후 북경발 도문행 열차 도착 시간이 가까워진다. 드디어 세실리아와 나는 처음으로 중국 열차를 타기 위해 개찰구를 통과 하여 플랫폼으로 향했다. 이미 기차가 와 있었다. 6번 차량에 올라 차장들의 안내석 가까이의 빈자리에 앉았다.

차장 안내석 뒤에 잉여와방현시판_{잉여 기차 침대를 나타내 보이는 판}이 붙어 있다. 잉워^{硬臥 : 침대칸의 시트가 딱딱한 것임.}는 상, 중, 하 3층의 침대가 마주보며 놓여 있어 한 칸에 6명이 타는 좌석이고, 롼워^{軟臥 : 중국 열차 내에서 가장 시설이 좋은 침대칸임.}는 상과 하 2층의 침대가 마주보며 놓여 있어 한 칸에 4명이 타는 좌석이다. 침대 좌석은 상층보다 하층의 좌석이 더 좋단다. 차장에게 이 기차가 북경에서 도문까지 오는데, 몇 시간이 걸리고 몇 km냐고 "충베이징또우투먼 지디엔? 지꿍리?" 하니까, 24시간, 1691킬로미터란다. 약 4천2백 리가 넘는 거리이다.

세실리아가 비어 있는 긴좌석으로 옮겨가서 편히 눕자, 고급중학에 다니는 것 같은 남학생이 앞에 와서 앉는다. 잠시 대화를 나누게 되었다. 그는 조선족으로 이름이 최영호라고 했다. 2006년에 연길 제13중학^{초급}을 마친 7회 졸업생인데, 도문의 할머니 댁에 간단다. 조선어 말이 좀 어눌하다. 그래서 중학교의 조선어 수업에 대해 물어보았다. 조선어는 주당 5시간이고 중국어도 5시간인데, 3학년이 되면 주당 조선어 5시간 중 2시간은 조선어 문법 시간이라고 했다. 문법은 특별히 교과서가 있는 것은 아니고, 교사가 임의로 수업안을 짜서 가르쳤단다. 그런데 조선어 문법 시간이 모든 중학교에 일률적으로 편성된 것은 아니고, 학교마다 달라서 문법 시간이 없는 학교도 있단다. 그는 부모가 10년 전에 한국 서울에 가서 살기 때문에, 연길 형의 집에서 살고 있단다. 그동안 한 번도 부모를 만난 적이 없다며, 내년에 한국에 가서 고등학교

315

를 다닐 예정이란다. 그리고 대학에 가서 미용학을 공부하고 싶단다. 10년 동안 부모를 만나지 못했다며, 서울에 동생이 부모님과 같이 있다고 했다. 최 군이 장래 유망한 과를 선택하려고 한다며, 한국에 가기 전에 TV를 통해 할 수만 있다면 한국의 표준어인 서울말을 꼭 익히고 가라는 말을 해 주었다. 한국의 부모와 마찬가지로 그의 부모도 자식들을 위해 한국에서 돈을 벌고 있었다.

한 시간도 되지 않아, 기차는 강가를 지나고 푸른 산을 돌아 어느새 도문역에 도착한다. 기차역 광장에 택시와 삼륜차의 기사들이 호객을 하고 있다. 4원에 택시를 타고 얼마 안 되는 도문 세관으로 향했다. 도문에서 강 건너 북한의 남양으로 흰 포대를 가득 실은 트럭이 다리를 건너가고 있다. 도문의 두만강변은 길게 제방 둑으로 이어져 있는데, 거기에 공원을 조성해 인민들이 산책을 하고 관광객이 들려 잠시 강 건너 북한을 감상(?)하는 곳이다. 만원경이 설치가 돼 북한을 자세하게 구경할 수 있게 했다. 우리는 두만강 둑 아래로 습지의 숲속을 지나 두만강물이 찰랑대는 곳까지 내려갔다. 중국 젊은 연인들이 데이트하기 위해 내려와 사랑을 나누는 장소였다. 강 폭이 20미터쯤 되는 건너편에서, 북한 국경수비대로 보이는 젊은 청년들이, 오후 3시의 뜨거운 폭염 속에서 웃통을 벗고 작업을 하고 있다. 송판에다 강가 습지의 진흙을 담아 나르는 것 같다. 더러는 우리를 보고 그러는지 춤을 추는 시늉을 하는 모습이 수풀 사이로 간간 보이고, 한 병사는 웃통을 벗은 채 강가로 나와 손을 씻는다. 우리는 상류 쪽으로 사진을 찍고, 세관 다리가 보이는 하류 쪽으로 사진을 찍었다. 차마 병사들의 노역하는 모습을

316

찍을 수는 없었다. 건너편 저 안쪽으로 남양의 낡은 건물들이 나무들 사이로 보인다. 상류 쪽에서 비가 왔는지 흐린 강물이 급하게 흐르는 소리와 강가에 물결이 찰랑대는 소리 외에, 숲속에서 이따금 꿩꿩 하는 소리밖에 들리지 않는 강변은 고요하고 평화롭다. 두만강 물에 손을 담가본다. 만감이 교차한다. 역사의 강, 눈물의 강, 투쟁의 강이 아니었더냐. 아, 두만강. 우리보다 먼저 온, 젊은 한 쌍이 나간다. 그 뒤에도 한참을 앉았다가 우리도 숲 속을 빠져나왔다. 강렬한 태양빛이 머리 위에서 내리쬔다.

세관 입구 옆으로 관광객들을 위한 기념품 가게들이 늘어서 있다. 한 가게 앞에서 조선족 처녀가 강냉이술을 목판에 놓고 판다. 두 잔에 5원한다기에 목을 축였다. 북한 담배도 팔고 있어서 어머니에게 기념이 될 것 같아 평양, 천리마 등을 6원씩에 샀다. 그러는 사이 흰 포대를 실은 트럭이 북한으로 계속 넘어가고 있다. 그래서 그녀에게 물어보니 쌀이란다. 도문시는 발전소가 없어서 북한 전기를 사용하고, 그 대신 북한은 쌀과 석탄을 가져간단다. 앞으로 5년 이내에 도문과 남양이 자유 특구로 지정되어 왕래가 자유로울 것이라는 말도 했다. 세관에서 표를 사면 남양으로 건너가는 다리의 중간 부분까지는 입장을 할 수가 있었다. 중국은 그런 것에서도 관광 수입을 올리고 있었다. 중국에서도 더러 세관을 통과하여 북한 관광이 가능은 한데, 그것이 중국처럼 그렇게 자유롭지 않은 모양이었다. 그리고 한국 사람은 북한 관광이 허용도지 않는단다. 강 건너 통제된 나라는 망원경으로나 볼 수 있는 관광지였다. 세실리아가 계림의 계단식 논이 있는 곳에서 본 묘족의 수공예품을

317

잊지 않았는지, 가게 문 앞에 걸려 있는 그 가방을 하나 고른다. 20원에 하나 산다. 가게 주인의 고향이 계림인데, 묘족의 상품을 이곳까지 가져왔단다. 동족이라고 그 조선족 처녀 점원이 작은 명태구이를 고추 장과 함께 가져다주어, 안주로서는 제격이었다. 그래서 한 잔을 더 먹었다. 강냉이 술이 순하고 뱃속이 편하다. 더위가 싹 가시는 듯하다.

오는 길에 도문 시장을 들렀다. 귀모국제무역 백화점에는 서울보다 싸지 않은, 좋은 의상들이 진열되어 있었다. 삼륜차를 2원에 타고 도문버스 중심역에 도착하여, 4시 30분 연길 행 미니버스에 올랐다. 버스표가 기차표보다 4원이 비싼 12원이다. 고속도로로 달리는 차창 밖에는 얼마 전까지만 해도 흑갈색이었던 대지가 푸른빛을 띠고 생명들이 약동하고 있었다.

선구자의 딸랑리는 소리

11장

흐림 **6월 1일**　　오늘은 중국의 어린이날이란다. 그래서 아침 식당이 텅 비고 설렁했다. 대학에서는 어린이날과 무관하게 강의가 계속될 것으로 생각되었다. 지난주에 학생들이 휴강이라는 말이 없었다.

두 주를 강의하지 못해서인지 학생들이 좀 일찍 나와 앉아 있다.

출석 점검을 하는 동안, 나나 학생들이나 강의를 하고 강의를 받는다는
것은 즐거운 일이라는 공감대가 형성된다.

한족 학생의 발표가 끝나고, 쉬는 시간에 K라는 여학생이 지난주에
대련을 갔다 왔다기에 불러서, 대련에 대해 궁금한 것들을 물어보았다.
그녀의 대답하는 말이 연변 조선족 말투라, 앞으로 대처에 나가 생활할
것에 대비해서, 표준어인 한국어를 익히라고 말해주었다. 그러자 대뜸
내가 왜 한국어를 배워야 하느냐고 하며, 한국은 한국어가 있고 우리는
우리 연변 조선어가 있다는 것이다. 그래서 그녀에게 우리 민족의 많은
사람들이 사용하는 한국어를 알아야 하지 않겠느냐고 반문을 하고는,
말문이 막혀 더 이상 말이 나오지 않았다. 허탈한 심정이 들기까지
했다. 그러면서 이곳 사람들의 한국어에 대한 인식이 상당히 배타적이
라는 느낌을 받았다. 동시에 연구생이 동족어에 대한 인식이 그런 정도
라면, 그만큼 민족의 동질성이 약화되었다고 볼 수밖에 없다는 생각이
들었다.

다음 발표에서는 '외국인을 위한 조선어와 한국어 교재의 토 사용
비교'라는 논문을 분석한 것이었다. 그 논문의 내용 중에 '리'라는
것의 문법적 명칭이 '상토'여서, 질의 시간에 그것에 대해 토론을 하게
되었는데, 북한의 문법서에 나오는 용어로 이곳 조선족 대학원생들에게
는 상당히 익숙한 용어였다. 대학에서 배웠는지 북한 문법을 공부한
것 같았다. 그것이 아니라면 학생들이 연변대 교수가 북한의 문법용어
로 쓴 문법서를 배웠을 것으로 판단되었다. 그 '리'는 피동과 능동에
관련되는 접사이다. 그것의 사용과 관련해서 한국의 문법 용어에 대해

320

서도 충분히 고려하여 비교하는 것이 좋을 것이라고 말해 주었다.

오늘로 논문 분석 발표가 끝나게 되었다. 그 나머지 시간에 학생들에게 지난 두 주간의 석사·박사 논문 발표에서 드러난 문제점을 요약하여 주며, 연구를 할 때에는 기존의 생각이나 틀에서 벗어나 객관적으로 사물의 현상을 바라보는 안목을 키울 필요가 있다는 말을 다시 한 번 강조해 주었다.

앞으로 두 주만 지나면 이 강의도 끝난다. 6월 마지막 두 주는 기말 시험 기간이란다. 학생들이 논제를 선정하여 발표하는 것으로 만족하지 않을 수 없다. 개요 작성 발표는 기말 리포트로 돌려 평가하지 않을 수 없게 되었다. 지난 두 주의 석사·박사 논문 발표회 때문에 강의에 차질이 생긴 것이다.

☀ 맑음 **6월 3일**　오전에 성당에 갔다 왔다. 오후에는 탁구를 친 후, 저녁 무렵 세실리아는 숙소 식당에서, 나는 매화집에서 저녁을 해결하기로 했다. 보신탕을 든 후, 근처의 신화서점으로 갔더니 문이 닫혔다. 그래서 그 주변의 한 처녀에게 물었다. "시아빤"下班 한다. 퇴근했다는 뜻이다. 저쪽 기둥에 붙여놓은, 조그마한 영업 시간표를 발견하여 자세히 보니, 8:00-17:30까지 영업을 한다. 세실리아가 대조영에 나오는 인물, 중국 당나라 황후 측천무후의 책을 보고 싶다고 하여 서점에 왔던 것이다.

그 옆에 있는 중국건설은행 앞을 지나려니 아직 영업을 하고 있다.

321

벽에 붙인 안내판을 보니 '中韓＊滙＊款卽時通業務銀行'이라고 쓰여
있다. 한국에는 국민은행과 외환은행이 이 중국건설은행과 온라인 송금
이 가능한 것이다. 그래서 은행에 들어가 "한구어런 넝카이서중구어지
엔서인항퉁장마?"라고 하니, 잘 못 알아듣는다. '팅부둥'이다. 그래서
메모지에 '韓國人能開設中國建設銀行通帳嗎?'라고 써서 주니까,
"후자오여우마?" 하며 '護照有嗎?'護와 嗎는 간체자로 쓰임.라고 써서 준다.
여권이 있으면 된다는 말이다. 그렇게 되면 한국에서 송금이 이루어져
즉시 중국에서 개설한 통장으로 돈을 찾을 수가 있는 것이다. 그런데
중국에서도 은행에서 通帳이라는 말이 사용되는지 의문이 들었다.
한가한 옆 창구의 여행원에게 앞에서 메모하여 제시한 한문 곁에다
'這个文章是對嗎?'이 문장이 맞느냐?라고 써서 내미니까 웃으며 '文章'은
'句話'라고 하고, '通帳'은 '存折'라며 써서 준다. 그래서 '存折'의
漢語拼音을 써달라고 하니, 친절하게도 'cunzhe'u와 e가 모두 2성임.춘저라고
쓴다. 참 고맙고 친절한 한족 여자 행원이다. "셰셰닌."하고 거듭 말하면
서 은행을 나왔다.

　광명 사거리 건너편 광장 안쪽 길가 펨 점에서 '뉴파이'牛排라고
하는 소갈비 촬串兒 한 개를 2元에, 오징어 펨 하나를 3元에 사서,
따뽀우打包를 해 달라고 하니, 비닐봉지로 싸주어 가지고 왔다.

　돌아오다가 대학 인근 어떤 超市슈퍼마켓에 들려 간식거리를 사는데,
한족 여자 주인이 "니라이중구어지니엔러?" 한다.중국에 온지 몇 년
되었느냐는 말인 것 같다. 그래서 "싼거위에."하니, "니중구어위콰이콰
이."한다. 삼 개월에 중국어를 빨리 배웠다는 말이다. 그래서 "빨리

322

배웠다고요?" 하고 한국어로 말하자, "응음."한다. 연변 조선어를 조금 아는 것 같다. 그 한족 아주머니에게, 물건 살 때에 조금 의사가 통하는 정도라고 말했다.

연변대 동문을 들어오면서 생각해보니, 염치없이 많은 사람들에게 묻기도 하고, 중국인들이 잘 못 알아듣는 소위 '팅부동'한 말을 많이도 하여 정정하곤 했다. 내게는 중국의 남녀노소가 다 선생님이었다.

땅거미가 지는 저녁, 서쪽하늘이 밝고 금성이 빛나며, 교정의 정원에 있는 나무들이 싱그럽다. 여기 저기 산책을 하는 사람들이 눈에 띤다. 쾌척한 저녁이다.

흐림 **6월 4일**   오후에 세실리아와 시내 신화서점에 가기로 했다. 신화서점 건너편에 모피점이 있어서 먼저 그 옷가게를 들렀다. 밍크 윗도리가 8천 元 내외여서, 서울보다 약간 싼 편이지만, 값이 만만치가 않았다. 그래서인지 지난 3월의 그 추위에도 연변에서 모피를 입고 나들이하는 사람을 못 본 것 같다. 그 정도의 금액이면 고급 전문가 한 달 봉급에 해당한다. 세실리아가 서울에서 세일할 때 산 모피보다 세련되지 못하고 값이 훨씬 비싸다며, 은근히 기분 좋은 눈치다.

세실리아는 측천무후를 사고 나는 동북 삼성 지도를 구입하고자 신화서점에 들어갔다. 2층에서 안내하는 여자 점원에게 측천무후가 있느냐니까, 성이 무 씨인 무측천이란다. 그 안내 점원이 조선족 여인이 다. 서가로 안내하면서 한문으로 된 것뿐, 조선어로 쓰인 책은 없단다.

그녀의 말끝에 이어서, 연변에서 조선어가 점점 오그라들고 있다고
하니까, 조선족이 얼마 안 되어 상업성이 없는데, 조선어 책을 발간하겠
느냐고 한다. 그러면서 '오그라든다'는 말이 마음에 걸렸는지, 한국이
발전하니 축구를 한다고 해도 피가 같아 한국이 이기면 좋단다. 내놓고
말하진 않지만 심중으로는 그만큼 한국에 의지하는 것이 분명했다.
그래서 한국어가 널리 보급되었으면 좋겠다고 하자, 연변 조선족은
북한과 가깝게 지낸단다. 자기가 40대 초인데 70대 전후의 어머니
세대는 북한의 조카까지는 계속 인편으로 소식을 주고받고 있으며,
친척들에게 물질적으로 지원을 하고 있다는 것이다. 그 후에는 북한과
관계가 멀어질 것이란다. 북한의 어머니 조카 나이 또래인 자기는 사촌
의 얼굴을 모르니 자연 멀어지지 않겠느냐는 것이다. 북한은 받는 것은
제한이 없이 무한정이지만, 밖으로 내보내는 것은 없단다. 중국에서는
북한이 못사는 나라로 인식이 되어 한국과 교류를 한단다. 중국이 지도
자, 도토리가 바뀌어 발전하는 것처럼 북한도 그래야 개방이 되지 않겠
느냐는 나름의 대북관을 피력한다. 북한의 무산인가가 좀 자유로워지고
있다는 말을 들었다고 한다. 무산이면 두만강 상류 남평 세관 건너편에
있는 곳이다. 그러면서 우리 세대까지는 그래도 자식을 조선족 학교에
보내고 민족을 따지고 하는데, 젊은 세대로 내려갈수록 기성세대와는
다를 거라는 말을 한다. 더 이야기를 나누고 싶지만, 서가의 책 안내
중에 잠간 하는 말이라 못내 아쉬움을 뒤로 하고, 지도를 사기 위해
4층으로 향했다.

　　중국인민공화국지도를 13元에, 연변지도를 5元에 사가지고, 커피라

도 한 잔 마시기 위해 명주 백화점 1층 롯디리아로 갔다. 이곳에서는 4元이면 맥심커피를 한 잔 마실 수 있다. 세실리아가 핫도그 즉 쏘시지, 중국어로 香腸腸은 간체자로 쓰임./상창, 딸기아이스크림, 중국어로 草莓聖代聖은 간체자로 쓰임./초우메이성다이, 그리고 커피를 시켰다. 쟁반에 담는 것이 우리 것인 줄 알고 잡으려 하니, 한족 여자복무원이 "뿌스니더"不是你的라고 한다. 당신 것이 아니라는 뜻이다.

커피를 들고 나와 서시장 쪽으로 가다가 보니, 옆 골목 큰 건물 앞에 반짝 옷 시장이 섰다. 세실리아가 그것을 보고 그냥 지나칠 리 없다. 이것저것 고르다가 윗도리 하나를 선택한다. 그러자 챙 넓은 모자를 눌러쓴, 30대쯤의 여자 점원이 "이거 사세요."한다. 연변말씨가 아니다. 50원에 사기로 흥정을 하는데, 우리가 한국 사람인 줄 알고 엄살을 떨며 동정을 구하는지는 몰라도 북한에서 왔단다. 그래서 언제 왔느냐니까 한 달 전에 도망쳐 나왔단다. 세실리아는 믿어지지가 않는 모양이다. "북한도 잘 사는 사람은 잘 산다는데, ….".라고 하자, 그 점원이 "잘 살긴 뭘 잘 살아요. 그러면 이렇게 나왔겠어요." 한다. 탈북자가 아닐지도 모르지만, 어쨌든 더 듣기가 민망해서 그 옷을 샀다.

이곳 사람들이, 겉으로 보면 아무 일 없이 자기 일에 여념이 없고 자연스러워, 평화롭기까지 하다. 그러나 조금만 다가가 이야기를 나누 노라면, 어려운 형편의 속내를 드러낸다. 세상 어디서나 사는 문제가 있기 마련이지만, 지금 연변에는 크고 작은 삶의 문제들로 변화가 진행 되고 있다.

325

☀ 맑음 **6월 5일**　　아침 식당에 가려고 엘리베이터 앞으로 가니, 경비 신 씨가 서 있다. 그에게 식당 주인 남자가 없고 다른 사람이 일을 보더라고 말하니까 어디로 갔단다. 그래서 떠났느냐고 묻자 청도로 갔단다. 거기에는 한국 기업이 있다고 한다.

그랬구나. 돈 벌러 대련까지 기차를 타고 가서, 거기서 다시 배를 타고 산동 반도에 도착하여, 청도로 갔을 것이다. 내가 3월 초에 와서 지금까지 외국전문가기숙사식당을 운영하는 부부 이야기를 하지 않았다. 식당일을 돕고 있는 그는 웃음이 적고 과묵하며 갈등이 많고 상당히 의식적인 삶을 살고 있는 것으로 비쳤다. 그의 아내는 비교적 명랑하고 속마음을 드러내지 않는 편으로, 남편을 달래며 살림을 꾸려나가는 강인한 여인이었다. 가끔 남편이 술을 먹고 식당에 나오지 않는 날도 있었다. 그들 부부 사이에 경제 문제를 놓고 그동안 꾸준히 갈등을 겪어오고 있었을 것으로 생각되었다. 언제까지 남자가 식당 운영에 매달려야 하느냐, 수입이 빤한데 한시라도 젊어서 돈을 벌어야 큰애와 그보다 한참 아래인 8살배기 막내딸을 키우지 않겠느냐, 그리고 나이가 벌써 40대 후반인데, 노후 대책도 세워야 하지 않겠느냐 등등.

아내는 남편이 떠나는 것이 싫었을 것이고, 남자는 아내의 만류를 뿌리치기가 쉽지 않았을 것이다. 그러다가 홀쩍 떠나버린 것이다. 간 곳이 멀긴 해도 한국보다 중국의 한국인 기업이 있는 청도로 가게 되었다니, 아내에게는 그나마 다행스러운 일일 것이다. 이렇게 연변의 조선족들이 한국이나 한국 기업체로 돈 벌러 계속해서 멀리 떠나가고 있는 것이다.

식당에 들어서자, 늘 그 자리에서 돈을 받고 있어야 할 그가 없다. 다른 남자가 앉아 있는 것이다. 마음 한 구석이 텅 빈 것 같다. 마음이 짠하기는 하지만, 잘 된 일이라는 생각이 든다. 아내는 식당을 계속 운영하고 남편은 청도에서 돈을 벌면, 그들은 바라는 만큼의 부자가 될 수 있을 것이다. 마음으로 그들이 그렇게 잘 되기를 빌었다.

오후에 세실리아와 함께 용정에 다시 갔다. 식당가를 찾아가는 중에 대로변의 낡은 용정극장이 폐쇄되어 있는 것을 보게 되었다. 이곳의 문화 환경을 짐작할 수 있을 것 같았다. 신화서점과 용성호텔 부근의 이가반점에서 점심을 먹은 다음에, 삼륜차로 용정 일 중학교에 갔다. 교내의 대성중학 옛 건물 앞에 윤동주의 시비가 있고, 대성중학 이층에 사진 전시실이 있었다. 사진들은 19세기 반도에서 넘어온 우리 선조의 생활상과 용정의 역사 및 선구자들의 항일 투쟁 등을 보여준다. 왜정시대 간도 일본 총영사관이 있던 자리에 용정의 박물관이 있는 것이다. 마침 한국에서 온 관광객 일행과 함께 여자안내원의 설명을 듣고 밖으로 나왔다. 하나투어 관광버스 두어 대가 운동장에 있다.

여기는 볼거리가 단순하고 빈약하기 이를 데 없지만, 하품이나 하고 돌아설 자리가 아닌 곳이다. 우리의 선각자와 선구자들의 숨결이 어린 곳이다. 이곳에서는 잠시 눈을 감고, 우리 선조들이 두만강을 넘어와 움막집을 짓고, 척박한 땅에 뿌리를 내리며 항일 투쟁을 한 삶을 그려보아야 하는 것이다. 용정이 바로 그런 지역이 아니었던가. 꿈에서나 그려보던 해란강이 흘러가는 곳, 선구자들이 말달리던 곳이 바로 여기가 아닌가. 6월의 태양이 대지를 뜨겁게 달구고, 그 볕이 세차게 내리비친다. 아, 목이 마르다.

☀/☁ 맑고 흐림 **6월 6일**   오늘은 일찍 서둘러 준비를 하고 연길버스중심
인 동북역에 도착했다. 검표원에게 연길에서 개산툰開山屯까지 얼마나
걸리는지 물어보았다. 소요 시간을 질문할 때에 "從延吉到開山屯需
要幾小時?"從, 開, 幾, 時 등은 간체자로 쓰임./충옌지또우카이산뚠쉬야오지사오스? 이라고
한다. 이 문장의 '幾小時'는 '幾点' 즉 '몇 시'가 아니란다. 그것은
'얼마나'의 의미가 들어간 말이다. 개산툰까지 1시간 15분이 걸린단다.
　개산툰은 용정시 개산툰진의 중심지로 두만강 가에 있다. 그 진에는
선구나루터배가 드나드는 곳가 있는 선구촌船口村이 있는데, 그 앞에 있는
두만강북안의 한뙈기 모래땅을 간도間島라고 한다. 문헌에 의하면 이곳
에는 두만강물의 모래가 쌓이고 쌓여 평평한 모래 터가 형성되었는데,
길이는 약 5－6리이고 넓이는 2－3리가량이 된다. 19세기 중엽에
조선 사람들이 강을 건너와서 이 땅을 개간하였다. 그리고 이곳의 북쪽
에 용수구用水溝를 파고 두만강 물을 끌어대어 농사를 지었다. 그 후
큰물이 지면서 용수구가 자그마한 강으로 되자, 모래땅은 두 강 사이에
끼운 작은 섬으로 되었다. 그 후부터 사람들은 그곳을 간도라 부르게
되었다. 이 간도에 대해 조선과 청국 사이에 영유권 분쟁이 있었다.
지금은 중국 땅이 되었다. 일본제국주의 시대에 침략자들은 자기들
침략의 야심을 달성하기 위해 간도문제를 조직하고, 두만강이북의 땅을
북간도라 하고, 압록강이북의 땅을 서간도라 하였다.

미니버스는 9시 30분에 출발하여 용정으로 가는 고속도로를 달리다 저 멀리 보이는 용정을 두고, 산길 중간쯤에서 왼쪽 세전이벌로 내려간다. 그 벌은 드넓고 기름져 논마다 물이 가득 실리고, 이미 모내기가 끝나 벼가 파릇파릇하다. 그 들판의 가운데로 해란강이 유유히 흘러간다. 차는 세전이벌을 가로질러 해란강을 건넌다. 들 가운데 있는 동성용이라는 마을을 지난다. 굴뚝이 삐쭉삐쭉 나오고 붉은 기와의 일자집들이 늘어서 있다. 용정으로 가는 기찻길을 지나 차는 계속 들판을 건너간다. 이어서 구릉이 나오고 곳곳에 한국의 새마을 집처럼 생긴 붉은 함석집들이 지나간다. 10시 5분경에 룡도수금소龍圖收費所를 통과하여 산 밑을 따라 왕복 2차선 도로를 계속 직진한다. 좌우 드넓은 구릉이 거의 밭이다. 콩이나 옥수수가 싹이 돋아 잎이 피고 있다. 德新에 이르니, 중국모자를 쓴 노인이 주유소 앞에서 차를 탄다. 石門을 지나면서 양철집, 기와집, 초가집들이 어울린 마을이 간간 나타난다. 뒤쪽에 탄 한 조선족 남자가 우리를 한국사람으로 알아보고, 저기 보이는 헐벗은 산이 북조선이란다. 삼거리 주유소에 이르자, 도문 31킬로미터 개산툰 2킬로미터라고 쓰인 이정표가 있다.

개산툰은 읍 정도의 마을이다. 두만강 가 언덕에 위치한 중심가는 노후한 건물들이 열을 지어 있고, 시장이 골목을 따라 내려오면서 형성되어 있다. 한국의 오륙십 년대의 시장과 같다. 목판에 여러 가지 눈알사탕을 담아 놓고 팔고, 솥에서 김이 무럭무럭 나는 찐빵도 팔며 토마토, 참외, 수박 등도 판다. 그 밖에 여러 가지 옷가지며 채소, 고기 등을 판다. 마땅한 음식점이 없어서, 빵가게에서 찐만두를 사서 간단히 먹는 것으로 점심을 해결했다. 종점에서 올라올 때 동력기가 달린 삼륜차를 3원 주고 타고 왔는데, 내려갈 때도 삼륜차를 탔다. 버스 종점에서 가까운 두만강 가로 나가려는데, 연길에서 타고 온 버스 한족 여자차장이 따라와 안내를 한다. 아마 연길로 되돌아갈 출발 시간이 넉넉하니, 점심이라도 생길까 하는 계산이 깔려 있는 듯하다. 강 건너 수풀 속에 북한의 감시 초소가 보인다. 그녀에게 두만강을 배경으로 사진을 찍어 달라고 부탁을 했다. 더 이상 강가에 거닐기가 좀 으스스하다. 종점으로 오면서 한국에서 가지고 온 박카스 한 병과 과자를 그 차장에게 주며 고마움을 표시했다.

이곳의 교통 사정과 주변 환경이 선구촌에 갈 생각을 갖게 하지 않는다. 그래서 바로 도문으로 가기로 했다. 그 길은 두만강변을 따라 구불구불 나 있다. 강 건너에는 북한의 함경도 산이 마주하고 있다.

버스표를 파는 건물 안에는 긴 의자 두 개가 벽에 붙어 있다. 도문으로 가는 표를 사고서 의자에 앉으니, 옆에 도문1중고등학교에 다니는 조00라는 조선족 여학생이 앉아 있다. 그녀는 내일 대학 진학을 위해 시험을 치러 도문에 간다고 했다. 연변대학교와 한국의 인천대를 지망했다고 한다. 한국에서는 서울대학교하고 인천대에서 일정한 수의 연변 조선족 학생을 모집한다며, 인천대가 어느 정도의 학교냐고 묻기도 한다. 그 두 대학의 연변 조선족을 배려하는 따뜻한 동포애에 고마움을 느꼈다. 부모는 7년 전에 한국에 돈을 벌려고 가서 개산툰의 이모와 같이 지낸단다. 3년에 한 번씩 오는데, 한 달 후면 엄마를 만난단다.

도문 고등학교에서 조선어는 주당 몇 시간이냐니까 5시간이란다.

1·2학년까지는 중국어와 조선어를 주당 5시간씩 배웠는데, 3학년에서는 조선어만 배웠단다. 한 학기에, 한 권의 조선어 책으로, 한 선생님이 그 책에 들어있는 언어, 문학, 고전, 문법 등 모든 것을 가르친단다. 고등학교 학비는 한 학기에 얼마나 내느냐니까, 5백 원이라고 했다.

옆쪽 긴 의자에는 조○○ 학생과 같은 학교의 수험생 여학생이 엄마와 앉아 있다. 세실리아와 대화를 나누는 그 엄마의 말씨가 연변 조선어가 아니고 한국어다. 퍽 세련된 옷차림을 하고 있다. 그녀는 남편과 97년에 한국에 가서 지내오다가, 삼년 전에 개산툰 아버지가 있는 친정에 딸을 맡기고, 가끔 딸을 보러 온다고 했다. 아마도 딸의 공부를 위해 외할아버지 댁에 맡긴 것 같았다. 그녀의 딸도 이번에 연변대를 지망했다고 말한다.

도문행 버스가 도착하여 올라타니, 빈자리가 거의 없다. 차를 잘못 탄 촌로의 덕으로 가까스로 뒤쪽 자리를 잡을 수 있었다. 차는 두만강변을 따라 하류 쪽으로 달린다. 강 건너 북한땅의 산허리에 흰 글씨가 다음과 같이 크게 쓰여 있다.

'21세기의 태양 김정일 장군 만세'

강 건너 헐벗은 산들을 바라보면서 한참을 가노라니, 차는 수평을 지나 간평에 이어 도문 입구에 다다른다. 벗 삼아 같이 오던 두만강 물은 말없이 저 아래로 흘러 사라진다. 참, 사연도 많은 강이어라.

도문에 와서 그동안 못 먹었던 매운탕이나 한 그릇 먹고 가고 싶어 찾았으나, 그리 쉽지 않았다. 다행히 조선족 택시 기사를 만나 안내를 해 주어, 한국식 매운탕 집엘 갔다. 중국의 매운탕은 마라탕麻辣湯이라고 하는데, 그것은 한국의 매운탕과는 다르단다. 그 집은 조선족들이 주로 찾는 것 같았다. 여자 주인이 한국말에 가까운 조선어를 사용한다. 음식 솜씨가 있었다. 작은 미꾸라지와 치어가 들어간 탕으로 맵고 맛깔스러웠다. 멀리 왕청의 저수지 물고기란다. 두만강의 물고기는 오염이 되어서 먹지 못한단다. 모처럼 한국 음식다운 음식을 먹었다. 그리고 갓 한 쌀밥의 향기가 그렇게도 좋았다. 옛날 란蘭이가 삼남의 외갓집에서 가져온 볍씨로 농사지은 간도 지방의 쌀이 밥맛이 좋다는 것을 여기서 실감했다. 그것은 낮이 뜨겁고 밤이 추운 기후 조건에서 자란 벼이기 때문이란다.

도문역에서 기차를 타고 오면서, 내가 지금 중국에 와 있다는 생각은 잠시 잊어버리고, 북간도에 와서 사는 사람처럼 느껴졌다.

☁ 흐림 **6월 7일**　오늘은 오전에 컴퓨터 앞에서 보냈다 오후에 어학연구소를 들려 책을 반납하고, 대학 인근에 있는 '길림성동방국제여행사'에 갔다. 하루 백두산이곳에서는 장백산이라고 함. 관광 상품이 있단다. 1인당 400원인데, 할인하면 360원 정도에 갈 수 있을 것 같다. 새벽 4시에 출발하는데, 연길에서 4시간이 소요된다. 장백산에 이르면, 합승차로 바꿔 타고 오르다, 중간에 찝차로 다시 갈아타고 정상에 오른단다. 정상에서 내려오다 장백산 폭포를 보고, 온전장에 들렸다가 저녁 7시경에 연길에 돌아온다고 한다. 식사는 점심만 제공한단다. 6월 하순이나 7월 초순에 가는 것이 좋겠다 싶다. 북한 관광도 있으나 제한적으로 한족들에게나

가능하고, 한국인에게는 허용이 안 된다는 것이다. 제 삼국에 와서까지도 한국인은 북한에게 철저한 배제의 대상이 된다고 생각하니, 답답하고 딱한 생각이 들면서 서글프기까지 했다. 여기가 어떤 곳이던가. 어쩌다가 이런 지경까지 됐는가. 조국광복을 위해 목숨을 바친 선구자들의 혼령이 이곳 광야에서 비감을 토해내는 함성을 듣는 듯하다.

돌아오면서 연대 앞 초시로 갔다. 몇 가지 물건을 사고 요구르트를 사려고 식품진열대에서 생산일과 유효 기간을 확인하니까, 한참 지난 제품들이 많다. 한 중국 여자 점원에게 "쩌거또우지하오?" 하고 말하니, 못 알아듣는다. 옆에서 요구르트를 고르던 여대생 하나가 나를 도와준다. 목소리로 보아 내가 한국인인 줄 알고 무엇을 묻느냐고 한다. 우리 조선족이다. 그래 이 요구르트 유효기간을 묻는다니까, "또우치지하오?"到期幾号?/幾는 간체자로쓰임.라고 한다며, 깨알같이 써놓은 글자를 읽는다. '리우위에 스우하오'6월 15일로 아직 유효하다는 것이다. 그리고 이 요구르트가 맛있고 몸에 좋다며 자기도 사겠단다. 조선어가 좀 서투르다. 간단히 나눈 대화를 통해 그녀에 대한 두어 가지 사실을 알게 되었다. 그녀는 연변대 문학계 영어 전공 학생으로 교하에서 고등학교를 다녔다. 고등학교에서 조선어 문법을 따로 배우지는 않고, 조선어 시간에 조선어 교과서에 수록된 정도의 어법을 배운 것이 고작이었단다. 연대에서 자주 만나게 되겠다고 하자, 반갑게 "다음에 만나요."라고 말하며, 머리를 숙여 인사한다. 그래서 "다음에 뵙겠습니다. 다음에 뵙겠어요."라고 윗사람에게는 말하는 것이라고 정정하여 일러주자, 주변에 있던 동료 여대생들이 모여 복창하여 "다음에 뵙겠습니다."한다.

그래서 한마디 덧붙여 앞으로 더욱 넓은 세상에 나가 생활하려면, 한국의 표준어를 익혀야 되지 않겠느냐고 하니까, "예."한다. 그러면 "안녕히 가세요."라고 말하여 보라니까, 거기 모인 여학생들이 다 같이 기쁜 표정으로 웃으며 "안녕히 가세요."한다. 참 귀엽고 예쁜 연변 처녀들이다.

슈퍼를 나오려는데, 한조대비전공 범홍위 학생을 만났다. 반갑다. 그녀는 강의 시간에 대해 물었다. 학교에서 다음 주에 시험이라고 통고했다고 말한다. 모르는 사실이다. 그렇지 않아도 6월 마지막 두 주는 시험 기간이라니, 다음 주에 강의를 마치려고 생각하던 참이었다. 그렇게 되면 이곳 일정이 빨라져 7월 초순경에 귀국이 될 수도 있겠다. 어차피 6월 30일이 초빙 만료일이다.

🌥 흐림 **6월 8일**   오후에 시간에 맞춰 강의실로 가는데, 학생들이 복도에서 다음 주에 시험이라며 의아해 한다. 그래서 사무실에 들려 확인을 하니, 대학원에서는 작년 입학생부터 기말 시험을 의무적으로 치르고 시험답지와 성적표를 함께 제출하도록 되었다는 것이다. 연락을 받지 않았느냐고 한다. 그런데 공식 통보를 받지 못했던 것이다. 이제라도 확인을 했으니 다행이다 싶다.

오늘과 다음 주 금요일에 논제 발표를 한 후, 개요작성을 하여 기말 리포트로 제출하도록 했던 계획을 바꿀 수밖에 없다. 그래서 오늘은 강의가 없이 대화를 나누는 시간으로 하고, 논제 설정과 개요작성을 하여 다음 주 기말 시험 시간까지 제출하는 것으로 하되, 시험은 그 내용과 관련된 것을 출제하기로 했다.

그동안 강의에 신경을 쓰느라고 학생들과 대화를 갖기가 어려웠다. 그래서 조선족 및 한족 학생들과 연락처를 교환하고, 한국에 오면 꼭 찾아오기를 바란다는 말을 하여 주었다. 그 밖에 학문의 길은 어떠한 것인지, 또 다른 길은 무엇인지 등에 대해 이야기를 나누었다. 아직은 선택의 여지가 남아 있는 학생들이다. 끝으로 조선족 학생들에게는 급변하고 있는 연변의 조선어와 그 교육에 대한 연구의 중요성을 말하고, 앞으로 그런 부분에 대한 책임을 강조했다. 그러고 나서 그제 해란강 변 세전이벌을 지나면서 우리 선구자들의 모습을 그려보는 시간을 가져보았다는 얘기를 해주었다. 숙연한 모습으로 듣는 조선족 학생들이 무척 고맙기만 하다.

강의를 끝내고 인사를 하자, 이구동성으로 "고맙습니다."한다. 무거웠던 마음이 가벼워지는 느낌이다.

강의실에서 나오려는데, L 여학생이 전에 부탁했던 북한의 '조선어 실용문법'2005과 '조선어문법'1949을 가지고 와서 준다. 그리고 J 여학생이 한어병음과 국제음성부호 대조표를 준다. 고마운 학생들이다.

하얼빈, 민족정기가 살아 있는 고장

12장

☀ 맑음 **6월 9일**　　오늘은 연길역에 나가 하얼빈에 가는 기차표를 예매했다. 수표구售票口:매표구에서 기차표를 사려면 줄을 서서 기다려야 하는데, 내 중국어 실력으로 원하는 표를 산다는 것은 발음도 발음이려니와 떠듬대는 것이 시간에 쫓기는 사람들에게는 도저히 참을 수 없는

337

일일 것이다. 그래서 메모지에다 다음과 같이 써서 보여 주었다.

我們要去哈爾濱觀光. 我們是夫婦.

上行 6月 11日 21:16開. 從延吉到哈爾濱 同臥鋪軟臥 下 二个票

下行 6月 12日 20:35開. 從哈爾濱到延吉 上同

[우리는 하얼빈 관광을 하려고 한다, 우리는 부부다. 상행 6월 11일 21시 16분 출발 연길에서 하얼빈까지 같은 침대 방, 시트가 가장 좋은 침대 '잉워'(硬臥)는 딱딱한 침대로 값이 '롼워'(軟臥)보다 좀 쌈. 하층 2개의 표. 하행 6월 12일 20시 35분 출발 하얼빈에서 연길까지 상동.]

컴퓨터 검색을 한참 하더니 여유분이 있다며, 우연하게도 왕복 같은 11번의 차량의 시야푸 13호, 15호/ 21호, 23호를 끊어준다. 표 한 장에 133元으로 532元을 내란다. 4인 1실의 하층 마주보는 침대를 예약한 것이다. 좀 늦었다 싶었는데 다행이다. 10일 전부터 예약이 가능하다고 매표구 위에 게시해 놓은 것이다.

내 앞에서 줄을 서서 기다리던, 키가 비교적 작은 조선족 노신사 한분이 우리가 한국에서 온 줄 알고 말을 걸었다. 학생 매표구 앞에 줄을 서 있는 성인들을 보고, 중국인의 무질서한 줄서기를 탓하며, 한국인의 질서 의식을 높이 평가한다. 가령 서울에서는 차가 지나가지 않아도 신호등에 따라 기다린다는 것이다. 사실 중국에서는 사람들이 아무데서나 무시로 찻길을 건넌다. 잠시 후 표를 받아가지고 나오는데, 우리에게 다가와 계속해서 대화를 하는 가운데, 내게 주는 명함을 보았다. 그분은 연변에서 박사며 교수로 있던 분으로 사회 저명 인사였다. 연대에 일이 있어 잠시 와 있노라고 하니까, 자기는 연변에서는 공산당

전문가 증을 가진 유일한 사람이라며 붉은 표지의 전문가 증도 보여준다. 북경에 있는 딸네 집에 가기 위해 예매를 했단다. 앞으로 세계에 흩어져 있는 우리 민족 대단결을 위해 서울과 평양을 방문하게 될 거라고 말한다. 그래서 이곳에 와 여러 지역을 관광하는데, 한국인만은 북한에 갈 수가 없다고 하자, 체제와 관련된 얘기를 한두 마디 한다. 더 이상 민감한 북한 사정은 피하면서, 오늘날 중국이 이렇게 발전하게 된 것은 지도자들의 정책에 의한 것이 아니겠느냐는 점에 서로 공감대가 형성되었다.

일을 하나 추게 되니, 마음이 홀가분하고 월요일이 기대된다. 하얼빈에서 화요일 낮 10시간을 보내고 밤차로 돌아오는 것이다.

점심시간이 가까워져 서시장 근처에서 간단하게 2원씩 하는 죽粥, 저우 zhou, 0에 1성이 놓임.을 사서 먹고, 모아산 근처의 연변 조선족 민속촌으로 갔다. 산 속의 산책이 좋았다. 아가시아 향, 솔 향 등을 맡으며 송림이 우거진 숲길을 거니노라니, 어디선가 뻐꾹새가 뻐꾹뻐꾹한다. 여기저기 사람들이 대부분 숲 속 그늘에서 음식을 먹으며 즐거운 시간을 보낸다. 우리도 음료를 사서 마시며 잠시 한낮의 더위를 식혔다. 여기나 반도나 주말을 보내는 모습은 서로 비슷하다. 숙소로 돌아오는 중에 나의 탄 얼굴을 보며, 세실리아가 "간도 사람 다 됐네." 한다.

☀️ 맑음 **6월 10일**　오전에 성당에 갔다 와서, 점심 후 서울에 전화를 했다. 용원이가 받는다. 어린양은 여전하다. 아빠가 그리운가 보다.

7월에 귀국하시느냐고 묻는다. 오늘은 저녁 미사에 나가겠단다. 어머니의 전화 목소리가 가볍고 낭랑하시다. 건강하시니 다행이다. 오전에 성당에 다녀오셨단다. 제주도에서 복무하는 명원이가 내일 사격대회에 나간다고 한다. 지난번에도 우승을 해서 특박을 받았었다. 제가 좋아하는 것은 잘하는 아이다. 올해는 현충일에 동작동 국립묘지 참배를 못했으니, 귀국해서 날을 잡아 가족이 모두 가기로 했다.

오후 3시경 세실리아와 탁구를 쳤다. 이젠 날씨가 더워 이것도 힘이 든다. 한 시간을 채우지 못했다. 아침에나 쳐야 할 것 같다.

오늘도 감사한 하루다.

☁ 흐림 **6월 11일**   오늘은 낮에 하얼빈을 가기 위해 간단한 준비를 하고, 저녁 8시가 넘어 연길역에 도착했다. 많은 사람들이 하얼빈과 장춘을 가기 위해 대합실을 꽉 메웠다. 개찰 시간이 다 되어 줄을 서서 있는데, 너무 지연되니 무덥고 짜증스러울 지경이다.

침대칸 6실은 문이 달린 4인용 방인데, 우리는 하층 침대로 마주하여 누웠다. 좀 답답하여 창문을 열려고 했으나, 내 힘으로는 열리지 않는다. 창문 위에 달린 선풍기는 얼마 안 가서 멈춘다. 여자 승무원에게 말하자, 한참 후에 수리역무원이 망치를 가지고 와서 텅텅 치니 돌아간다. 그가 간 후 잘 됐는가 싶었으나 곧 또다시 멈춘다. 그리고는 그 뿐이다. 다음 역에서 위층 침대 사용자 청년 둘이 탄다. 위층으로 오르기가 만만치 않다. 벽에 붙은 발판을 딛고 역시 벽에 붙은 손잡이를 잡으며 단번에 올라야 하니, 노약자는 불편하기 이를 데 없다. 어렵게 침대에 오르더니, 더운지 체면 불구하고 이내 옷을 훌렁 벗어 던지고 팬티만 입는다. 그러더니 한 침대로 모여 앉아서, 가지고온 음료를 들며 밤이 깊도록 정담을 나눈다. 세실리아는 민망한지 돌아눕는다. 상황이 그런데 어쩌랴. 실내가 너무 무더워 위층의 한 청년이 선풍기를 틀어 달라는 말을 한다. 그래서 손으로 안 된다는 표현을 하며 두드리는 시늉을 하자, 그가 벽에 걸린 옷걸이로 텅텅 치니 돌아간다. 그러다가 곧 멈춘다. 그러기를 자기 전까지 반복한다.

인근의 화장실이며 통로에서 담배들을 피워대니, 그 냄새가 실내로 들어와 숨이 막힐 지경이다. 화장실은 수세식이 아니고 양동이에 물을 받아 변기에 붓는 재래식이다. 철도가 왜정시대에 놓인 단선으로 운행되기에, 푸콰이普快 보통 빠른 기차라고 하여도 중간 역에서 정차하고 가기를 반복했다.

비몽사몽으로 날을 새우자니, 기차는 밤새 북만주 대평원을 달려 7시 20분경 샹팡香坊에 도착한다. 위층 젊은이들이 짐을 내 놓는다. 하얼빈이 가까운 모양이다.

☀ 맑음 **6월 12일**　　아침 7시 40분경 기차는 하얼빈 역에 도착한다. 플랫폼에 내리니, 우리 안중근 의사의 이토우히로부미 저격 사건이 생각난다. 우리의 선구자들은 만주 지역에서 그처럼 치열한 투쟁을 벌였던 것이다. 누가 이런 일을 알기나 하랴. 무심한 승객들만이 줄줄이

출입구로 향해 나아가고 있다. 나도 그들 속에 끼어 금세 무심한 사람이
되어버렸다.

하얼빈 역 인근에서 아침을 먹은 후, 태양도太陽島부터 가기로 했다.
태양도는 송화강 가운데에 있는 섬으로 유락 시설과 주택들이 있다.
그 쪽으로 가기 위해 역 앞에서 상여우지에上游街로 가는 13로선 버스를
탔다. 상유가에서 내려 택시를 타면, 육교로 20元에 태양도에 갈 수
있다고 그곳 주민이 일러주었다. 상유가는 송화강 인근에 있는 거리로
지척에 송화강 둑이 있고, 그 주변에 공원이 조성되어 있었다. 그곳에서
강 건너 태양도로 가는 데는 케이블카가 있고 나룻배가 있다. 그리고
송화강 유람을 하는 배도 탈 수가 있다. 우리는 송화강 나룻배를 1인
왕복 4원에 타기로 하고, 강변 매표소에서 표를 샀다.

태양도는 깨끗하고 관광 거리로 조성되어 있었다. 이국적인 정경이
다. 많이 다니기에는 피곤도 하고 시간이 없어, 잠시 돌아보고 나루터로
나왔다. 나룻배의 난간에 기대앉아 잠시 송화강의 정감에 젖어본다.

창공에 태양이 빛나고
반짝이는 물결이 잔잔히 흐르는데,
송화강변의 푸른 초장 위로 무심한 제비가 난다.
뱃머리로 부는 바람이 시원도 하구나.

점심을 든 후에 시장 구경을 하고서, 하얼빈의 중심가라는 중앙따지
에中央大街로 갔다. 그곳은 길바닥이 로마의 거리처럼 돌로 되어 있고,
거리 양쪽으로 예쁜 서양식 건물들이 이어져 있다. 그래서 동유럽의

342

분위기를 자아낸다. 러시아가 건설한 도시이다. 지금도 그 건축양식으로 보수하고, 새로운 집을 짓고 있었다. 관광 차원에서 그렇게 하는 것이라는 생각이 들었다. 그 거리는 서울의 명동처럼 젊은이들과 관광객들로 분주했다. 세실리아가, 러시아 상점에 들어가 시어머니에게 선물을 한다며 한참 흥정을 하더니, 잉크 목도리를 산다. 이곳에서는 비교적 값이 맞는 모양이다. 오후 다섯 시경에 택시를 타고 러시아 정교회가 있다는 곳으로 갔다. 고색창연한 유럽풍의 교회 건물이었다. 그 건너편에 천주교당이 있다. 그리로 가서 조선족 강 씨, 막달라 아주머니의 안내로 성당 안으로 들어가 기도를 올렸다. 그녀는 성당에서 밥을 짓는 일을 담당한다고 했다. 동포로서 서로 반가웠다. 잠간의 만남이지만, 다음에 기회가 되면 다시 찾아오마고 석별의 정을 나눴다.

겨울에 빙등제가 열린다는 하얼빈은 거리가 말쑥한 도시였다. 어둠이 내리자, 나그네의 발길이 바빠졌다. 역사의 현장, 하얼빈 역으로 향했다.

☀ 맑음 **6월 13일**　기차는 밤새 평원을 지나 남쪽으로 달려오면서 간간 작은 역에 잠시 정지했다가 또 달린다. 새벽이 되니 침대칸의 공기가 맑아진다. 그렇게 매캐하고 호흡이 어려울 정도의 담배 냄새가 이제 거의 가셨다. 더위를 식히니 승객들이 잠자리에 든 것이다. 3시경이 되자, 밖이 밝아오기 시작한다. 연길까지는 아직도 서너 시간이 남았다. 차창 밖으로 구릉이 보이는 것으로 보아 연길에 가까워오는

343

모양이다. 기차가 연길시 옆에 있는 조양천이라는 곳에 잠간 머물더니, 곧 연길에 도착한다.

6시 반경 연길역에 내려, 역 앞 광장 근처의 조선족 식당에서 된장찌개와 명태찌개를 시켜 아침을 먹었다. 명태찌개는 차림표에는 값이 매겨 있지 않다. 15원이란다. 음식 값이 좀 비싸다는 생각이 든다. 식당 한 구석에서 아침을 먹은 노부부가 식사를 마치고 나오면서, 우리 옆으로 오더니, 한국에서 왔느냐면서 자기 딸이 용인에서 사는데, 한국에서 온 지 얼마 안 되었다며, 음식 값을 한국 사람한테는 더 받았다고 귀띔을 해준다. 이곳에서는 한국 사람들이 돈이 많다고 생각하는 경향이 있다는 말을 들은 기억이 났다.

어쨌거나 장사이고 조선족이니 좀 서운하더라도 참고 나왔다.

11시 50분경 조선－한국학 학원 사무실에서 전화가 왔다. 기말 시험 문제를 내일까지 사무실에 제출해 달라는 내용이다. 여자의 말씨가 연변 조선어투이다. "선생님, ……다 말입니다. …말씀 못 들었습니까. ……그렇게 합시다. …… 하십시오." 등의 경어를 사용한다. 이 전화의 상황은 공적으로 젊은 사무원이 교수에게 시험 문제 출제를 요청하는 상황이다. 대체로 합쇼체의 격식적인 말씨를 사용하는 것은 바르나 '－ㅂ시다'라는 표현은 한국에서는 허용이 아니 되는 화계이다. 이곳에서는 그런 표현이 당당하게 쓰이고 있다. 만약 그녀가 한국에 와서 그렇게 말한다면 무례를 범하는 일이다.

☀ 맑음 **6월 14일**　오전에 대학원생들의 시험 문제를 조선 – 한국학 학원 사무실에 제출했다. 기말 보고서로 성적을 내려했으나, 학교 당국의 계획에 따라 기말 시험을 치르게 돼서, 부득이 보고서의 내용(논제와 그 개요 작성)과 관련된 시험을 보기로 했다. 원래는 교수의 재량으로 했던 것을 2006급 신입생부터 기말 시험을 치르게 하고, 그 답안지를 성적표와 같이 학교에 제출하도록 했다는 것이다. 그래서 어쩔 수 없이 2005급도 함께 시험을 보기로 했다. 동일한 기준으로 평가를 하자면 2005급, 2006급, 조선족, 한족 모두가 시험을 보지 않을 수 없는 것이다.

마침 원장이 사무실에 들렀기에 앞으로의 일정을 간단히 말했다. 하얼빈도 갔다 오고 볼 만한 구경은 거의 했다며, 시험이 끝나고 성적 처리가 되면, 6월 29일에는 출국이 가능할 것 같다고 말했다. 그리고 가기 전에 모시고 저녁이나 하려고 한다는 말을 하니, 의표라도 찔린 듯 내심으로 좀 놀라는 표정을 짓는다. 전에 7월 중순 이후에 귀국하게 될 것이라는 말을 했었으니, 그럴 만도 하다는 생각이 들었다. 돌이켜 보니, 눈이 오는 3월 초에 왔던 게 엊그제 같은데, 어느새 꿈같은 세월이 흘러 여름이 되었다. 인연이 뭔지, 예정에 없이 얼떨결에 떠난다는 말을 하고 보니, 마음이 짠하다. 그러나 언젠가는 떠나는 것이다. 會者定離라고 만나면 헤어지는 것이 인간사가 아니던가. 결연한 나의 태도를 보자, 원장이 일요일에 시간이 어떠냐고 묻는다. 오전에 성당에 갔다 온다고 하니, 며칠 전에 한국에 5일간 다녀왔다고 하며, 점심이나 하잔다. 그래서 바쁘신 줄 알고 있고, 원장님의 배려로 강의를 하게 해 주신 것만도 크다며 사양하였으나, 끝내 거절은 못하였다.

저녁 때 대학 인근에 있는 중국남방항공에 가서 인천행 비행기 표를 예약했다.

☀ 맑음 **6월 15일**   오후에 조선-한국학 학원 사무실에 들러 ○○라는 연구생 사무원한테서 시험 본 답안지와 기말 리포트를 받았다. 그녀가 한 시간 이상 시감을 하느라고 수고 했다. 한국에 오게 되면 나를 찾아오라고 말해주었다.

도서관 쪽으로 내려오노라니, 조선족 학생으로 보이는 두 여대생이 조선어로 얘기를 나누며 도서관으로 간다. 그녀들의 대화 가운데 한국의 남자라는 말을 하면서 할머니 얘기며 그 딸들에 관한 얘기를 하는 것 같다.

도서관 입구에서 나는 평소대로 조선족 학생이냐고 묻고는 연변 조선어만 할 것이 아니라 앞으로 한국에 가려면 한국의 표준어도 알아야 하지 않겠느냐고 말하자, 그녀들 중 하나가 나는 한국에 가지 않는다고 단호하게 말한다. 그래서 그래도 한국어는 알아야 하지 않겠느냐고 하니까, "한국 사람들이 중국에 옵니다." 한다. 무언가 단단히 뒤틀린 모양이다. 지금까지 연변에 와서 연변 조선족들에게 한국어를 얘기하면, 그렇게까지 반감을 갖고 무 자르듯 하는 말은 들어보지 못했다. 그것도 처녀가. 말문이 콱 막혔다. 그녀에게서 더 이상 동족으로서 기댈 인정이라고는 찾아보기 어려웠다. 그녀들은 중국인이었다.

저녁에 연대 뒷산 쪽으로 산책을 나갔다. 서쪽하늘에서 반짝이는

346

금성이 유난히 크고 밝다. 이곳에서는 금성이 바로 머리 위 가까이에 떠 있는 인공위성 같다. 마침 남녀 대학생이 조잘거리며 오고 있다. 귀를 기울여 그들의 말을 들어보니 우리 조선족이다. 다가가서 짐짓 저 별이 무슨 별이냐고 물었다. 여학생이 '금성'이라고 바른 대답을 한다. 말씨가 한국어투이다. 무슨 과냐고 묻자, 여자는 한어과, 남자는 정치과라고 한다. 어디에서 왔느냐니까 길림시에서 왔단다. 말씨가 한국어와 비슷하다고 하니까, 거기서는 그렇게 말들 한단다. 그래서 한국의 표준어가 중요하다며, 저 별이 참 좋다고 하니까, 웃으며 "이만 가겠습니다."한다. 그리고는 어둑한 밤길을 저만큼 앞서가며 두 청춘남녀는 웃음꽃을 피운다.

☀ 맑음 **6월 16일**　　오전에는 기말 시험 답안지 채점을 하였다.

　오후에 원장이 내일 아침 10시에 숙소로 오시겠단다. 우리를 위해 하루를 내어 바깥바람을 쐬겠다는 거다. 고마운 분이다.

☀ 맑음 **6월 17일**　　성당에서 미사가 끝나자, 신부님이 혼배 성사에 관한 얘기를 하며, 팔도에 미사 집전을 하러 가서 들은 얘기를 하였다. 중국 여자는 한국인 남자와 위장 결혼을 해서 한국으로 가고, 중국인 남자는 한국인 여자와 위장결혼을 해서 한국으로 가는 사람들이 많다는 데, 신도들에게도 있는 것 같다며 그런 사람들은 혼배성사를 할 수

없다고 말씀하셨다. 먹고 살기 위해서라지만, 그래서는 안 된다.

10시에 세실리아와 함께 숙소 현관 앞으로 나가니, 검정색 승용차아우디가 온다. 원장님과 세실리아의 첫 인사에 이어, 연길 공원 옆 아파트에 들러 사모님을 대면 한 후에, 차는 교외로 빠져나갔다. 차가 도문 고속도로로 진입하여 초록으로 물든 산하를 지나 한참을 달린다. 어느새 도문 입구에 이르러, 차는 왼쪽 샛길로 들어선다. 얼마를 가노라니 산장으로 난 길이 있어 산 계곡으로 접어든다. 저만치에 단층의 기역자 집이 있다. 여러 대의 차가 이미 와 있고, 건물 안과 숲속 도랑가의 평상에 사람들이 음식을 먹으며 담소를 나누고 있다. 고속도로에서 꽤 떨어진 거리에 있는 곳에 산장 음식점이 있고, 사람들이 거기로 찾아와 여가를 즐기는 것이, 한국의 그것과 다를 바가 없다는 생각이 들었다. 원장 소유의 산장이었다. 사모님이 관심을 갖고 하는 사업 중의 하나였다. 연길과 북경에 성형외과를 경영하고 있다는 말을 듣고, 사모님의 수완이 짐작이 되었다. 여러 가지 요리의 점심을 맛있게 들고 사진을 찍은 다음에, 산 너머에 있다는 봉오동으로 향했다. 대학시절에 읽었던 안수길의 소설 '북간도'가 생각났다.

봉오동 입구에서 입장료를 받는 관리인이 문을 열어주어 계곡으로 오르니, 큰 저수지가 나타난다. 댐 둑 위로 차를 몰아 오르자, 잔잔한 호수가 펼쳐진다. 댐 난간기둥에 '봉오저수지'라는 글씨가 씌어 있다. 저수지 아래로 계곡 입구가 좁고 저수지 위쪽으로 양편에 산이 있다. 일본군이 계곡으로 들어오면, 계곡 양쪽에서 협공을 하기에 안성맞춤인 지형이었다. 1920년 6월 7일 홍범도 지휘하의 반일부대는 봉오동의

유리한 고지에 매복했다가 놈들이 매복권 안에 들어오자, 맹렬한 총벼
락을 안겼다. 봉오동 전투는 반일부대가 일본군과 싸운 첫 번째 큰
전투이고 첫 승리였다. 지금은 이 계곡이 저수지가 되어 그때의 치열했
던 사연을 말없이 담고 있었다. 우리의 선조들은 그렇게 조국을 되찾기
위해 싸우고 또 싸웠던 것이다. 언제 또 오랴 싶어 사진에 담기로
했다.

오는 길에 도문의 세관 옆 두만강도문강 둑에서 커피 한 잔씩 마시며,
1960대 어려웠던 시절 얘기를 잠시 나누었다. 사모님은 도문 출신으로
도문 중학을 다녀 이곳이 고향이었다. 선조가 왜정시대 경상도에서
넘어와 여기에 정착하게 되었단다. 어렸을 때는 강을 건너 북한의 남양
에도 왔다 갔다 할 정도였으나 이제는 어렵단다. 강 건너 보이는 건물들
은 아마도 사람이 살고 있는 것 같진 않다는 얘기가 맞는 것 같았다.
건너갔다 온 사람들의 말에 의하면, 거기는 점심도시락을 가지고 가야
지 사먹을 수가 없다는 것이다. 더 깊은 얘기를 하나 안 하나 서로
이심전심 다 아는 것이라, 그 이상 얘기는 하지 않았다. 그리고는 중국처
럼 개방이 되면, 북한도 발전이 있을 것이라는 데 동감을 하며, 자연스럽
게 중국의 지도자 등소평 얘기가 화재가 되었다.

주차장으로 가는데, 도문 남자 친구가 반색을 하며 사모님 곁으로
온다. 차 안에서 젊은 시절 도문 남자들의 선망의 대상이 되셨겠다는
농담을 했다. 그럴 만한 것이, 의대를 나온 사모님은 우리 조선족이요,
사실 미모의 멋쟁이 인텔리이다.

연길에 도착하니 벌써 저녁이다. 사모님 병원 맞은편의 맛사지 빌딩

에서 외국인에게는 중국의 한 특징으로 보이는 발맛사지를 받으며, 이런저런 얘기를 나누고 나누었다. 원장의 옛집이 맛사지 빌딩 뒤쪽 부근이라는 사실을 알게 되었다. 원장은 연길시가 고향이었다. 그러고 나서 연길 중심지인 시대광장 건너편, '랭면집'에서 냉면을 먹었다. 식사를 마치고 공원교를 건너 숙소로 돌아오는 길에 차 안에서, 원장 내외분의 연변 생활 모습을 보니, 내 마음이 참 좋다는 말을 했다. 대학 정문에서 내리려 했지만, 굳이 숙소 앞까지 태워다 준다. 참으로 고마운 분들이다.

☁ ^{흐림} **6월 19일**   오늘은 오전에 학생들이 제출한 리포트를 평가하였다. 오후에는 대학 인근에 있는 '연변국제여행사'에 가서, 내일 백두산 관광 일일 여행 예약을 했다. 한 사람 여행비가 380원인데, 20원을 할인해서 360원에 가기로 했다. 내일 새벽 4시에 출발한다고 한다.

그렇게도 가보고 싶었던 백두산이건만, 정작 내일이면 볼 수 있는데도 왜 그런지 좀 무덤덤하다. 처음 해란강을 보고자 했던 때의 그 열망과 설렘은 없다. 우리땅이 아닌 남의 나라 땅에서 백두산이 아닌 쟝바이산長白山을 가는 것이다. 그렇지만 그곳이 북간도 젖줄의 시원이고, 우리 선조들의 숨결이 서린 곳이며 우리 선구자들이 말을 달리던 곳이기에 예사로운 관광은 아닌 것이다. 그래도 허전한 마음은 어쩔 수가 없다.

350

🌥 흐림 **6월 20일**　　새벽 5시경 연길을 출발한 관광버스는 시내를 벗어나 이슬비가 내리는 들길을 달린다. 기와집, 초가집이 혼재한 마을을 지나 구릉지로 들어간다. 좌우에 나무가 울림을 이룬다. 산봉우리가 구름에 휩싸여 있다. 6시경 안도현에 진입한다. 비는 그칠 줄 모르고 추적추적 내리고 있다. 차는 명월호반을 돌아 7시경 길가 식당 앞에 정차한다. 설렁탕으로 간단히 아침식사를 했다. 조선족 아주머니가 주방 일을 본다. 참, 반갑다. 여기서 장백산까지는 3시간 정도 걸릴 거란다. 홍기촌을 거쳐 얼마를 더 가니, 돈화 삼거리에 이른다. 하늘이 개며 햇살이 비치기 시작한다. 8시경 길경에 오니, 길가 이정표에 이도 二道 48km라고 씌어있다. 9시경에 이도의 철길을 지나는데, 송림재철도화차松林材鐵道火車가 장백산의 목재를 싣고 지나간다.

　10시 30분경 장백산 내 관광버스를 타고, 장백산을 오르는 찝차 환승 지점까지 들어갔다. 11시경 6인승 찝차를 타고 장백산 정상부근까지 오른다. 산 아래 저 멀리 시야가 운해에 가려 흐릿하다. 정상 바로 밑에 이르니, 기온이 급격히 떨어지고 바람이 세차게 분다. 여기서부터는 걸어서 봉우리가지 가야 한다. 그냥 오르기에는 너무 추워 대여 방한복을 입고 올랐다. 몸을 가누기가 어려울 정도다. 움푹 들어간 산정의 호수는 운무를 뒤집어쓴 채, 제 모습을 드러내지 않는다. 만주 벌판에서 불어오는 세찬 바람에 운무가 한 쪽으로 몰리자, 건너편 봉우리의 비탈 아래쪽으로 시퍼런 호수가 수줍게 얼굴을 살짝 내민다. 그것도 잠시뿐, 이내 운무에 묻힌다. 참, 아쉽다. 아마도 지금은 때가 아니라는 신호를 보내는 것 같다. 다음에 한반도에서 당당하게 올라와 장백산

351

이 아닌 백두산을 보러 올 때에, 본 모습을 드러내겠다고 말하는 것 같다. 그래서 그런지 남들은 영산이라고들 말하나, 내 마음에는 그렇게 와 닿지를 않는다. 사진 한 장을 찍고 나자, 검은 구름이 몰려오기 시작한다. 더 머물기가 어려워 서둘러 내려왔다.

　오후 1시경 장백산 폭포를 구경하고 내려와서 점심을 먹은 후에 3시경 출발하였다. 구름 낀 하늘에 간간 푸른 하늘이 보인다. 기대재래 백림期待再來白林의 현수막을 뒤로 하고 내려가니, 민가가 나오고 밭으로 된 드넓은 구릉이 끝없이 이어진다. 밤 7시가 넘어 용정 지역을 지날 무렵, 어둠 속에 초저녁 조각달이 떠 있고 금성이 반짝인다.

찔레꽃
붉게 피는 남쪽나라

13장

☀ 맑음 **6월 21일**   오전에 연변 대학원 1학기 학생 평가서를 작성하여 마무리를 지었다. 그리고는 어제 하루 내내 차를 타고 걷고 한 여독 때문에, 온종일 하는 일 없이 보냈다.

저녁 식사 후에 세실리아의 생일이 오늘인 것을 알게 되었다. 나도 모르게 깜박 잊고 넘어갈 뻔하였다. 알아도 별수는 없었지만, 미안한 마음이 들었다. 나이 탓인가 보다.

저녁 늦게 용원이가 전화를 했다. 엄마의 생일을 잊지 않고 한 전화다. 고마운 일이다. 제주도에서 복무하는 명원이한테서도 전화가 왔었단다. 어머니를 생각하는 마음이 기특하기만 하다. 주님이 기뻐하실 것 같다.

☀️ 맑음 6월 22일　어제 서경대에서 전화가 왔었다는 소식을 듣고, 기획처로 전화를 했다. 교수 업적 평가 결과 통보였다. 이곳에서 인터넷 개설을 하지 않아 귀국 후에 메일을 열어 확인하기로 담당자에게 양해를 구했다. 그리고 이곳의 생활을 간단히 소개하고 감사의 표현을 했다.

오후에 광명 사거리 부근의 중관촌에 가서 간체자 한자簡體字漢字 워드를 구하려고 하였으나, 한글과 호환이 어렵다고 하여 구입할 수가 없었다. 거기에서 가까운 연길의 중심지인 광명 사거리 시대광장에 오니, 광장 바닥에 연변 자치주의 창립이 1952년 9월 3일이라고 쓰여 있다. 이 주는 6개 시연길, 용정, 화룡, 도문, 훈춘, 돈화와 2개 현안도, 왕청으로 구성되었다. 주의 꽃州花은 진달래金達萊이고, 주의 나무州木은 장백산의 미인송美人松이다. 여기에서는 개고기, 랭면연변에서는 '랭'으로 표기함.을 즐겨 먹는 음식으로 꼽는다. 술은 고려촌高麗村이라고 하는 백주白酒인데, 이곳 사람들이 애중하는 술이다. 나도 가끔 마시곤 했는데, 그 맛도 맛이려니와 뒤끝이 없는 술이다.

354

내려쏘는 태양빛에 등이 따갑다.

☀️ 맑음 **6월 23일**　오늘은 북조선, 중국, 소련 3국의 국경지대인 방천을
가기로 한 날이다. 아침 일찍 컵라면을 먹고, 훈춘행 버스를 탔다.
이미 한번 가본 길이라 낯이 익다. 두만강 건너 북조선 산은 헐벗고,
이쪽 중국의 산들은 숲이 울창하여 퍽 대조적이다. 강을 따라 차도
주변으로 스쳐가는 논과 밭을 보며, 우리 선조들이 강을 건너와 이곳
땅을 개간해서 농사를 짓고 살았다 생각하니, 여기가 중국 땅이라는
생각이 들지 않는다.

　아침 8시 30분경에 훈춘 버스 터미널에서 왕복 110원에 방천까지
가기로 택시 기사와 홍정을 했다. 최소한 120원 부르는 것을 100원에
가자고 하자, 그 값으로는 타산이 맞지 않는지 한 기사는 가고, 다른
한족 기사가 110원에 가겠다고는 했으나, 왠지 서운한 눈치다. 어떤
기사들은 방천까지 처음에 160원을 요구하기까지 했다. 기사가 한족
청년으로 처음 볼 때는 좀 무지막지하게 생겼는데, 자세히 보니 웃는
모습이 그렇게 험악한 인상은 아니었다. 차는 권하구를 지나 두만강을
따라 민가가 없는 하류 쪽으로 계속 달린다. 국경 가까이 꽤 왔다
싶은데, 주변에 숲만 우거진 길가에 음식점을 하다 폐업한 오두막집
한 채가 썰렁하게 있다. 그 앞에 기사가 잠시 정차하더니, 열려 있는
부엌 같은 곳으로 들어가 방안에 한 묶음의 약봉지를 어떤 늙은 남자에
게 전한다. 아까 훈춘에서 휴대폰으로 누군가와 통신을 주고받은 후,

약방에 잠시 정차하여 약봉지를 가지고 나왔었다. 아마 친척이나 아는 사람이라는 생각은 들었으나 어떤 관계인지는 묻지 않았다. 이곳은 차가 뜸하게 다니는 국경지대여서 누군가가 일부러 시간을 내지 않으면, 약을 구하기가 어려운 외진 곳이다. 그 모습에 한족 청년 기사에게 따뜻한 마음이 들었다.

그곳에서 얼마 안 가 매표소가 있다. 방천 국경지대 입장료로 1인당 20원과 택시 주차비로 1인당 5원을 받았다. 중국은 이처럼 철저하게 관광 수입을 챙기고 있다. 거기에서 조금 더 들어가 주차장에서 내리니, 중국국경수비대 건물과 방천 관광을 위한 팔각정 및 기념품 상점이 있다. 기념품 상점 3층 옥상에 올라가서 사방을 보았다. 동북쪽으로 소련 땅인데 지척에서 시작하여 평야가 끝없이 벌어나 있고, 남동쪽으로 두만강 하류에 북조선과 소련을 잇는 철교가 있다. 그리고 남쪽으로 북조선 땅이 가까이 두만강 건너에 있다. 각 방향에 따라 사진을 찍었다. 이곳에서 동해바다까지는 얼마 되지 않는단다. 육안으로는 자세하게 보이지 않았다. 무엇을 보겠다고 이곳에 왔단 밀인가. 이런 정경을 보려고 두 번이나 훈춘에 온 것이 아닌가.

지금은 바다를 통해 속초에서 훈춘으로 무역이 이루어진다고 한다. 돌아오면서 권하구에 이르니, 북한 쪽으로 다리를 건너는 트럭과 도보로 건너는 사람들이 있다. 점심시간에 훈춘 랭면집에서 우리 조선족 청년한테 들어 안 일이지만, 나진 선봉으로 가는 중국인들과 트럭이었다. 북조선인들은 훈춘으로 오지 못한단다.

권하구 고개를 넘어 권하 마을 입구에 다다르자, 한 60대 초로 보이

356

는 여자가 물건을 담은 자루를 길가에 놓고 서있다. 기사가 얼마에 태워 준다고 하니까, 10원이면 타겠다고 하는가 보다. 도로 통행료라도 벌려고 수락한다. 그 한족 기사가 내려서 고맙게도 차 트렁크에 그 무거운 자루를 싣는다. 마을 입구에 안중근 의사 유적지라는 푯말이 있다. 이곳에까지 우리 선구자가 왔었다는 말인가. 그 여인은 조선족 여인이었다. 몇 년째 이곳에서 사나, 민적 즉 호적은 길림이라고 했다. 말씨가 이곳 연변 억양이 아니고 한국 억양이다. 그래서 물으니까, 시어머니가 왜정시대에 경상도에서 이주하셨단다. 길림, 장춘, 교하 등은 한국어를 사용한단다. 이미 그 사실은 지난 번 길림시에서 온 한어과 조선족 여대생에 의해 확인이 되었다. 특히 교하에는 경상도 말씨를 쓰는 사람들이 많다는 얘기도 한다. 연변 밖의 조선족들을 만나서 이야기를 나누다 보면, 대개 연변의 말씨에 대해 한 마디씩 말들 한다. 그 아주머니도 머리를 내두른다. 연변말씨를 알아듣는 것이 어려운 것은, 나처럼 그녀도 마찬가지인 모양이다. 딸이 25세인데 서울에서 돈을 벌고 있다며, 길림 등에서는 연변보다도 더 많은 조선족이 한국 등 외지로 떠나서, 특히 농촌은 빈 집들이 많다고 했다.

우리 보고 어디에 갔다 오느냐기에 방천에 갔다 온다니까, 그곳에 볼 것이 뭐가 있다고 갔었느냐면서, 이곳 사람들은 아니 간다고 했다. 내가 안중근 의사 유적지에 대해 묻자, 초가집으로 아무것도 볼 것이 없다는 것이다. 그렇다. 이곳 사람들에게는 그렇게 보일 것이다. 없는 가운데 살아왔으니, 내세울 것이 없는 것이다. 그러나 어떻게 보면, 바로 그렇기 때문에 그 열악한 환경을 극복하며 조국을 찾겠다고 투쟁

357

한 우리 선조들의 자취를 더욱 애착을 갖고 찾고 소중하게 생각하는 것인지 모른다. 용정 제1중학 박물관이 그러하지 않았던가. 사실 연변에서 일반적인 관광을 생각한다면, 누구나 실망하게 될 것이다. 그렇게 생각하고 북간도에 와서는 안 된다. 이곳의 풀 한포기, 나무 한 그루, 한 줌의 흙은 우리 선조의 얼이 서린 것이다. 그런 외경의 마음을 가지고 돌아봐야 한다. 차창 밖으로 스쳐지나가는 북간도의 풍경을 보며, 문득 연길 류경식당의 북한 가수가 부른 '찔레꽃'이 생각나서 나도 모르게 흥얼거렸다.

찔레꽃 붉게 피는 남쪽나라 내고향
언덕우에 초가삼간 그립습니다.

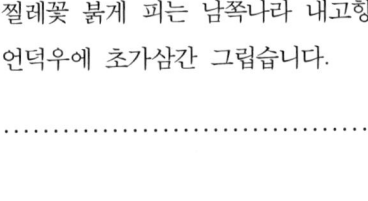

연분홍 봄바람이 돌아드는 북간도
아름다운 찔레꽃이 피었습니다.
꾀꼬리는 중천에서 슬피 울고
호랑나비 춤을 춘다. 그리운 고향아

아련한 애수와 정취를 느끼게 하는 이 노래는 일제강점말기에 음반으로 나왔단다. 이 노랫말처럼 우리 선구자들은 열악한 환경의 북간도에서 삼남을 그리워하며 활동하고 살았던 것이다.

훈춘시 중심가인 춘성로春城路 중국어로 '춘청루'에 내렸다. 한족 기사에게 110원을 주자, 10원을 더 달라고 애교를 부린다. 뚱뚱한 청년의 몸동작이며 얼굴 표정이 밉지가 않다. 그리고 무엇보다도 가슴이 따뜻하다는 것을 몸소 보여주었었다. 그래서 세실리아의 반대에도 불구하고 팁으로 생각해서 10원을 더 주었다. 무척 흡족해 하고 고마워한다.

珲春購物中心훈춘구물중심 시장을 둘러보는 중에 어떤 고객이 물건을 흥정하는데, 가게 여주인이 "또가니?" 한다. 그 말에 내가 의아해서 그녀를 똑바로 보니까, "똑같니?" 하고 정정하며 "중국어와 섞어 쓰다보니……." 하고 변명을 하고 미안한 듯이 웃는다. 또 어떤 여자 상인은 나를 보며 "뭐 사게스까?" 한다. 그래서 "뭐뭐?" 하고 되묻자, "뭐 사겠습니까?" 하고 바르게 고쳐 말하며 역시 미안한 표정을 짓는다. 세실리아가 윗도리 두 벌을 샀다. 그리고 랭면집에 가서 점심을 먹고 터미널로 향했다.

터미널에서 연길 오는 버스표를 두 장 샀다. 연길행 개찰구에서 어떤 조선족 아주머니가 묻지도 않았는데 미니버스냐고 물으면서, 대형버스가 값도 싸고 시원하며 출발 시간도 비슷하단다. 이 말을 세실리아가 헛들을 리 없다. 내가 산 버스표를 확인해 보니, 미니버스표로 값이 비쌌다. 그래서 매표구에 가서 대형버스표로 바꿔달라고 하여 10원을 돌려받았다. 그 조선족 아주머니가 참 고맙다. 역시 우리 동포였다.

훈춘에서 연길을 거쳐 화룡으로 가는 대형버스를 타고 오며, 낮잠에 빠져드는데 옆에서 어떤 조선족 아주머니가 남편에게 하는 말 중에 다음 한 마디가 머리에 박혔다. "…시집갔다……올매 좋다 말임까?"
이 문장에서 '올매'는 '얼마나'의 줄인 말인 것 같았다. 그리고 '말임까'
가 '말입니까'의 준말인 것은 이제 다 아는 사실이다.

　　저녁에 세실리아가 내게 이런 말을 한다. 당신이 착한 한족 기사에게
10원을 주니까, 조선족 아주머니라는 천사를 통해 연길행 차비에서
10원을 채워주시지 않았겠느냐는 것이다. 주님은 그렇게 늘 우리와
함께 계시다는 것이다.

　　☀/☁ 맑고 흐림 **6월 24일**　　오늘은 연길 생활 마지막 미사가 되는 날이다.
세실리아가 떠나기 전에 감사 봉헌금을 올리자고 하여 그렇게 했다.
주님의 말씀은 세례자 요한의 직분에 대한 말씀이었다. 그분은 구약시
대 마지막 예언자로서 주님의 길을 예비하라고 광야에서 외치신 분이
다. 예수님보다 앞서 나서서 광야에서 메뚜기와 들꿀을 먹고 사시며,
예수님께 세례를 드리고 자기의 일을 다 하다 가신 분이다.

　　저녁 식당에서 식사를 하는데, 식당 주인 딸 여덟 살배기가 식당
아저씨와 카드놀이를 하는 중에, "아저씨, 이개미 됐슨가?"하고 말한다.
좀 멀리 앉아서 정확하지는 않지만 그렇게 들렸다. 그래서 식사 후에
나오면서 그 말을 확인하니, 그 아저씨가 이러면 됐느냐는 말이란다.
그렇다면 '이래미'로 발음한 것을 '이개미'로 잘못 들을 수 있다고
생각되어, 아마 멀리서 들어서 내가 잘못 들었나보다고 말했다. 그러자
그 꼬마 아이가 고개를 뒤로 저치며, 입을 뺑긋 벌리고 나를 쳐다본다.

360

그래, 바르게 우리말을 배우기만 하면 된다.

☀ 맑음 **6월 25일**   아침에 흑룡강성이 고향이라는 한족 O 연구생이 전화를 했다. S 한족 여자 연구생과 함께 외국인전문가기숙사로 선생님을 잠간 찾아뵙겠단다. 그동안 강의하시느라고 수고하셨다고 고마움의 표시로 차茶를 드리려 한다는 것이다. 내가 오히려 고맙다고 말하고, 차와 다과라도 들며 얘기도 할 겸 정문에서 만나자고 했다.

  정문으로 내려가는데, 나이 많은 검정고시 출신 한족 Y 씨가 도서관에 간다며 올라오고 있다. 그와 얘기나 나누자며 정문으로 그와 함께 나와, 기다리는 그들과 같이 길 건너 뒷골목 다방으로 갔다. 그곳은 대학생들이 자주 들려 커피를 마시며 정담을 나누는 공간이었다. 올가을에 조한대비 한족 연구생들이 서울에 있는 대학으로 1년간 교환학생으로 강의를 받으러 간다는 것이다. 그래서 서울의 생활상과 아르바이트 등을 얘기하여 주며, 내년 봄에 서울에서 만나기로 약속했다. 그들도 가정 형편이 넉넉한 편은 아니어서, 비록 유학 생활을 한다고 하더라도, 일을 해서 부모님의 부담을 덜어주겠다는 것이다. 그들은 한국에서 중국인을 차별 대우하는 일이 있다는 것에 대해 좀 불안해하는 것 같았다. 그런 일은 없다고 안심을 시켜주며 한국인도 중국에 와서 유학을 하지 않느냐는 말을 해 주었다. 특히 여러분은, 중국에 유학을 온 한국 학생들과는 달리, 한국어라는 무기를 가지고 있지 않느냐는 말을 해주었다. 외국 생활에서는 언어만큼 가장 든든한 무기도 없다.

☀ 맑음 **6월 26일**　오늘 아침 성적표 제출했다. 저녁 회식 건으로 조선-한국학 학원 사무 주임이 전화를 주었다. 오후에 사무실에서 예상하지도 않은 상당액의 강사료를 수령했다. 저녁에 시내 모 음식점에서 원장, 부원장, 공산당 서기, 어학연구소 소장 등과 회식을 했다. 강의를 큰 허물없이 하도록 음양으로 돌봐주심에 감사를 표하며 귀국 고별인사를 했다.

　　좀 늦게 숙소로 들어가니, 경비 린 씨가 내일은 오늘보다 날씨가 더욱 무더울 거란다.

☀ 맑음 **6월 27일**　35도 이상의 고온 다습한 날씨에, 시내를 다니기가 지극히 힘들다. 신화 서점에 들려 중국 지도와 몇 가지 책을 구입한 후에, 중관촌으로 가서 헐값에 중고 휴대폰을 되팔았다. 날이 얼마나 더운지, 근처 롯데리아에서 먹는 빙수 맛이 시원하고 좋았다. 오후에 짐을 꾸렸다. 연대 인근 우체국에서 책 일부는 배편 소포로 부쳤다.

☁/🌂 흐리고비 **6월 28일**　하루 내내 마음이 가라앉고 기분이 침울하다. 내가 이곳에 와서 한 일이 아무것도 없는 것 같다. 자괴감마저 든다. 왜 그럴까. 무엇 하나 의욕이 나질 않는다. 누군가가 나를 비웃기라도 하는 것 같다. 이곳에 누가 오라고 했던가. 내가 자청한 일이다. 잘했어도 내 탓, 못했어도 내 탓이다. 무인도에 홀로 있다고 할 때에, 그

삶은 생존의 문제이다. 막상 연변을 떠난다고 생각하니까, 왠지 씁쓸한 마음을 지울 수가 없다. 그만큼 이곳 북간도에 정이 들었단 말인가. 아무튼 4개월 동안 애증愛憎의 생활에 심신이 피곤하다.

저녁 늦게 K 교수에게서 전화가 왔다. 내일 몇 시에 기숙사에서 출발하느냐고 묻는다. 아마도 공항까지 배웅하려는 것이리라. 그래서 시간은 말하지 않고, 오전에 남방항공편으로 간다는 말만 하였다. 평일이라 학교 일도 바쁠 텐데, 폐를 끼치기가 싫다. 그동안 배려해준 데 대한 감사의 인사를 했다.

흐리고비 **6월 29일**　　아침 일찍 서둘러서 짐을 현관에 내려놓았다. 보슬비가 내린다. 다행히 경비 신 씨가 택시를 불러다 주어, 가까스로 짐을 싣고 연길 공항에 도착했다. 시간이 좀 남아 있다. 줄을 서서 탑승 수속을 기다리는데, 뒤에서 귀에 익은 목소리가 들린다. 원장과 K 교수가 황급히 배웅을 나온 것이다. 전문가 기숙사 방에 가보니 아무도 없더란다. 미안한 생각이 들었다. 올 때와 갈 때가 같아야 한다며, 그렇게 보내드릴 수는 없다는 것이다. 한 학기 인연이 어찌 깊지 아니하랴. 그럴 줄 알았더라면 출발 시간을 말하고, 연변에 올 때처럼 K 교수의 차로 함께 공항에 나올걸. 못내 서운한 표정을 감추지 못한다. K 교수가 지난번 노동절에 강남에 갔다 오며 사왔다는 보이차를 선물로 준다.

탑승 수속 시간이 다 되어 문 안으로 들어갈 때까지, 원장님과 K

교수가 내내 서서 배웅을 한다. 마음이 짠하다. 돌아서서 원장을 보며, 항상 곁에 있다는 내 마음을 표했다.

비행기가 이륙하자, 그 멀고 먼 북간도를 이제 떠나는구나 하는 생각이 들면서, 왠지 가슴이 저려왔다.

탑승하면서 받은 6월 29일자 연변일보를 읽으려니, 풍향계란에 중앙민족대학 모 교수가 기고한, '조선 민족 문화는 있는가?'라는 글을 보게 되었다.

'……지난 세기 90년대 초 동북 3성의 주요도시에서 80%의 조선족 어린이가 유치원에서 고중까지 한족학교를 다니면서 민족 언어를 완전히 상실해왔다. 지금 점점 더 많은 민족 언어를 모르는 조선족 청소년들이 북경으로 진출하고 있다.

언어와 문화는 떼어서 생각할 수 없다. 민족 언어가 민족 문화를 그 민족사회구성원들에게 공유하게 하고 또 그것을 한 세대에서 다음 세대로 전달하기 때문이다. 우리는 우리 문화를 이어가야 할 수많은 젊은이들이 우리말을 상실하면서 민족 문화를 전달받지 못하고 주류 문화에 동화되고 있음을 안타깝게 지켜볼 수밖에 없다……'

참으로 안타깝고 통한스런 기사 내용이다. 우리 민족의 고향이요, 중국에서 제3의 한국으로 불려온 옌볜 조선족 자치주가 점차 몰락하고 있는 것이다. 이렇게 되도록 해서는 안 된다. 정말 안 되는 일이다. 지금 해란강가를 말달리었던 우리 선구자들이 하늘에서 눈을 부릅뜨고 호령하고 있다.

발문

백두산 그 아랫동네

우한용〈서울대 교수〉

1. 동시대인의 감각

우리가 같은 시대를 살아간다는 것은 각별한 의미를 지닌다. 서덕현 교수와 나는 60년대 말에 대학에 들어갔다. 헤아려보면 대학에 들어온 지 40년이라는 세월이 흘렀다. 한 세대 이상의 시간이 흘러간 것이다. 그 사이 얼마나 많은 일들이 어떻게 전개되었는가 하는 것을 상고할 필요는 없을 것이다. 4.19 학생혁명의 역사적 소명과 5.16 군사혁명으로 인한 학생혁명의 의지가 패퇴한 폐원(廢園)에서, 유신시대를 경험한 대학 생활이 어떠하리라는 것은 누구나 쉽게 짐작할 만하기 때문이다.

같은 세대를 살아가는 사람들은 취향과 의식이 유사성을 보이게 마련이다. 인간 삶을 규율하는 기본 범주가 시간과 공간이라는 점에서 의당 그러하리라 짐작할 수 있다. 그리고 의식을 지니고 사는 사람들에게 언제든지 자기 시대는 문제를 지니고 있는 것으로 부각된다. 당대의 시대적 과제가 동일한 것으로 각인되기 때문이다. 우리들이 겪은 60년대와 70년대는 여전히 가난의 극복이라는 문제가 과제로 부각되던 시절이었다.

가난은 사람의 정신을 옭아매어 자유를 제약한다. 궁핍(窮乏)과 빈곤(貧困)으로 시달리며 지내야 하는 환경에서 훤칠한 이상을 지니고 살기는

365

쉽지 않다. 용서와 화해도 그만큼 어려웠다. 주변이 온통 가해자들로 득실거리는 느낌이었다. 국가 또한 그러했다. 국민을 위해 하는 일보다는 국민들을 억압하는 강고한 체제쯤으로 각인되었다. 김신조 일당의 청와대 침공 사건은 학생 군사훈련을 제도화하는 방향으로 가닥이 잡혔다. 남학생들은 교련 반대 데모에 나섰다가 군대에 끌려가기도 했다. 유신독재 타도를 외치다가 경찰에 붙들려가고, 그러면 감시 대상 학생이 되어 지도 교수가 특별지도를 해야 하는 상황이었다.

궁핍한 시대의 우정은 촌스러울 수밖에 없었다. 더구나 서교수와 나는 충청도 출신이라는 지역 동질성도 있었다. 무거운 짐으로 다가오는 가난을 극복하는 방법 가운데 우정만한 것이 없다는 점을 체험으로 알게 된 것은 대학생활을 통해서였다. 가난한 날의 우정은 삶을 버팅겨 주는 힘이 되었다. 거기다가 서덕현 교수는 같은 직장에 발령을 받아 여러 가닥으로 어우러져 지냈다. 대학원에 가서 공부를 하라고 종용하기도 했다. 사실 그를 대학원에 가도록 종용한 것은 내가 술 먹을 기회를 좀 조정하자는 의도도 숨어 있었다. 그런 의도는 금방 드러났지만.

대학에 자리를 잡아 일한 것도 같은 세대의 체험이란 의미를 지닌다. 서덕현 교수가 연구년을 맞았다고 해서 외국 어느 나라에 갈 것인가 물었다. 그런 물음이 좀 부담이 되었던 모양이다. 냉큼 대답을 하지 않았다. 우리 세대는 일종의 '긴 세대'라서, 어른들에게는 봉양을 하느라고 했는데 자식들로부터는 받을 게 없는 그러한 세대다. 서덕현 교수는 노모를 모시고 있다는 것을 아는 터라, 멀리 갈 것을 강권하기는 어려웠다. 그래서 천거한 것이 연변대학교이다. 서덕현 교수는 쾌히 응락을 했고, 마침 연변대학의 김영수 교수가 한국에 와 있던 때라서, 그간의 친분을 내세워 만나서 소개를 했다. 혼자 힘으로는 어떨까 해서 서덕현 교수의

366

동기동창 정병헌 교수를 동석하게 해서 확실하게 아퀴를 짓게 마련을 했다. 김영수 교수 편에서 쾌락을 했다. 한 학기 동안 연변대학교에 가서 강의를 해 주면, 숙식을 제공한다는 조건이었다.

서덕현 교수가 연변대학에 가서 한 학기를 지내는 동안, 그는 참으로 치밀하게 그리고 부지런하게 그곳 삶의 세세한 부분까지 옛날의 선비들이 그렇게 하듯이 찬찬하게 기록을 하였다. 연변 지역의 풍경이며, 거기 사는 사람들의 인정, 중국 국적을 가진 조선족 사회의 언어, 그 지역의 신앙, 연변 인근을 돌아보면서 느낀 소회 등을 그야말로 '문화기술지'의 방법으로 기록을 했다. 이 기록은 개인의 일상을 기록한 것을 넘어선다. 연변을 대하는 서덕현 교수의 애정이 유다를 뿐만 아니라 언어를 연구하는 전문가가 관찰한 이중언어 지역의 언어 실상에 대한 보고서라는 의미를 지니기 때문이다.

일기 형식의 수필에 해설이 필요하지 않다. 따라서 나는 이 자리에서 연변과 연관된 몇 가지를 이야기하고, 이런 이야기가 서덕현 교수와 어떻게 연관되는가 하는 점을 간단히 언급하는 데 그치기로 한다.

2.

백두산을 떠나서 연변을 생각할 수 없다. 백두산이 그러한 것처럼, 연변은 한민족의 신성공간이다. 인간의 성스러움을 길러내고 지켜주는 공간이다. 지리적으로는 민족의 성산 백두산이 있고, 그 산에서 발원하는 압록강과 두만강이라는 장강이 한반도 머리 위에 걸린 무지개처럼 동서로 뻗어 있다. 백두산의 존재는 우리민족의 존재근거 그 자체라 할 만하다. 단군신화(檀君神話)의 발상지가 백두산일 뿐만 아니라, 민족의 성스러운 산으로 남한과 북한이 함께 받들고 있는 공동 이념의 산이기 때문이다.

백두산을 중심으로 한 문화권 가운데, 일찍이 육당 최남선이 '불함문화권'을 주장한 그 지역의 중심이 연변이다.

　중국에서 장백산(長白山)이라 하는 백두산은 청나라 태조 누루하치가 여진족의 발상지라 해서 성역으로 삼았던 곳이다. 청태종은 이 성역을 봉금지역(封禁地域)으로 선언하고 일시 비워 둔 적이 있다. 청나라와 조선이 모두 출입이 금지되어 마치 두 나라 사이에 있는 섬과 같은 지역이라 해서 간도(間島)라는 이름이 붙었다고 추정하는 이도 있다. 혹은 조선 후기 조선의 농민들이 농토를 개간(開墾)한 지역이라 해서 간도(墾島)라 했다는 설도 있다. 다른 설은 조선에서 보았을 때 정북과 정동의 사이 간방(艮方)에 위치하는 지역이라 해서 간도(艮島)로 표기했다는 설도 있다. 간도는 서간도와 동간도로 나뉜다. 서간도는 압록강과 백두산 일대를 가리키고 동간도는 훈춘, 왕청, 연길, 화룡 등 두만강 북부지역을 뜻하는데, 안수길의 소설 <북간도>는 동간도 지역의 다른 이름이다. 연길로 대표되는 연변은 북간도의 중심인 셈이다.

　간도라는 지명의 유래야 어떠하든 간에, 여진족과 한민족의 동질성을 주장하는 이들은 한국의 소중화사상이 이 지역에 사는 사람들을 오랑캐 취급을 했고, 청나라를 오랑캐의 나라라 하는 데 대해 분개를 하기도 한다. 여진족과 한민족은 동근을 지닌 민족이라는 주장을 근거로 하여 간도가 우리민족의 영토였다는 점을 주장하는데, 그대로 믿어야 하는지는 모르겠다. 다만 간도라는 땅이 중국이나 한국이나 신성공간이라는 의미를 지닌다는 점은 사실이다. 그리고 그것이 성산이라는 백두산의 상징성과 맞물린다는 점도 사실이다.

　백두산에서 발원하여 무산, 회령, 종성, 도문, 경원, 경신 등을 거쳐 훈춘을 좌측으로 끼고돌아 동해로 흘러드는 두만강, 그 하구에 방천이라는 중국 국경마을이 형성되어 있다. 방천에 세워진 전망대에서 바라보면 왼편으로 러시아 마을이 숲에 묻혀 있다. 오른편으로는 두만강이 유유하게 동해로 흘러드는 가운데 북한 영토가 펼쳐져 있다. 그 사이를 통행하는 차량을 보기 어려운 철로가 놓여 있어, 인위적인 국경이 만들어지기 이전에 그 사이를 드나들던 사람들이 결국은 같은 지역에서 농사짓고 고기잡고 하던 사람들이라는 것을 알 수 있다. 애국가에서 '동해 물과 백두산'을 함께 노래하는 까닭을 알 만한 곳이다.

연변이 그 중심인 간도가 중국 국토로 결정된 것은 일본의 대륙 침략 정책과 맞물려 있다. 을사조약으로 한국에 통감부를 설치한 일본은 1907년 간도에 조선통감부 간도파출소를 설치하였는데, 이는 간도가 한국영토에 속한다는 것을 승인하는 일이었다. 그런데 1909년 9월 7일, 일제는 청나라와 이른바 간도협약이라는 것을 체결한다. 그 내용 가운데 첫 항목이 두만강을 양국의 국경으로 한다는 조항이 포함되어 있다. 그리고 청나라는 간도지방에 한민족의 거주를 승인해 준다고 되어 있다. 이는 한국과 중국의 국경을 두만강으로 하여 간도지방을 중국으로 이양하는 해괴한 국제 협약이다. 남북이 통일되면 중국과 새로운 협상을 해야 할 것이다.

3.

연변에는 민족정신이 살아 있다. 민족정신이라 해서 배타적인 한국고유의 정신이라는 식으로 이야기하는 것은 오해의 소지가 있다. 민족정신은 우리민족이 정체성을 지니고 살아가는 데 장애가 되는 제반 압력에 대항해온 정신을 뜻한다. 정신은 행동으로 나타나고 그 행동은 대항 세력의 성격에 따라 달라진다.

기록에 따르면 간도에 우리나라 사람들이 처음 자리를 잡기 시작한 것은 조선조 철종말, 고종초 무렵이라 한다. 세도정치의 학정과 수탈을 못이겨 살 길을 찾아 강을 건너 간도 지역으로 옮아가게 되었다고 한다. 정치가 부실하면 하늘의 진노를 불러온다는 것이 옛 선인들의 믿음이었다. 1869년경에 함경도 지방에 대흉년이 들었고, 굶주림을 견디지 못한 농민들이 대거 간도 지방으로 삶의 터전을 옮겼다. 기본적인 삶의 조건을 충족하기 위해 도생(圖生)한 행동이 간도이주라면, 이는 이념과는 상관없는 생을 위한 행동이요 결단이었다고 보아야 할 것이다.

연변 혹은 간도에 민족정신이 살아 있다는 것은 이 지역이 독립운동의 본거지였다는 점을 근거로 한다. 1910년 일제의 한반도 강제 병합 이후에도 간도 지방에 우리나라 사람들이 지속적으로 이주하여 정착하게 된다. 이는 일제의 토지조사 사업이라는 명목으로 농민들의 농토를 강제로 탈취당하고 나서 살길을 찾아 나선 것이 간도이주였다. 1920년대 중반에는 간도지역에서 우리나라 사람들이 농토의 절반 이상을 소유하게 되었다. 이러한 기반 위에 국내에서 전개할 수 없는 독립운동을 간도 지방으로 옮겨 수행하게 된다.

이는 1910년대 시대정신과 연관된다. 당시 신민회를 중심으로 '독립전쟁론'이라는 담론이 사회적 합의를 이루게 된다. 일제가 중국, 러시아, 미국 등을 침략하게 될 것을 예상하고, 우리나라는 자주적인 전쟁능력을 갖추어 항쟁해야 한다는 논리였다. 이러한 논리를 구체화하기 위해서는 무장세력을 양성해야 하고, 군비를 갖추어야 한다고 했다. 이러한 일을 국내에서 수행하기가 어렵기 때문에 해외에 '독립운동기지'를 건설해야 하고, 이를 위해서 간도지역이 적합하다는 판단을 하게 된다.

일제의 탄압에도 굴하지 않고 독립운동기지를 간도에 설치하게 되는데 그 첫 사례가 '경학사(耕學社)'라는 항일단체였다. 군사교육기관으로 '신흥

강습소'를 설치하는데, 이는 '신흥학교', '신흥무관학교'로 발전한다. 명
동촌의 명동학교에서는 민족주의교육에 힘쓰는 한편 무장세력을 양성하
였다. 이렇게 시작된 독립운동기지는 3.1운동 이후 본격적인 독립운동으
로 전개된다. 그 단체들의 이름만 대강 들어 보면, 봉오동전투와 청산리대
첩을 이끈 대한독립군을 비롯하여, 대한독립군단, 대한독립단, 대한통군
부, 대한통의부, 대한독립군단과 대한독립군정서가 주축이 된 신민부
등을 들 수 있다. 이후 이들은 분리와 통합을 거듭하면서 1930년대말까지
독립운동을 계속했다.

　간도와 연변은 한국 근대사의 전개 과정에서 한민족의 독립과 민족정
기를 수호하기 위해 조상들이 피를 뿌린 땅이다. 신성공간이 태어나는
데는 희생이 요구된다. 한국 근대사의 전개 과정에서 연변은 참으로 많은
희생을 치렀다. 그 결과 간도와 연변이 하나의 뚜렷한 신성공간으로 자리
잡게 된 것이다.

4.

　신성공간에는 신성성을 표현하고 소통하는 언어가 있다. 연변 또는
간도는 민족어로서 '한국어'가 살아 있는 곳이다. 중국에 사는 200만(176만
3천-1982년 통계) 가운데 연변에 약 75만 명이 살고 있다. 이들 조선족
사람들이 한국어로 생활을 꾸려간다. 연변대학은 중국 소수민족 가운데
몇 안 되는 민족어로 운영되는 대학이다. 연변대학교에 한국학과 한국어
를 전문으로 가르치는 단과대학이 독립적으로 운영된다는 점은 연변대학
교가 한국어의 요람이라는 점을 대변한다. 한마디로 민족적 신성성을
표현하고 소통할 수 있는 언어 역량이 갖추어진 데가 연변-간도이다.

　그런데 '민족어로서 한국어'라는 말은 다소 설명이 필요하다. 민족개념

과 국가개념이 일치하지 않기 때문이다. 쉽게 말해서 한민족은 한반도뿐만 아니라 세계 각지역에 퍼져 살게 되었다. 중국에서는 '조선족'이라 하고, 소련지역에서는 '고려인'이라 한다. 미국은 재미 '한인', 일본은 재일 '한인' 등으로 지칭된다. 민족으로는 한민족인데 국적은 한국이 아닌 경우, 이들이 사용하는 언어를 '한국어'라 하면 모순이 생긴다. 이 모순을 피하기 위해 '민족어로서 한국어'라는 용어를 사용한다.

언어 결정론에 기울어지지 않는 범위에서 말하자면, 어떤 언어든지 그 언어를 사용하는 사람들이 일구어 온 역사와 문화가 그 언어에 착색된다. 원초적인 감성을 드러내는 언어는 번역이 안 된다고 하기도 하고, 언어마다 내적 논리가 달라 언어가 다르면 소통이 어렵다고 한다. 한국어에 담겨 있는 역사와 정서와 감정이 고스란히 살아 있는 연변의 언어는 한국어의 해묵은 씨앗과 같은 존재이다. 언제든지 기회만 되면 싹이 트고 잎이 어우러지고 열매를 맺을 수 있는 그런 언어이다.

연변의 한족과 조선족의 인구비는 대개 조선족이 40% 정도를 차지한다. 중국어와 한국어가 상통하는 이중언어 지역이다. 이처럼 한국어가 중국어와 동시에 통용되는 지역을 찾기가 쉽지 않다. 그러한 점에서 한국어와 한국어교육을 연구하는 이들에게는 매우 유용한 연구자료의 광원이 된다. 지금 출입이 자유롭지 않은 함경도 방언을 연구하는 이들에게는 연변에 사는 조선족이 제보자(인포먼트) 역할을 할 수 있는 재원이다.

아울러 연변의 한국어는 중국내의 한국어교육의 중심지 역할을 할 수 있을 것이다. 나는 그런 가능성을 연변에 갈 기회가 있을 때마다 강조하곤 한다. 모쪼록 연변대학교의 한국어교육 역량이 커가서 중국의 한국어교육 이론을 개발하고 인력을 양성하는 데 기여하기를 기대한다. 언어적 신성함이 일상적인 유용성과 분리되는 것만은 아닐 터이기 때문이다.

5.

보편적인 현상인지는 모르겠으나, 독립운동가의 후예들은 대부분 가난하게 산다. 어른들이 독립운동에 헌신하느라고 자식들의 교육에 전념할 수 없고, 장사를 한다든지 해서 재산을 모을 기회가 없었기 때문에 가난하게 사는 것이 운명처럼 되어 있다. 연변에 가면 거기 사는 조선족 동포들 모두가 독립운동가의 후예들인 것 같은 느낌을 받게 된다. 가난하게 사는 조선족 동포들이라서 더욱 그렇다.

그러나 달리 생각해 보면 연변 조선족 동포들에 대해 귀한 형제애를 느끼지 않을 수 없다. 그 동안 민족정신을 유지해 왔고, 앞으로도 그런 역할을 할 분들이기 때문이다. 부를 축적해 놓은 전당이 신성한 제단이 될 수 없다. 가난한 선비의 싸늘한 책방에 올곧은 정신이 깃들고, 단성으로 모이는 제단에는 제물이 풍부하지 않아도 혼이 깃든다.

서덕현 교수에게서는 이따금 독립운동가의 후손이 아닌가 하는 느낌을 받게 된다. 사실 여부와는 상관없이 그런 분위기를 풍긴다. 그런 서덕현 교수가 연변에 가서 보고, 듣고, 가르치는 중에 깨달은 것들이 서덕현 교수의 정신세계를 더욱 강강하게 그리고 풍부하게 하는 밑거름이 되기를 기대한다. **

저자약력 **서덕현**

서울대학교 국어교육과를 졸업하고, 서울대학교 대학원에서 석사·박사학위를 받았다.
「경어법과 국어교육 연구」, 「한국어 실용문법 강의」, 「인간관계와 의사소통」(공역) 등의 저서를 비롯하여 다수의 논문을 발표하였다. 현재 서경대학교 국어국문학과 교수이다.

일송정의 꿈 해란강의 노래

초판인쇄 2008년 5월 9일   초판발행 2008년 5월 16일

저자 서덕현
발행처 (주)제이앤씨
등록번호 제7-270

주소 서울시 도봉구 창동 624-1 현대홈시티 102-1206
전화 (02) 992 / 3253
팩스 (02) 991 / 1285
URL http://www.jncbook.co.kr / 제이앤씨북
E-mail jncbook@hanmail.net

ⓒ 서덕현 2008 All rights reserved. Printed in KOREA

ISBN 978-89-5668-609-7 93810   정가 15,000원